KB262279

언제나 지상은 아름답다

임화 산문선집

식민주의와 문화 총서 19

언제나 지상은 아름답다

임화 산문선집

박 정 선 편

역락

역사(History)에 맞선 어떤 청년의 역사(history)
-미지의 독자께-

　헝가리가 낳은 20세기 최고의 문학이론가이자 사상가이자 혁명가로 게오르그 루카치라는 분이 있습니다. 이 분, 지금이야 '죽은 개' 취급을 받고 있습니다만, 군인들이 이 나라 대통령을 하던 시절에는 꽤 많은 청년들이 세상을 바꿀 방법을 찾기 위해 이 분의 책을 참 부지런히도 읽었지요. 저는 그런 시절의 끄트머리쯤에 대학에 들어가서 그런 시대 분위기 속에서 학교를 다녔더랬습니다. 그 과정에서 이 분을 알게 되었고, 이 분의 책도 조금 읽었지요. 이 분이 쓴 불멸의 책 가운데 하나가 『소설의 이론』이 아닐까 싶습니다. 세상에 대한 불만으로 머리가 터질 것만 같았고, 마음에 안 드는 것들은 모두 부셔버리고 싶은 충동에 시달렸던 청년에게 "별이 빛나는 창공을 보고, 갈 수가 있고 또 가야만 하는 길의 지도를 읽을 수 있었던 시대는 얼마나 행복했던가?"라는 문장으로 시작되는 이 책은 얼마나 매혹적이었던지요. 밤하늘의 별빛과 내 마음의 빛이 한 치의 어긋남 없이 일치하는 시대, 세계 어디에 있어도 자기 집에 있는 듯한 아늑함을 느끼게 하는 시대. 그런 세상은 얼마나 아름다울까요? 그때의 감동을 지금도 잊지 못합니다.

　루카치 문학이론의 핵심으로서 '문제적 개인'이란 개념이 있습니다. 그는 근대란 총체성의 세계, 즉 물질과 영혼, 개인과 사회가 행복한 합일을 이룬 세계가 더 이상 불가능한 시대라 규정했습니다. 이 '타락한' 세계에서 본래의 정신적 고향을 찾아 떠나는 모험의 여행이 시작되는데, 그는 그것의 예술적 현현이 소설이라고 보았습니다. 문제적 개인이란 이처럼 총체성이 파괴된 시대에 총체성을 찾기 위해 모험을 떠나는 소설의 주인공을 가리키는 개념이지요. 한국 근대문학을 공부하면서 저는 이 문제적 개인의 역사적 실존이라 할 만한 인물들을 여럿 보았는데, 제겐 그런 인물들의 첫머리에 놓이는 이가 임화라는 사람이었습니다. 식민지, 반식민지로 이어지는 이 나라의 굴곡진 역사에서 탈식민적 상상력과 실천으로 영혼의 고향을, 잃어버린 황금시대를 찾으려 했던 문학가 임화. 그를 생각하면 늘 거대한 수레를 힘겹게 끌며 긴 터널을 지나거나 밤바다에서 풍랑과 싸우며 항구를 향해 가는 사람의 이미지가 머릿속에 떠오르곤 했습니다. 저는 이 문제적 개인에게 매료되지 않을 수 없었습니다.

　임화는 30여 년의 기간 동안 시와 문학비평, 문학사, 산문 등 여러 분야에서 기념비적인 작품들을 남겨 놓았습니다. 이것들은 역사의 거친 대해 위에서 펼쳐진 그의 오디세우스적 항해의 기록들입니다. 그런 점에서 이 서로 다른 장르의 작품들은 모두 긴밀히 연관되어 있습니다. 그러므로 이 작품들을 함께 읽어야만 그의 면모를 제대로 파악할 수 있습니다. 그러기 위해서는 믿을 만한 전집이 있어야 하겠지요. 오랫동안 많은 분들이 임화 전집 출간을 기다렸던 것은 그 때문입니다. 몇 해 전 드디어 그의 전집이 빛을 보게 되었습니다. 전집 편찬 작업이 얼마나 많은 시간과 노력을 필요로 하는지 해 보지 않은 사람은 잘 알지 못합니다. 따라서 편저자들의 노고는 두고두고 칭송받아 마땅할 것입니다. 다만 한 가지 아쉬웠던 점은 전집에 임화의 산문이 빠져 있다는 것입니다. 시나 소설, 비평과 같은 장르에서는 작가가 이미지나 서사, 논리의 이면에 자신의 맨얼굴을 감출 수 있습니다만, 산문에서는 그것이 불가능하지요. 그렇기 때문에 우리는 산문을 통해 어떤 매개물 없이 작가의 내면에 곧바로 육박할 수 있습니다. 저는 이 점이 산문의 매력이라고 봅니다. 제가 몇 번을 주저하다 용기를 내어 임화 산문선집을 내는 이유도 여기에 있습니다. 즉 그의 산문을 통해 시나 비평이 되기 이전 날것의 사유를 발견할 수 있고, 특정 경향의 시나 비평을 산출하는 내적 동기를 추론할 수 있으며, 식민지와 근대라는 이중의 질곡을 헤쳐 나가는 그의 복잡한 내면을 보다 직접적으로 읽을 수 있기 때문입니다. 그래서 여기저기 흩어져 있는 산문들을 모으고 다듬어 이렇게 한 권의 책으로 엮었습니다.

이 책은 총 5부로 구성되어 있습니다. 전체적으로 발표 순서에 따르되, 내용과 임화의 생애를 기준으로 산문들을 분류하였습니다. 1부는 임화의 습작시대 및 카프시대에 쓰였거나 그 시절과 연관 있는 산문들로 구성되어 있습니다. 2부에는 1934년 중반부터 1938년 초반까지의 기록으로서 임화가 카프 해산 전후의 육체적, 정신적 위기를 어떻게 극복해 갔는지를 살필 수 있는 산문들을 수록하였습니다. 3부는 자연에 관한 사색에 성장기의 추억이나 당대 현실에 대한 생각을 곁들인 산문들로 이루어져 있습니다. 4부는 1938년 초반에 마산에서 상경하여 전시체제 하의 일상을 견디던 임화의 내면을 읽을 수 있는 산문들을 담고 있습니다. 끝으로 5부는 삶과 세계에 대한 임화의 깊이 있는 성찰의 결과를 담은 산문들로 구성되어 있습니다. 부록에는 임화와 인연이 있는 이들이 쓴 임화에 관한 산문들을 실었습니다. 문학의, 문학 읽기의 궁극적 목적을 인간이란 무엇이고, 인간은 왜 그리고 어떻게 살아야 하는가를 탐구하는 데 둔다면, 이 책은 그러한 물음에 어떤 해답을 제공해 줄 수 있을 것이라 봅니다. 이 책을 통해 일제강점기와 해방기, 한국전쟁기로 이어지는 이 나라의 험난한 역사(History)에 맞서서 새로운 세상을 꿈꾸며 자기 생을 던졌던 어떤 청년의 역사(history)를 읽을 수 있기를 바랍니다.

책을 낼 때는 책머리에서 도움을 주신 분들께 감사의 인사를 드리는 것이 관례이지요. 저도 그 관례를 따라 몇 분께 감사를 드리고자 합니다. 우선 '식민주의와 문화' 총서를 기획 및 총괄하고 계신 원광대 김재용 선생님께 감사드립니다. 이 책이 빛을 보는 데 결정적인 도움을 주셨습니다. 어려운 출판 환경 속에서도 상품성 없는 책을 흔쾌히 출간해 주신 역락출판사 이대현 사장님께 감사드립니다. 또한 책을 정성들여 만들어 주신 편집부 이소희 선생님께도 감사드립니다. 자식이 장성했는데도 여전히 물가에 내놓은 어린애 같아 걱정이 태산이신 부모님, 가정에 그다지 충실하지 못함에도 언제나 변함없이 저를 지지하고 사랑해 주는 아내와 딸에게 온 마음을 다해 고마움을 전합니다.

다가오는 궂은 날에는 어린 딸을 데리고 마산 바다에 나가 볼까 합니다. 임화가 보았던 노한 바다와 바람, 그리고 그것을 거슬러 나는 갈매기를 저도 볼 수 있겠지요. 그 풍경 앞에서 저는 역사라는 거대한 물결과 바람에 맨몸으로 맞섰던 어떤 청년의 이야기를 딸아이에게 들려줄 생각입니다. 일생을 청년으로 살고자 했던 사람이 있었다고, 그는 무모하게도 자기가 감당할 수 없을 만큼 커다란 꿈을 꾸었다고, 수없이 넘어지고 일어나며 그 꿈을 향해 가고자 했다고, 그러다 운명의 파도에 휩쓸려 산산이 부서져 버렸다고…… 딸아이는 제 아비가 도대체 무슨 이야기를 하는지 의아해 하겠지요. 하지만 저는 개의치 않겠습니다. 언젠가 아이가 제 이야기를 이해할 수 있을 때가 반드시 올 테니까요.

그런 생각의 끝에 이런 생각도 떠오르는군요. 그 청년은 오래 전에 세상을 떠났지만, 우리 앞에는 여전히 역사의 파도가 세차게 몰아치고 있다고, 운명처럼 잔인한 밤이 점점 더 깊어가고 있다고……. 밤이 깊을수록 아침이 가까워 온다는데, 과연 아침은 밝아 올까요? 우리는 역사를 제대로 만들어가고 있는 것일까요? 그 청년의 운명이 곧 우리의 운명이기도 한 것은 아닐까요? 먼 훗날 제 딸아이가 어른이 되었을 때, 그 아이는 부모 세대가 만들어놓은 제 나라 역사(History)를 어떻게 평가할까요? 제 아비의 남루한 역사(history)를 어떻게 생각할까요? 과연 저는 아이에게 부모 세대가, 아비가 제대로 살았다고 말할 수 있을까요? 1960년대의 김수영은 역사의 격랑 앞에서 무력함에 자학하며 "모래야 나는 얼마큼 적으냐 / 바람아 먼지야 풀아 나는 얼마큼 적으냐 / 정말 얼마큼 적으냐……"라고 절규한 적이 있지요. 모래보다 먼지보다 적은 저로서는 두서없이 떠오르는 질문들을 감당하기가 벅차군요. 오로지 반성하고 또 반성하며 딸에게 부끄럽지 않은 아비가 되기를 바랄 뿐입니다.

저는 미술에 문외한입니다만, 제게 있어 미술사상 최고의 그림은 구스타프 클림트의 <입맞춤>입니다. 이토록 따뜻하고, 이토록 환하며, 이토록 황홀한 그림을 저는 지금껏 본 적이 없습니다. 아마도 위대한 예술가들이나 지성들이 꿈꾸었던, 그리고 지금 저와 같은 범인들이 꿈꾸는 세상이 이 같이 찬란한 사랑의 공동체가 아닐까요? 이 책을 읽는 당신께 사랑의 빛이 충만하기를 간절히 바랍니다. 우리 마음속의 빛이야말로 빛을 상실한 시대를 헤쳐 나가는 유일한 힘이니까요. 그럼, 안녕히…….

먹구름 자욱한 정병산 자락에서

박정선 드림

차 례

부록 임화를 말한다 • 349

제1부 문학수업시대와 문학운동시대

환멸(幻滅)의 철인(哲人)

• 「환멸의 철인」 원문

그는 인생을 너무 지나[1] 사랑했다

인(人)이 참을 수가 없을 만치

그는 소녀를 너무 지나 사랑했다.

그를 애처(愛妻)로 삼을 수가 없을 만치

― 춘월(春月)[2]

---

1 지나 : 지나치게.

2 춘월(春月) : 이쿠타 슌게츠(生田春月, 1892–1930). 기독교와 인도주의에 심취했다가 점차 허무주
  의로 빠져들었고, 결국 투신자살했다. 시집으로 『영혼의 가을』(1917), 『상징의 오징어』(1930), 자

아마도 이 시를 부른 시인은 내가 무덤으로 들어간 뒤에 조그만 표목(標木) 위에 가 적히[3] 울고 묘비명을 이 심약한 나를 위하여 멀리서 썼을 것이다.

아무리 나의 몸을 휩싸고 무수한 그림자가 비록 화려하기가 그 비할 바가 없고 아름답기가 짝이 없어도 이 한없이 약한, 가히 애처로워할 만한 조그만 철인(哲人)은 감히 이 인생에 대하여 손틈만치도 손을 내밀어 볼 용기도 갖지 못했던 것이다.

그러고 일찍이 잃어지지 아니한 사랑을 해 본 적이 없고 조그마나마 성공이란 근처를 가 본 일이 없었던 것이다.

참으로 나는 인생을 너무 지나 사랑을 했던 것이다. 그러므로 일찍이 용서를 아니한 일이 없고 양보를 아니한 사랑이 없었다.

만일 누구든지 나의 심장을 달라고 오는 여인(麗人)이 있다고 하면 나는 주저하지 않았을 만치 나는 인생을 무한히 사랑했다.

그러나 왕성(旺盛)을 그것은 사랑할 수가 없었다. 오래지 않아 그것은 퇴폐는 가련한 적멸로 홀로 걸어가지 아니하면 안 될 시절이 올 것이므로 강대한 지구상에 광대한 영토를 가진 우세한 민족 모두 고토(故土)를 잃고 천 년 묵은 제 땅을 그리워 멀리 바라보고 향수에 우는 유랑의 동무를 사랑하였다. 일장춘몽이란 말이 있다. 봄꿈은 짧으니라. 그러나 세상의 사람들은 그 짧은 봄밤이 얼마나 길고 오래 가는 줄 믿는다. 그러나 머지않아 가을이 올 줄을 그를 생각지도 않던지. 오오, 너무나 무모한 인생이다.

전소설로 『마주 기대는 영혼』(1921-1924) 등이 있다. 고재석 편, 『일본문학・사상명저사전』, 깊은 샘, 1993, 385쪽 참조.

3 적히 : '적(寂)히'를 의미하는 듯하다.

나는 모든 것에 대하여 조금도 원망치를 않는다. 오직 나의 마음으로 정성을 다하여 적멸로 고독으로 걸어가는 모든 것에 대한 무언의 감사를 이 길고 긴 가을밤이 새어지도록 드릴 뿐이다.

오오, 죽음이여. 나는 그대에게 감사를 드린다.

그대가 이 인생의 끝을 막지 않아 준다면 인생은 너무 오래 괴롭고 삶은 그렇게 귀하지가 않을 것이니깐.

청춘의 그대들이어. 그대들은 이 노년에게 감사를 드리어야 할 것이다. 인생이 그대들의 청춘에다 노년을 묻혀 주지 아니하면 청춘은 기괴하다. 그러고 청춘은 결코 아름답지를 않으니깐.

그러고 오늘밤 이 가을의 맑은 달 아래서 사랑을 그리워 가슴을 울리고 서 있는 사랑하는 젊은 사람들이어. 그대들은 이별을 서러워 말라. 만일 긴 이별 없으면 그들의 만남의 포옹은 결코 꿈같이 달지를 아니하리라. 그러고 결국은 실증이 두 마음을 떼일 터이니깐. 그대들은 이 아름다운 이별을 사랑하라.

또한 과거의 지나간 환락을 꿈꾸고 불행에 우는 사람들이어. 그대들은 결코 불행을 원망치 말라. 그렇지 않으면 지나간 시절은 그다지 귀하지가 않을 것이니깐.

그러고 고통을 사랑하라. 그것은 아프고 쓰릴 것이다.

그러나 그렇지도 않으면 쾌락은 결코 조금만치도 귀함이 없을 것이다.

이렇게 모진 운명을 나는 사랑하고 또한 끝없는 감사를 드린다. 그리하여 일찍이 집착이란 사랑에 대한, 삶에 대한, 모든 것에 대한 열애(熱愛)를 감(感)해 본 적이 없었고 또한 나의 힘을 가지고 권력을 생각한 적이 없었다.

그리하여 낮에는 밤이 오기를 기다렸을 뿐이고 봄날의 아름다운 밤

장화(壯華)한 정원에서 사랑을 속삭이는 사람들보다도 가을밤 서리 찬 백화(白樺)[4] 숲속에서 홀로 실연에 우는 젊은 시인을 나는 무한히 사랑했다.

만일 지금의 난만(爛漫)한 봄날의 꽃이 그렇게 허탄[5]히 지지 않는다 하면 누가 그 꽃을 따라 너무나 빨리 아름다운 청춘을 애석히 여기고 그들의 고운 접문(接吻)[6]을 봄의 페이지 위에다 남기고 간 것이 어찌 아름다울 것일 것인가. 오직 그렇게 아름답고 고운 꽃동산에서 얼굴을 붉히고 애꿎은 풀만 쥐어뜯고 앉았던 에덴의 주인들도 오래지 않아 노년의 음습[7]을 못 면할 터이니깐. 청춘은 끝없이 아름답고 봄은 고운 것이다.

아아, 나는 왜 이렇게 스러져 가는 것을 사랑하고 비장한 토식(吐息)[8]을 하고 있을까. 나는 간 곳마다에 짐을 맡고 돌아가는 운명의 패전인 투사이고 숲속에, 적멸이 사는 가을 숲속에 우는 환멸의 철인이다.

환멸은 인생의 패한 사람들에게 가장 온화하고 적당한 데니까. 청춘을 가는 사람들과 같이 그들은 명일(明日)을 바라지 않으니깐. 다만 오래지 않아 고락(涸落)으로 갈 길을 볼 뿐이니깐. 그들의 마음은 오직 과거의 지나간 그림자를, 주머니 속에 남은 부서진 꿈의 파편을 주무르고 있을 따름이다.

인생에게도 끝날의 가을이 와서 우리를 죽음으로 건네어 우리는 한마디 감사를 드리고 떠나가자.

그러고 나뭇잎을 쓸러, 인생을 쓸러 불어오는 가을바람에 최후로 이

---

4 백화(白樺) : 자작나무.
5 허탄(虛誕) : 거짓되고 미덥지 않음.
6 접문(接吻) : 입맞춤.
7 음습(陰濕) : 그늘지고 축축함, 음산하고 눅눅함.
8 토식(吐息) : 한숨을 내쉼.

두 행의 시를 실어 영겁으로 보내고 우리는 유쾌히 떠나가자.

　　스러져 가는 것은 아름답고
　　아름다운 것은 스러져 간다

오오, 추풍이, 가을바람이 또 다시 맑은 하늘을 불어오도다. 머지않아 영혼의 가을은 오리로다.

　　—1926 추야(秋夜)

『매일신보』, 1926. 10. 3.

영춘부(迎春賦)

　가을은 사색의 시절이다. 환멸의 비애와 한가지 수확의 기쁨과 성숙의 풍요와 정적(靜寂)한 기분은 사색의 분위기를 양출(釀出)한다.

　그러나 이 사색은 애수적 정서를 띤 환멸에 대한 인생의 무상(無常)을 점치는 것 같은 것이다.

　그러나 흐드러진 만산홍엽이 짙어 가을의 적멸과 가을의 풍요를 말하고 있으니 그것은 머지않아 갈 것이고 사라져 가는 명멸적(明滅的) 미(美) 그것이다.

　그러나 봄은 소요(逍遙)의 시절이고 도취적 향락을 가져오는 유혹적 시절이다.

　그리하여 삼라의 만상은 생명의 환희와 그 조그마한 향락의 유등(油燈) 속에서 취하고 노래한다.

　그들은 바야흐로 무르녹은 성하의 녹음과 오월의 미풍을 맞이하는 희망에 스러져 가는 낙화의 설움도 그다지 크게 마음을 울리지는 않는다.

　이 두 개의 뜻과 경지를 달리 한 미 즉 가을의 비수적(悲愁的) 정서와 봄철의 희망을 앞둔 미 사이에는 얼마나한 미적 교섭이 있으며 그 찰나적 심미감 그것의 가치도 얼마나한 차이를 우리는 발견할 것이냐. 그러나 우리가 어찌 봄철의 양양(洋洋)한 정서가 흐드러진 백화(百花)가 스러져 가지 아니하면 씻기지 아니하리라고 단언할 것이냐.

아름다운 것은 스러져 가고

스러져 가는 것은 아름답다

청춘의 넘치는 환락과 자연과 인생과 사이의 교섭에 대한 심미적 가치는 누구나 세세(細細)의 미 사이를 구별 지을 수가 있느냐. 나는 거기에 소호(小毫)의 상이(相異)를 차입(差入)할 여지가 없으리라고 생각하며 또한 믿고 있다.

그리고 우리는 어떠한 때이나 이 시절에 우리가 풍만한 자연의 미 속에 우리 자신을 발견할 그 찰나에 우리는 미 속의 사람이며 자연의 향락만이 되는 것이다. 그것은 우리에게 청춘이며 또한 생명의 환희 그 아래 놓인 비수(悲愁)의 일면(一面)일 것이다.

나는 한 달이나 전에 돌아가신 어머니의 유사(幽舍)[1]를 찾아서 미아리(彌阿里) 동산을 바라보고 광활한 봄날의 평원을 오래간만에 걸을 기회를 얻었다.

나의 머리에는 돌아가신 어머니의 나머지 설움과 따뜻하고 순유(順乳)한 봄날의 태양, 먼 산을 끼고 도는 양염(陽炎)의 춤 그것을 몇 번씩 번갈아 바꾸어 보다가 나는 무심코 대공(大空)을 치어다보았다. 거기엔 아무것도 없었다. 빈 구름 한 장, 먼지 하나 떠 있는 것 같지 않았었다. 오래간만이다. 순후하고 맑은 조선의 창공을 언제나 그 아래 생활하면서도 보기는 오늘이 처음인 것 같다. 오오, 대륙의 청공(靑空)! 이 밑에서는 나의 나라에도 성(性)[2]의 혼과 구부러진 생명이 돌 틈바구니에 찡

---

1 유사(幽舍) : 유택(幽宅).
2 성(性) : 생명.

긴 나무뿌리같이도 알지 못할 새에 뻗어나며 겨울의 모진 한철은 눈 밑에서 치른 갈보리의 파란 싹 그것과 같이 자라나리라.

나는 비로소 청춘의 환희와 생명의 횡일(橫溢)을 느끼었다.

그리고 또한 이 생이 환희에 쌓인 시절에서 사멸의 설움이 가슴을 누르고 입술을 붙잡는 것을 깨달았다. 무상한 인생의 한 꿈을 무섭게도 무덤 밑에서 그리어 보았다.

어찌하여 인간 생활은 사멸과 무덤으로 결국(結局)을 지어야 하고 생활, 그 짧은 시간의 생활 그것도 굴종과 죄악과 기만의 중루(重壘)이고 연속이어야 하느냐. 나는 다시 증오와 질투와 상함(相陷)[3]의 감정이 전파같이 종횡으로 얽혀진 시커먼 도회와 지상을 노리었다.

그들은 사멸의 준비로 살인을 하고 약탈을 행한다는 것은 너무도 비참한 유머가 아닐까.

어떻게 하든지 약한 자를 착취하여야 하고 속이어야 한단 말이냐.

오오, 청공. 우주의 모체여. 그대는 어찌하여 이렇듯 간악한 인간을 포용하고 있는가!

신은 전원을 만들고 악마는 도회를 꾸미었다. 첫째로 도회의 황혼을 걸어가 보라.

거기엔 부항(俯向)[4]한 무거운 머리를 끌고 가는 사나이를 반드시 보리라.[5]

다음엔 황혼의 천변을 걸어가 보라. 거기엔 고요한 유수(流水)를 노리고서 정신없이 걸어가는 사나이를 반드시 보리라. 황혼의 바[6]에, 황혼

---

3 상함(相陷) : 서로 곤경에 빠뜨림.
4 부항(俯向) : 고개를 숙임.
5 반드시 보리라 : 원문에는 없다. 식자 과정에서 누락된 것으로 보인다.
6 바(bar) : 술집.

의 가로수 아래 그들은 별은 모른다. 생활의 굴탁(屈托)[7]과 삶의 투쟁을 앞두고 그들의 눈은 감기었으리라.

만일 부모가 없었더라면, 처자가 주렁주렁 없었더라면 그들은 반드시 광야의 아들이 되었으리라. 추악한 집단에도 들어가서[8] 그들은 두 번 다시 안 돌아오리라. 그리하여 그들은 그들의 동지 속에서 그들 자신을 위하여 일하고 자연의 품속에서, 순후(順厚)한 광원(曠原)에서 흙을 일으즙으리라.[9]

그러나 그들은 부모가 있고 처자가 떨리는 생명을 이으려고 또 다시 그 다음날 이른 아침부터 장부에도 숫자를 그리고 해머를 잡아야 한다.

그리하여 이 조그만 순교자의 무리는 황혼의 전차(電車) 앞에서 우물대지 않느냐.

우리들에게는 문명의 지식이 낳은 오색(五色)의 가등(街燈)을 갖느니보다도 고요한 밤에 한 개의 작은 별을 갖는 게 더욱 행복이리라.

또한 우리는 천궁(天宮)의 일실(一室)을 차지하느니보다도 우리는 한 더미 드러누울 풀더미를 원하는 것이다. 우리는 일찍이 청공(靑空)이 얼마나 귀여운 것을 생각해 본 적이 있었는가.

우리는 일찍이 유순(乳順)한 태양이 등살을 쪼이는 광선에 은택(恩澤)을 느낀 때가 있었는가.

오월의 미풍에 눈물겨운 감사를 드려 본 적이 있었는가.

시커먼 흙을 메즘고[10] 나오는 한 가지 초화(草花)에서 신비한 생명의 신비를, 대자연의 사랑의 섭언(囁言)[11]을 들은 기억이 남아 있는가.

---

7 굴탁(屈托) : 굴복(屈伏)
8 들어가서 : 문맥을 고려하여 넣었다.
9 일으즙으리라 : '일으키다'와 '뒤집다'의 합성어로 쓴 듯하다.
10 메즘고 : '헤치고'나 '뚫고'를 의미하는 듯하다.

아아, 우리는 별조차 잃은 무리니깐.

사(死), 무상(無常), 적막(寂寞)은 나의 마음을 부서진 거문고 줄같이 산란(散亂)하게 만들었다.

하나[12] 설움을 아는 자에 비하여 설움이 없는 세계는 또한 얼마나 공허할 것일까.

또한 적막을 아는 자에 비하여 적멸의 비애가 없는 날 그것은 얼마나 단조한 인생 그것이랴.

나는 춘일의 미황(迷徨)을 끝없이 사랑한다.

산에로 들에로 밭이랑에로 꽃 진 동산에로 또한 혼란한 도회의 야가(夜街)의 산보를 사랑한다.

비오는 밤 연인을 만나려 발자취를 도적해 가며 내 앞을 건너가는 소년의 시커먼 그림자를 무한히 나는 사랑한다.

봄비에 젖은 가등과 전등탑을 사랑한다.

봄밤에 눈물 젖은 양류(楊柳)의 싹눈을 사랑한다. 나는 춘소(春宵)[13]의 여사(旅舍)를 사랑한다. 더욱 비 오는 밤이면 전기도 없고 자동차도 없는 시골 길가의 봄을 사랑한다.

그러고 나는 밤비를 조르고 맞고 토라진 소년의 마음을 슬퍼하는 소녀의 얼굴을 그리어도 본다.

사랑스럽구나. 비 오는 밤.

청춘은 이 춘소에 무엇을 꿈꾸느냐.

---

11 섭언(囁言) : 속삭임.
12 하나 : 그러나.
13 춘소(春宵) : 봄밤.

더구나 어렸을 시절에 지금 아니 계신 어머니의 손을 끌고 양염에 가 싸여 춘광에 녹아 야화(野火)를 손뼉 치며 달음질치던 평원(平原)의 꿈을 나는 눈앞에 벌여 놓았다.

단산(湍山) 시골 계신 기창(基昌) 형님!

지금은 무엇을 꿈꾸고 있습니까.

이렇게 쓸쓸한 밤에 저 도크[14]의 달콤한 오(五) 운의 가등과 카페의 거울을, 웨이트리스의 얼굴을 그리나이까.

그렇지도 아니하면 서울서 뒹구는 아우의 몸을 염려하십니까.

형님!

만일 우리들의 세상에 아름다운 인정이 없었더라면

만일 우리들의 세상에 춘소의 세우(細雨)가 없었더라면

조그만 새의 소리가 없었더라면

원산(遠山)의 아지랑이가 없었더라면

계천(谿川)에 물소리 안 났더라면

춘산에 야화가 없었더라면

우리는 무엇이 청춘이고 무엇이 봄이리까.

봄은 생명의 시절이다.

우리들의 받아진 목숨의 환희 아래 가슴을 울리는 때는 지금이다.

연화초(蓮華草)도 피지 않았느냐.

오랑캐꽃도 개나리꽃도.

우리는 봄날의 산길을 걸어가자.

---

14 도크(dock) : 항구의 선박 시설.

그럴 동안에 우리는 오래인 임자조차 없는 고총(古塚)을 지나간다. 어떤 때에는 역사(力士)의 무덤을, 미녀의 무덤을, 여로에 죽은 시인의 무덤을, 불쌍한 전설을 남기고 간 옛무덤을 우리는 자꾸 지나리라. 그때 우리는 조금만 귀를 기울이면 반드시 나뭇가지에서 우는 새의 노래를 들을 것이다. 또는 이름조차 없는 야화(野花)의 초초(楚楚)한[15] 얼굴을 볼 것이다.

이름도 없는 풀잎에도 춘일의 유풍(柔風)은 불어간다.

이름도 없는 야화는 고총에도 폐허에도 봄소식을 전한다.

우리가 오랫동안 찾지 않던 등심초는 물가에 푸르렀다.

한 덩이 흙도 아지랑이 얽히고 물 위를 떠가는 한 조각 목편(木片)에도 춘광이, 양염이 춤을 춘다네.

백화림(白樺林)에도

수양류(垂楊柳)에도

황금에서 꾀꼬리 노래한다네.

만일 저 봄에 저 호반시인 워즈워스(William Wordsworth)[16]가 여기를 지나간다면 소격란(蘇格蘭)[17]의 고원에서 듣던 소녀의 노래의 추억을 다시 한 번 새로이 하며 인생의 소년기는 가장 아름답다고 혼자 중얼거리며 여기서 해 가는 줄 모르고 휘파람을 불 것이다. 그리고

나는 자연의 왕자이다.

그는 가던 여로를 여기서 열흘 스무날 멈추리라.

인생 지상(至上)의 행복.

---

15 초초(楚楚)한 : 고운, 아름다운

16 워즈워스(William Wordsworth, 1770–1850) : 영국의 시인.

17 소격란(蘇格蘭) : 스코틀랜드.

청춘.

여인(旅人)은 봄의 들(野)을 걸어가라.

그대들의 길 양측에는 양염이 난무하리라.

일찍이 천상을 밝히던 창공의 빛이, 춘광이, 미풍이 가장 삼라(森羅)한 그대의 머리 위에서 미소하리라.

청춘이다.

춘일에 길 가는 여인(旅人)이여.

그대는 인생의 가장 아름다운 날에 살아가느니라.

옛날이다. 나도 어리고 지금은 없는 어머니도 중년(中年) 적이었다.

그때도 시절의 양춘가절. 나는 지금이나 그때나 역시 이 서울의 동쪽 마을 조그만 살림 속에서 자라났다.

천춘(淺春)[18] 그때 우리 뒷밭에는 백채(白菜)[19]를 부치기 시작했었다.

어머니는 뒷문에서 밭이랑에서 각시풀과 씨름을 하여 얼굴과 전신이 흙투성이가 된 나를 바라보며 미소를 금치 못하고 있었다.

이때에 언제나 있는 뻐꾸기피리(뻐꾸기 형상을 하고 흙으로 고아 만든 피리)를 목판에다 놓아 가지고 천변으로 외우고[20] 간다.

나는 어머니를 조르려고 벌떡 일어났다. 그러나 그 전에 내가 곁눈으로 볼 적엔 웃고 계시던 어머니는 별안간 무서운 얼굴을 하시며 태도 일변하여 흙 묻은 얼굴과 손을 가리키시며 단번에 입을 열 수 없게 했다.

그리하여 나는 피리고 무엇이고 그저 묵묵히 서서 어머니를 속으로

---

18 천춘(淺春) : 초봄.
19 백채(白菜) : 배추.
20 외우고 : 외치고.

얼마나 미운 생각이 들었는지 지금 생각하면 우습기도 하고 죄송하다.

그러나 그러나

세상에 나는 어머니가 제일 좋았다.

아버지보다도 과자보다도.

그러나 그 후에 어머니는 피리를 둘씩 사 주셨다. 그리하여 개나리 핀 동산으로 남의 밭고랑으로 돌아다니면서 실컷 불었다. 흙 묻은 손이 다 쉬고 입가장이[21]에는 흙으로 테를 둘러 가지고도 불었었다. 입 속에 모래가 버적버적한 때도 한두 번 아니었었다.

나는 지금도 피리를 무한히 사랑한다.

지난날의 유물 그것은 나의 어머니와 나의 어린 생명의 일부가 된 것이었다. 어머니와 자식 사이의 미묘한 애정의 관련체이었다.

그 뻐꾸기피리와 같은 것이 이태리에 있어서 도토(陶土)로 고은 것인 데 그 나라 아이들이 분다고 한다는 것은 어떤 책에서 본 일이 있다.

그러나 그 부는 입은 우리 조선의 뻐꾸기피리같이 하나가 아니고 여럿이란 것이다. 아마도 좀 진보된 완구라고 할 것이다.

그러나 그 야취(野趣)에 있어서나 단조한 채색 같은 것은 거의 같은 모양이다. 그리고 그것은 봄철이 되면 들이나 삼림에서 목동들이 많이 분다고 하고, 향토적이고 목가적 정서가 풍부하다고 한다. 나의 뻐꾸기 피리와 아무래도 유사한 것일 것이 분명하다.

나는 셀룰로이드의 색색이 진보된 완구보다도 이 목판에 벌인 조선 의 뻐꾸기피리를 얼마나 향토적이고 그 목가적인 것에서 사랑과 친함 을 믿고 있다.

---

21 입가장이 : 입가.

춘야(春野)에 뻐꾹피리

그 누구 분단 말가.

어느덧 개나리 웃음 피니

후 후 뻐꾸기피리 노래하면

우리 집 동산에도 봄이 온단다.

후 후 뻐꾸기피리 노래하면

백채밭에 춘풍이 아지랑이마냥 어려진다.

후 후 뻐꾸기피리 노래하면

우리 어머니 묵은 산소에 오랑캐꽃 핀단다.

지금도 이태리 시골의 소년은 봄이 오면 가슴이 타 가는 줄을 모르리라.

나의 청춘도 봄이 오면 뻐꾸기피리 불고 섰으리.

나는 봄이 오면 뻐꾸기피리 생각을 하고 후 후 라는 소리를 들을 제 뒷문 턱에서 미소하던 어머니 얼굴을 생각한다.

아아 나는 손에다 흙칠을 하고 봄이 올 적마다 아마도 영원히 백채밭 이랑에서 피리를 불며 돌아가신 어머니는 뒷문 턱에서 고요히 혼자서 웃음지리라.

4월 12일

『매일신보』, 1927. 5. 8.

■ 봄을 맞이하는 소감을 피력한 글이다. 「환멸의 철인」과 마찬가지로 감상성이 도드라져 있고, 내용이 난삽하다. 하지만 자연과 도회를 대비하면서 도회에 대한 비판적 인식과 도회적 삶의 고통을 포착하는 시각을 보여주는 점은 이채롭다. 이를 통해 임화가 프로문학으로 나아가게 되는 내적 계기를 짐작해 볼 수도 있지 않을까 싶다. 글의 후반부는 임화의 유년시절을 살필 수 있게 해 준다.

나와 호랑이

호랑이는 동물원과 영화에서밖에 못 보았기 때문에 실물에서 얻은 지식보다 전설에서 얻은 인상이 강합니다. 어려서 내가 울면 호랑이가 물어간다는 말은 내가 독자(獨子)라 어머니가 엄금하셨다 하며 단지 호랑이는 함부로 사람을 잡아먹는 것이 아니라는 것과 산의 수호수(守護獸)라는 제종(諸種)의 이야기를 들었습니다. 대문간을 들어서면 호랑이 화상(畵像)을 붙여 악귀를 물리친다는 어린 때 기억도 아름답거니와 산에다 내다버린 어린애를 삼 년이나 호랑이가 길렀다는 이야기는 더욱 그 짐승의 관후인자(寬厚仁慈)함을 내게 인상(印象) 주었습니다. 그러나 열두 살 때인가 비로소 동물원에서 호랑이를 보았을 때 이런 전설적 영상(影像)은 일체로 내 머리에서 사라졌습니다. 내가 제일 싫어하는 동물 중의 하나인 고양이와 대소, 색깔 이외엔 아무것도 다름이 없는 점에서 나는 호랑이가 안 좋았습니다. 더구나 그 눈은 아무리 생각해도 전설의 호랑이로서의 자격은 없었습니다.

『조광』, 1938. 1.

■ 1938년은 무인년(戊寅年), 호랑이해였다. 잡지 『조광』에서는 신년호 특집으로 호랑이에 관한 글 여러 편을 실었는데, 이 글은 그 중 하나이다. 문학수업시대에 쓰인 것도 아니고, 그렇다고 그 시절을 본격적으로 회고한 글도 아니지만, 임화의 어린 시절이나 성향을 엿볼 수 있어 수록했다.

연애의 종말

아등(我等)[1]은 사랑에 대하여 영원히 화해하지 않는 싸움을 선언한다.

연애는 종말이다.

연애 형태에 의한 남녀 관계는 이미 그 위기의 절정에 달하였다.

연애 종말의 필연적 결과로서 우리는 또 하나의 새로운 물건을 발견할 것이다.

그것은 존재했다.

$-$1928

이것은 노국(露國)[2]의 좌익적인 가장 새로운 예술단체인 구성파(構成派) 예술가 제일군(第一群)의 웅장(雄將) 알렉세이 간이 초강(草綱)한 구성주의 예술가의 전투적인 선언을 내가 지금 이 연애의 문제에 적용한 것이다.

그들이 서구의 구성주의와의 견해가 상위(相違)한 그것과 같이 우리도 모든 모던인 가장 현대적인 제 예술가 아울러 청년 남녀와의 견해와 엄연히 독립한다. 노서아의 구성주의는 서구 구성주의 예술가에 대하여 그들의 텍토니카[3]의 취급에 있어서 그들 자신을 그 도시적 집단적 발

---

1 아등(我等) : 우리.
2 노국(露國) : 러시아.
3 텍토니카(tectonika) : 러시아 구성주의의 조형원리 중 하나로서 새로운 내용을 새로운 형식에 담는 것을 말한다. 유영아, 「러시아 구성주의의 관점에서 바라본 뉴미디어 아트」, 『한국영상학회 논

전에서 종말된 예술 속에 그 자신을 침닉(沈溺)시켜버린 데에 서구 구성파의 매음성(賣淫性), 부르주아성(性)이 존재한다는 것이다.

그러므로 지금 우리들이 취급하는 연애 즉 청춘기에 있는 남녀 관계를 일체의 개인적인 입장에서 이탈하는 데에 우리의 주장의 전국적(全國的)이 존재한 것이다.

그러므로 연애의 개인주의적 사고를 절대로 허여(許與)치 않는다.

그러므로 연애로 하여 철교(鐵橋)로 가고 연애로 하여 전 성격을 하수도에 넣는 사람들에게 우리는 침을 뱉는다.

우리들은 경멸한다. 그러므로 크라이스트가 말한, 석가 기타가 말한 소위 플라토닉한 사랑은 어제께 달력장과 함께 그친 것이다. 그러므로 아직도 이 말한 바의 연애의 형태로서 남녀 관계를 지속하려는 사나이 혹은 그 자신 모던인 여자 등의 프로·부르성(性)에 대한 싸움을 시작한다는 것이다.

특히 우리는 이러한 연애의 관념적 인식을 (중략)[4]

우리들의 예술가의 작품 특히 소설에 있어서 놀라울 만한 비과학적 개인주의 견해에 당면하게 되는 것이다.

그러면 우리는 이 조그마한 어여쁜 문제를 어떻게 해결할 것인가.

우리는 무엇보다도 남녀의 관계 즉 사람의 성적 문제에서부터 문제 삼아야 할 것이다.

남녀의 관계는 우리는 개인적인 다른 모든 무수한 문제와 동일한 개인적 문제에 불외(不外)한다고 단정하고 나아간다. 더구나 역사가 이 세기와 같은 사회적 계단에 있을 때엔 사회인의 개인 문제는 전체적인 문

문집』 8권 4호, 한국영상학회, 2010, 125쪽 참조.
4 분량 조절을 위해 편집자가 중략한 것으로 보인다. 이하 동일.

제의 모순을 낳기 쉬운 것이다.

그러므로 개인적 제 문제는 언제든지 그 개인의 개인적 고통으로서 존재하게 되는 것이다. 마치 연애란 남녀 관계가 이러한 사회적 사정 하에 있는 일반인의 개인적 고통으로서 존재하는 것과 같은 것이다.

이것은 세계가 낳은 가장 새로운 연애 문제를 취급한 콜론타이 여사의 『적련(赤戀)』의 서문에 있어도 노서아의 당원, 기타 산업 부문이나 도시 기관의 조직인(組織人)이 재래의 형태의 남녀 관계 즉 연애에 생활하려는 남녀의 사회인으로서의 개인적인 고통이 어떻게 크고 쓰린 것인가를 말한 것이었다.

그러나 그것은 당연한 사실이다. 종말한 연애의 형태로서 남녀 관계를 지속하려는 사회인으로서의 모순, 마르키스트로서 집단적 감정을 노래할 줄 알고 생활할 줄 아는 가장 새로운 인류가 가진 바 가장 우열(愚劣)한 사고방법인 개인주의적 관념, 이성 때문에 가지고 있는 역시 우열한 존재인 것이다.

• 영화 〈유랑〉(1928)의 주연배우 임화

새로운 조직인, 조직에 소속된 조직원으로선 엄연히 이 개인적인 문제, 연애를 그 자신 연애 속에 침닉시킨 관념론자의 무리에 대한 화해할 수 없는 싸움 속에서 우리는 당당하게 지구상에 선언하는 것이다.

그러나 이 남녀 관계 즉 개인과 개인의 범주를 벗어나지 못하는 이 문제를 우리는 내어 버리지 않으면 안 된다. 그것은 남녀의 관계 그 자체가 연애란 어떠한 사회적 조건하에서 명칭되는 동시에 그것은 국한되었으며 또한 동시에 그것은 그 자체 내에서 없어져 버리고 만 것이다.

그러므로 연애란 그것은 남녀 관계에 대하여 역사적 설명을 주는 것밖에는 아무런 의미가 없다. (중략)

그러면 이 주요한 근거를 우리는 어디서 들어야 할 것인가.

그러나 우리가 연애는 고통이라는 것을 잘 알고 있지 않은가.

인간의 환희와 감각적 포만의 절정이어야 할 연애가 어찌하여 고통이란 말이냐.

이것이 얼마나 불가사의한 것인가.

여기에는 연애란 남녀 관계를 개인적 입장에서 해결하여 써 영원히 가지려는 가련한 관념론의 파지자(把持者)의 사고방법 속에서 자살하는 데 원인한다.

이미 연애는 남녀 관계를 관계하기에는 너무나 고식(古式)이고 무능력하다.

사회적 제 조건은 이것을 허용치 않는다.

그러나 우리는 주의할 것을 잊어서는 안 된다.

이 말은 소위 가장 명철(明哲)한 현대 청년들의 입에서 쏟아지는 감정과 이지의 싸움은 절대로 아니다.

만일 그 사람이 집단의 사람이고 또한 조직인이고 또는 아니고를 물론하고 그 사람이 정당한 현대 남인(男人)이면은, 현대의 여인(女人)이면은 이지와 감정과의 싸움이란 클래식한 방식으로 남녀 관계의 고통을 정의하지는 않을 것이다.

한번 연애 즉 개인주의적인 남녀 관계의 견해를 버리고 다시 남녀 관계에 존재해 보라. 거기에는 이지나 감정의 분립을 과연 발견할 것인가.

『조선일보』, 1928. 10. 19~10. 21.

러시아 구성주의 예술가인 알렉세이 간과 러시아의 여성운동가였던 콜론타이의 연애론에 기대어 개인주의적 연애를 비판하고 혁명적 연애를 주장한 글이다. 카프 가입 후 쓴 글이며, 이 글을 통해 임화의 세계관이나 예술관의 변화를 감지할 수 있다. 그러나 글은 여전히 난삽하다.

희망보다 실망

  귀문(貴問)에 대하여 대단히 짧고 부족하나마 다음과 같이 말씀하고 싶습니다.

  문단인(文壇人)이라고 해서 무슨 특별한, 사회에 대한 희망 같은 것을 가졌겠습니까만, 구태여 말하라고 하면 위선(爲先)[1] 문단인(?)이 문학을 생활의 주요한 것을 삼고 살아가는 사람이라고 하더라도 우리 조선에만 보더라도 상당히 많은 사람들이 이 개념 하에 포괄될 것이요 따라서 이러한 문제에 대하여 각자가 꽤 많은 종류의 해답을 던지리라고 생각됩니다. 그러나 대체로 제 개인이 생각하고 또 일상생활이나 문학을 위한 생활에서 얻은 말하자면 무엇보다도 금일의 사회의 지배적인 제 조건은 진정한 위대한 예술문학의 창조와 또는 그 창조적인 길과는 퍽 양립(兩立)하기 어렵고 하등의 희망을 부치기가 어려운 것 같습니다. 사실 문학 급(及)[2] 예술에 흥륭(興隆) 대신에 그 비속화 삼(三) 문화가 있지 않습니까? 양심 있는 문학자, 예술가는 위선 희망보다도 그것에 대한 실망을 가지고 있고 따라서 진정한 대(大) 예술문학의 창조의 가능성을 참말로 그 역사적인 필연의 길 가운데서 발견할 것이 아닌가 합니다. 생

---

1 위선(爲先) : 우선(于先).
2 급(及) : 및.

활적인, 사유적인 모든 길을 통하여 이 길은 모든 문학자의 앞에 나타나는 것이 되리라고 생각합니다. 과연 어떠한 사회적 조건만이 문학 급 예술의 진정한 발전과 개화를 약속하는 것인가 하는 것은 문학과 예술의 흥망성쇠를 이야기하는 인류의 문화가 대단히 풍부한 산(生) 예를 우리 앞에 제시하고 있지 않습니까?

그러므로 그 사회가 문학, 예술 또 그의 근원인 인간 생활을 퇴화의 길이 아니라 발전의 길로 이끄는 것이라면 역사주의의 체계표(體系表)이어야 할 것입니다.

따라서 금일의 우리 사회의 어느 곳에 이 방향이 보이는가 혹은 반대의 것이 있는가는 전연 다른 영욕(榮辱)이며 동시(同時) 전연 명확한 사실입니다.

『동아일보』, 1934. 1. 12.

■ '문단인으로서 사회에 보내는 희망'이란 설문조사의 응답으로 쓴 글이다. 당대가 위대한 문학을 창조하기에 곤란한 조건이라는 것, 그럼에도 문학 발전의 길을 찾아야 한다는 것이 글에 담긴 임화의 생각이다. 당시 카프 서기장이었던 임화의 당위론적 생각이 드러나 있다.

현해탄의 백일몽

사람의 한평생 살림에 있어 꿈이라는 것은 자리 속에서 잠꼬대와 함께 꾸는 것만이 아니라 똑똑한 현실의 실로 얽히어져서 알(卵)을 품은 어미 새의 깃과도 같이 언제나 떠나지 않는 것이다.

우리가 살아가는 긴 시간 가운데 일정한 지점에서 지나간 일을 회상할 제 과거는 대개가 기억이란 꿈의 안개를 타고 나타나며 또 장차 닥쳐 올 운명을 생각하는 것 또는 심히 똑똑히 예측하는 것도 의심할 수 없이 일종의 미래에 속하는 꿈으로 보이는 것이다.

더욱 우리들과 같이 아직 나이 젊은 청년에게 있어서는 생활과 현실의 대부분이 기다란 꿈의 동굴 가운데를 황량히 지나가는 기차와 같은 것이다.

아름다운 또 몹시 암담한, 그렇지 않은 범속한 여러 가지의 꿈이 청춘이란 고운 시절을 짓밟고 달아나는 것이다.

그리하여 이러한 꿈은 우리가 미래를 향하여 눈앞에 그릴 제 그것은 일곱 빛 찬란한 무지개로 나타나매 회상이란 구름을 통하여 과거를 돌이켜 보면은 불탄 들판 같이 어수선한 것이다.

더욱 청년에게 있어서는 새벽하늘의 노을이며 늙은이에게 있어서는 저녁하늘의 낙일과 함께 서쪽 산모퉁이에 비낀 운명의 낙조인 것이다.

그러므로 미래에의 공상은 젊은이의 것이며 과거에의 회상은 늙은이의 정신적인 재산이다.

그러나 인간은 젊은이고 늙은이고 끊임없이 과거와 미래인 세월의 강을 여행하는 것이므로 비록 청년인 우리일지라도 살아가면 살아갈수록 과거를 갖고 싫어도 회상을 차지하게 될 것이다.

산다는 것! 그것이 회상의 끊임없는 추적이란 의미에서……

1929년, 내가 아직 나이 스물두 살 때 지금으로부터 여섯 해 전 7월 어느 몹시 더운 날 아침에 나는 이천 톤짜리 관부연락선 위의 삼등 손님이 되었던 일이 있다.

화구(畫具)를 넣은 조그만 나무로 만든 손가방에 몇 자루 붓과 다 쭈그러진 회구(繪具)[1] 튜브, 그리고 수건 등을 넣은 단 한 개의 빈약한 행장을 손에 들고 양복저고리 포켓에는 경성, 대판[2] 간의 삼등 차표가 조심성스럽게 들어 있었다.

• 관부연락선 '고려환(高麗丸)'

그러나 약관 청년의 가슴 속에는 대단히 거대한 정신적 행장이 담뿍 들었었다.

문학에 대하여, 영화에 대하여, 연극에 대하여, 또 건축, 회화, 또 그 밖의 예술과 철학 등 모든 학문을 나는 반드시 내 것을 만들 수가 있다.

이것을 다만 이 머릿속에 넣지 않고는 두 번 이 조선해협을 건너지 않으리라는 엉뚱한 생각을 하고 배가 대마(對馬) 군도를 지나 구주[3]와

---

1 회구(繪具) : 그림물감.
2 대판(大阪) : 오사카.

일본 본주[4] 사이인 관문해협을 향하여 왼쪽 혹은 바른쪽으로 기울어지면서 망망한 수평선상을 달음질칠 때 이 꿈의 젊은 주인공은 저고리를 벗고 선미(船尾) 삼등선객의 갑판 위에 나와 녹음기를 머금은 바닷바람을 쏘이고 있었다.

반드시 이 부드러운 바람은 남양[5]의 무성한 열대식물의 숲을 거쳐 끝없는 태평양의 위를 불어오는 바람일 것이다.

수만 톤짜리 태평양 횡단의 원양 항해선이 몇 십 척 이 바람 밑을 달음질쳤을 것이다.

몇 천, 몇 만 번 수평선에서 돋아 올라 수평선으로 떨어지는 태양이 역시 이 바람 사이를 항행했을 것이다.

나는 몸과 마음 모든 것을 이 멀리서 오는 바람에 맡기고 싶었다. 날은 몹시 청명하고 물결은 퍽 고요해서 배는 옛날 사람의 형용을 빌면 그야말로 순풍에 돛을 단 듯 잘 닦아 놓은 길을 가는 자동차와 같이 순조로운 항행을 계속하고 있었다.

배 중앙에 있는 이등 캐빈에서는 축음기 소리가 다 나고 맑게 갠 하늘에는 풋솜 같은 구름이 가만히 흘러가는 것이 몹시 아름다웠다.

나는 말벗 하나 없이 한참이나 갑판 위에 섰다. (중략)[6]

선실로 들어와 물을 한 컵 얻어먹고 수건으로 땀을 씻고 앉아 내가 지금 무엇을 하러 동경을 가는가를 다시 한 번 똑똑히 생각해 보았다.

모든 것을 공부해서 모든 것을 안다.

----

3 구주(九州) : 큐슈.
4 본주(本州) : 혼슈.
5 남양(南洋) : 태평양의 적도 부근 지역을 일컫는다. 인도네시아, 필리핀, 말레이시아, 파푸아뉴기니아, 기타 군도가 포함된다.
6 원문 그대로 옮긴 것이다. 분량을 고려하여 중략한 듯하다.

그리하여 전력을 다해서 일을 해 본다. 이것을, 오직 한 개를 위하여 열 가지를 배워야 한다.

옳지, 그래서 다시 내가 이 바다 건널 때는 어깨가 무거워 올 만큼 잔뜩 선물을 가지고 어저께 나를 서울역에서 전송해 준 동무, 선배들을 만나리라.

몇 해 뒤? 삼 년? 사 년? 모른다, 그것은!

그럼 혹시 안 되지나 않을까? 아니 천만에. 반드시 된다.

얼른 한시바삐 동경에 닿자!

훌쩍 일어나 다시 맑아진 머리를 가리고 갑판에를 나와 앞을 보니 일본 열도의 긴 검은 그림자가 수평선을 덮고 나타났다.

배는 전속력을 가지고 그리로 그리로 돌진하고 있다.

나는 거대한 희망이 적확한 현실성을 가지고 내 눈앞에 한 걸음 한 걸음 닥쳐오는 것과 같은 것을 느끼었다.

…….

그러나 벌써 육 년이 지났다.

육 년 뒤 그때 칠월. 지금의 나는 얼굴이 수척해서 병상에 누워 있지 않은가?

    지나간 그 시절엔 무엇을 했는가 그대여
    다만 지금 그대는 한숨 지우니
    말해보라 그대의 젊었을 그때엔
    그 무엇을 했던가

— 폴 베를렌의 시 중에서[7]

---

7 베를렌(Paul Verlaine, 1844–1896)의 시 「하늘은 지붕 위로」의 마지막 연이다. 참고로 김억의 번역시집 『오뇌의 무도』(광익서관, 1921)에 수록된 이 시의 마지막 연을 소개하면 다음과 같다. "끊임없는 눈물에 잠겼는 그대여, / 아아 그대는 무엇을 하였는가, / 말을 하여라, 젊었을 적에 / 무엇을 하고 지내었는가"

34. 6. 앓으면서

『동아일보』, 1934. 7. 14.

■ '여름, 그리운 산·그리운 바다' 특집의 아홉 번째 연재물이다. 카프에 대한 일제의 탄압의 정점이라 할 수 있는 '신건설 사건'(카프 2차 검거 사건) 와중에 쓴 글이다. 이때 임화는 폐결핵의 악화로 검거를 면한 뒤 투병 중에 있었다. 청운의 꿈을 안고 대한해협을 건너던 시절의 회고와 병석에 누워 예술운동의 위기를 지켜보는 현재의 고통이 대비를 이루고 있다. 모든 것을 배우고 돌아와 고향을 위해 일하겠다고 다짐하던 임화의 모습은 1930년대 후반 그가 쓴 「현해탄」 연작의 '청년' 이미지에 고스란히 투사되었다.

공가(空家)의 향수(鄕愁)

○라는 곳은 동경시가가 바다로 끝막은 한 끝 간 동네 이름이다.

성선전차[1]의 전기장치를 한 쇠문짝이 저절로 미끄러져서 덜커덕 하고 닫힐 제 나는 겨우 사람들 틈에 끼어 차를 내렸다.

신숙[2]으로부터 이곳은 거의 한 시간이나 걸리는 것으로 연말이라 어찌 붐빈지 변변히 앉아 보지도 못한 채로 이곳까지 와 다리는 걸은 것이나 진배없게 무거웠다.

시간은 열 시가 되려면 아직 오 분이나 일러 나는 수도 있는 데로 가서 시간도 보낼 겸 손을 씻고 수건에다 물을 닦으면서 '분명히 열 시겠다.' 다시 약속한 시간을 입 속으로 뇌어 보았다.

두서너 차례 홈[3]의 이 끝에서 저 끝까지를 다른 사람의 의심을 사지 않게 승객들 틈에 끼어 거닐면서 시계를 보고 또 그를 찾아보았으나 이럭저럭 열 시 하고 십 분이 지났는데도 그는 보이지 않았다.

조직생활의 통상의 규율로 보면 나는 곧 그 자리를 위험지대로 인정하고 떠나야 할 것이로되 오 분! 더 기다리기로 하였다. 그러나 오 분도

---

1 성선전차(省線電車) : 도쿄 주변을 순회하던 전차.
2 신숙(新宿) : 신주쿠.
3 홈 : 플랫폼.

우리를 만나게 하지는 못하였다.

개찰원에게 차표를 내밀고 역문을 나서니 찬바람이 볼을 갈기는 게 일시에 정신이 나는 것 같았다.

그 자리에서 곧 나는 역 밖으로 나온 것이 후회되었다.

'빌어먹을, 야마시⁴를 해서라도 도로 타고 가는 걸……."

그에게 전할 종잇조각을 주머니 속에서 박박 뜯어서 가루가 된 것을 조금씩 길바닥에 버리면서 입맛을 다시니 소용이 없었다. 아는 놈의 집이나 근처에 있었으면 가서 자든지 그렇지 않으면 단돈 오 전이라도 얻어가지고 다시 야마시 차라도 탈 판인데 아무 도리가 없었다.

걸어가자니 내일 아침에나 닿을 게고 오래 걸리는 것은 차지하고라도 도중에 연말 경계에나 걸려 놓으면 일은 망치는 판이라 별 수 없이 빈집을 찾아 하룻밤 잘 예산을 차렸다.

낯선 거리라 하여간 큰 골을 곧장 지나 어디 으슥한 곳을 찾을 작정이었다.

길가는 비좁고 보잘 것 없으나 그래도 연말이라고 은좌⁵ 못지않게 풍성풍성했다.

게다를 신은 맨발과 철겨운⁶ 레인코트가 공연히 사람의 눈을 끄는 것 같아 나는 뒷골로 들어서 카시야⁷ 패 붙은 집만 문패 삼아 더듬었다.

한참을 이 골목 저 골목을 뒤진 끝에 어느새 이 동리 끝인지 훤한 벌

---

4 야마시(やまし, 山師) : 광산 채굴업자, 투기업자, 사기꾼 등의 뜻이 있는데, 여기서는 '사기꾼'의 의미에 가깝다. 그러니까 여기서 '야마시'란 무허가 운수업자를 가리키고, 야마시를 한다는 것은 그런 업자가 운행하는 차량을 이용함을 의미하는 것으로 보인다.
5 은좌(銀座) : 긴자.
6 철겨운 : 철에 맞지 않은.
7 카시야(かしや, 貸家) : 집 세놓음.

판에 나오니 매축지[8] 같은 비릿한 물 내[9]가 코를 찌른다.

겨우 벌 모퉁이에 카시야라고 일본말로 반지[10]에 써 붙인 외딴 이층 집을 찾아 나는 잠깐 유리창을 소리 나지 않게 들어 젖히고 들어갔다.

남의 빈집이나 그래도 집안이라고 신발을 벗어들고 이층으로 올라가니 얼마나 비었었는지 층계에 먼지가 쌓여 발이 미끈미끈하다.

레인코트를 벗어 다다미 바닥에 먼지를 털고 잠들 자리를 잡으니 창문 바깥으로 거리의 불빛이 훤한데 어쩐지 마음이 이상했다.

밑바닥에서 찬 기운이 몸으로 새어 올라올라올 제 잔등이[11] 뼈가 울만큼 손발을 한데 모아 몸을 꾸부려 가지고 나는 쓸데없는 생각을 물리치려고 눈을 감았다.

'그러나 정말 지금 나는 딴 고장에 와서…… 그리고 나는 청년다운 일에 신명을 바치고 모든 것을 참는다…'

별안간에 감은 눈이 뜨듯해지면서 서울거리의 아담한 모양이 떠올랐다.

이곳에서 찾아볼 수 없는 낯익은 얼굴들, 총총한 오막집, 정들은 말, 모든 것이 어머니처럼 그립다.

오지 않는 잠을 억지로 청해 가지고 겨우 붙였다가 어느 결엔지 무엇이 허리를 걷어차는 바람에 벌떡 일

• 「공가의 향수」 삽화

---

8 매축지(埋築地) : 바닷가나 강가의 파인 곳을 매립하여 만든 땅.

9 내 : 냄새.

10 반지(半紙) : 가로 35cm, 세로 25cm 정도의 얇고 흰 일본 종이로 질기고 거칠며, 그 종류와 쓰임새가 다양하다.

11 잔등이 : 등.

어나니 연말 경계의 순사가 '다레다!'[12] 소리를 지른다.

나는 정신없이 뒤뜰 창을 걷어차고 아래로 내리 뛰었다.

도로보! 도로보![13]

쿵쿵쿵 뛰어내려 오면서 순사가 소리를 친다. 걸음아 나 살려라 하고
나는 빗장을 닫았다.

『동아일보』, 1936. 1. 19.

▣ '인생스케치'라는 연재 산문의 하나로서 임화가 도쿄 시절을 회고하여 쓴 글이다. 임화의 도쿄 체류 기간은 1929년 7월부터 1930년 말경까지이다. 그가 일본으로 건너간 것은 예술, 학문 등을 배우기 위해서였으나 실상 그는 재일 조선인 사회주의 운동, 즉 무산자 사를 중심으로 한 조선공산당 재건 운동과 그에 연계된 예술운동의 볼셰비키화를 위한 활동 에 주력했다. 이 글은 그런 활동과 관련된 일화를 짤막하나마 긴장감 있게 서술한 것이다.

---

12 다레다(だれだ) : 누구냐.
13 도로보(どろぼう, 泥棒) : 도둑.

폭우 내리는 밤

그해 늦은 봄부터 이른 여름까지 두어 달 동안[1] 나는 오로지 한 권 책을 인쇄해 내기에 전력을 다했다. 물론 신문지법에 의하여 내무성(內務省)에 납본(納本)을 하는 당당한 간행물이나 발행인으로 서명을 한 다음에는 대개 이삼 개월의 각오는 해야 할 형편이었다.[2]

지금 생각하면 괴로운 일임에 틀림이 없었으나 최초의 인생 경험을 수난의 마당에 구하는 젊은 마음 또한 모든 것을 현란히 꾸미었다.

한창 연애할 나이에………청춘을 고난 가운데 묻는다.

생각하면 슬프고 그러면서도 감미한 이러한 젊은 감정으로 나는 그 일에 충성되었다.

마침 돌림으로 서명을 해오던 끝에 그때가 내 차례였는데 그 호(號)는 특히 여러 가지 변화된 사정 가운데 인쇄에 착수하게 되었었다. 동인(同人)이라고 할 사람이 수삼인(數三人)이었는데 어떤 친구는 동경에 있지 않고 또 남은 친구라야 동경에 있으면서도 있지 아니한 것과 마찬가지

---

1 임화가 동경으로 간 때가 1929년 7월이니 이 글에서 언급되는 시기는 1930년 봄에서 여름까지이다.
2 당시 사회주의 매체가 합법적으로 출간되었다 하더라도, 사후 검열에 따라 관련자들은 신문지법이나 출판법 위반으로 처벌받기 다반사였다. 따라서 여기서 말하는 이삼 개월의 각오란 투옥의 각오를 말한다.

형편에 있어 처음 나 홀로 일에 당하게 되었다.

그러나 나에게 난생 처음으로 이상한 흥분을 맛보게 한 것은 외지에서 들어온 조그만 논문 한 편이 부록으로 실리게 된 사실이다.

지금 벌써 그들은 먼 옛날의 죽은 역사적 문서에 지나지 않는 것이나 그들이 그 순간에 가진 생명이나 다음 날부터 끼칠 영향을 생각할 제 나의 처음 경험은 우리 간행물로서는 미증유의 중대성을 띤 일이었다.

때는 이 책이 본문, 부록과 무사히 나온 뒤의 일이다. 발송도 다 끝이 나고 내가 주소를 시외에서 급히 시내로 옮기려고 할 제 상당히 믿을만한 측으로부터 내가 그 논문을 낸 것이 나쁘게 말하여 우스운 이용을 당한 것이라는 것을 듣게 되자 관계는 우습게 되었다.

본시 나와 같이 미미한 일 청년으로서 만일 그럴만한 곳이라면 나무 작대기같이 끌려 다닌대도 사양할 바 되지 못하고 또한 스스로 즐거이 감당할 바이나 나로서 참기 어려운 점이 하나 있었다.

그것은 마음의 문제였다.

지금은 벌써 타계(他界)의 인(人)이 된 G라는 사람에 대한 나의 신뢰의 문제였다. 나는 어린 처녀가 제 명 먼저 감정을 마치듯이 그에게 나의 연애에 대신하는 최초의 감정을 쏟았기 때문이다. 거기에다 그때 돌아가는 이야기는 내가 그들의 엄청난 연극의 일역(一役)을 맡은 듯이 야단들이었다.

그때의 내 지능 정도는 고만 일의 정부(正否)는 가릴 수 있었더니만큼 만일 사태가 그리 되었다면 나는 실로 내가 나 자신에서 느끼는 모욕감을 이길 도리가 없었다.

그래서 어떤 비 오는 날 밤이었다.

G가 있는 주소의 안전성 여부를 생각할 사이도 없이 신전(神田)[3]에

있는 그 집 뒷문을 두드렸다.

물에 젖은 발을 양말을 벗어 문지르고 바짓가닥[4]을 집어올린 다음 층계를 올라가 막 장지 문짝을 두드리려 할 제 도란도란히 두 남자가 주고받는 이야기 소리에 나는 발길을 멈칫 했다.

굵은 목소리는 G요 쉴 듯하고 가랑가랑한 목소리는 맨 처음 G 대신 나에게 왔던 Y였다.

나는 몰래 돌아가려 하다가 두 사람이 마주 앉은 장면을 알고 그냥 돌아간다는 것이 일종 남몰래 죄악을 짓는 것도 같았고 또 문을 두드리고 들어서자니 이러한 생활의 예의로 보아 하지 아니할 일 같아서 주저하던 끝에 문을 두드린 다음 인사나 하고 돌아가려 하였다.

그러나 뜻밖에 G의 말이 오늘 그러지 않아도 군을 만나려고 여러 군데 연락을 취해 보았으나 닿지 않아 궁금턴 차에 잘 만났노라 반기었다.

오래 이야기하던 끝에 나의 생각이 전혀 그릇된 오해였던 것과 G가 얼마나 훌륭하고 신뢰할 만한 사람이라는 신념이 내 머리 속에 굳어졌을 따름이었다.

그날은 Y가 동경을 떠나 조선의 어느 곳으로 가기로 하여 작별차로 만난 날이라 했다.

그들은 멀리서 올 때도 같이 왔고 또 동경에 한테[5] 있어 Y가 G의 수족처럼 충실했고 또 G에 대한 Y의 신뢰가 여간한 것이 아니었다. 뿐만 아니라 G의 Y에 대한 우애가 얼마나 두터운 것인지도 나는 모르지 아니했다.

---

3 신전(神田) : 칸다. 도쿄의 치요다쿠(千代田區)에 있다.
4 바짓가닥 : 바짓가랑이.
5 한테 : 함께.

그런 만큼 그날 밤 술 한 잔, 과자 한 톨 없이 밤이 이슥토록 벌어진 조그만 향연을 나는 석별의 밤인 줄만 알았었다.

나는 이날 밤의 회화 내용과 이날 밤의 이 자리를 지금 말할 수도 없거니와 또한 영구히 잊을 수도 없다.

그러나 이와 더불어 혹은 이것보다도 골수에 박혀 잊혀지지 않는 일은 이 비 퍼붓는 하룻밤이 남기는 가혹한 교훈이다.

나는 그날 밤 정말 Y가 G의 지시로 동경을 떠나는 줄만 알았었다. 그러나 그 이듬해 경성에 돌아온 지 반년이 넘는 어느 무더운 여름날 돌연히 Y가 내 집을 찾아왔다. Y는 그 길로 서북(西北) 모지(某地)로 떠나 일 년 뒤에 갈 곳으로 갔으나 나의 가슴에 맺힌 청년의 길의 가혹한 운명이었다.

Y는 암만해도 용서되기 어려운 과오로써 동경을 떠난 것이다. 만일 G의 처치(處置) 여하로서는 Y는 영영 그 선상에서 떠오르지 못했을 것은 그 당시의 모든 경과로 보아 필연지세(必然之勢)였다. 그러나 G는 마치 Y를 조선 어느 곳에서 다시 볼 듯이 하여 돌려보냈으나 만나지 아니했고 다른 길로 스스로가 갈 길을 알릴 듯하였다.

반년 간 고생[6] 뒤에 Y는 드디어 서북으로 간 것이었다.

폭우 쏟아지는 동경 여름밤, 한 사람의 청년의 운명이 담소리(談笑裡)에 결정된 것이었다.

그 뒤에 칠 년, 나는 나대로 이런 운명 하에 종용하다.

잊기 어려운 밤이었다.

『신세기』, 1939. 8.

---

6 반년 간 고생 : 수감을 의미하는 것 같다.

임화의 동경시절을 살필 수 있게 해 주는 또 하나의 글이다. 이 글에서 그는 동경시절에 사회주의 잡지(『무산자』가 아닐까?) 출간의 긴장된 경험과 그에 관련된 오해로 빚어진 동료와의 갈등 한 토막을 회고하고 있다. 주지하듯이 그가 동경시절에 몸담았던 조직은 무산자사인데, 이 조직은 ML파 사회주의자인 고경흠, 한위건, 양명, 김치정 등이 조선공산당 재건을 위해 카프 동경지부 핵심 성원이었던 이북만, 김두용 등과 함께 만든 합법 조직이었다. 그러니 이 글에서 이니셜로 언급된 이들은 무산자사에 소속된 ML파 사회주의자들이었을 것이다.

현해탄 상(上)의 일야(一夜)

벌써 여섯 해 전 나는 동경역으로부터 서울까지 오는 차표를 끊어 가지고 차중의 사람이 되었었다.[1]

그 여행으로 말하면 물론 나의 귀국의 여정이었으나 그때 동경 있던 우리 젊은 우인들의 일단이 가졌던 생활의 성질상 전혀 공연한 길이 되지 못하였던 것이 나로 하여 정도 이상의 흥분과 긴장을 갖게 하였을지도 모른다.

하여튼 그 여행이 알아서는 안 될 사람들에게 알리어져서는 첫째 나 자신이 그 길을 저지당할 위험이 있음은 물론이나 그밖에 소위 다른 사사롭지 않은 방면에 지장을 줄 것과 같은 약간의 사정이 개재해 있었다.[2]

좌우간 나는 되도록은 안전히 서울까지 올 필요가 있었고 또 오고도 싶었던 것이다.

바람이 몹시 부는 첫겨울 어느 날 밤에 내가 하관[3]역에서 기차를 내

---

1 이 문장과 그 뒤의 '바람이 몹시 부는 첫겨울'이란 표현으로 미루어 보아 임화가 도쿄 체류를 끝내고 귀선(歸鮮)한 때는 1930년 11월 무렵인 것으로 짐작된다.

2 임화가 이때 귀선한 것은 당시 고경흠을 중심으로 일본에서 전개되던 조선공산당 재건 활동을 조선에서 계속하기 위해서였다. 그러니 귀선의 여정이 조심스러울 수밖에 없었다. 그의 뒤를 이어 김남천, 안막, 권환 등 무산자사 조직원들이 비밀스런 임무를 띠고 차례로 귀선했다.

린 때는 자기의 길이 삼분의 이는 성공하는가보다 하는 가벼운 안심과 또 한쪽으로는 바다만 무사히 건너면 하는 최후의 안타까운 긴장미가 내 머리를 적이 곤하게 하였다.

한쪽 손에 조그만 가방을 들고 정거장 홈에서 곧장 바른편으로 뚫린 산바시[4] 길을 찬바람을 얼굴에 맞으며 점벅점벅 일부러 여행에 익숙한 사람처럼 태연히 걸으려는 내 아랫도리는 아무래도 머리에 영향을 받는 것 같기만 해서 견딜 수가 없었다.

자기의 몸맵시가 아무래도 허전허전할 것 같은 걸음걸이 등은 한번 자기가 제삼자로서 이 거동을 볼 때 항용 이 해협 위에서 수상서[5]로 끌려가는 청년의 부류에서 뛰어날 수가 없는 것만 같았다.

이러한 불안은 기묘하게도 나의 공복에다 강한 충격을 주는 것 같아 얼굴이 화끈 달았다.

꼭 일 주야 동안 나는 동경을 떠나서부터 아무것도 먹지 않은 채 이곳까지 온 것이다.

이럴 때 자기의 길지도 않은 시간의 공복이 육체상에 반응을 일으킨다는 사실을 생각할 때 나의 머리에는 자기에 대한 굳센 모욕감과 한편으로는 지나치게 양한 거동을 보이는 자신에게 향한 똑바른 증오가 머리끝부터 발끝까지 온몸을 꿰뚫는 것 같았다.

이 순간 나는 머리를 들고 허리를 펴고선 오바[6]의 단추를 끄르고 한 손을 바지주머니에 찌르고는 걸음을 멈추어 사방을 둘러보았다.

비로소 주위를 오고가는 여러 사람의 모양이라든가 이곳을 감시하는

---

3 하관(下關) : 시모노세키.
4 산바시(さんばし, 棧橋) : 선창(船艙).
5 수상서(水上署) : 항구에 있는 경찰서.
6 오바(オーバー) : 오버코트.

영원,[7] 그밖에 그럴듯한 양복쟁이들의 모양이 선명히 나타나는 것이었다.

나는 그저 다짜고짜로 없는 뱃심을 탁 내 가지고 경우에 따라선 맹랑한 연극이라도 한 판 해 내일 작정을 했다.

사람이란 우스운 것으로 어떤 때는 급작스레 용기가 나는 것이었다. 나는 작담 제하고 연락선의 하룻밤을 평온 무사히 지내는 데 편리한 길동무를 찾으려고 막 내 옆을 지나는 재향군인의 제복을 입은 일본 사람을 불렀다.

일부러 그로부터 성냥을 얻어 궐련을 하나 피워 물고 그와 어깨를 가지런히 하여 가지고 시시한 잡소리를 주고받으며 배문 어귀에서 짐 검사 또 얼굴 검사의 틈에 끼었다.

검사를 차례로 마치고 선실로 들어갈 때까지 나는 그와 될 수 있는 대로 소리를 크게 해 가지고 친근한 이야기를 할 기회를 장만하고 있었으며 물론 태연자약한 행동으로 그 관문을 지나려고 하였던 것이다.

그것은 그와 내가 될 수 있는 대로 동행이란 것을 표시코자 함과 나의 말소리로 내가 조선인이 아님을 주위의 사람들에게 수긍케 하려 함이었다.

우리는 세관리 기타에게 농담까지 건네면서 무사히 관문을 빠져서 선실로 내려갔다.

선실은 대단히 비좁아서 한참 빙빙 돌아도 좀처럼 다리를 뻗고 누울 만한 곳을 찾기는 퍽 곤란했었다.

한참 어리둥절하고 섰던 차에 바로 등 뒤에서 연연한[8] 일본말로 나를 부르는 것 같은 소리가 났다. 그러나 이러한 곳에서 나를 알 사람도

---

7 영원(營員) : 군인이나 경찰관, 혹은 관리. 여기서는 시모노세키항 내를 경찰하는 사람을 의미한다.
8 연연(戀戀)한 : 애틋한.

없는 것이요 더구나 그 목소리의 주인이 여자인 데는 아무래도 딴 사람을 부르는 것 같아 시침을 떼고 있었더니 재처서 "아노네"[9] 소리가 더 가까이 들리는 것이다.

무심코 돌아보니 분명히 "당신 자리가 없으십니까?" 하고 묻는다. 그러고는 내가 미처 대꾸도 하기 전에 그는 자기가 좀 편히 누우려고 자리를 좀 넓게 잡았으니 앉으라는 것이다.

그러나 나는 무어 관계치 않다고 굳이 사양을 하였으나 나중에는 이끌다시피 하는 바람에 한 구석에 가방을 놓고 앉아 예의 재향군인을 불러 바로 그 뒤쪽 모퉁이를 비비고 앉게 하였다.

그란 물론 일본 여자인데 암만 보아도 보통 직업의 여자는 아니고 나이는 잘 해야 스물 서넛이 될까 말까 하는 젊은이였다.

나는 그가 의상이나 머리, 그 밖의 몸맵시, 가진 물건 등속으로 보아 기생으로 단안을 내리었다.

그 여자는 별로 묻는 말은 없으나 얼굴 한 구석에 어디인지 수삽한[10] 구석을 가진 것 같으면서 말벗을 얻은 것을 기뻐하는 모양이었다.

처음 나는 약간 어색하고 또 젊은 나이에 있을 수 있는 부질없는 호기심으로 이런 자리에 앉았는가 하여 좀 서먹서먹했으나 그 여자의 태도가 차차 상당히 자연스러운 — 기생이란 직업 가진 이로서는 — 것을 볼 때 한편으로 '무어 하룻밤 길동무 피곤한 여행에 아무렇지도 안 한 것을 공연히 속된 해석을 부치거니……' 하고 차중이나 선중에서 만난 사람들이 보통 바꾸는 이런저런 이야기를 건네었다.

그 여자가 권하는 과실을 두어 쪽 먹는 시늉을 하고 우리는 잘 차비

를 차렸다.

내가 굳이 사양하는 것을 그는 자기가 가졌던 담요를 펴서 한데 깔고 나는 내 오바를 덮고 그는 코트를 덮고 누워 조금 있다 잠이 들었다.

그동안 수상서원들이 배 가운데 수상한 자를 찾아 몇 번 왕래하면서 한 번도 이쪽은 주목치 않는 것 같았다.

내가 코를 골고 잠이 들 때까지 그 여자는 분명히 안 자는 것 같았다.

겨우 한 시간이나 잤을까 말았을까 하는데 내 어깨를 가만가만 흔들면서 그 여자는 나를 깨운다.

손등으로 눈을 부비고 머리를 드니 그 여자는 동그라니 일어나 앉았고 내 몸 위에는 그가 덮었던 누런 코트가 내 꺼먼 오바 밑에 들어가 있다.

나는 그 순간 좀 이상한 느낌을 받으면서 또 그 여자의 직업으로 보아 있음직한 지나치게 대담한 호의에 불쾌를 금할 수가 없었다.

나는 일어나자 왜 안 자는가, 나는 춥지 않은데 언제 당신 코트를 덮어 주었는가 등을 그리 나쁘지 않은 어조로 물었을 때 그는 아무 대답이 없이 아까 선원이 선객 명부를 적으려고 종이를 가져왔기에 눈 뜰 것을 기다리다 못해 깨웠노라 한다.

그리고 내가 자는 모양이 대단히 곤한 것 같더라는 것, 얼굴이나 몸 부피에 알맞지 않게 큰 코를 골더라는 것을 애교 있게 이야기를 한다. 그러고는 잠이 깊어 갈수록 추운지 자꾸만 몸을 오그리기에 하도 딱해서 자기의 코트를 내가 덮은 오바 밑으로 덮었노라 한다.

"와루꾸 오모와나이네!"[11] 애원한 듯이 그는 나쁘게 생각지 말라는

---

11 와루꾸 오모와나이네(わるく おもわないね) : 나쁘게 생각지 말아 주세요.

것이다. 생각하면 이러한 행위는 젊은 여행자들의 아름다운 도덕일 수 있는 것이요 또한 남의 호의에 대하여 그것을 일방적으로 그르게 해석할 권리란 가져서는 못 쓸 것 같이 생각되었다.

나는 그에게 오히려 좋은 낯으로 감사하다고 치사를 했다.

그는 마치 어린 처녀처럼 유쾌한 낯빛으로 조그만 만년필을 가슴팍에서 꺼내들고 선객 명부에 기입할 나의 본적, 이름, 목적지를 묻는다.

나는 일부러 그의 손으로부터 종이를 빼앗는 것도 호의를 무시하는 것 같고 또 싱거울 것 같아 본적 '동경', 이름은 '산본재이랑', 목적지 '경성' 이렇게 간단히 대답했다.

그는 가는 펜을 놀리면서 본적이 동경이냐고 재처[12] 묻고 반가운 듯이 외운다.

그러고는 조선이 처음이냐 또 누가 있느냐 등을 묻기에 나는 계통적인 거짓말을 해 버렸다. 조선이 처음이라는 것, 서울에 숙부가 있는데 모 학교의 요직에 있다는 것, 그리고 겨울휴가를 틈타서 얼마간 있어 볼 겸 간다는 것 등을 이야기했다.

그러한 신분의 여자에게 나의 거짓 꾸민 일신상의 설화는 분명히 일종 흠망의 대상이 되기에 충분했던 모양이다.

그 여자는 자기의 신상에 대하여서는 그리 많이 이야기하는 성질의 여자는 아닌 모양이었다. 그러나 그는 짤막짤막한 이야기에도 숨길 수 없는 슬픔을 엿보게 하는 것이었다.

이것저것을 통하여 내가 안 것은 그가 중학을 마치었다는 것, 조선을 두 번째 간다는 것, 그가 기생이 된 지 한 삼 년 된다는 것, 그의 가정

---

12 재처 : 재차(再次).

은 대판(大阪) 근처의 파산한 소상인이었다는 것 등의 단편이었다.

그러기에 그의 몸맵시에 비겨 그의 언행에는 분명히 약간의 세련미가 있고 상인의 집 딸다운 미천미가 있으며 어디서인지 그의 지적 교양의 편린을 찾을 수가 있었던 것이다.

두어 시간이나 이런 이야기 저런 이야기를 하다 잠이 든 뒤 내가 변소를 가려고 깨었을 때 그가 벽에 가 기대어 눈물을 닦는 모양을 보고 나는 어쩐지 차마 일어나 모른 척하고 그 앞을 지날 수 없었다.

그래서 꾹 참고 그가 눕기를 기다려 일어날 작정을 했으나 그는 좀처럼 누울 것 같지 않았다.

나는 그때 항용 보는 불행한 인간에 대한 비속한 인도주의적 감상이라기보다도 조선으로 건너오는 일본 사람들의 한 개의 모양을 눈앞에 보는 듯한 생각이 머리에 떠올랐다.

그들의 일부분은 일본 내지[13]의 불행에서 길을 떠나 조선으로 들어온다. 그러나 그들 세민[14]들에게는 반드시 행복이 기다리리라고는 생각할 수는 없다. 오직 그들에게 조금 다른 감정을 갖게 하여 따라서 우리 조선 사람들로 하여금 평등한 안목으로 그들을 보지 못하게 하는 것은 그들의 의사와는 따로 떨어진 커다란 어떤 관계인 것을 생각게 한다.

바로 우리 뒤에 누운 누런 재향군인 복장을 입은, 만주로 간다는 청년도 분명히 농군의 자제임이 그의 모습으로 보아 분명하였다.

이튿날 그 여자와 나와 재향군인 세 사람은 꼭 동반자처럼 앞서거니 뒤서거니 배를 내리었다.

---

13 내지(內地) : 일본 본토. 당시 일본은 본토를 '내지(內地)'로 불렀다. 이러한 용법은 식민지 조선 출판물에도 적용되었다.
14 세민(細民) : 빈민.

영년[15] 간 부산 부두에서 사람 고르기에 익숙한 수상서원의 눈도 우리들을 단란한 젊은 남녀의 일행 이상으로 평가하지 않은 모양이다.

기차에서부터 그 여자는 마중 나온 포주 비슷한 중년 일본인을 따라 기차에 오르고 재향군인과 나도 그들과 같이 차에 올라 일행은 네 사람이 되어 무사히 경성역까지 왔다.

재향군인은 만주로 갔을 게고 그 여자는 조그만 종이에 다시 주소 남산정 어디와 전화번호까지 적어 나에게 뒷날 찾기를 바라고 헤어졌다.

물론 그 여자의 소식도 뒤에는 알 길 없고 그 이듬해에 만주사변이 일어났으니 재향군인도 역시 지금엔 생사조차 모를 것이다.

그러나 내 저어하고 위태하던 여행의 안전 보장자로서의 이들 남녀의 행복을 빎은 그와 동반한 여행자로서의 나의 도덕인 것같이도 때로 생각이 된다.

『조광』, 1936. 6.

◩ '차중에서 맺어진 로맨스' 특집 가운데 한 편이다. 이 글에서 임화는 부산과 세모노세키 사이를 오가는 관부연락선을 타고 귀선하던 여정을 생생히 서술하고 있다. 이 글을 통해 제국 일본인과 식민지 조선인 사이에 차별이 존재했고, 조선인 청년에 대한 감시와 통제가 우심했음을 알 수 있다. 또한 동행했던 일본인 세민에 대한 그의 계급적 연민도 읽을 수 있다.

---

15 영년(永年) : 여러 해.

자화상

1. 출생일, 출생지 : 1908년 10월 13일 경성에서 출생.

2. 자녀 : 딸 일녀(一女) 혜란(惠蘭).

3. 여기(餘技) : 무대미술.

4. 좋아하는 음식 : 음식 중, 식은 대개 다 좋아하오.

5. 장단점 : 객관적으로 보는 사람이 제일 잘 알 것입니다.

6. 처녀작 : 오륙년 전에 다다이즘에 열중하였을 때 처음 자기로서 아름답다는 시를 쓰고 좋아한 일이 있었으나 지금 생각하면 얼굴이 벌개집니다.

7. 1934년에 하고 싶은 것, 가고 싶은 곳, 사고 싶은 것 : 대단히 많습니다. 별로 없습니다. 좋은 서적.

8. 현주소 : 경성 이화동 195.

『조선문학』, 1933. 12 · 1934. 1.

■ 설문조사에 답한 글이다. 이 때 임화는 카프 서기장으로서 '조선공산주의자협의회 사건'(카프 1차 검거) 이후 흐트러진 조직을 재정비하면서 프로문예운동의 발전을 위해 애쓰고 있었다. 그러나 설문 문항이 사적인 것이라 그의 활동과 관련된 생각을 엿볼 수는 없다. 다만 한 인간으로서 임화의 면모를 살피는 데는 조금 도움이 되지 않을까 한다.

지난날 논적(論敵)들의 면영(面影)

- 유년병 후원대로 논단에 데뷔

내가 평론의 붓을 든 것은 1927년대부터인데[1] 그때는 벌써 조선 신흥문학[2]이 유명한 두 개의 논쟁 시대를 지나 자기의 지반을 공고(鞏固)히 한 직후였었다. 즉 박영희 대 염상섭의 적대적 논쟁과 김기진 대 박영희의 형식주의 논쟁이었다.

그러므로 후자의 논쟁에서 알 수 있듯이 신흥문학은 적(敵)에 대한 우세를 확보하였고 그 뒤론 자기 진영의 정비와 사상적 순화(純化)를 위한 일종 숙청공작(肅淸工作)이라 할 수 있는 논쟁이 주요 테마이었다.

요컨대 내가 논단에 데뷔한 시대는 바로 신경향파문학이 명확한 정치 강령을 가진 프로문학으로 돌진한 과정이라 할 수 있는 시대였다.

27년 봄부터 일어난 대(對)아나키즘의 논쟁이 이 운동의 집중적 또한 결정적 표현이었다.

---

1 임화가 쓴 첫 평론은 「근대문학상에 나타난 연애」(『매일신보』, 1926. 1. 1)이다. 그 뒤 그는 습작 수준의 평론을 10여 편 발표했는데, 이 글들은 문학수업시대에 쓴 것들이라서 본격적인 평론이라 하기 어렵다. 그가 아나키즘 논쟁에 뛰어들면서 쓴 첫 글이 「분화와 전개」(『조선일보』, 1927. 5. 16–5. 21)이고, 그는 이 글을 통해 비로소 자신의 존재를 문단에 각인시키기에 이른다. 임화도 이 글을 진정한 의미에서 자신의 첫 평론이라 간주한 듯하다.

2 신흥문학 : 프로문학을 가리킨다.

다시 말하면 프로문학에 있어 볼셰비즘의 헤게모니 확립을 위한 뜻 깊은 논쟁이었던 셈이다.

김화산(金華山), 이항(李鄕) 등에 대한 윤기정(尹基鼎), 조중곤(趙重滾)이 양편의 주요 논쟁자이었는데 나는 후자의 유년병 후원대로 등장한 셈이다.

물론 나도 적의 주력 김화산 포격에 조력[3]하였는데 논쟁 도중 뜻 아니 한 새 논적과 해후하여 한참 동안 군병 접전을 연(演)하였다.

지금 모 중등학교 도화(圖畫) 교원으로 계시고 당시 동경미술에 재학 중이시던 김용준(金瑢俊) 씨가 미술상에 아나키즘을 도입하려 등장한 때문이다.[4]

요컨대 논쟁은 색채를 한 가지 더 풍부히 한 셈이고 나는 홀로 용기와 무력(武力)을 시험할 호기회를 얻은 셈이다.

그러나 지금 생각하면 내가 이론적으로 의거한 지반은 신흥미술이론[5]이 아니고, 독일 표현주의자 칸딘스키, 미래파의 마리네티, 또 로서아(露西亞)[6] 구성파의 알렉세이 간 등이었다.

그러므로 나는 자기류의 절충적 이론을 가지고 논적을 친 형편인데 논쟁의 승패는 나 자신의 역량에 있다느니보다 대세의 움직임으로 우

---

3 앞서 언급한 「분화와 전개」, 「착각적 문예이론」(『조선일보』, 1927. 9. 4–9. 11)을 통해서였다.
4 '동경미술'은 도교미술학교를 가리킨다. 김용준은 화가로서 1904년 대구에서 태어나 서울 중앙중학교, 중앙고등보통학교를 거쳐 도교미술학교에서 수학했다. 귀선 후에는 중앙중학교, 보성중학교 교사로 근무하며 작품 활동을 계속했다. 이태준, 정지용 등과 친분이 두터웠으며, 문학에도 지대한 관심을 보였다. 김용준의 생애와 작품세계에 대해서는 조영복, 『월북예술가, 오래 잊혀진 그들』, 돌베개, 2002, 241–271쪽을 참조할 것. 1927년에 김용준이 쓴 글은 「화단개조」(『조선일보』, 1927. 5. 17–5. 19), 「무산계급회화론」(『조선일보』, 1927. 5. 30– 6. 5), 「프롤레타리아 미술 비판」(『조선일보』, 1927. 9. 18–9. 30)이다. 임화는 「미술영역에 재한 주체 이론의 확립」(『조선일보』, 1927. 11. 20–11. 24)에서 「프롤레타리아 미술 비판」을 맹렬히 비판했다.
5 신흥미술이론 : 프로미술이론.
6 로서아(露西亞) : 러시아.

리 편의 승리로 끝난 셈이다.

그러나 이 논쟁에서 나는 프로문예운동 가운데 들어오면서도 아직 채 버리지 못한 잡연(雜然)한 반항예술의 협잡물로부터 나 자신을 순화하는 좋은 시련을 통과한 것이라 할 수 있었다.

이 논쟁을 통하여 나 자신도 카프도 확연한 정치적, 사상적 노선을 수립하여 1930년대의 고봉(高峰)으로 하여 출발케 된 것이다.

그 다음은 27, 8년 유명한 방향전환 문제를 중심으로 카프 본부와 동경지부와의 논쟁이 28년 8월 총회로 끝막은 뒤 카프는 여러 가지 시련을 받고 있을 때 팔봉(八峰)[7]은 소위 '연장을 수그리라!'라는 주장을 펴 놓기 시작한 때가 있다. 29년 말로부터 객관 정세의 옹색이란 데 근거를 두고 당분간은 운동이 후퇴하지 않을 수 없다는 것이다.

30년 4월호(?) 『조선지광』에서 나는 「원칙적 오류에 대하여」[8]라는 제목으로 대략 다음과 같은 의미로 팔봉설을 반박하였다.

즉 정세의 옹색은 사실이다. 그러나 환경이 불리해질 적마다 연장을 수그리면 나중엔 무원칙한 타협, 프로문학 그것의 포기에까지 이른

• 1930년대 중반의 김기진

---

7 팔봉(八峰) : 김기진(金基鎭, 1903–1985).
8 임화, 「탁류에 항(抗)하여」, 『조선지광』, 1929. 8. '원칙적 오류에 대하여'는 이 평론의 3장 제목이다.

다는 것이었다. 그러므로 이롭지 못한 정세일수록 원칙을 확집(確執)하고 그것을 뚫고 나갈 새 방도를 찾는 것이 본래의 길이라는 것이었다.

이 논쟁은 뒤에 내가 동경 간 뒤 팔봉이 논쟁을 하나인가 둘 더 쓰고 나도 하나 더 썼으나 의의는 비교적 컸다 할 수 있다. 카프는 이 논쟁에서 새로 일어나려는 우익적 동요를 미리 알았고 그것을 극복 전진한다는 방향을 취했기 때문이다. 그러나 그때 팔봉이 연소한 논적인 나에게 취한 설득적이고 아량 있는 태도는 아름다운 것이었다. 내가 적지 않은 논쟁 중 제 논적에게서 친밀과 우정을 느끼기는 팔봉 한 사람뿐이었다.

그는 아량 있는 비평가라기보다도 훈련된 정치가와 같다고 생각되었다.

그 뒤 누구 개인을 상대한 것은 아니라도 1931년 『중앙일보』에 쓴 「조선예술운동 당면의 중심적 임무」[9]란 논문은 카프의 구 지도부를 논란하고 그 외의 극복될 전 경향을 분석 비판한 것으로 나 자신에 있어서는 물론 카프 운동의 새 시기를 타개한 문장으로 나에겐 퍽 뜻 깊은 글이었다.

그 뒤 금일까지에 이르는 동안 주요한 논쟁은 카톨릭문학과의 논쟁, 해외문학파와의 논쟁, 박영희 등과의 논쟁, 휴머니즘 논쟁 등인데 직접 간접으로 아니 관계된 것이 별로 없다 할 수 있다. 휴머니즘 논쟁은 작금 간의 일이라 이곳에 소개할 것까지 없으나 카톨릭 논쟁과 해외문학

---

9 약간의 착오가 있는 듯하다. 1930년 전후하여 카프 소장파들은 지도부를 비판하며 예술운동을 혁신하기 위해 볼셰비키화론을 제기하는데, 임화의 「프로예술운동의 당면한 중심적 임무」(『중외일보』, 1930. 6. 검열로 인해 압수), 안막의 「조선 프로예술가의 당면의 긴급한 임무」(『중외일보』, 1930. 8. 16~8. 22), 권환의 「조선 예술운동의 당면한 구체적 과정」(『중외일보』, 1930. 9. 2~9. 16)이 볼셰비키화론을 대표하는 글들이다. 임화가 1931년에 예술운동의 볼셰비키화와 관련하여 쓴 글은 「1931년간 카프예술운동의 정황」(『중앙일보』, 1931. 12. 7~12. 13)이다.

논쟁을 들면 후자는 우리가 계획했던 것이요 전자는 생각지 않았던 논쟁이라 할 수 있다.

33년 여름 기림(起林)[10]이 『조선일보』에 있을 때 새 작가들이 종교와 신비주의로 가는 데 대한 논문을 하나 쓰라는 부탁을 맡아 쓴 것[11]인데 반향이 의외로 커서 진짜 승려가 뛰어나오는 희비극이 벌어졌었다. 정지용(鄭芝溶)도 대단히 노한 표정으로 일회분인가 쓴 일이 있다.[12] 이에 대한 반박은 내가 안 쓰고 현준혁(玄俊赫) 군이 황욱(黃郁)이란 이름으로 써서 논쟁의 끝을 막았다.[13] 그런데 유쾌한 것은 이 논쟁이 똑 사냥하듯 된 것이다.

내 논문이 몰이꾼의 징소리나 연막(煙幕)이라면 현 군은 진짜 포수의 역할을 한 셈이다.

너무나 쉽사리 승려가 나왔고 그들이 나마(羅馬)[14] 법왕(法王)[15] 못지않게 신흥문학에 대한 백십자장(白十字章)의 주익(主翼)인 점을 독자에게 명문(明文)한 점 등이 흥미 있었다.

끝으로 해외문학파와의 논쟁은 모(某) 군의 익명 논문으로부터 시작하여 피차 수삼 회의 뇌전(挼戰)[16]이 있었는데 우리가 고전 연구의 방법론적 무원칙을 비난한 데 대하여 이헌구(李軒求) 씨가 체로킨(?)의 설을 벌여 고전을 존중해야 한다고 역격(逆擊)하는 등 초점 맞지 않는 싸움인 감이 많았다.

---

10 기림(起林) : 김기림(金起林, 1908-?).
11 임화, 「가톨릭문학 비판」, 『조선일보』, 1933. 8. 11-8. 18.
12 정지용, 「한 개의 반박」, 『조선일보』, 1933. 8. 26.
13 황욱, 「분격한 카톨리시즘-교인들의 반박 태도를 박(駁)함」, 『조선일보』, 1933. 9. 14-9. 20.
14 나마(羅馬) : 로마.
15 법왕(法王) : 교황.
16 뇌전(挼戰) : 기세를 꺾는 싸움.

내 자신의 비평 활동의 대부분이 개인의 호전벽(好戰癖) 때문인지 어쩐지는 몰라도 일방 이 사실은 조선문학 비평사의 특이성을 말하는 자료도 되지 않는가 하고 생각할 수도 있는 것이다.

『조선일보』, 1938. 2. 8.

제2부 병마와 싸우며

병상일기
- 나의 하루

1934년 ×월 ××일—오늘은 서울 있다.

벌써 누운 지 ×달 반. 의연히 잠은 안 온다. 미열이 계속되고 약간 배가 아프고 호흡이 자유롭지 못하다. 그러나 행인지 불행인지 지나간 밤은 새벽에 두 시간 반 가량 잠이 들어 머리는 비교적 깨끗하다.

그러나 이 잠은 대단히 안티 노멀한 수면이었다. 두 시간 반이 세 막에 갈라지고 청각은 능히 쥐와 고양이의 격렬한 생사의 투쟁을 알 수가 있고 시각과 대뇌는 두 시간 반 동안을 세 개의 토막으로 나누어 형이상학적 세계를 상당한 자유를 가지고 비상한 것 같다.

땀으로 이불과 요가 젖었다.

아침 여덟 시에 매일과 같이 먼 길을 와 주는 젊은 의사 K(그는 새로운 유능한 시인이다!)[1]가 와서 포도주[2] 이십 그램을 주사해 주고 갔다. 어

---

1 이 사람은 누구일까? 예나 지금이나 의사이면서 시인인 사람은 흔치 않은데, 일제강점기에 의사이자 시인으로 김대봉(金大鳳, 1908-1943)이 있었다. 경남 김해 출신인 그는 동래고등보통학교를 거쳐 평양의학전문학교(입학 당시엔 평양의학강습소)를 1933년에 졸업했다. 졸업 후 서울 종로에 있는 정구충(鄭求忠) 외과의원에서 일했고, 1935년에는 귀향하여 개원했다. 그 뒤 경성제국대학 세균학교실에서 연구하다가 1943년에 환자로부터 발진티푸스가 전염되어 사망했다. 동래보고 시절부터 문학에 뜻을 두어 1938년에 창간된 『맥』 동인으로 활동했고, 시집 『무심(無心)』(맥사,

쩐 일인지 오늘은 주사가 좀 아팠다. 아마 이 미통(微痛)은 내 신경이 조금씩 다른 사람이 느낄 수 있는 것을 감각해 가는 것을 증좌(證左)함인 것 같다.(특히 이 점은 K의 의사로서의 명예를 위하여 밝히고 싶다.) 무엇을 가지고 이 친절한 젊은 우인(友人)에게 감사해야 옳을지?

열 시경 소량의 무른 죽을 먹고 조금 몸을 일으키어 마당을 내어다 보니 새삼스럽게 푸른 하늘에 대한 그리움이 호수와 같이 가슴 속으로 밀려든다.

한껏 드높고 푸른 창공, 푸근한 생명의 향기를 펼치며 아침의 젊은 양광(陽光)을 향하여 두 팔을 벌리고 일어선 나무들, 고요한 바람에 푸수수 그 머리의 이슬을 떠는 풀숲 그 한가운데를 거닐매 가슴에 담뿍 맑은 공기를 마시어 내뿜는 그것!

오오! 얼마나 아름다울 것인가?

성장하는 자연의 삼림 가운데서 삶의 즐거움을 느끼고 자유의 나래를 활짝 펴 보는 그것은 결코 소시민적 기망(祈望)만이 아닐 것이다.

성천(成川) 집에 있는 남천(南天)[3]으로부터 아름다운 편지가 왔다.

죽은 그의 총명한 처에 대한 사라지지 않는 회상과 나의 근경(近頃)의 사적 정신생활에 대한 상당히 깊은 몇 개의 명기(銘記)할 말이 쓰여 있다. 그러고 고뇌한 것에 대한 또 소위 인생의 정적(靜寂)의 감정, 다시 예술가란 인간의 비극적 생애에 대하여 여러 가지 기억될 이야기를 하고 있다.

1938)을 출간했다. 그의 작품이 일종의 '동반자적 경향'을 띠고 있다는 점, 1934년에 그가 서울에 머물고 있었다는 점 등을 고려할 때, 임화가 언급한 "새로운 유능한 시인"인 "젊은 의사 K"는 김대봉이 아닐까 한다. 김대봉의 생애와 작품세계에 대해서는 한정호, 『포백 김대봉 전집』, 세종출판사, 2005, '제8부 김대봉 연구'를 참조할 것.
2 포도주 : 포도당을 의미할 것이다.
3 남천(南天) : 김남천(金南天, 1911-?).

그러고 나도 그리 생각한 것과 같이 시인이라든가 작가라든가 하는 요컨대 일반적으로 취급키 거북한 인간들에게 있어, 더구나 김 군이나 나나 그 밖의 모든 인텔리 출신의 예술가들과 같이 현재와 같은 비극적 세대에 사는 청년들에게 있어 아마 이러한 괴로움은 피할 수 없는 숙명일 것이다.

더구나 우연히도 김(金)이나 또 혹은 지금의 나와 같이 개개의 감정적, 정서적 생활과 역사적인 그것이 한번에 암흑한 사구 위에 선복(船腹)을 얹었을 때 이것은 가장 충격적인 것으로 나타나는 모양이다.

이러한 것을 구태여 눈을 감고 자기를 속이거나 또 불쾌한 방법으로 피하고 싶지도 않다.

남천은 이 여름에 그의 여태까지의 혹은 그의 청춘을 기념할 일대 장론(長論)을 계획한다고 한다. 나도 지나간 봄부터 이러한 창작적 충동을 느껴왔다. 아마 당분간 지금까지의 내 시(생각하면 얼굴이 붉어지는!)에 비하여 선악 간에 성질을 달리한 몇 편의 작품을 쓸 것 같다.

금일이야말로 우리들과 같은 청년 더구나 예술적인 인간들에게 있어 과거의 어느 때에도 비할 수 없는 고통의 시기일 것이다.

그러나 나는 이러한 근대적 또는 정신적 고뇌를 몹시 크게 평가하고 싶다.

아무도 암흑 없이 광명을 상상할 수는 없을 것이다. "고통은 시의 원천이다."라고 저 근대 독일의 천재적 사상가 포이어바흐가 젊은 독일의 정신적 괴로움에 대하여 소리친 것은 그가 괴테나 실러, 하이네 등 근대 게르만의 야공(夜空)에 빛나던 시적 천재의 군성(群星)들의 거대한 명예를 이야기하는 가장 강한 평언(評言).

하루 종일, 온밤을 통해서 수다한 환상, 헤일 수 없는 수선한[4] 생각이 무질서하게 거리 가운데 소멸한다.

이것이 거의 두 달 동안의 생활의 전부다.

한신(閑身)의 자유를 잃거나 또 지극히 제한당한 인간에게 있어 정신의 세계 그것만이 허여된 유일의 천지인 것 같다.

형이상학적 세계에의 침잠! 상상의 세계에의 몰아적(沒我的) 비상!

이것이 지금의 나와 같이 이불 속에 누워 있는 병인에게 있어서는 가장 자유스러운 세계다.

왜 그러냐 하면 건강한 인간이 잘해야 두 다리로 걸어 다니는 것을 이 세계에서는 나와 같은 병인도 나래(翼)를 가지고 날 수 있는 때문이다.

오후 세 시경부터 다시 열이 증장(增長)되고 상당히 괴로운 두통이 시작되어 밤 열 시 때까지 계속되었고 심야의 구토가 있었다.

오랜 만에 C, E 등의 젊은 우인과 건강을 걱정해 주는 시골 우인들로부터의 서간 두 장이 왔다.

곧 답장을 쓰지 못한 것이 퍽 괴로웠다.

오늘도 퍽 더운 날인 듯한데 거의 올 여름 이래로 나는 더위를 느낄 수가 없다.

어떤 의미로 보면 행복될지 모르나 한편으로 생각하면 정이 떨어져 버린다.

사(生)는 것은 죽는 것보다 훨씬 괴로운 일이다.

그러므로 죽음보다 삶은 귀중할 것이다. 더구나 훌륭히 사는 것은!

만일 내일도 살아있다면.(이렇게 톨스토이의 일기 말구(末句)를 웬일인지 빌어다 쓰고 싶다.)

---

4 수선한 : 어지러운, 뒤숭숭한.

1934년 ×월 ××일 서울서

『동아일보』, 1934. 8. 11–8. 12.

내 애인의 면영(面影)

　나의 애인은 역시 아름답습니다. 옷에 까만 외투를 입고 조그만 발에는 아담한 구두를 신었습니다. 이따금 버선 위에 고무신을 바꿔 신으면 짧은 발의 흰 발등이 살찐 비둘기 가슴처럼 포동포동합니다. 나는 그의 이 귀여운 발이 멀리 갔다가 나의 집 처마 아래 참새처럼 찾아드는 고운 걸음걸이를 한량없이 사랑합니다.

　행인들은 거리를 돌아오는 그의 걸음걸이에 조금도 애인을 찾아가는 젊은 여자의 질서 없이 움직이는 몸맵시를 찾진 못할 것입니다.

　그는 차림새나 이야기나 걸음걸이의 유난함으로써 새 시대의 표적을 삼으려는 많은 여자들을 속물스런 정경(情景)이라 형용합니다.

　사실 그의 입은 모든 사람의 그것처럼 먹기 위한 기관의 하나일지도 모릅니다. 입뿐 아니라 그의 얼굴의 모든 기관이 그러할 지도 모릅니다.

　그러나 그다지 크지 않은 동체 위에 완연 아름다운 조각의 컴프레스[1] 처럼 희고 동근 목 위에 받쳐 있는 갸름한 얼굴은 생물 유기체의 한 부분이라기엔 너무나 아름답고 지혜롭습니다.

---

1 컴프레스(compress) : 압박붕대. 원문에는 '콤푸렛쓰'로 되어 있다. '희고 동근 목'의 보조관념으로 쓰이고 있다는 점에서 이와 형태상 유사한, 말아 놓은 압박붕대를 의미하는 컴프레스로 보는 것이 옳지 싶다.

트로이의 성문처럼 굳게 닫힌 두 입술 사이에 미소가 휘파람처럼 새일 때 감은 두 눈은 별 같이 빛납니다. 아무도 이 아름다운 입이 총구처럼 동그래져서 쏟아놓는 날카로운 비판의 언어를 상상치는 못할 것입니다. 그 순간 무른 서리가 어린 긴 눈썹 아래 동근 눈알의 매운 의미를 알아낼 수도 없을 것입니다.

두 볼의 선이 기름진 평원처럼 턱으로 내려가 한 데 어울려 가지고 인중을 지나 우뚝 솟은 콧날은 어쩌면 그렇게 날카롭고도 부드럽습니까?

웃을 때도 노할 때도 그곳은 산처럼 움직이지 않습니다.

단지 어느 때는 말랑말랑하고 따뜻하며 어느 때는 굳고 대리석처럼 찰 뿐입니다.

지나간 어느 때입니다. 내가 빈사의 병욕(病褥)[2]에 누웠을 때 그는 대단히 먼 길에서 왔습니다.

밖에선 눈보라가 치고 바람이 불고 겨울 날씨가 사나운 밤, 나의 방문을 밀고 들어선 그를 나는 대단히 인상 깊이 기억하고 있습니다.

그의 온몸에서 살아 있는 곳이라고는 손밖에 없는 것 같았습니다. 깎아 세운 석상처럼 우뚝 선 얼굴은 창백하고 단지 손끝이 바르르 떨렸을 뿐입니다.

나의 눈엔 꼭 퍽 아름답고 지혜로운 젊은 미망인 같았습니다.

그의 눈에선 조금도 눈물이 흐르지 않았습니다. 그의 입은 조금도 열리려 하지 않았습니다. 그의 손은 아무 것도 잡으려 하지 않았습니다.

---

2 병욕(病褥) : 병석(病席).

그렇지만 그 순간 그는 나의 모든 것을 잡고 있었습니다.

그날 밤 그는 청년이란 것의 아름다운 운명을 축복하면서 처음 울었습니다.

조선의 겨울밤은 병약한 사나이와 나이 젊은 여자의 가냘픈 몸엔 너무나 맵고 쓰렸습니다.

나의 애인은 사랑이란 것이 원수에 대한 미움으로부터 시작하여 자기희생에서 꽃핌을 잘 알았습니다. 자기의 모발 한 오리를 버리기 싫어하면서 남을 사랑한다는 것은 대체 무슨 의미입니까? 희생 없이 사람을 사랑한다는 것은 온전한 거짓입니다.

아름답고 지혜로운 애인을 위하여 나도 아무것도 아끼기 싫습니다.

그러나 나의 애인은 다시 먼 곳으로 떠나갔습니다. 나의 슬픔은 또한 우리들 공통의 별리(別離)의 슬픔은 아…… 아무것에도 비길 수 없었습니다.

그러나 오늘날 우리 청년들에게 슬픔이란 즐거운 눈물같이 아름다운 것이었습니다.

그러므로 청년이란 것의 운명은 아름다우나 슬픕니다.

그는 아름다우면서도 지혜로웠습니다. 여자이면서도 여자 이상이었습니다.

우리를 조르던 큰 의무가 별리를 요구할 때 우리는 학동(學童)처럼 종순(從順)했습니다.

그러므로 그는 우리가 정(情)을 속삭일 때 나를 사랑스럽다 불렀습니다. 그러나 멀리 떨어졌을 때엔 반드시 미더운 이라 불렀습니다.

우리는 서로 사랑함을 축복했고 서로 제 의무에 충성됨을 감사했습니다.

그런 때문에 그는 항상 우리가 비둘기처럼 사랑함을 경계했습니다.

어느 때 내가 태만의 결과 소망의 과업을 그르쳤을 때 어느 책에서 이런 한 구절을 읽어 주었습니다.

19세기 말엽 가까이 어떤 부처(夫妻)가 독일에 살았는데 남편은 청년 독일파에 속할 수 있는 시인이었답니다. 그런데 불행히 남편은 근면치 못했고 예술적으로도 이렇다 할 성과를 거두지 못했더랍니다. 단지 한 중학교 교원으로 몹시 처를 사랑하는 남편에 불과하여 나이를 삼십여 세나 먹게 되었더랍니다.

그러나 젊은 처는 그에게 용기를 주기 위하여 그를 대적(大賊)같이 용맹한 남자라든가 당신이 중세에 났다면 영웅이 되었으리라든가의 여러 가지 방식으로 격려하였으나 내내 효과가 없더랍니다.

나중엔 할 수 없이 실연의 비탄을 맛보게 하면 그에게 한 정신적 충격이 될까 하여 얼마간 거짓 그를 멀리하였더랍니다.

그러나 일체의 수단도 헛되이 그는 소망의 일을 달성치 못했더랍니다.

그래서 십여 년 전 그들의 행복된 결혼 때 남편이 기념으로 사 준 중세 부인용 소도(小刀)로 자결하고 말았더랍니다.

그러나 그 여인은 슬퍼서 죽었다느니보다 사(死)의 일격 더구나 사랑의 기념물로 끊는 자기의 목숨으로 최후로 남편의 정신적 분기(奮起)를 재촉했더랍니다.

나는 한번 쭉 이 글소리를 듣고 자기가 이렇게까지 종순하고 희생적인 지혜만을 애인에게서 요구하지 않음을 직각(直覺)했습니다.

그러나 여자 이상의 매력이란 밝은 지혜와 굳은 의지가 우리의 등에 감기는 매운 채찍이라 생각했습니다.

비록 이러한 지혜가 시대의 슬픈 비극으로 끝맺는 불행한 날이 있을
지라 해도 나는 나의 애인으로부터 이 밝은 지혜를 빼앗고 싶지는 않습
니다.

(12월 20일)

『조광』, 1938. 2.

■ '나의 이상적 여성 타입' 특집 중 하나이다. 이상형에 관한 글이나 임화가 평양 실비병원
에서 투병하던 시기와 관련된 에피소드가 있어 2부에 수록했다. 그의 두 번째 아내인 지
하련(池河蓮)은 한 설문에 임화를 1934년 겨울 평양 모 병원 병실에서 처음 만났다고
답한 바 있다. 그녀가 실제로 임화를 이 때 처음 만났는지는 의문이지만, 어쨌든 그를 면
회 간 것은 분명해 보인다. 또한 이 글에서 묘사된 외모와 성격, 지하련에 대한 기록 등을
종합해 볼 때, 임화가 언급하고 있는 '애인'은 지하련일 가능성이 높다. 그러나 여러 여성
의 이미지를 조합해 만든 가상의 인물일 가능성도 배제할 수는 없다.

합포(合浦)[1]에서

팔월 ×일 (소화(昭和)[2] 10년)

오늘도 일부러 목욕을 갔다. 물론 뜨거운 목욕탕이다.

나는 이 역설적 납량법이 아마 내가 해수욕할 용기와 자격을 갖지 못한 때문이라고 믿었다.

F는 늘 과장하여 이것을 고조[3]한다. 사실 항상 나는 그가 해수욕장[4]의 불결한 물속으로 뛰어드는 것을 싫다고 해 왔다. 그는 해변 출생이라 헤엄을 잘한다. 나의 해수욕 반대와 뜨거운 목욕 권유를 그는 반대로 나의 무자격 — 병과 헤엄 못 치는 — 에 의한 공연한 반발이

• 1930년대의 월포해수욕장

---

1 합포(合浦) : 마산의 옛 지명이다.
2 소화(昭和) : 쇼와. 일본 왕 미치노미야 히로히토(迪宮裕仁) 시대의 연호이며, 쇼와시대는 그의 재위 기간인 1926년부터 1989년까지이다. 그러니까 쇼와 10년은 1935년이다.
3 고조 : '소리 높여 외침'이란 뜻의 고조(鼓譟)를 말함인 듯하다.
4 해수욕장 : 월포해수욕장을 가리키는 듯하다. 당시 마산의 월포해수욕장은 경치가 아름답고, 물이 맑고 모래가 깨끗해 이 지역 사람들에게 크게 사랑을 받았으나, 일제강점기에 매립되어 버렸다. 이에 버금가는 곳이 가포해수욕장이었는데, 산업화로 인한 오염으로 1976년에 폐쇄되었다가 후에 역시 매립되어 버렸다.

라고 비난한다. 그러면 나는 해수욕장이 조화되지 않고 따라서 중도반단적이며 이미 부패한 ××주의[5] 문화의 악취를 발산하는 곳이라 역습했다.

사실 이 F의 공격에도 또 나의 반발에도 나는 다 같이 반분의 진리를 인정하는 절충주의, 아니 통일주의자이다. 뜨거운 물속에서 실컷 땀을 빼고 냉수를 한 바가지 뒤어쓰고[6] 바닷가를 나오니 그의 말대로 나는 단순한 독단 독자는 아니었다.

끓는 물속에서 뛰어나와 시원한 해풍을 쏘이니 방안에 앉았다 그냥 쭈르르 해변에 나간 것보다는 갑절, 분명히 갑절 더 상쾌하다.

더욱이 이때 몸과 머리의 가벼움이란 말할 수 없다.

그러나 앓는 사람은 오래 산보해도 못 쓴다.

몹시 더 피곤하니까…….

팔월 ×일

사흘 전부터 비.

오늘은 더욱 몹시 쏟아진다.

창문을 닫고 일부러 책상을 대하여 책을 펴려고 하니 자꾸만 파스칼을 읽고 싶다.

지난해 겨울 ××병원[7]에서 밤을 새면서 이 무서운 늙은이에게 위협을 받은 나는 다시 그 책을 펴고 싶지 않았다.

---

5 ××주의 : 자본주의.
6 뒤어쓰고 : 끼었고.
7 ××병원 : 평양에 있던 실비병원(實費病院)을 말하며, 그는 1934년 여름부터 1935년 4월까지 이 곳에 머물렀다.

유리창을 두드리는 빗발은 더 한층 요란하다.

담벽을 흘러내려 창틈을 새어드는 물이 자꾸만 방바닥을 적신다.

까닭 없이 무서운 일기다.

암만해도 내 방에 앉았을 수가 없다. 날마다 허리만 펴면 내다보이던 바다가 비바람이 자욱해 가지고 아무것도 안 보인다.

세 시 넘어 진주 가는 기차가 동떨어지게 기인 고동 소리를 지르고 집 뒤를 지나간다.

아마도 우중이라 특별히 후미키리[8]를 주의하는 모양이다.

시뻘건 산 같은 물결.

창대 같은 빗발.

바람은 완전히 자기의 위력을 실험할 것이다.

지척을 분간키 어려운 폭풍우 속이나마 아늑한 포구가 당하는 봉변을 상상할 수가 있었다.

언제나 한번 나는 이런 바다, 정말 자기의 마음껏 노한 바다를 보고 싶었는지.

우비를 갖추고 맨발에 고무신을 신고 용기를 내어 바닷가로 가 보니 어리석은 일이다.

단 몇 걸음 못 가 우산은 부서져 풀숲에 내버리고 몸은 쥐강아지가 되었다.

바다! 뿐만 아니라 자연이란 우리의 상상보다 훨씬 장엄하고 웅장하다.

요 조그만 포구는 유린당할 대로 유린당하여 전혀 면목이 없다.

만일 방파제만 없었다면 크고 작은 범선, 증기선 나부랭이들은 가량

---

8 후미키리(ふみきり, 踏み切り) : 건널목.

잎같이 밀려 나갔거나 모조리 엎어져 바다 밑으로 가라앉았을 것이다.

지난 보름께 그렇게 아름답고 잔잔하던 바다, 꿈속 같던 바다가 이렇게 몹시 노할 수가 있는가?

나는 바다가 참말 좋아졌다. 바다는 그의 아름다운 로맨티시즘과 더불어 웅대한 히로이즘을 가지고 있다.

그러나 마파람을 거슬러서 남쪽으로 날려는 갈매기는 날갯짓만 하고 자꾸 뒤로 불려간다.

그러나 갈매기는 또 얼마큼 앞으로 날다 밀려갔다 앞으로 왔다. 이러는 새 그러다 점점 멀리 남쪽으로 가는 모양이다.

알 수 없는 노여움에 미쳐 날뛰는 물결과 바람, 그러나 이것을 거슬러 제 방향을 갈매기는 날고 있다.

물결, 비바람, 갈매기.

누구가 더 위대할까…….

팔월 ×일

• 1920년대의 마산항

바다의 새벽은 특별히 아름답다.

해가 아직 건너 산등성이를 넘어서기 전에 새로 쌓아올린 매축지로부터 질펀하게 물이 들고 나는 갈풀 더미 ××까지 걸었다. 가는 데 대략 한 시간.

바닷물은 자꾸만 들고 있다.

×× 끝 예전 선창에서 발길을 돌

릴 때는 벌써 아까 내가 걸어오던 땅이 거의 물에 묻히었다.

산등성이를 넘어서려는 아침 해는 바다를 두 가지로 나눠 놓은 것 같다. 저쪽 반은 환하여 물결이 번쩍이고 이쪽 반은 시커먼 게 얄궂게 떨고 있는 것 같다.

돌섬 저쪽으로부터 선창으로 들어오는 정기항행의 발동선은 더 한층 깨끗하고 선명하여 내리는 손님들까지 모두 얼싸 안을 듯 반갑다. 바다 한가운데는 어디서 커다란 어선이 세 척 들어와 섰고 선원들이 아침밥을 짓는 모양이다.

연기가 두어 무더기 뱃전에서 바다로 굴러 내린다.

여덟 시도 못 되어 밀물은 잠뿍[9] 차서 선창 한 귀퉁이가 물속에 숨었다.

구시가 선창가에는 자그만 규모의 어선들, 짐배 떼들이 분주히 포구로 나가느라고 야단들이다.

그 사이를 조그만 증기선들이 물벌레처럼 돌아다닌다.

위협하는 듯한 대판(大阪) 상선의 커다란 창고에 어느덧 아침 해가 함뿍 내리쪼이고 있다.

집에 오니 두 분에게서 편지가 왔다.

A는 옥중에서 최근 몸이 대단 나쁘다 한다.

A는 나의 동료, ××[10]의 오래인 작가다.

그의 운명은 아마 이 나라 진보적 문학의 운명을 그대로 가리키는 것 같다.

참을 수 없는, 마음 아픈 일이다.

---

9 잠뿍 : 가득.
10 ×× : '카프'로 추정된다.

구월 ×일

대단히 따가운 낮.

밤에 앓는 E[11]를 데리고 서투른 낚시질을 나갔다.

여름 한창 때보다 고기잡이 손[12]들이 듬성듬성하다. 이렇게 되면 서투른 인간의 용기는 더욱 줄어진다. 그래도 항용 큰 고기가 있다고 말해 오던 새로 매축하는 중인 산바시 저쪽으로 갔다가 도중에 구렁을 디디어 무릎을 상했다. 한 간 앞도 잘 안 보이는 어둔 밤이다.

그러나 달이 없는 밤이란 참말의 아름다움을 알 수가 있다. 전기가 밝은 시가지라든가 육지라든가보다 어두운 바다 위의 별 그림자란 물결에 번득번득할 만치 환하다.

컴컴한 물속에서 무엇이 철썩할 적마다 물은 새파란 빛깔을 발하며 파문을 그린다.

그 파란 빛의 고움이라든가 주르르 퍼지는 양이라든가 무서울 만치 인상적이다.

도깨비불 같다. 양광충이 물고기[13]가 뛰는 바람에 확 헤어지는 것이다.

참말이지 물고기 뛰는 이야기가 났으니 말이지 달밤에 수십 마리 팔뚝 같은 숭어 떼가 세로 가로 뛰는 모양은 천하에 장관이다.

---

11 E : 지하련의 셋째 오빠인 이상조(李相祚, 1904–?)로 추정된다. 그는 일본 유학시절에 신간회 동경지회, 동경조선청년동맹에서 활동했고, 1928년 귀국 후에는 마산과 대구를 중심으로 사회주의 활동을 했다. 그러던 중 조선공산주의자재건협의회 사건으로 피검되어 1933년 4월에 징역 4년을 언도받았다. 1936년에 만기 출소를 한 후 곧바로 귀향했다. 이상조는 이인철(李仁喆)이란 가명도 썼다. 이상조에 대해서는 강만길·성대경 엮음, 『한국사회주의운동인명사전』, 창작과비평사, 1996, 304쪽; 이장렬, 「지하련의 가계와 마산 산호리」, 『지역문학연구』 5호, 경남지역문학회, 1999, 116–118쪽을 참조할 것.
12 손 : 손님.
13 양광충이 물고기 : 야광 물고기.

철썩철썩하는 물소리도 시원하거니와 온몸에 달빛을 받아 수십 간통을 징검징검 뛰고 그놈이 떼를 지어 어우러지는 모양은 형언할 수 없는 아름다운 원무(圓舞)이다. 물에 흐르는 달빛, 멀리서 들려오는 배의 노 젓는 소리, 이것들은 반주 없이 그 원무를 충분히 예술적인 것을 만든다.

이런 이야기를 주고받으며 낚시를 넣고 열한 시가 넘어도 세 사람이 다 꼼짝도 안 한다고 한다.

추강에 밤이 드니 물결이 차노매라
낚시 드리우니 고기 아니 무노매라
무심한 달빛만 싣고 빈 배 저어 오노매라[14]

낚싯줄을 걷어매는 E의 심중을 나는 생각할수록 괴롭다.

그는 불치의 병으로 누운 지 사 년, 아직 사 년의 형을 받은 채 집행정지 중이다.[15]

그러나 그의 욕망은 성한 우리보다 몇 배 크다.

캄캄한 속을 충충한 물결이 옅으나 그러나 커다랗게 꿈틀한다.

• 조선공산주의자재건협의회 사건 당시의 이상조

---

14 월산대군 이정의 시조이다.
15 이상조는 조선공산주의자재건협의회 사건 당시 주요인물로 지목되어 고문을 심하게 당했고, 그 때문에 허리를 다쳐 한여름에도 허리에 붕대를 감고 다녔다고 한다. 이장렬, 앞의 글, 118 및 125쪽 참조.

거대한 동물이 몸집을 뒤척이는 듯싶다.

바람도 어는 어두운 바다, 구마산 시가가 멀리 환한 게 어쩐지 타향 같다.

꿈을 꾸지 않고 자려 했으나 드디어 못 이루었다.

『신동아』, 1936. 8.

■ '작가의 생활기록' 특집 가운데 하나이다. 임화가 서울 탑골승방(미타사)을 거쳐 마산에 내려 간 직후에 쓴 것이다. 여전히 와병 중에 있지만 산책이나 낚시를 한 것으로 보아 병세가 어느 정도 호전되었음을 짐작할 수 있다. 폭풍우 치는 바다에서 아름다운 로맨티시즘과 웅대한 히로이즘을 읽어내고 있는 점이 특히 눈에 띤다. 이 무렵 그는 낭만정신론을 개진했고, 그에 연계된 몇 편의 낭만주의 시를 썼기 때문이다. 이런 일련의 작품들은 진보적 문학의 위기를 초극하려 한 노력의 소산이었다.

조어비의(釣魚秘義)

친구들끼리 이야기가 나서 말이 오락 잡기에 미치면 으레 고기낚기의 진진(津津)한[1] 묘미를 한 자리 펼쳐 놓아 가지고 나의 무재(蕪才)[2]를 뒤덮어 버리는 수가 있는데 원칙상 한 번 들은 친구에게 두 번 이야기하지 않고자 하는 것이 나의 항상 용의(用意)하는 바다. 같은 이야기를 두 번 듣는다는 것이 재탕 국물을 마신 것 같아서 싱겁고 흥미 없는 일이기도 하거니와 그러지 아니해도 나의 놀라운 조어(釣魚)의 이야기

• 「조어비의」 삽화

를 한낱 황당무계지설(荒唐無稽之說)이라 하여 믿지 아니하던 불행한 산간 백성들로 하여금 나의 조어의 비기(秘技)가 그다지 깊지 못함을 깨닫게 할까 두려워함에서 더욱 나는 삼가지 아니할 수 없다.

---

1 진진(津津)한 : 매우 좋은.
2 무재(蕪才) : 거친 재주, 보잘 것 없는 재주.

이런 벗들의 질투와 적의는 나의 놀라운 기예의 경지를 평생 따르지 못하리라는 절망감에서 우러난 뿌리 깊은 것이라 항상 나의 기예의 범용(凡庸)함을 내 희망하고 있어 경계를 요할 일이거니와 일방(一方) 나의 놀라운 기예에 감탄한 나머지 여름을 당하거나 바다를 대할 때마다 반드시 우러러보는 마음으로 나를 생각할 선량한 친구들로 하여금 덧없이 실망을 느끼게 하지 아니하게끔 노력하는 것도 역시 나의 우정이라 일층 언설을 삼가지 아니할 수 없다.

그러므로 한 이야기를 두 번 되풀이하지 아니할 뿐 외(外)라 어떤 친구와도 더불어 고기를 낚으러 가지 아니하리라는 것도 나의 신조가 되어 올 밖에 없었다. 그러한 중 불행히 한 악우(惡友)가 있어 굳이 나와 더불어 고기를 낚기를 청하여 오매 여러 번 사양하였으나 종내 듣지 않고 머지않아 근해(近海)에 나갈 기회가 올 것 같으니 다행히 모면할 도리가 있으면 모르거니와 그렇지 못하면 기예의 실력을 순연(純然)히 낚는 수효로 헤아릴 몽매(蒙昧)한 친구의 악구(惡口)로 말미암아 일조(一朝)에 장안에 웃음을 사기에 족하겠으니 불가불 먼저 나의 기예를 기왕의 실적으로 위선(爲先) 밝혀 둠이 옳을까 하여 위선 이 글을 초(草)해 두는 것이다.

각설하고 나의 조어담이 먼저 말한 바와 같이 나의 무재함을 간신히 모면코자 꺼내는 것이니 그 실력이 여러 해 하해(河海)에 친한 어옹(漁翁)들에 미치지 못할 것은 스스로 명백한 일이거니와 이른바 조어 삼미(三昧)라는 것이 모리(謀利)를 위주하는 어장(漁場)과 달라 고인(古人)이 이른 바와 같이 낙득기지(樂得其志)하는 군자의 소일거리라 눈에 핏대를 올리어 주야를 가리지 아니하고 대성노질(大聲怒叱)하거나 혹은 악매응수(惡罵應酬)로 일을 삼는 시정배가 능히 이해하기 어려운 일이니 내가 또한 그 진미를 이해하기 어려움을 한탄치 아니치 못하겠다.

왕년에 병을 얻어 합포(合浦) 바닷가에 놀던 여름. 무료함을 이기지 못하고 오로지 백구(白鷗)를 벗하여 지내던 몇 해 동안 우연히 낚대를 잡아 긴 날을 보내고자 한 일이 나의 조어의 시작이니 더욱이 승부로 능사(能事)하는 잡기군(雜技軍)이 알기 어려운 노릇이라 아니할 수 없다.

합포는 마산포(馬山浦)의 고칭(古稱)으로 일찍부터 수륙(水陸)의 요충지지(要衝之地)로 삼한(三韓), 나조(羅朝), 여대(麗代), 이조(李朝)로부터 오늘에 이르기까지 병마의 시설과 함선의 출입이 잦을 뿐만 아니라 풍광이 명미(明媚)하고 수석(水石)이 아름다워 문인 묵객의 발자취가 끊이지 아니했음은 고운(孤雲)[3] 선생의 고사로부터 도향(稻香) 나공(羅公)[4]의 「피 묻은 편지 몇 조각」이란 소설에 이르기까지 시(時)의 고금을 막론하고 합포에 관하여 쓰인 이루 헤아리기 어려운 수효의 문장으로 능히 그 진가를 짐작할 수 있다.

뒤로 무학(舞鶴)의 봉우리를 등지고 멀리는 진해만두(鎭海灣頭)의 거제(巨濟) 섬이 아련히 바라보이고 가까이는 호수 같은 마산만 밖엔 저도(猪島)(향명(鄕名) 돝섬)가 울창한 송림을 머리에 이고 앉은 풍경은 굴곡과 변화 많은 해안선과 더불어 남해 연안의 유수한 명승으로 굴지(屈指)할 만하다. 해수는 동해와 같이 맑지는 못하나 또한 서해와 같이 탁하지 않아 이 근해에는 거의 동해와 서해에서 나는 여러 어류가 서식할 수 있을 뿐 외(外)라 멀리는 진해만 외(外)에 흘러드는 낙동강 하구를 위시(爲始)로 가까이는 또한 대소의 하천이 이리로 모이어 담해(淡海) 양서(兩棲)의 살진 고기가 섞여 가위(可謂) 금상첨화를 이룬 감이 있다. 헌데 어옹

---

3 고운(孤雲) : 최치원(崔致遠, 857-?).
4 도향(稻香) 나공(羅公) : 나도향(1902-1926).

의 자태가 보이기 시작하기는 양(陽) 3월경으로부터 역시 양 11월 중순 근처까지인데 역시 전성(全盛)은 물론 하절(夏節)이다. 그러나 초춘(初春)으로부터 초하(初夏)에 이르기까지는 어류의 산란기라 잡히는 고기는 주로 거년산(去年産)이라 굵직굵직한 것이 비록 자주 잡히지는 아니한다 하더라도 낚대를 든 이들의 흥미를 돋울 만하거니와 추절(秋節)로부터 초동(初冬)에 이르기까지는 또한 마산만 근처에 있던 대소 각색 어류들이 수온이 냉각해지므로 깊은 남해로 이동하는 시기라 무슨 목 무슨 목 하는 각(各) 목에서 대량으로 도미 군(群)을 만날 수 있는 고(故)로 자연 원조(遠釣)를 나가게 된다.

첫해 하절에 향우(鄕友)[5]의 권유로 우연히 시작한 노릇이 회(回)를 거듭하기 얼마 되지 아니하여 청우(晴雨)와 주야를 가리지 아니할 만큼 열중하여 그 해 가을에 이르는 동안 조어의 수효는 얼마 되지 아니하더라도 낚대를 잡는 사람으로서의 교양은 절반 넘어 쌓아 상당한 정도의 자신을 얻게 되었음은 물론 가을 다하는 것이 애석하여 겨울을 참기가 어려운 지경에 이르렀으니 그 열중의 도를 가히 추량(推量)할 수 있을 것이다.

헌데 고기 낚는 사람으로서 필요한 교양이라는 것은 먼저 고기 잡는 기술의 체득에 있음은 물론이거니와 이 고기 잡는 기술이라는 것은 자세히 알고 보면 단순치 아니한 것이다.

첫째로 생산용구 즉 낚시와 거기에 따르는 일체의 도구의 사용법과 또 자료의 선택에 이르기까지 일정한 견식(見識)을 갖춤이 필요하다. 낚시 하나를 잘못 붙잡아 맨 관계로 삼복 염하(炎下)에 진종일 앉았다가

천재일우로 만난 좋은 고기를 단번에 놓치어서 회한을 천세에 남기는 예가 비일비재이기 때문이다. 차라리 물지 아니했으면 좋을 것이지 한 번 물려 올라오다가 구전(口前)에 그놈이 다시 용약(勇躍)하여 해중(海中)으로 들어감은 차마 사람의 할 일이 아닌 것이다. 또한 끝에 다는 실의 태세(太細)를 잘못 골라 덥석 물은 큰 도미가 얼굴도 미처 보지 못한 채 물속 깊이 달아나 버린 뒤의 헛된 마음이란 무엇으로도 메울 수 없는 바가 있고 혹(或) 대를 잘못 택해서 촉감이 둔해 가지고 잇감[6]만 자꾸 떼어 먹히고 잡아 올릴 기회를 놓치는 경우에 나는 짜증도 심하면 히스테리에 이를 정도의 일이다.

허나 연장이 좋다고 좋은 목수가 아닌 것처럼 역시 도구의 능한 조종술이 그에 따르지 아니하면 아니 될 것은 조어의 경우에도 일반이다.

능한 낚시질이라는 것은 먼저 고기가 물기 시작한 것, 심지어는 그놈이 접근하기 시작했다는 것까지를 재빨리 알아내는 것이다. 물론 낚싯대를 잡고 몇 십 척 해중에서 고기가 가까이 오고 혹은 물기 시작했다는 사실을 알아내는 수단은 촉감을 통해서 아는 것이다.

그러므로 중풍(中風)의 기미가 있다든가 손끝의 감각에 고장이 있는 사람은 낚싯대를 잡을 자격이 없다.

허나 보통사람이라고 반드시 낚싯대를 잡으면 고기를 낚을 수 있느냐 하면 그런 것이 아니다. 위선 파도의 유무와 강약에 따라 촉감의 도(度)가 다를 것이요 수심에 따라서도 다를 것이며 더욱이 주야가 또 다르다. 낮에는 낚싯대의 가는 끝을 눈으로 보고 있기 때문에 손의 촉각은 훨씬 노력이 경감(輕減)하나 야간이 되면 전혀 낚싯줄과 대를 통하여

---

6 잇감 : 먹잇감, 미끼.

전해오는 진동으로 영감을 향수할 수밖에 없다. 허나 이 영감이라는 것은 고기가 오고 아니온 것을 식별할 따름이지 그것을 잡아 올리는 것은 다른 커다란 행동 이를테면 전쟁이나 역사적 행위와 마찬가지로 적절한 결단과 기예(機銳)한 행동이 있어 가지고 비로소 가능한 노릇이다.

즉 한참 뜯적거리고 물고 하는 동안에 그놈이 잇감 속을 관통한 낚시(釺)의 부분까지를 꼭 물었다고 생각될 때 다시 말하면 지금 채쳐서[7] 그놈의 아가리에 바늘이 콱 들어가 끼일만한 기회를 택해서 채쳐 올려야 한다. 그것은 실로 극히 짧은 순간이어서 손을 채치고 고기가 물고 아니 물고 하는 것이 결향(決向)되는 시간은 아마 몇 십 분의 일 초라 할 수 있을 것이다. 그러므로 이 순간의 행동이라는 것은 실로 문자대로 신속 과감을 요하는 것으로 조어의 전 행사 중 가장 스릴에 찬 순간이다. 고기를 기다리고 있던 긴 시간 또 고기가 접근해 오기 비롯하여 뜯적뜯적 물기 시작한 때로부터 시작하는 긴장이 최고도에 달하는 순간이므로 사람은 가장 한가한 시간 속에 가장 중대한 시간을 체험할 수 있는 것이다. 철학자가 아니라 할지라도 우리는 낚대를 들고 실로 각색의 시간의 양상을 체험할 수 있는 데 조어의 묘미의 하나가 있다. 기술이 어느 정도의 수준에 이르면 능히 고기떼를 유도할 수 있는 것으로 이 경지에 이르면 넓은 바닷가에 앉아 고기 낚기와 아니 낚기를 임의로 할 수 있는 데 도달하니 가위(可謂) 진경(眞境)이라 아니할 수 없다. 헌데 이 촉감의 구사라는 것이 또한 이야기와 같이 단순하지 않아 고기의 종류에 따라 다른 것을 얼마 가지 않아 깨닫게 된다. 어느 놈은 부딪치자마자 무는 놈도 있고 한참 뜯적거리다가 좋은 기회를 택해서 덥석 무는

---

7 채쳐서 : '갑자기 세게 잡아당겨서'란 뜻을 지닌 '채서'의 강조어.

놈, 꼭 무는 놈, 또 그 중에는 언제 무는지도 모르게 물고 늘어지는 놈, 실로 형형색색이요, 또 거기에 따라 줄을 채치는 순간의 결정도 일정하지 않을 것이며 줄을 늦추고 혹은 당기고 또는 움직여 보고 아니 움직여 보는 등 실로 백태(百態)가 다르니 그 기술을 일조일석에 체득치 못함은 또한 당연한 일이라 아니할 수 없다. 실로 기(機)에 임하여 응시변행(應時變行)하는 묘리(妙理)가 깨달아져야 한다.

허나 조어는 또 하나 다른 교양이 필요하니 그것은 기상과 해양에 관한 지식이다. 첫째 조수의 들고나는 데 따라 고기의 물고 물지 않음이 다른 것은 물론이거니와―만조 때는 물지 아니한다.― 또한 물시에 따라 조어의 성적의 고하가 일정하니 한물로부터 조금 또 조금으로부터 또 한물로 물시가 오르고 내림에 따라 절대적인 영향을 받는다. 헌데 제일 좋은 때는 물론 간만(干滿)의 차가 심한 때이다. 그러나 간만에 의한 변화는 또한 청우와 한랭에 따라 다시 더 세밀한 영향을 받으니 날이 덥고 흐리거나 비가 오면 잘 물고 날이 차고 맑으면 덜 무는 등 고기 낚는 사람은 그날그날의 물시는 으레 알아야 하거니와 또한 그날의 기상상태를 늘 주의해야 한다. 그런 가운데서 조어에 대한 확신은 얻게 되는데 담수어(淡水魚)도 그러하듯이 해수어(海水魚)도 역시 장소에 관계가 심대한 것으로 이것을 조어지리학이라고 할까? 좌우간 잘 물고 아니 무는 장소가 있는데 그것도 물론 계절에 따라 다르고 해마다 변동하는 것이며 또한 다른 해, 같은 계절, 같은 장소에서도 시시각각의 수류, 풍향 등에 따라 위치가 부단히 일정하지 않으니 조어 삼미에 들어가기도 쉬운 일이 아니다.

헌데 주(周) 문왕(文王)이 태공(太公)에 물을 제 "소인(小人)은 낙득기물(樂得其物)이나 군자는 낙득기지(樂得其志)"라고 대답하였다고 하였거니와 조어는 낚시를 물에 잠그고 인제라도 물 것이요 금시라도 물 것 같은 오묘한 시간 가운데 유유히 앉아있는 것이 재미의 첫째가는 자(者)이거니와 종일토록 한 마리도 못 잡아도 해가 져야만 돌아오는 데 또한 다할 수 없는 흥취가 있다. 돌아오고 나면 이내 고기떼가 몰려올 것 같은 것이 낚대 든 사람의 얕은 심리라 그럴지니 자연 담배를 피워 물고 수면만 바라보고 해를 지우게 된다. 바쁘지도 않고 심심하지도 않은 시간 속에 하루를 지낸다는 것은 주위에 베풀어진 아름다운 자연의 은총과 더불어 항상 사람의 감사할 바이다.

헌데 낚시질은 물론 기다리기만 하느라고 앉아있는 것은 또한 아니므로 역시 낚는 것이 목적인데 낚는 데도 물린 놈을 여유 잔잔하게 물 속에서 놀리며 끌어내는 게 또한 여운이 있다. 붉은 도미를 놀리며 잡아내면 온 바다가 주홍을 푼 듯 벌겋고 물 위에 올라온 어복(魚腹)에 비친 양광(陽光)은 금색 구슬이 되어 흘러내리는 광경은 참말 형언에 곤란할 지경이다. 그러한 중에서도 또한 우리의 흥미를 끄는 것은 고기 종류에 따라 서로 다른 기질을 발견할 수 있으니 민족성이란 말에 비기어 그것을 어족성이라고도 부를 수 있는 것인데 역시 백 가지 어족 중에 도미족 그 중에도 붉은 도미족은 용의주도한 행동, 과감한 공격, 굳센 반항, 절망하지 않는 저항 등에 있어서 단연 다른 어족이 따르지 못할 자(者)이다. 더욱 그놈이 일등 새우밖에 먹지 않는 까다로운 식성에 이르기까지 어중지왕(魚中之王)이라 아니할 수 없다.

이러한 것은 물론 내가 그 다음 해 3월로부터 11월 말경에 이르기까지 원근 해면에서 때로 복선(覆船)의 위험을 무릅쓰면서 얻은 교양이니 비록 오락 기예에 대한 나의 무재를 뒤덮기 위하여 한마당 늘어놓는 허튼소리 같다 하더라도 나의 악우들이 비방하듯 황당무계지설이 아님은

물론이다. 아마 내 악우들이 자랑하는 장기 바둑의 수준의 훨씬 위에
도달해 있을지도 모른다.

『춘추』, 1941. 10.

■ 임화의 마산 시절과 관련된 조어담이다. 본문 각주에서 잠깐 언급했듯이 임화에게 낚시를
권유한 향우는 지하련의 셋째 오빠인 이상조(李相祚)임이 유력하다. 지하련이 이상조를
많이 따랐다고 하니 그와 임화의 관계도 돈독했을 것이고, 따라서 두 사람이 함께 낚시를
자주 했을 것이다. 낚시에 대한 식견이 상당한 것으로 보아 이 시기에 임화가 낚시에 대
단한 재미를 느꼈음을 짐작할 수 있다.

금년에 하고 싶은 문학적 활동기

• 화가 구본웅이 장정한 『현해탄』 표지

다른 이론적 프로그램 때문에 창작상의 계획을 진행시킬지 의문입니다. 계획으로는 두 개가 있는데 다 끝나기 전에야 무어라 말할 수 없으나 하나는 개화 조선으로부터 금일의 조선에 이르는 오륙십 년 간의 '현해탄' 상을 왕래한 청년을 한 개 시집으로 하고 싶고 '이민(移民)'을 취급한 약 삼만 행의 서사시를 쓰고 싶습니다.

『삼천리』, 1936. 2.

■ 설문조사에 대한 응답으로 쓴 글이다. 두 개의 창작상 계획 가운데 첫 번째는 시집 『현해탄』으로 실현되었으나, 두 번째는 실현되지 못했다. 1935년 9월 11일자 『매일신보』에 실린 「학예왕래」는 임화가 장편서사시 『이민열차』를 집필 중이라고 전하고 있다. 하지만 이 작품은 매체에 발표되거나 단행본으로 출간되지 않았다. 완성하지 못했기 때문이거나, 검열 때문이거나, 아니면 다른 어떤 사정 때문이었을 수도 있다.

만장(挽章)

기어코 당신[1]의 생전 한 장의 서한을 올리지 못한 채 오늘이 오고 말 았습니다.

시간이란 여느 때엔 망울 하나 없이 흘러가다가도 때로는 이런 큰일 을 저지르는 것인 듯싶습니다.

당신이 우리들 앞에 처음 보였을 때 일러주던 이름은 애석하게도 지 금 기억하고 있지 못합니다.

그러나 당신의 성(姓)은 김(金)이라 알아왔고 우리 젊은 일단(一團)의 우인(友人)들끼리는 눈 큰 K라고 항용 불러왔습니다.

때로 우리들의 의논이 분분하여 결말이 용이치 않을 때 당신의 이

---

1 당신 : 김치정(金致廷)을 가리킨다. 김치정은 1906년 평북 박천 출신으로 1927년에 상하이로 간 후 여러 조직을 거쳐 조선공산당 상하이 야체이카(세포조직) 조직원으로 활동했다. 1930년에는 조선 공산당 재건운동을 위해 도쿄로 건너가서 무산자사에 가입하고 『무산자』 발행에 관여했다. 1931 년에는 일본공산청년동맹에 가입했고, 1932년에는 노동계급사 결성과 조선공산당재건투쟁협의회 일본출판부 결성에 참여했으며, 일본공산당 중앙위원회 조선부 책임을 맡는 등 활발한 활동을 전 개했다. 강만길·성대경 엮음, 『한국사회주의운동인명사전』, 137쪽 참조. 이 사전에는 김치정의 사망 연대가 미상으로 처리되어 있는데, 그가 사망한 때는 1936년 2월 7일이다. 그는 1932년에 조 선공산당재건투쟁협의회 사건으로 검거되어 오랫동안 옥중에서 신병으로 고생하다가 1934년 10 월에 집행정지를 언도받고 출감했다. 그 뒤 동경부립송택병원에서 1년여 동안 입원 치료를 받았으 나 신병이 극도로 악화되자 퇴원한 후 동경 이북만의 집에서 사망했다. 「노동계급사 김치정 영면」, 『매일신보』, 1936. 2. 21 참조.

별명은 한 개의 길로 여러 의견이 통일되는 지표이었습니다.

혹은 우리들이 맡은 임무에 충성이 모자랐을 때 당신의 이름은 게으름을 쫓는 데 무엇보다 힘찼습니다.

만일 당신의 명령이 우리 젊은 일단에게 죽음을 요구하였다면 마음에 슬픔, 두려움을 감출 수는 없을지언정 그들은 용사와 같이 그 길에 묵묵히 충성되었을 것입니다.

어떠한 사람이 단 한 사람에게 대하여서나마 이만치 위대한 힘일 수가 있었겠습니까.

물론 그 사람을 당신의 온몸과 행동에서 그것을 찾을 수 있었던 ×××××× 극히 소수인 몇 거인들이 우리 앞에 있었습니다.

그러나 그들은 먼 곳에 있으나 당신은 그들의 따뜻한 손처럼 우리의 바로 옆에 닿아 있었습니다.

정말 당신을 생각하는 것은 우리들에게 있어 한 개 비할 데 없는 광영이었습니다.

그때 당신은 우리들의 모든 용기의 마름이 없는 원천이었습니다.

눈 큰 K! 나는 지금으로부터 육년 전, 서울 있는 N, K가 아직 H대학의 어린 학생이었을 때,[2] 어느 가을 저녁 신숙(新宿) 거리를 지나면서 나에게 속삭이던 말을 잊을 수 없습니다.

"이거 봐, ××이란 것이 이전엔 먼 데 있는 것처럼 생각했더니 눈앞에 왔다 갔다 하지……."

하며 차근차근히 말하는 N, K의 목소리는 누를 수 없는 흥분에 안 떨릴 수 없었습니다.

---

2 육년 전이면 1930년이고, N은 김남천을, H대학은 호세이대학(法政大學)을 가리키는 것으로 보인다. K는 임화, 김남천과 더불어 무산자사에서 활동한 인물일 것이다.

희고 고운 학생의 얼굴에는 당신의 그림자가 태산보다 컸었습니다.

그때는 늦은 봄, 당신이 지금은 ×××××에 있는 얽은 N과 더불어 동경으로 온 지 두 달이 좀 넘은 때[3] 우리들이 한창 분주하던 시절입니다.

당신이 ××××××××××는 소문을 듣기 전 벌써 나는 어느 ×××××× 통하여 벌써 당신이 자유를 잃은 줄을 알았습니다.

그러나 작년 말 당신과 더불어 ××××있던 R이 ××으로 나와 나에게 준 최초의 서신에서 나는 당신의 몸이 다시 일지[4] 못할 슬픈 광태(狂態)에 빠진 줄 알았습니다.

그때의 감정을 나는 이제 무딘 붓으로 적을 수가 없습니다.

오직 우리가 바라보고 가던 가장 큰 별이 땅을 향하여 떨어짐을 느꼈습니다.

드디어 별은 떨어졌습니다.

이따금씩 전해주는 R의 편지에도 당신의 소식은 옅어가는 숨결처럼 나에게 슬픔만을 가져오던 사이에 이곳 신문 좁은 구석에서 당신의 그림자가 영영 스러졌음을 알고 말았습니다.

어떻게 이것을 믿고 어떻게 이 설움을 이기겠습니다.

나는 믿을 수가 없습니다.

역시 당신은 살았을 것입니다.

칠 년 전[5] 상해(上海)에서 당신이 탄 배가 장기(長崎)[6]를 향하여 달려오듯이 그것은 똑똑히 정말입니다.

---

3 이때는 1930년 5월 무렵이다.
4 일지 : 일어나지.
5 칠 년 전 : 1929년.
6 장기(長崎) : 나가사키.

그 이듬해 당신이 서울 와서 ×××××× 서울의 정세에서 내가 갈 바를 지시하던 명확한 말과 같이 당신의 생명은 똑똑합니다.

당신의 방침은 항상 승리를 지시하는 것이라고 그때도 믿듯이 당신이 살아있음을 나는 오늘도 믿습니다.

K! 지금 그때 일단의 우인은 슬픈 혼란 가운데에 있습니다.

죽음으로 가는 상(床) 위에서 우리들의 보잘것없는 소식을 듣고도 즐거워하더란 R의 편지를 읽으면서도 저희는 당신을 정말 기껍게 할 아무 소식도 장만치 못했습니다.

그러나 머지않아 당신이 죽으면서도 아직 잊지 않았던 그 길 가운데서 자기의 튼튼한 노선을 모두 다 찾을 것입니다.

지금 H[7]는 평양에, N은 서울에, 저는 마산에 목적도 없이 벌려 있습니다.

이것은 괴롭고 또 부끄러운 상태인 것을 감출 수는 없습니다.

눈 큰 K!

당신의 죽음이 정말 헛된 것이 되려면 모든 것은 허물어지고 자취도 없어져야 할 것입니다.

그러나 언제나 ××× ××× ××× 정해놓은 길을 가는 것입니다.

고난(苦難)한 밤 가장 큰 별을 하늘에서 잃는다는 것은 참을 수 없는 일입니다. 그러나 한 개의 별은 태양이 되어 영원히 젊을 것입니다.

당신의 이름은 눈 큰 K! 출판물에는 ×××,[8] 고향에서는 치정(致廷)이

---

7 H : 한재덕(韓載德)으로 추정된다.
8 ××× : 김치정(金致廷)은 김치정(金致程), 김철(金鐵), 김철수(金鐵秀), 한명수(韓明洙), 이명제(李明濟), 이재환(李在煥) 등의 이름도 사용한 것으로 알려져 있다. 강만길·성대경 엮음, 앞의 책, 앞의 쪽 참조.

라 부른다고 들었습니다.

그러나 당신은 우리에게 영원히 눈 큰 K입니다.

크고 똑똑히 당신의 그림자를 아로새길 때 다시 그 이름을 부르겠습니다.

젊은 우인의 일단이여! 벌써 그때가 칠 년!

우리가 드리는 한 장 글발을 어디서 그가 읽을꼬.

오오………….

3월 2일 야(夜)

『중앙』, 1936. 5.

◪ 제목에서도 알 수 있듯이 김치정의 죽음을 슬퍼하며 쓴 글이다. 김치정은 조선공산당 당원으로서 상하이와 도쿄에서 활발히 활동한 인물이다. 그는 1930년 조선공산당 재건운동을 위해 도쿄로 건너가 무산자사에 가입해 활동했는데, 이 무렵 임화를 비롯해 김남천 등 젊은 프로문학인들과 긴밀한 관계를 유지하면서 그들을 사상적으로나 운동적으로 지도하는 역할을 한 듯하다. 임화의 추억과 애도를 통해 그가 김치정을 얼마나 존경하고 흠모했던가를 잘 알 수 있다. 임화는 해방기에 시 「길─지금은 없는 전사 김치정 동무에게」를 쓰기도 했다.

주유(侏儒)[1]의 변(辯)

존경하는 K!

그대의 편지 가운데서 나에게 대답을 구한 몇 개 조목 가운데서 가장 부실한 설명을 드렸다고 생각되고 또 좀 더 똑똑한 결론을 그대가 나의 의견 가운데서 찾고자 한 곳이 이곳이 아닌가 하는 생각이 암만해도 두 번 붓을 들지 않고는 못 견디게 하였다.

즉 그대는 지금 어떻게 자기의 코스를 결정할 것인가, 좀 더 똑똑히 말하면 그대는 지금의 생활로부터 일찍이 그대가 참여했던 그 방면으로 돌아갈 것인가, 그렇지 않으면 역시 그대의 동지들이 권하는 것처럼 소위 예술이나 문학의 영역으로 발을 들여 놓을까 하는 것이 아니오.

물론 그대의 지금의 태도, 그러고 그대 자신의 마음 가운데서 물결 치고 있는 성실한 사고에 대하여 결코 경의를 표할 것을 잊고 있지는 않소.

왜 그러냐 하면 나는 그대의 태도, 또 그러고 그 태도가 그것으로부터 성립되고 있는 입장, 그러고 그 가운데서 그대가 영위하고 있는 사고 그것을 날카롭게 부정하기 때문이오.

---

1 주유(侏儒) : 난쟁이나 어릿광대.

사실 이 사고 다시 말하면 그대 자신의 현재에 대한 성실한 반성이 없이는 그대는 이미 새로운 사회적 세대의 좌석으로부터 그대의 이름을 발견키는 불가능한 때문이오.

오히려 경우에 따라서는 근일(近日) 볼 수 있는 것과 같이 우리들이 일찍이 적대했던 진열(陳列) 가운데서 그대 자신을 발견케 될는지도 모르는 것이오. 그러나 나는 이렇게 욕된 상상을 그대를 두고 움직임은 우리들의 우정에 상부(相符)치 않을뿐더러 전혀 용서되지도 않을 것으로 믿소.

그러나 아까도 말한 바와 같이 그대를 우리들의 대오(隊伍)로부터 이름도 없는 시정적(市井的)인 일상생활의 잡티 속에 잃어버릴 것은 전혀 가능한 것이오.

그러므로 내가 지금 가지고 있는 그대에 대한 경의(敬意)는 단순히 오늘날까지의 우정이라든가 또 그대의 가치 있는 개인적 과거에만 뿌릴 박고 있는 것이 아니라 보다 더 현재의 태도 그것에 대한 그대 자신의 부정과 나의 태도가 긴밀히 일치되어 있는 때문이라고 말한 것이오.

어떤 의미에선 그대의 현재의 입장, 지금의 생각은 우리 조선의 적지 않은 그대와 같은 출신의 진보적 인텔리겐치아의 가진 바 공통된 고뇌를 가장 보기 쉽게 표현하고 있는 때문에 느끼는 나의 일종의 공감일지도 모르오.

사실 솔직히 지금 나의 심정을 쏟아놓는다면 이러한 약한 부분은 오히려 그때보다도 클지도 모르오.

그러나 이것은 그대가 당하고 있는 그 경로와 형태에 비하면 대응적인 성질의 것일 것이오.

그대는 그대가 오늘날까지 걸어오던 정치적, 실천적 생활로부터 왜 그것을 더 지속하고 보다 더 큰 자기 발전을 그 길의 장래에서 구하지 못하고 문화라든가 예술이라든가 하는 일견 안일한 곳에서 자기의 금후 출로(出路)를 발견코자 하는가 하는 그것에 대한 자기 혐오, 자기 욕감(辱感)이 아니오. 그러나 나에게 만일 왜 남이 그러한 무엇이 있다고 하면 그것은 어째서 갈수록 자기의 지금 길에 대하여 애착을 성장(聖長)해 가고 보다 큰 것에 대한 청년다운 열정을 불붙이지 못하는가 하는데 대한 즉 안돈(安頓)[2]을 욕(欲)하는 자기에 대한 솔직한 증오일 것이오.

그리고 그것의 가장 똑똑한 표현은 근래 나의 마음의 일우(一偶)[3]에서 빼어 버리려야 버릴 수 없는 형언치 못할 공허감이오. 대체 자기는 이것으로 좋은가? 이것만으로 자기는 만족을 느낄 것이고 또 자기가 충실하려는 그 진가(眞價)에 대하여 할 일을 다 하였다고 말할 수가 있을까?

남의 저술을 읽을 때나 자기의 글을 쓸 때나 또 가장 딴 생각이 잠입할 여유가 없으리라는 생각이 오랫동안 긴장한 때라도 머릿속에 떠오르는 이 몇 개의 의문부(疑問符)를 아무래도 지워 버릴 수는 없소.

특히 지금의 우리 문화운동이나 예술운동의 상태는 이러한 공허감을 일시적으로나마 부정해 볼 아무런 환상도 허락지 않을 만치 적나라하게 그 실체를 드러 내어놓고 있지 않소.

그래도 그 전같이 외형이나마도 구존(具存)되어 있다면 우리는 미약하여도 운동으로서 일반적인 노선에 닿을 수 있다고 자위할 수도 있었겠지만 지금 우리란 일개의 문사 혹은 학도의 수준 이상의 무엇이라고 생각할 수가 있겠소.

나는 만족을 가지고 이 아픈 의문을 처리할 인간은 아마도 문자대로

---

2 안돈(安頓) : 마음을 정리하여 안정되게 함.
3 일우(一偶) : 한 구석.

주유(侏儒)가 아닌 이상 없으리라 믿소.

실로 이 의문이 갖는 내용이란 살을 뜯기고 뼈를 깎이는 것처럼 아프게 우리들 가운데 있는 정통 약점을 찌르는 것이오.

우리들이 이 의문에 대하여 만일 조금치라도 신경이 둔해진다면 그것은 우리들의 청년으로서의 생명력의 쇠퇴를 의미하는 것일게요.

헌데 너무 자기의 신세 푸념을 들리고[4] 이야기의 줄거리를 잊었소. 다시 본제(本題)로 들어가 그대가 동지들이 권하는 바에 대하여 취한 태도에 대하여 사견을 드리오.

우선 그대가 이러한 충고 비슷한 말에 대하여 나에게 들려준 말은 정말 시보다도 아름답소.

"타산(打算)은 노인의 것이고 청년의 것이 아니다!" 그렇소. 더구나 전진할 때의 타산할 줄 모르는 인간이 항용 후퇴할 때는 그럴듯한 산술(算術)을 가지고 남을 농락하고 자기를 안위(安慰)시키는 것이오.

이러한 타산이란 죽어가는 인간에게 묘혈(墓穴)까지 가는 거리나 세게 할 것이오.

그러나 무서운 것의 하나는 일체의 무타산(無打算), 무방침(無方針) 상태 하에 자기를 방치하는 것이오.

그러므로 이때 타산이란 구체적으로 생각할 물건으로 그대의 동지들이 그대로 하여금 여러 가지 점으로 보아 금후 문화적 영역에서 자기 발전을 꾀함이 현명하다는 권고에 대하여 그대가 그것을 수긍할 수 없는 노인적 타산이라고 본 것을 나는 긍정할 수가 있소.

즉 그대에 있어 이 문화에로의 우회는 분명히 한 개 패배적 굴절임

---

4 들리고 : 듣게 하고.

에 불구하고, 왜 서투른 산술로 합리화하느냐 이 말 아니오. 나도 이러한 자기 급(及) 타인에 대한 부정직(不正直) 위에 선 타산은 수긍할 수가 없소.

이 부정직의 죄악으로서의 의의는 이중적으로 하나는 자기에게 있어서 명확한 패배에 의하여 초래된 상태에 대한 적응의 비굴성의 감정이 그 하나요, 다음으로는 이와 같은 경우에 있는 다른 사람에게 자기의 감정을 속이고 자기의 안일심(安逸心)을 합리화하기 위한 한 개 객관적 구실을 주는 결과를 가져오는 것이오.

그러나 나는 이 말 가운데 결코 문화적, 예술적 사업 그것에 대한 부당한 과소평가를 집어넣고 있는 것은 아니오. 오히려 과거 실천적, 조직적 생활 국면에 있던 여러 사람들이 갖는 비속한 과소평가 상하(上下)에 대하여 문화적 사업 그것의 의의를 급히 주장코자 하는 자(者)이오. 오히려 다른 것을 하다가 그 짓도 저 짓도 안 되니 예술이나 문학이나 해 보라고 권고하는 그곳에 이러한 속된 과소평가가 들어 있는 것이오.

사실 이러한 견해의 기초에는 정치적인 그것에 대하여는 물론 예술적인 사업 그것에 대하여도 다 같이 불성실한 정도(程度)가 들어 있는 것이오.

오직 그대의 예에서 보는 바와 같은 문화에의 우회 문제를 왜 패배라고 보느냐 하면 그것은 적어도 객관적으로 표현될 때 여태까지의 노선을 종속하여 걸어가기가 곤란한 경우 그 방편적(方便的)인 출로로서 문화, 예술의 영역이 선택된 때문이오.

그러므로 이러한 전환을 자기 발전에 적(適)한 정책이라고 보는 견해를 나는 먼저와 같이 예술 문화에 대한 낡은 공식주의적 정치가의 견지를 연장(延長)한 것이라고 한 것이오. 또 그대 자신 가운데서도 발견할 수 있는 이러한 전환에 대한 굴욕감 그것의 기초에도 사실 솔직히 말하라면 나는 이러한 공식주의의 여훈(餘薰)을 발견하는 것이오.

그러나 전환을 패배라고 평가하는 데 있어 이 주관적 정감의 내용의 문제란 그리 큰 것이 아니므로 나는 상관치 않고 있소.

그런데 이것을 그대의 생각에 있어서와 같이 또 나의 소견에 있어서와 같이 패배라고 보지 않고 그것을 오히려 자기 발전을 위한 득책(得策)이라고 보는 데는 한 개 소박한 경험주의와 또 소시민적 개인주의가 연결되어 있소.

첫째 그대가 여태까지 밟아오던 노선을 걷는 것보다 이리로 방향을 바꿈이 그대에게 소질상 옳다는 데는 유일한 근거로서 그대의 여태까지의 경력을 들 것이나 그러면 어째 그대가 처음 혹은 그 길을 걸어가던 중간에라도 그 전환을 권고치 못하고 이제 와서 소질의 문제를 끄집어내는가 말이오.

이것은 실로 좋은 경험으로부터 나쁜 결론을 끌어내는 경험주의로서 실상은 그대의 이 곤경 가운데서 자기 확립과 유지를 위하여 고민하는 것을 원조하는 대신 해롭게 하는 것이오.

그것은 다음에 곧 소질에 의한 자기 발전이란 그 자기, 소질 등에서 표시되는 철저한 개인주의에서 일층 그 본질을 드러내고 있소.

그러나 또 우리들 젊은 인텔리겐치아의 모두가 그래 자기의 소질이라든가 발전을 위하여 고민하고 있소. 자명한 바와 같이 자기를 오히려 대다수에 적응시키기 위하여 대자적(對自的)으로 움직이는 자기에 대한 비아적(非我的)인 것의 투쟁이 아니오.

그러므로 일찍이 우리는 20년대의 약관 소년으로 자기의 계급적 출신, 체질, 취미, 그 외의 모든 환상을 물리치고 일반적 노선 가운데의 충성을 위하여 이 모든 것을 희생으로서 바친 것이 아니오.

그러므로 지금 새삼스럽게 자기의 소질 그것에 의한 자기 발전 등의 구실로써 그 무슨 행위를 설명하려는 것은 분명히 일반적인 지점으로부터 자기를 개인으로서의 자기의 지위로 끌어 내리는 것이며 이것은 진실한 자기의 발전 대신에 자기의 위축이며 진보 대신 퇴보, 고투 대신 안일을 찾으려는 한 개 과정에 지나지 않소.

그럼 만일 그 논의대로 간다면 문화, 예술의 사업이 이상(以上) 더 곤란하여 그대나 내가 이곳에서까지 자기의 입장을 찾을 수가 없다는 그때 우리는 소질, 자기 발전을 위하여 또 무슨 길을 구해야 할 줄은 뻔한 것이오.

왈(曰), 할 수 없으니 가만히 있거라!

그러므로 나는 그대가 이러한 이유 아래 지금 곧 그 권고에 좇지 않음을 나무라지 않소. 오히려 진실로 위대한 예술가의 생활 태도란 항상 인생의 광범위에 긍(亘)한[5] 용량적(容量的)인 것인가 하오.

우리는 좋은 예술가가 되기 위하여도 좋은 생활, 청년의 용기를 가지고 임할 필요가 있소.

실로 보잘것없는 예술가만이 이십 세 때부터 책상모퉁이에 붙어 앉았소. 나와 같은 인간이 아마 이 불쌍한, 책상 앞밖에 생활을 모르는 천한 인간의 하날 것이오.

그러므로 나는 권고를 물리치고 대담히 파도 높은 대해에 노는 데 무엇보다도 찬성하나, 그러나 만일 그대가 마음으로부터 예술이 좋고 지금 예술가이려거든 서슴지 말고 붓을 들 것이오. 오직 자기나 남을

---

5 긍(亘)한 : 걸친.

그럴 듯한 이유로 합리화시키지 말고 똑똑히 굴욕감 위에 엎어지자는 것이오.

굴욕을 느끼는 인간만이 또한 보복을 아는 인간일 것이오.

굴욕을 모르는 인간! 그것은 이미 우리들의 도덕에 있어서는 일반으로 동물일 따름이오.

오직 최후로 말할 것은 그대가 하루라도 일찍 그 머뭇거리는 지점을 벗어나는 것이오. 그것이 오래이면 오래일수록 그대는 인생을 밑지오.

청년이란 이름에 부끄럽지 않게 나의 그대는 이것을 처리할 줄 나는 믿소.

(3월 19일)

『사해공론』, 1936. 5.

■ 옛 동지 K에게서 받은 편지의 답신으로 쓴 글이다. 아마도 K는 이제까지의 길(정치운동을 의미하는 듯함)을 계속 갈 것인가, 아니면 문학이나 예술의 길로 방향을 바꿀 것인가에 대해 임화에게 조언을 구한 듯하다. 이 글에서 임화는 그러한 결정을 하기 위해서는 성실한 반성이 전제되어야 하며, 결단은 빠를수록 좋다고 충고하고 있다. 또한 그것은 진실된 것, 내발적인 것이어야 함을 역설하고 있다. 제목의 '주유(侏儒)'는 그가 문학운동의 패배와 신병의 악화라는 상황에 처한 자신을 자조적으로 표현하기 위해 사용한 비유이다. 임화는 시 「주유의 노래」에서도 자신을 자조적이고 자학적으로 노래한 바 있다.

남방비행편(南方飛行便)

1. 소박한 비판

새로 지어놓은 신뢰할만한 국철(國鐵)의 역은 여름마다 새빨갛고 똥그란 게문판(揭文板)[1]에 '××와 ×× 간 열차 불통, 침수 다대(多大)로 복구 견입(見込)[2] 미상(未詳)'을 내걸어 그리던 친구를 거부한다.

몇 번씩 찾아오던 벗은 삼랑진역으로 쫓겨 가 먹기 싫은 뱀장어밥을 사먹고 차 속에 갇혔다 돌아갈 결심을 한다.

만일 우리들보다도 참을성이 적고 일각이 삼추 같은 젊은 남녀라면 몇 번 너무나 야속한 하늘을 원망했을 것이다.

그러나 해마다 물난리를 겪고 논밭을 흙벌을 만들어 부모형제를 내모는 이 기차가 촌에 남기고 온 처자에게 몇 푼 돈을 마련해 주러 역까지 나왔다가 돌아서는 짐꾼, 배달꾼들의 웅변을 듣고 나면 충분한 계몽을 받으리라.

물이 다 나가고 날이 들면 내지인(內地人)[3] 청부업자가 돈을 많이 받

고 일을 맡아 분전(分錢)[4]을 주고 이것을 고친다.

때로 그 품삯이 그들로 하여금 유리(流離)의 여정에 오르는 불행한 노수[5]가 되기도 한다.

해마다 삼복 우기엔 이 꼴을 당하면서도 또 이듬해 무너지고 물이 넘을 정도밖에 수리를 하지 않는 관청 심사를 알 수 없다 한다.

유명한 내지인 ××식(式) 치수(治水)로 하우씨(夏禹氏)보다 튼튼히 낙동강 물을 막았다 하나 장마가 지면 그 근처 전지(田地)를 다치기 꼭 알맞은 설계라 한다.

이것으로 두메구석에서 한평생 썩어죽을 농군에게 만주나 내지 구경을 시킬 천재일우의 좋은 기회를 주게도 되는 것이며 가난한 사람들에게 품삯을 얻게 하는 구제사업의 필요한 의의도 있을 듯하나 참을 수 없는 일이라 한다.

물론 무식한 백성의 턱없는 소리라 더불어 신용할 바 못 된다 하더라도 그들은 이러한 사실을 윤택 있게 할 실로 풍부한 에피소드와 정경의 묘사를 준비하고 있다.

물속에 부(父)와 병든 오라비를 장사(葬事) 지내고 부산으로 팔려간 일갓집 처녀 이야기, 제방을 지키느라고 밤을 새고 돌아오니 가장집물,[6] 농사지은 것이

---

3 내지인(內地人) : 일본인.
4 분전(分錢) : 푼돈.
5 노수(路需) : 노자(路資).
6 가장집물(家藏什物) : 살림살이.

• 임화의 자필

다 떠나간 이야기 등 수없는 사실담과 앞에 떠나가는 누이동생을 내버리고 멀리 간 계집을 구하더란 야속한 정담(情談) 등으로 교묘하게 서사시를 만든다.

그러나 나의 포구의 주민들이 서울 신문장[7]보다도 인근 사람의 재화(災禍)에 냉연(冷然)함을 느낄 제 나는 마산이란 곳이 싫었다.

그렇다고 나는 나의 포구의 주민들이 옷과 쌀을 묶어 그를 찾지 않는다는 말은 아니다.

이 불행에 대한 일상 시정의 관심이 회화(會話) 가운데 너무나 적다는 것을 느끼었다.

어떤 벗이 "등하불명(燈下不明)이란 소위 이것인가?" 하고 차탄(嗟嘆)함을 들을 때 다른 생각을 했다.

2. 경상도 여인 기질

다음 나는 나의 아름다운 포구 여인들의 아름답지 못한 기질을 이야기 안할 수가 없다.

그곳 사람들의 기질을 가장 나이브하게 표현하기는 여인들이라 나는 믿어 온다.

그러므로 나는 여인들의 생활이나 대화 속에서 이런 것들을 알려고 하는 것이 여행 시에 준비하는 요건의 하나이다.

무엇보다 나의 포구의 여인들은 부지런함을 나는 사랑하고 자랑한다.

저녁 때 대견한 아이들처럼 멀리 거제 섬이 보일락 말락 한 포구에

---

7 신문장 : 신문지.

서 올망졸망 모여드는 작고 큰 배에서 그들은 물고기를 받아 목판(이곳
에선 광주리 대신 여인들이 큰 목판을 인다.)에 인 채 시내로 들어온다.

한 푼이라도 싸게 받아 좀 더 많이 돈을 사려고 거친 뱃사람들과 그
들은 싸움 싸우듯 떠든다.

이 아우성을 조심스레 들으면 한 푼이라도 이문을 더 보려는 물품과
보다 더 큰 노동하는 민중의 꿋꿋함을 맛볼 수가 있다.

분명히 서재에 들엎디었던 우리 따위 남성보다 그들은 활동적이고
생활력이 강하다.

이튿날 아침부터 저자로, 도부[8]로 팔아 불행한 자식과 남편의 살림을
장만하는가를 생각하면 그 다음날 저녁 선창가에서 그들을 안고 싶다.

그러나 이곳 여인들이 얼마나 모진 고리대금에 종사하는가를 느낄
때 아무도 눈살을 안 찌푸릴 수 없을 것이다.

대개가 집에 들어 앉아 살림을 사는 여인들로 시집올 때 가져온 돈
푼이나 남편한테 긁어모은 분전(分錢)을 몇 해만 있으면 단단한 뭉칫돈
을 만든다.

나중엔 금융조합에 한곳을 달아놓고 교묘히 손을 펴서 세민(細民) —
보다도 세민 중의 세민일 것이다. — 들의 약점 위에서 그들의 이윤을
불려갔다.

가끔 길을 지나려면 이런 빚쟁이의 돈 재촉에서 벌어진 과감한 싸움
을 목도할 수가 있다.

백 원 밑천이 일 년 동안에 이삼백 원으로 붙을 기초는 거개가 그날
벌어 그날 먹는 핍박한 생활자이다.

---

8 도부(到付) : 이리저리 돌아다니며 물건을 팖.

아마도 나의 포구의 여인의 이 가장 미운 점은 조선 어느 도항(都港)
에도 뒤지지 않을 것이다.

유태인의 망령과 같이 그들은 돈에 눈이 밝다.

경상도 여인이 순박하다는 말은 이제 상당히 정정되어야 할 것이다.

3. 창부(娼婦)의 원산지

불행히 나는 사계(斯界)에 숙달치 못하여 전 조선과 외국의 청루(靑樓)
를 주유(週遊)한 모 악우(惡友)(?)의 체험에 의하면 창부의 십 분지 육칠
은 경상도산이라 한다.

또한 이것은 나도 약간지(若干地)에서 목도한 바요 기학(幾學)의 사람
이 입증하는 거의 실설화(實說化)된 견해이다.

둔중하나 순박한 경상도 동포들이나 어떤 지방보다도 딸을 많이 팔
아먹은 이유는 무엇일까?

나는 이것을 순연(純然)히 경상도 사람들의 선천적 기질에 들어버리려
는 경솔한 관념론에 도저히 동의할 수가 없다.

오히려 정반대로 부모나 형제를 위하여 즐기어 생명과 정조를 팔아
버린 어린 색시들의 마음을 칭찬하고 싶다.

부모와 형제, 혹은 정든 낭군을 떠나는 어린 마음에 어찌 눈물이 없
으리? 하물며 악귀 아닌 한 부모지정(父母之情)이 금수만치도 없다고 이
곳 사람을 책(責)할 수 있겠는가?

우리는 이 지방의 빈부의 특별한 차이, 반상(班常)의 유제(遺制)의 강고
한 잔재, 주기적이요 절망적인 천재(天災) 이 세 가지가 아무것도 소유
하지 않은 인간에게 어떠한 운명을 주는지 결코 상상키 어렵지 않을 것

이다.

특별히 현격한 고처(高處)에 서 있는 부(富)가 최저한의 빈(貧) 없이 성립될 수 없다. 그 전만은 못하다 할지라도 상놈보다 양반이 부자되기는 훨씬 쉽다.

다 아는 바와 같이 이 사회에서 돈을 모으는 데는 돈이 있어야 한다. 부지런만 가지고 부자된 예는 일찍이 본 일이 없다.

이조 중세란 양반만이 부자될 수 있는 세상이었다. 신시대의 출발에서 그들은 동(同) 민족 중에 최강선자(最強先子)로서의 자격을 잃지 않았다.

더구나 새로운 관무(官務)의 은총이 양반에 대하여 훨씬 부드러운 조선에서 반상의 잔재는 빈부의 극한적 분열의 일 주요 원인이었다.

낙동강 유역의 유명한 천재(天災)! 경상도의 유명한 흉년은 김종서(金宗瑞) 때부터 이미 알려진 바라 육만의 이민이 관북(關北)으로 올라갔다 하지 않는가?

새로운 사회적 조건이 이 천재(天災)를 빈민들로 하여금 일층 참기 어렵게 만든 오늘날 딸을 판다는 사실이 어찌 그들의 혈액의 죄일까?

일본 내지(內地) 창기의 원산지가 흉작지 동북(東北)이라는 것을 생각할 때 우리는 팔려간 경상도 여인과 그 가정의 비극을 능히 상상할 수 있을 것이다.

두 달 전 내가 살고 있는 바로 뒷집 열여덟 나는 큰 딸이 팔려 갔다 한다. 동네서는 초상이 난 줄 알았다.

백 원을 받아 그 부친은 관유지(官有地)를 세내어 집을 지었다. 냇바닥을 도두고 두 채 여남은 간(間) 세우노라고 돈은 다 들어갔는데 엊그제 비가 와서 아직 채 쌓지 못한 제방이 무너져 다 떠내려갔다.

그러나 어린애밖에 울지 않았다.

그의 오십 가까운 아버지는 그렇게 남은 돈으로 술을 먹고 바다에 가 빠져 죽었다.

물론 팔려 간 딸이 머리 풀러 오지 못했을 건 정(定)한 노릇이다. 반드시 어디서고 보(報)를 들으면 남몰래 울 것이다.

그러나 손님을 대하여 그가 웃고 노랫가락을 외울 것은 잊지 않았을 것이다.

인간은 자기 손으로 만든 제도[9] 안에서 천사도 되고 악마도 될 수 있는 것이다.

4. 바다의 장식(葬式)

주로 조선인 어민이 출입하는 선창에는 뼈만 남은 향나무가 서너 그루 섰고 그 사이를 웬 새끼가 가로 얽혀 있다.

그 밑에 돌을 족 둘러 깔아 딴 지면과 구별해 놓은 위에는 가끔 막걸리 뿌린 기운이 있다.

포구 밖 먼 바다로 출어를 나갈 때 그들은 이곳에서 목숨의 안전과 풍어를 빈다.

그들이 탄 것은 배가 아니라 ‘칠성판’이다.

왜 그러냐 하면 풍랑이 일어나 바다가 노하는 날에는 그들의 목숨을 어쨌든 널조각은 송장 실은 널로 변하는 때문이다.

비바람이 지나가고 언덕 위에 쓰레기, 나무등걸 나부랭이만 수북하게 갖다 놓고 물결이 멀리 스러진 뒤에는 돛 대신에 흰 돛 단 배가 이곳저

---

9 제도(制度) : 원문에는 ‘초도(秒度)’로 되어 있다.

곳 떼를 지어 있다.

바다의 용자들도 이때는 한가한 듯 뱃전에 앉아 담배를 피우거나 우두커니 시인처럼 하늘을 보거나 한다.

편히 누워서도 콧노래라도 없는 곳, 격연(激然)한 활동이 있던 곳에 침연(沈然)한 정적이 오면 반드시 불길한 공기가 떠돈다.

선창 위에 좀 큼직한 배에서 아니나 다를까 둥둥둥 북소리가 요란하다.

풍어를 즐겨 하는 북이라면 그들의 온 식구가 손을 저으며 반길 것이로되 흰 깃발에는 '조선 ××도 ××군 ××면 ××리 김×× ××생'이란 글씨는 이미 이 세상에 없는 사공들의 이름이다.

어젯밤 물결 속에 그는 영구히 돌아오지 못할 넓은 바다로 간 것이다.

밥덩이를 짚에 묶어 동서남북 사방 귀신에게 던져주고 장님은 죽은 사람이 좋은 곳으로 갈 발원을 한다.

선주나 어장(漁場)꾼이 받아 보내는 막걸리 통을 그들은 고맙게도 언짢지도 않은 표정으로 받아 따라 명부에 간 영혼을 위로함일 것이다.

야속하고 그 진심을 알 수 없는 바다.

한없이 맑고 고요한 품으로 그들을 안아주는 물결.

어째서 이렇듯 고요한 자네가 그래 어젯밤처럼 노하는가.

한 상 잘 차린 음식으로 그들은 바다를, 물결을 달래고 그가 기르는 많은 고기떼에게 희떱게 흩어준다.

바람도 없는 하늘에 여기저기 꽂힌 흰 기는 생전의 동반(同伴)들이 보내는 고인에의 최후의 우정일 것이다.

바다의 장식(葬式)은 시체도 없이 지내는 것이다.

(차회종(此回終))

다음엔 남방이민속(南方移民俗)의 호화판 '두우(斗牛)'를 이야기하겠습니다.

『사해공론』, 1936. 10.

춘래불사춘(春來不似春)

서리맞아 죽은무덤
비가온들 개삭[1]하리
님그리워 죽은무덤
님이온들 개삭하랴

간이[2]를 생각하여 읊어진 간곡한 노래다. 언제부터 이런 노래가 조선 사람의 마음을 읊어 왔는지는 모르되 오래 조선 민요의 한 성격이 되어 왔음은 감출 수 없으리라.

그 속엔 확실히 간이에 대한 사모의 정과 아울러 살림의 비애가 보다 숙명처럼 아로새겨 있다.

고요한 '돈' 강물은 코사크의 눈물로 흐른다는 옛날 슬라브 사람에 못지않은 큰 비애다.

가지 간 참새 새끼가 재재재거려도 치맛자락에 눈물을 닦던 그들이다.

세상에 가난처럼 큰 원수가 있는가….

---

1 개삭(改塑) : 수리(修理).
2 간이 : 세상을 떠난 사람.

　조반을 먹고 나자 ○에게서 편지가 왔다. 얼마 전 북만[3]으로 간 다정한 친구다.

　오래 옥살이를 하다 동경을 건너가 지난 가을에 몰려나다시피 와 가지고 할 수 없이 몸조리 겸 부모 있는 데를 찾아갔다. 목단강[4]이란 사변 뒤 새로 생긴 도시인데 조선 동포가 한 오만가량 있다 한다.

　대부분 새로 뽑혀 간 이민들인데 그곳에서 이런 노래가 유행한다고 한다.

철모르고 심약한 어린이몸은
신세도 가련하다 이내운명은
설한풍 찬바람에 홑옷을입고
배고픈 고생도 많이받았소
이럭저럭 나이는 열한살적에
나의부모 오라버니 나의어린것
처음으로 새옷한번 지어입히고
낯모르는 집으로 데리고간다
이상하다 손님이 가득히모여
내앞으로 달려오는 어떤사람이
날보고 하는말이 새각시란다
낯모르는 남자앞에 나를앉히고
갖은음식 찬란하게 갖다놓으니
고운신부 내자부야 많이먹어라

　이 노래가 이른 봄밤 눈보라 속에 들려오면 도저히 잠을 이룰 수 없

3　북만(北滿) : 북만주(北滿注).
4　목단강(牧丹江) : 무단강. 쑹화강(松花江)의 지류.

다 한다.

그들은 낮도 안 씻고 자고 일어나면 흙 파고 밤이면 술 먹고 노름하고 딸 시집보내 빚 갚고 또 빚지고…….

조선에 개나리가 피고 벚꽃이 피고 한창 봄이 짙어갈 때쯤 그곳엔 겨우 얼음이 녹기 시작한다 한다.

그래 이곳에 여름철이 들어야 겨우 봄인 듯싶다 하며 산이나 언덕이 없는 초원지대에 들꽃이 한층 가련타 한다.

옛날 왕소군이 "胡地無花草 春來不似春"이라 하였다지만 새 옷 입고 꽃 피고 강물이 맑아야 열한두 살 먹은 새색시에게 봄이야 물어서 무엇 하리.

> 우리형제 죽거들랑
> 앞밭에도 묻지말고
> 뒷밭에도 묻지마라
> 꽃밭에다 묻었다가
> 우리우리 메꽃피어
> 나무한쌍 나거들랑
> 내벗인가 알아주오.

—「제주민요의 일절」

거친 만주벌에 인제 피는 봄꽃들은 이런 꽃이 피리라.

암만해도 무겁고 찌뿌드드한 머리를 처리할 길이 없다.

간밤부터 시름없이 내리던 비가 소리쳐 내린다.

이 비에 피리나무가 물이 오르고 보리 싹이 피어오를 게다 생각하면 불현듯 들로 나가고 싶다.

작년 가을부터 이불 속에 눌러 붙어 아직 산, 바다, 들, 하늘 다 본 지가 아득하다.

• 1930년대 중반의 이민열차 내부 정경

그러나 이맘때면 살림 떠 업고 북만으로 가는 이민 떼를 싫도록 본 나다. 보따리 위에 바가지를 들고 업혀 가는 어린아이들의 얼굴을 또 볼 터인가?

차라리 나는 이불 속에 누웠는 게다. 참말 어쩔 수 없는 마음이다.

겨울이 오면 봄은 머지않았어라?

『조광』, 1937. 4.

우수(憂愁)의 서(書)

×월 ×일

아침부터 두통, 미열 있었다.

이불 속에서 이달 잡지의 소설, 시를 읽었다.

아…… 하품이 난다.

모두 다 피로했다. 조선 청년이 최근 이십 년 내로 이만치 피로한 때는 없다.

'힘의 시'를, '역(力)의 예술'을…….

조선 낭만주의 화려하던 말엽 월탄(月灘)[1]이 외친 소리가 다시금 생각난다.

몇 번 조선문학은 '힘의 시'를 부르짖어야 하는가? 독자는 언제까지나 김빠진 맥주를 먹어야 하느냐?

너나 할 것 없이 문단은 김빠진 맥주를 파는 부정상인(不正商人)이다.

문필과 기량이 진보되었다고… 몇 사람이 자랑하는 소리가 들렸다.

술과 사탕물과는 먹는 사람이 다르다.

더욱이 미운 것은 시인보다 소설가다.

너절한 시는 읽어야 불과 이삼 분 내지는 오륙 분의 시간이 아까울

---

1 월탄(月灘) : 박종화(朴鍾和, 1901–1981).

뿐이나 너절한 소설은 수십 분 내지 수 시간을 손(損)본다.

재주 있는 시인 같으면 삼 행에 쓸 것을 소설가는 수십 매를 쓴다.

소설다운 소설! 그것은 최량(最良)의 시인이 백 행을 써도 못다 파악할 것을 불과 수 매에 모조리 써 내는 것이어야 한다.

그러나 현대 작가들은 삼행시로도 충분한 것을 수십 매를 써도 변변히 못 그린다.

그리고 끝머리에 가서는 반드시 매수의 부족을 탄(嘆)한다.

이런 작가는 일체로 좀벌레의 근성이 있다.

불쾌한 하루다.

밤, 잠 안 오다. 가족들과 잡담을 하고 놀다.

소설 읽기보다 오히려 즐거웠다.

×월 ×일

• 신건설 사건 당시의 이상춘

흐리고 바람 불고 건너다보이는 바다 거칠다. 아침 먹고 가족들은 다 외출. 혼자 무료히 누웠다 전보를 받았다. 이상춘(李相春) 군 영면하다. H 군이 친 전보다.

아………….

죽을 사람이었을지도 모른다. 그러나 죽어서는 안 될 벗, 또한 죽지 않을 수도 있었을지 모른다.

자살인가?

두려운 상상이 머리를 스친다.

두 주일 전 나에게 준 고인 편지가 이 죽음과 관련을 안 가질 수가 없다.

자연사! 즉 병사(病死)로 시기가 암만해도 이르다. 망한 놈······.

두렵고 암담하고 미칠 듯한 하루다.

상경할까? 집안사람들이 건강을 염려했으나 좌우간 돈을 만들라고 부탁하고 저녁까지 누웠었다.

급기야 돈 안 되다. 참을 수 없어 H 군에게 전보를 쳤다.

"살아서도 못 돕고, 죽었건만 못 가는 슬픔 비길 곳 없다."

오늘도 잠 안 오고 새벽에 일어나 다음의 시를 썼다.

    뭇 별들이 합창하는 밤
    바다 속에 벌어진
    진주들의 향연이
    한창 흥겨워 가는 밤

    나는 위태로운 해안선을
    노새와 같이 거닌다

    아 밤마다 건아한
    하늘의 밀어는 무엇이냐

    너희들은 내가
    탈레스의 일족임을
    손가락질하느냐

    아직도 기억이 쓰라린
    동무들의 무덤 앞을
    묵묵히 지나는

나의 발길을 꾸짖느냐

별들을 헤어보다
땅 위를 돌보지 않은
슬픈 용기의 무덤들은 오늘날
벌써 임자도 없는 전설의 고총(古塚)이냐

아 원수가 파놓은 어둔 함정 속에
한 사람의 청년이 고독히 파묻힌
두려운 밤하늘은 이렇게 화려하지 않았느냐

도야지와 더불어 땅바닥을 헤매는
오늘날의 지혜가 베푸는 교설(敎說)은
별들아 대체 무슨 뜻이냐

역시 우리는 하늘을
치어다 볼 것이 아니었느냐

그러나 나는 사람이
더구나 청년이 묘굴(墓堀)을 팔 양으로
세상에 나왔다고는 믿지 않는다
별 하늘과 더불어 아름다운 공상을
삼림 바다와 더불어 크나큰 궁전을
역시 우리는 갈망하지 않느냐

이 조화의 세계를 위하여
별들아 비록 그릇 죽음을
조급히 하였다 할지라도
한 별이 벌판으로 그들을 불렀을 때

아까움도 없이 내어 던진
아름다운 생명을 위하여
무엇 때문에 회오(悔悟)가 필요하냐

별도 없고 바람도 죽은 어둔 밤
육체의 운명이 강아지처럼
물속에 잠기는 불행한 밤일지라도
아……
아직도 한 쌍의 눈알이
별들을 향하고 있다는 것은
얼마나 즐거운 일이냐[2]

자살! 할 수 없는 일이다. 살아서 욕될 때…….

고생하고 굶고 앓고 하는 모든 것이 '무엇 때문에'라는 지주(支柱)가 없어질 때 항상 담백하고 용기 있는 인간은 죽는다.

정신적 지주의 붕괴…….

이(李)는 그렇게 죽었다.

오늘은 쓰고 싶은 만 가지 생각을 못 쓰는 날이다.

『동아일보』, 1938. 2. 13.

---

2 이 시는 「별들이 합창하는 밤」이란 제목으로 『비판』 1938년 5월호에 수록되었다가, 후일 임화의 제2시집 『찬가』(1947)에 재수록된다. 『찬가』본에는 '이상춘 군의 외로운 죽음을 위하여'란 부제가 붙어 있다. 『비판』본과 『찬가』본 수록 작품은 『동아일보』본보다 더 짧게 행갈이가 되어 있다.

■ 발표 일자를 고려할 때, 마산 체류가 끝나갈 무렵에 쓴 일기로 보인다. 전자는 당시 발표 작 중에 읽을 만한 작품이 없다고 비판한 것이고, 후자는 이상춘의 죽음을 애도한 것이다. 이상춘은 카프의 전속극단으로서 1933년 가을에 결성된 '신건설'의 단원이었다. 1934년 2월 조직 개편 당시 중앙위원으로 새로이 선임(選任)되었으며, 신건설 사건 때 피검되어 실형을 언도받았다. 임화와는 벗이자 동지로서의 관계를 유지했던 것으로 보인다. 이상춘의 죽음(자살)이 임화에게 얼마나 큰 충격과 슬픔을 안겨 주었는지 이 글에 선명히 드러난다.

1. 나의 자화상(내 성격, 내 얼굴)

비결단성, 지속성의 결여! 뉘게서 유전 받았는지 모르나 내 성격 중에 가장 추악한 부분입니다. 그러므로 때때로 열정을 가지고 용(勇)의 부족을 메우려고 노력합니다. 또 한 가지는 신경질! 이 두 가지[1]만 구비해도 좀 더 잘 살아 보겠습니다. 그러면 재능은! 이십 대에는 있다고 믿었으나 나이 먹어 갈수록 없다는 확증이 날로 드러납니다.

• 1930년대 후반의 임화

앞골은 턱이 들어간 것, 입에 힘이 적은 것 등이 나의 성격적 결함의 하나 같습니다. 오직 앞골 전체의 비교적 선감(線感)이 많은 데 자위를 얻고 있습니다. 그러나 갈수록 그것이 음영(陰影)인 데는 우울합니다.

---

1 문맥상 우유부단함과 끈기 부족, 신경질적임의 반대되는 특성, 즉 결단성과 끈기, 원만함을 가리키는 것으로 보인다.

2. 나의 연애 로맨스(이성과의 로맨스, 만일 불행히 없으시다면 선생의 연애관 우(又)는 이성에 대한 감회 등)

귀사가 요구하는 정도의 화려한 로맨스는 불행히 없습니다. 여성은 역시 아름다운 인간입니다. 그러나 향락의 대상으로 여자를 생각하는 것 같이 미운 것은 없으며 또한 단지 아름다운 인간으로서만 자기를 주장하려는 여성처럼 천한 사람은 없습니다. 역시 남성의 좋은 반려로서 자기를 교육해야 할 것입니다.

연애야 아름다운 것이지요. 그것은 인간을 용기 있게 하는 요구의 하나입니다. 그러나 현대에는 역시 사회적 의무 가운데 살리어야 할 것입니다.

3. 문학에 들어선 동기와 소년시대 또는 근일 애독하는 문예 전적(典籍)

문학은 역시 좋아한 때문이겠지요. 소년시대의 감상(感傷)과 공상이 문학에 나를 접근시켰고 문학으로 몸을 세우려는 생각은 나의 사상의 동향을 불가분 시(施)했었습니다. 최초부터 나는 문학의 사회적, 생활적 의의 때문에 문학에 열정을 바치었습니다. 물론 그 생각 자체를 경시한 시대도 있지만.

요새는 역(亦) 우리 조선 작가의 작품을 열독하고 근일엔 고리키의 초기 작품을 특별한 흥미로 가위(可謂) 열독하고 있습니다.

4. 향수(고향에 대한 애수) 또는 부모처자나 세상 명리를 다 버리고 멀리 방랑하고 싶지 않으신가

나의 고향은 서울 낙산(駱山) 밑입니다. 그러나 특별히 향수란 것을 느낄 만치 그곳에 정들지는 않았습니다. 조금도 서울이 나의 고향이거니 하여 그리워한 일이 없습니다. 십 년 가까운 변동 많은 생활에서 나의 마음은 대부분 향수라는 정조들이 없습니다. 그러나 외지에 돌아다닐 때 반도 그것에 대한 깊은 애정은 오늘날까지 뇌수에 뿌리 깊이 박혔습니다.

나는 역시 향수를 관념적으로밖에 느끼지 못하는 일인(一人)입니다. 그러나 처자나 소위 명리를 떠나 방랑하고 싶다는 취미는 안 가지고 있습니다. 세계의 모든 곳을 여행하고 싶다는 욕망은 이것과는 전연 별건인가 합니다. 나는 은자(隱者)가 아니라 현대인으로 세계를 알고 싶습니다.

5. 승유(勝遊)의 반도 산하에 마음에 드는 승지(勝地)

널리 산하를 구경 못하여 이렇다 할 승지를 기억고 있지 아니하나 중학 때 수학여행으로 강경서 배를 타고 백마강을 올라가던 황혼은 감회 깊은 정경의 하나였습니다. 문학소년적 감상이 어린 정취를 도왔을 것입니다. 지금도 다시 한 번 늦은 가을 조그만 배를 타고 곧 플라타너스 사이로 낙일이 기울어진 강을 유유히 거슬러 보고 싶습니다.

6. 나의 과거 반생초(半生抄)

십 세 전후의 소년시대. 열 살에 동대문 안에 있던 사립학교가 해산되는 바람에 보통학교 일 년 급으로 올라갔습니다. 아버지는 자상하시고 어머니 슬하에 나는 행복된 소년이었습니다.

이십 세 전후의 청년시대. 중학교를 오 년 급에 집어던지고[2] 난 지 이 년 후 어머니도 돌아가고[3] 가산도 파하고 나는 집에도 안 들어가고 서울 거리를 정신 나간 사람처럼 헤매었습니다. 괴로운 때였습니다. 그러나 마음은 강한 행복에 불탔습니다.

삼십 세 전후의 장년시대. 금년이 삼십. 이곳서 처자 데리고 병을 다스리며 하는 일 없이 세월 보냅니다. 마음으로는 여러 가지 자기 반생의 사업(?)을 공상하고 있습니다. 심심하면 바다에 나가 고기를 낚는 게 가장 큰 즐거움입니다.

『삼천리문학』, 1938. 1.

작가들을 대상으로 한 설문조사 형식의 짧은 자서전이다. 소략하지만 이 글을 통해 임화가 스스로를 어떻게 인식하고 있고, 지난 시절을 어떻게 회고하고 있는지 등을 알 수 있다. 성격이 우유부단하고 신경질적이며, 사회적 의의 때문에 문학을 시작했다는 언급이 눈에 띤다. '나의 과거 반생초'는 임화 연구에서 자주 인용되는 부분이다. 이 글보다 더 자세한 자서전이 뒤에 나오는 「어떤 청년의 참회」이다. 둘을 이어서 읽어보는 것도 재미있다.

---

2 그는 보성고등보통학교(당시에는 보성중학교)를 1921년에 입학하여 1925년에 자퇴한다.
3 그의 어머니가 영면한 때는 1927년 3월이다.

나의 십 년 계획

38년   시집을 또 한 권 출판할 것.

　　　　문학사에 관한 책을 꼭 한 권 완성할 것.

　　　　산문에 시험을 해 볼 것.

　　　　딸을 학교에 넣을 것. 생활방침은 미상.

39년   문학사에 관한 책을 한 권, 역사에 관한 것 등 한 권. 여행.

이하 부정(不定). 단(但) 오 년 이내에 되도록 건강을 회복할 것.

『조광』, 1938. 1.

여러 명의 작가들을 대상으로 한 설문조사의 답변이다. 이 때는 그가 마산생활을 정리하고 상경할 무렵이었다. 문학에 대한 새로운 각오와 포부를 읽을 수 있으며, 생계와 건강에 대한 염려도 감지할 수 있다.

언제나 지상은 아름답다
– 고통의 은화를 환희의 금화로

만일 인생이 그렇게도 아름다운 것이었다면 문학은 없었을지도 모른다. 문학은 분명히 인간이 살아가는 평생에서 부딪쳤던 수많은 장애에 대한 고통의 소리였다. 어느 사람이 과학을 인간의 승리의 기록이라 하고 문학을 실패의 기록이라 하였을 때 나는 그것을 의심치 않았었다.

과학은 인간적 업적의 성과를 체계화하였고 문학은 성과에 이르기까지의 과정을 그리었기 때문에 나에겐 역시 진리였다.

그러기에 나는 고통의 노래를 환희의 노래보다도 즐기었다. 고통은 현대시인에게 있어 환희보다도 절실한 감정이었다. 누구나 오늘날의 담천(曇天) 아래서 환희란 것을 촉감으로 느낄 수는 없었다. 먼 구름과 같은 과거 한 시대만이 알았던 하나의 정신상 유적!

그러므로 우리는 고통의 새로운 가치를 문학 가운데 건립하려 하였다.

그러나 고통은 우리에게 함부로 당할 수 있을 만치 감미(甘美)한 것은 아니었다. 고통을 관류(貫流)하는 것, 적어도 고통이 끝나는 지평선에 대한 아름다운 판타지가 없었다면 혹은 중단한 때 우리는 벌써 헤어날 수 없는 심연 가운데 섰었다.

나는 자살한 어느 친구[1]를 알고 있고 파멸한 많은 사람의 이름과 정신을 알고 있다.

심연 가운데 들어서면 현실이란 이내 흙을 파 메우는 것이다. 일어선 채 생매(生埋)당하는 정신!

실상 고통이란 이러한 심연과 함정이 연달아 패 있는 두려운 구릉이다.

그러므로 고통 가운데서 헤매는 인간은 수없이 많음에 불구하고 그곳에서 헤 나와 구릉 꼭대기로 오르는 인간의 수효는 실로 근소한 것이었다.

요점은 우리가 고통을 헤어날 수 있는 인간의 한 사람이고 싶다는 데 있었다. 그러므로 고통은 더 한층 아팠고 때때로 우리는 절망이란 거대한 암벽 앞에 섰었다. 죽음이 눈보라처럼 우리의 면상에 부딪쳐 회의가 사태처럼 우리의 다리를 낙저치는 밤, 우리는 사(死)의 파멸의 공포로 떨었다.

나는 이 정신과 육체의 전율이 대체 무엇을 의미하는가를 생각하였다.

나는 쉽사리 이 비밀을 풀 수는 없었다. 그러나 나의 발이 최후의 문지방을 한 발자국 디디려 하였을 때 나의 몸이 격렬한 생의 집착으로 떨리는 것을 느꼈다.

내가 두려워하고 절망하고 비탄한 것은 결코 죽음과 파멸의 고통 때문이 아니었다. 만일 죽음의 공포만에 떨었다면 나는 죽음의 고통을 느끼지 않았을 것이다. 절 ……(복원 불가)……[2] 법이다. 그것은 한 줄기 생의 의지 때문이었다. 나는 고통이란 현대에 있어 생명의 그 중 확실한 표적이라고 생각하였다.

이것은 환상으로 소여(所與)된 백(百)의 희망보다도 천배나 아름다운 것이었다. 꿈꾸는 순간에 비하여 고통의 순간은 생의 가치가 너무나 크

---

1 자살한 어느 친구 : 「우수의 서」에서 언급된 이상춘을 말한다.
2 이 부분은 잘려나간 탓에 복원할 수가 없었다. 이런 부분이 이 글에 두 군데 더 있다. 분량은 각기 4-5어절 정도이다.

기 때문에 우리는 환희를 모르지 않는가? 이것은 이천 몇 백 도가 넘는 고열을 인간의 신경이 감(感)하지 못하는 것과 똑같지 않은가?

만일 인생의 의의가 목적에 대한 희구의 미와 힘에 있다면 고통의 순간이야말로 미와 힘의 충일한 결정(結晶)이 아닌가?

그러면 어째서 우리는 미와 힘의 아름다운 결정을 돌멩이와 같이 기피할 수가 있는가?

희망과 그것에 대한 억제할 수 없는 운동인 생명과를 사랑한다면 그 것이 진정한 보옥(寶玉)으로 결정되는 고통의 화려한 순간을 우리는 사랑하지 않을 수 없을 것이다.

우리는 고통에 대하여 찬가를 불러야 한다.

사(死)와 비탄과 절망과 통곡과 그것이 우물거리는 두려운 심연 위에 화환을 던져야 한다.

우리는 우리의 생명인 희망, 희망인 생명을 항상 붉은 장미로 싸두고 싶으니까?

인생이 암흑한 골짝이란 말을 결코 믿어서는 아니 된다. 그런 설교자는 인간 가운데 신을 데려오려는 음모를 감추고 있다. 인생은 단지 상창(傷創)과 탄식과 불행과 눈물의 세계란 말을 믿어서도 아니 된다. 그런 자는 우리들의 상처와 눈물을 신(神)의 애(愛)의 손길로 어루만져주려는 전도사다.

우리는 인간의 손으로 상처와 눈물을 때기우고 싶다. 인간의 상창 가운덴 희망과 자유를 위한 여정에서 넘어진 무명전사의 혈조(血潮)가 흘러 있고 ……(복원 불가)…… 패배한 용사의 고귀한 저주의 노래와 보복에 대한 용장(勇壯)한 호소가 들어있다.

모든 가운데서 생명의 고귀한 음향이 울려오고 있다.

살아 있다는 하나의 사실 속에 온갖 창조의 비밀이 들어있다.

그러므로 인생이란 세계의 행복과 환영에 대한 아름다운 생명들의 부절한 운동이었다.

이 운동의 진정한 표현이 한갓 암울한 세계였을 때 나는 그 속이야 말로 모든 것이 만들어지는 세계란 것을 노래하고 싶다.

실상은 여태까지의 우수한 시인들이 이 고통의 세계로 사람들을 안내하였다. 그러나 아마도 사람 ……(복원 불가)…… 고통보다도 생명의 집요한 힘을 느꼈으리라고 나는 생각는다. 그러나 나는 그것을 생명의 즐거움으로 환희의 노래를 부르고 싶다.

고통의 은화를 환희의 금화로 주조하고 싶다.

나에겐 이것만이 가공의 노래가 아니라 현실의 노래이며 진정한 생명과 희망과를 생각기 때문에 「찬가」 속에 지금 제 시행을 써가고 있다.

지상은 언제나 아름다운 것이다.

다시 말하면 우리들엔 이 현대만이 긍정하고 찬미할 세계인 것이다.

『조선일보』, 1938. 3. 5.

■ '이 시대의 내 문학' 특집 가운데 하나이다. 이 글에서 임화는 당대를 고통과 담천(曇天)의 세계로 규정하고 그것을 초극함으로써 환희의 세계로 나아가려는 열망을 표현하고 있다. 고통의 심연에서 환희의 절정에 도달하고자 하는 이 같은 낭만주의적 열정은 물론 임화의 사상적, 문학적 본질이나, 중일전쟁(1937)을 계기로 고조되는 일본 파시즘의 파고를 오로지 정신의 힘으로 맞서고자 한 그의 의지로 인해 더욱 강렬하게 빛을 발하고 있다. 그가 언제나 지상은 아름답다고 한 이유는 바로 그 고통의 현재야말로 희망의 미래를 가능케 하는 유일한 조건이라 생각했기 때문이다. 디오니소스적 긍정과 위버멘쉬적 의지, 주객변증법적 대결의식이 마구 뒤엉킨 이런 복잡미묘한 내면으로부터 「바다의 찬가」에서 「사랑의 찬가」, 「밤의 찬가」로 이어지는 「찬가」 연작이 탄생했다. 이 「찬가」 연작의 내용은 한마디로 관념의 세계에서 벌어지는 생사의 투쟁이다. 이 투쟁은 승리의 세계, 희망의 땅을 전제한 것인데, 현실의 세계에서 희망을 포박당한 임화가 할 수 있는 마지막 싸움이었다. 임화로서는 결코 희망을 포기할 수 없었던 것이다. 희망이란 인간에게 얼마나 치명적인 매혹인가. 인간은 그것 때문에 미칠 수도, 죽을 수도 있다.

제3부 자연을 추억하다

할미꽃 의젓이 피는 낙타산록(駱駝山麓)의 춘색(春色)

　서울을 둘러싼 네 산 가운데서 동쪽에 있는 낙타산[1]이란 산으로서는 그리 출중한 특장을 가지고 있지 못하다.

　높이에 있어도 다른 북악, 인왕, 종남 등의 여러 산보다 떨어질뿐더러 산의 형용에 있어도 그리 아름다운 것이 못 된다.

　북악의 장엄하고 날카로운 곡선이라든가 인왕의 범 같은 위엄이라든가 종남의 아담에 견주면 쇠잔등처럼 싱거운 것이다.

　그러나 산기슭의 아름다움에 있어는 감히 다른 세 산의 그것에 비하여 조금도 손색이 없을뿐더러 나는 서울의 네 산 기슭 가운데 으뜸으로 꼽고 싶다.

　이조 국초에 도읍이 이곳으로 정해질 때 낙타산이 한 개 중요한 군사상의 평가를 받았음은 더 말할 나위가 없는 것이다.

　예전 지관이 이른바 백호익(白虎翼)으로서의 오왕에 대하여 이 산은 청룡익(靑龍翼)에 드는 것으로 얼마 전까지 이 밑에는 청룡정이란 사정(射亭)[2]이 있어 예전의 그것을 생각게 하였다.

　그러나 이 기슭은 다른 여러 산의 그것에 비하여 가장 사람 살기에

---

1 낙타산(駱駝山) : 낙산(駱山).
2 사정(射亭) : 활터에 세운 정자.

좋은 곳으로 군도가 되기 전인 고려 때부터 집이 많고 인총[3]이 조밀하기로 유명하였다 한다.

산기슭에 벌이 넓고 평탄한 것도 이곳이 으뜸가는 것이며 산이 얕아 오르기 좋고 향(向)이 좋아 양광을 받아 살림을 차리기에 그 중 알맞은 곳이다.

동소문 턱에서 끊어지는 북악의 뒤를 이어 낙타산은 동남으로 벋어 왕십리 벌로 내려와 한강 줄기로 들어가는 것이다.

등 뒤와 한쪽 옆에 산을 끼고 들어앉은 동리를 통틀어 동촌이라 불러 오던 것으로 예부터 인가가 조밀하였을 뿐더러 수석의 아름다움 쫓아 역대로 국조의 명상 거유들이 수없이 거기서 살았었다.

시방 이곳을 찾는다면 벌거벗은 산등성이에 비비고 앉은 빈민들의 토막[4]과 새로 지은 문화주택이 우선 환하게 들어앉아 옛 모습을 찾을 길이 없는 바이나 한 이십 년 전만 해도 거의 원형 그대로 예전의 낙타산 밑을 볼 수가 있었다.

이 산기슭의 재미있는 것은 정이월이 지나 해토머리[5]를 넘어서면 철수[6]가 산의 맨 끝 기슭부터 비롯하여 차차 북쪽으로 향하여 짙어가는 것이다.

산등성이 성 위에서 연 날리던 아이들 자취가 드물어 가면 양지바른 언덕에 잔디 순이 파래지고 눈 아래 보이는 양삭골 밭이랑의 각시풀이 움 돋아 온다.

벌써 장난꾼 아이들은 손가락으로 흙을 파헤치고 몇 뿌리를 캐먹고 계집애들은 바구니에 손칼을 넣고 쑥을 뜯으러 산에 오른다.

할미꽃이 의젓이 머리를 숙이고 깁토리[7]를 버리기가 무섭게 여기저

---

3 인총(人總) : 인구.
4 토막(土幕) : 움막집.
5 해토머리(解土머리) : 언 땅이 녹기 시작할 무렵.
6 철수 : 계절.

기 패랭이꽃이 피어오른다.

이맘때쯤 되면 연못골 개천가에서 술래를 잡다 낙산을 바라보면(이곳 사람들은 낙타산을 이렇게 부른다.) 이 산의 명물인 쌍소나무가 아득히 아지랑이 속에서 어질거리기 시작한다.

이 근처 사람들의 중요한 생업의 하나인 채소밭갈이가 시작되면서 겨우내 말아 두었던 가시나무 울타리가 둘러지고 길가에는 나무바리 대신 소잔등에 쟁기를 얹은 문밖 사람들이 즐비하다.

이때 벌써 웬만한 집 처마 끝에는 제비가 집감[8]을 물고 꺽꺽거린다.

연날리기와 딱지치기로 소일을 하던 아이들은 연객기[9]는 시렁 위에 얹고 딱지장은 실로 묶어 방구석에 처박고는 비 오기만 기다린다.

연운[10]이 좋지 않아 비가 때맞추어 오지 않으면 갓 부쳐놓은 채소밭도 싹이 트지 않을뿐더러 아이들 놀이터인 경터말 옹달우물께의 꽃봉오리와 피리나무에 물이 더디 오르는 때문이다.

이때쯤은 대개는 해마다 연달아 날씨가 흐리고 푸근한 게 밤이면 그믐보다 더 어두워 아이들은 호젓한 길을 다니지 못하게 된다.

무섭게 캄캄한 거라든가 사람의 머리를 짓누르는 것 같은 수증기라든가 사람의 마음을 뒤흔들 것처럼 별안간 눈 저버린[11] 일기는 정말 밤이면 무에[12] 나올 것만 같다.

---

7 깁토리 : '깁'은 명주실로 짠 비단이고, '토리'는 실 뭉치이다. 희고 짧은 털이 빽빽이 난 할미꽃의 모양을 비유적으로 표현한 말로 짐작된다. 그렇게 본다면 '깁토리를 버린다'라는 말은 할미꽃이 진다는 의미로 해석할 수 있다.
8 집감 : 집 짓는 재료.
9 연객기 : 얼레.
10 연운(年運) : 그해의 운수.
11 눈 저버린 : '눈'을 수증기가 찬 기운을 만나 생기는 얼음 결정체로, '저버린'을 '떨어져 버린'의 의미로 본다면, 이는 봄눈이 내린 상황을 가리키는 표현이다.
12 무에 : 무엇이.

이런 밤에는 하늘엔 별 하나 없다.

어른들은 잘 이런 첫봄 꽃필 머리면 원귀가 어둠을 타서 땅에 내려온다는 둥 어느 해에는 장생전(長生殿—남산 밑에 있는, 나라의 상여를 두는 집) 회나무에 퍼런 불이 달렸었다는 둥 가지가지 도깨비 이야기를 들려 아이들의 밤출입을 경계한다.

큰길에 나가 밤늦도록 놀다가 밤에 샛길을 종종걸음으로 달려오는 아이들 뒤에서는 가끔 귀곡새[13]가 우는 일이 있다.

이 새는 밤중에 어둔 하늘에서 우는 것도 위선 좋지 않거니와 원사[14]를 한 색시의 넋이 그 새가 된다는 생각이 아이들의 머리를 번개보다 세게 때리는 것이다.

뉘 집 아무개가 낙산에서 삭정이를 꺾다 산감에게 붙들렸단 소문 대신 누구 동생이 양생골 밭샛길에서 겁결에 똥을 쌌다는 소문이 들리는 것도 이때이다.

얌전한 봄비가 하루 이틀 지나가면 봄은 어느새 양삭골―(종로 6정목 충신동의 산기슭에 닿은 부분으로 낙산의 그 중 끝 가는 동대문 근처)로부터 경 터말 옹달우물께(지금 충신동과 이화동의 접경, 산 밑에의 물)로 옮아와 기슭으로부터 중턱에 이르도록 개나리 꽃봉오리가 탁탁 벌어진다. 엊그제까지도 죽은 것 같던 피리나무(버들을 그렇게 부른다.) 가지가 하룻밤 사이에 물이 올라 멀리서 보아도 시퍼렇다.

밭 부치는 노인들이 일간 올라온 떡잎을 손주보다 대견히 보면서 울타리 가를 가릴 제 아이들은 일제히 꽃 꺾으러 피리나무 꺾으러 경터말 옹달우물께로 모여든다.

---

13 귀곡새(鬼哭새) : 부엉이.
14 원사(冤死) : 원통히 죽음.

지금 고등공업[15] 관사가 있는 동숭동 뒤로부터 장생전 뒤 이화동, 충신동 산기슭 공익사 사택이 있는 일대는 개나리가 만발하고 듬성듬성 살구꽃이 피어 아이들의 욕심을 한없이 충동하는 것이다.

그러나 이즈음은 꽃만 볼 수 없을뿐더러 예전 민가가 거의 다 헐리고 학교 관사, 회사 사택, 문화주택, 그리고 시내서 쫓겨 온 조선 사람들의 토막이 굴같이 붙듯 붙어 아무 보잘 것도 없다.

누구 형과 누구의 동생이 어디서 배가 맞았다는 얄궂은 소문을 몇 토막 남기고 봄은 이곳에서 다시 북으로 옮아간다.

여름철이 잡히면서부터 꽃 경치 곱던 이곳은 잊어버리고 사람들은 이화정, 신대의 약물과 서늘한 나무그늘을 찾아 옮아가는 것이다.

이곳에서까지 옛 그것을 찾을 수 없음을 서울을 아는 사람의 누구나 아까워하는 것으로 나 역[16] 새로운 문화에 좌단[17]하면서도 예전 낙산 밑의 봄빛을 버리고 싶지 않다.

더욱이 꽃밭을 대신하여 군림한 새 문화란 꽃밭 그것을 짓밟은 외에 아무것도 그곳 사람들에게 주지 않음에야 어찌 이곳의 신문화를 그대로 사랑하랴.

『조광』, 1936. 4.

■ '내 고향의 봄' 특집 중 한 편으로 실린 글이다. 이 글에서 임화는 자신의 고향인 낙산의 수려한 풍광과 그곳에서의 유년시절을 회상하고 있으며, 낙산이 난개발로 몸살을 앓고 있는 현재를 비판적으로 서술하고 있다. 그는 1930년대 중반에 몇 편의 문학평론을 '쌍수대인(雙樹台人)'이란 필명으로 발표한 바 있다. 이 글과 연관하여 볼 때, 그는 이 필명을 자신의 고향인 낙산의 명물 쌍소나무에서 따온 것이 아닐까 한다.

---

15 고등공업 : 경성고등공업학교를 가리킨다.
16 역(亦) : 또한.
17 좌단(左袒) : 편들어 동의함.

정릉리(貞陵里)의 계곡

　듣건대 이즈음엔 정릉리의 아름다운 계곡이 신흥사로 몰려드는 한가한 남녀의 유흥지가 되었다 하나 이십 년 전만 해도 이곳은 아직 정결한 곳이었다.

　여름이 될 적마다 나의 어렴풋한 기억에 떠오르는 이곳의 소나무 우거지고 물과 물이 맑은 골짝이란 어머니의 품처럼이나 그리운 곳이다.

　나는 철날 때부터 열두어 살 때까지 매년 여름 삼복이면 어머님을 따라 정릉리 — 보통 '경릉'이란다. — 로 놀이 겸 목욕하러 갔다. 어머님은 머리를 감아 풍을 제한다고 한다. 그곳 물이 약수라 해마다 머리를 감고 멱을 감던 이는 한 해라도 빠지면 풍이 도진다고 동네 부인들이 이곳을 예찬한다.

　아버지는 볼일이 있는 어른이라 해마다 못 가고 대개는 어머니가 주로 일하는 이 부부와 시집 간 누이와 조카들을 데리고 걸어서 간다.

　쌀, 간장, 미역, 밀가루, 고추장, 기타 참외 등속까지 지게나 구루마에 실려 가지고 아침 일찍이 떠나면 열 시쯤 닿는다.

　어렸을 제 내가 그 중 먼 길을 걸은 것도 이곳 내왕이다. 그러나 태반은 업혀 다녔다.

　자리 좋은 곳을 잡아 홑이불이나 방장 같은 것을 소나무에 매어 둘

러막고 목욕할 데를 만든다.

온 골짝이 상당히 길고 여러 줄기건만 사람 천지다. 그러나 대개 순후한 서울 주민들이고 지금과 같은 놀량패는 어쩌다 섞이기는 해도 가물에 콩 나듯 드물다.

목욕을 한 차례 하고 온 골짝을 돌아다니며 꽃나무도 캐고 매미도 잡다가 한낮에 밥 짓고 미역국 끓이고 수제비 뜨고 하여 굴비를 반찬해서 밥을 먹는다. 이때만은 어찌 밥맛이 있는지 투정할 여지가 없다.

어찌 나무가 울창하고 물이 좋은지 도무지 하루 종일 더운 줄을 모른다.

해가 뉘엿뉘엿하여 돌아갈 때가 되면 짐을 지우고 어머님은 손수건을 물에 축이어 머리에 얹고 산을 내려와 동소문을 향하여 걷는다.

대개는 오는 길에 어머님은 신흥사에 들러 부처님 앞에 합장 재배하고 나에게도 절을 시킨다.

동소문이 어찌 먼 지 가까스로 먼 빛으로나마 동소문 문루가 보이면 우리 집 같았다.

이제는 그곳이 오입쟁이 놀이터가 되고 차츰 주택이 들어앉기 시작하

• 일제강점기의 동소문(혜화문)

며 여름철에 그곳을 찾는 옛부인들도 성게[1] 가나 그 전에는 옛서울 시민이 한여름 동안 소창[2]하던 곳이었었다.

『동아일보』, 1936. 6. 28.

---

1 성게 : '드물게'의 의미인 듯하다.
2 소창(消暢) : 갑갑한 마음을 후련하게 함.

창공(蒼空)

창공에의 사모가 노래가 되어 흐른 한동안의 시절은 생각하면 괴로운 때였다.

우리는 한 합(合)의 물 때문에 우정을 상하지 않으려 얼마나 애썼는가? 나의 육체는 각각으로 말라 비틀어져 위가 쥐어짤 듯 갈증을 호소할 때 나는 나의 가운데 숨은 동물을 참말 이겨내기가 어려웠다. 나의 정신에 비하여 나의 동물의 힘은 너무나 컸다.

이러한 고비마다 나는 나의 정신의 약함이 야속하였다. 나는 곁에 늘 어앉은 벗들의 얼굴에 도움을 찾았다.

그러나 벗들의 얼굴에는 말이 없었다.

더구나 나에 대한 위무의 말은 더욱 없었다. 단지 깊은 괴로움만이 어두운 눈가에 서리었었다.

그들은 다 제각기 제 속에 숨은 동물의 충동을 금하기 어려웠던 모양이다.

물! 물!

고상한 정신, 따뜻한 우정, 건드릴 수 없었던 신념이 한 합 물 앞에 취한(醉漢)처럼 어지러이 왔다갔다.

물! 물!

콸콸 쏟아지는 샘, 굽이굽이 긴 강물, 그러고 가없는 바다에 우리의 마음은 새처럼 날았다.

바다가 끝나는 곳, 바다가 시작는 곳. 아! 하늘아! 밤에는 별이 총총한 곳. 이제쯤은 흰 구름이 금빛 태양 아래를 지나가는 푸른 하늘.

아! 나의 동물아!

나에겐 푸른 하늘의 자유로운 행복이 있다.

벌써 아득한 전(前) 여름이다. 십 인의 동거자가 어디로 갔는지 나는 모른다.

그렇게 사모하던 창공, 그냥 생각만 해도 겨드랑 밑에 검은 남자의 터럭이 날개가 되어 퍼덕이던 하늘 아래 무엇을 준비하는가?

어느새 나는 푸른 하늘이 맷돌짝처럼 무거워진 슬픈 날마다를 산다.

그렇지만 나는 지금도 어떤 노래 가운데서 내가 그대들을 생각고 부르던 노래의 한 구절을 생각한다. 오 년 혹은 십 년, 비록 평생을 만나지 못한다 할지라도 나는 푸른 하늘 아래 한가지로 호흡하는 것만도 즐거움이라 믿었더니라.

아침마다 내어다보고 창들을 새는 햇빛을 어린애처럼 어루만져 보고 밤에는 은하를 찾아보던 그 아름다운 하늘이다.

누군가? 벌써 나는 그의 이름을 잊은 지 오래다만 동만(東滿)[1]서 온 청년이 가끔 하늘을 내어다보고 남겨두고 온 보리밭을 추억하던 고운 전설을 나는 잊지 않는다. 설마 그 가운데 몇 사람이 벌써 죽었으리라곤 나는 믿지 않지만 살았다면 또한 얼마나 복되었는지도 생각기가 싫다.

---

1 동만(東滿) : 동만주(간도). 연변, 길림, 장춘 일대.

그러면 그들이 다 깊은 불행 속에 두더지처럼 엎드렸는가는 더욱 더 생각기 싫다.

될 수만 있다면 그 착한 청년들이 다 자유로이 행복된다면 하고 기원하고 싶지만……하는 그런 것을 기원하기엔 나이가 벌써 많고 생각도 자랐고 지혜도 분명타.

언제부터 그때의 일을 생각는 것조차가 고통이 되었는지 나는 때때로 생각해 본다.

그렇지만 추억이 온전히 고통의 열화(熱火)가 될 때라도 그 열화 가운데 십 인의 청년이 창공에 대한 무한한 사모로 그날마다의 노래를 삼던 청춘을 상상한다는 것은 인젠 나에게 있어 행복을 생각는 오직 한 가닥의 길이다.

창공아! 너는 옛적에나 지금에나 나의 행복의 바다다.

5. 23.

『동아일보』, 1938. 5. 28.

■ '자연과의 대화집' 연재물 가운데 한 편으로 임화가 1931년 여름의 수감 체험을 회상하며 쓴 글이다. 임화는 1931년 8월에 조선공산주의자협의회 사건(카프 1차 검거)으로 피검되어 10월에 경성지방법원 검사국으로 송국될 때까지 종로경찰서 구치소에 수감되었고, 10월에 불기소 처분을 받고 석방된다. 이 사건은 당시 사회주의자들이 합법 기관인 카프를 매개로 조선공산당 재건을 도모하다 일본 경찰에 탐지되어 벌어진 것이었다. 한여름 좁은 감방에서 십여 명이 갈증에 시달리며 바라보던 창공에 대한 추억이 생생히 묘사되어 있다.

설천야(雪天夜)의 대동강반(大同江畔)

그날 밤은 무서운 밤이었다.

일찍이 그만치 춥고 그만치 어둡고 또 그렇게 무서운 생각의 협위 아래 하룻밤을 지내 본 경험은 짧은 생애에는 가져 본 적이 없다.

그날 밤은 사람이 죽은 밤이었다.

내가 몹시 아끼는 벗의 그 중 사랑하는 부인이 죽은 밤이었다.

그 죽은 사람이 여자라는 것 더구나 젊은 여자이었다는 사실이 더 많이 그 밤을 두렵게 하였는지도 모를 것이다.

하여간 밤이라는 것은 죽음과 깊은 인연을 가진 세계인 것을 나는 언제든지 느끼고 있다.

밤의 이 어둠이란 밝은 데서 평가되는 모든 가치를 불문에 부치고 무시해 버리는 횡포한 성질로 보아서도 죽음과 비슷한 점이 있다.

벌써 사 년이나 되었지만 전보 한 장을 받고 기차를 타고 그 이튿날 새벽 평양역에 내려 N[1]을 찾아 문을 두드리던 기억은 아직도 나의 마음을 아프게 한다.

N은 벌써 그 전날 애기 든 부인을 저 땅속에 묻고 그가 살아서 자던

---

1 N : "몹시 아끼는 벗"과 동일인물이며, 김남천을 가리킨다.

방에 누웠었다.[2]

그 한 칸 방의 수선한 광경은 더욱 N의 모양을 눈물겹게 했다. 엊그제까지 그 자리 위에 자던 그 구들 위에 누운 벗의 마음을 나는 연상하기 싫었다.

그 N에게 술을 먹이어 시름을 잊게 한다는 것과 같이 어리석은 일은 세상에 없을 것이다.

N은 술을 좋아했다. 그래서 그의 부인이 살았을 때 가끔 다투기도 했던 모양이다.

그날 밤 나는 평양 있는 N의 선량한 벗들이 그를 주석으로 청한 어리석은 자리에 동행을 했었다.

거의 아는 사람들이었고 또 N과 같이 동경에 있던 선량한 벗 H[3]도 있었다. 모두 술을 먹고 잡담을 하고 숫기 좋은 친구는 노래까지 불러 어리석은 회합은 끝이 났다.

요정을 나온 나와 N, H 셋이 대동강가로 나왔다.

어둡고 차고 눈발이 우리의 눈으로 스며들어 따뜻한 눈물이 된다.

이런 때 밤이란 도대체 나는 좋아한다. 몇 걸음 안 가서 우리들의 몸은 사시나무 떨 듯했다. 바람은 점점 맵고 강해지고 강 위에 얼음은 마뭇같이 뻗쳤다. 더욱이 아무것도 안 보이고 눈이 꽉 찬 시커먼 하늘은

---

2 바로 앞 문장에서 임화는 상처(喪妻)한 김남천을 찾아 간 때가 사 년 전이라고 했다. 이 글이 발표된 것이 1936년이므로, 역산할 경우 그때는 1932년 겨울이다. 1936년부터 역산하더라도 1933년 겨울이 된다. 김남천의 「어린 두 딸에게」(『우리들』, 1934. 4·5)는 아내를 잃은 슬픔과 어린 딸들에 대한 부성애를 눈물겹도록 절절하게 표현한 글인데, 이 글을 통해 그의 아내가 사망한 때는 1934년 1월 17일임을 알 수 있다. 따라서 임화가 그를 찾아 간 것은 1934년 1월이다. 임화의 기억에 약간의 착오가 있는 듯하다.
3 「만장」에서 언급된 H와 동일인물로서 한재덕이 아닐까 싶다. 그는 김남천과 동갑(1911년생)이며 동향(평남 성천)이다. 또한 동경 시절 김남천과 함께 무산자사 활동을 했다.

나에겐 마치 죽음과 같이 생각되었다.

나의 육신의 전율이 바로 이 공포를 반영하고 있었다.

H는 돌아갔다. N과 둘이 한참을 말없이 걸었다. 그러나 그는 돌아가려는 제의를 하지 않았다. 나는 또한 그에게 차마 어서 그 방으론 가라고 권할 수는 없었다.

• 일제강점기 평양 대동문

얼마 가니 대동문의 각 벌림이 얼마나 무서웠던지 나는 어깨로 쭙 하고 몸을 움츠리었다.

서울 남대문이나 동대문같이 육거의 성문과 달라서 아랫도리가 짧고 윗도리가 긴 수문(水門)은 꼭 도깨비 같았다.

N은 나에게 추운가 물었다.

나는 간단히 부정하였다.

N은 별안간 우리 문학운동의 정책상 문제를 화제로 끌어냈다. 그와 나는 그 전 늘 이런 이야기를 해 왔다.

N은 출옥[4]한 지 일 년도 못 되는 우리들의 충실한 비평가이고 우수한 작가이었다.

그렇지만 그의 말이 내 마음의 옳은 고장으로 들어오지 않았다.

---

[4] 당시 조선 내에서 전개된 조선공산당 재건 운동이 일본 경찰에 발각됨으로써 관련자들이 검거된 사건이 조선공산주의자협의회 사건이고, 이 사건에는 임화, 김남천, 안막, 권환 등 카프 소장파와 박영희, 김기진, 윤기정, 이기영, 송영 등 카프의 주요 맹원들이 연루되었기 때문에 이를 카프 1차 검거 사건이라고도 부른다. 김남천은 1931년 8월에 검거되었고, 이 해 10월에 치안유지법 위반으로 기소되었으며, 예심을 거쳐 1933년 7월에 공판에 회부되어 징역 2년에 집행유예 5년을 선고받았다. 김남천은 그 와중인 1932년 12월에 병보석으로 출옥했다. 신간회 해소 운동 및 조선공산당 재건 운동과 긴밀히 연관된 이 사건의 전모에 대해서는 권영민, 『한국 계급문학 운동사』, 문예출판사, 1998, 216–230쪽을 참조할 것.

도리어 우리는 죽음에 관하여 이야기하였다. 역시 그것이 진정한 화제이었다.

"죽음이란 생각하는 것의 정지, 영원한 정지일 게지?" N이 묻는다.

"오히려 일체로 감각하는 것을 그만두는 게다." 나와 그는 똑같은 문답을 했다.

그러나 결국 죽음은 죽는 인간만이 아는 것이라 둘이선 그냥 잠잠해버렸다.

했더니 급작스레 죽음과 같은 어둠이, 바람이 아니라 어둠이 확 우리의 몸으로 불어왔다.

뼛속까지 얼고 내장의 가장 조그만 부분까지 떨었다.

어느 결에 둘의 어깨가 꼭 한데 닿았다.

나는 깜짝 놀랐다.

나는 나의 육체의 일부분이 누구에게 잇고 닿는 것을 극도로 싫어하는 기질임을 안 때문이다.

그러나 나는 N에게서 몸을 떼칠 수가 없었다.

바람은 자꾸 불고 눈은 자꾸 왔다.

이따금 대동강의 얼음 트는 소리가 쩡쩡 한다.

그 밑에는 곧 지옥의 무서운 세계가 들여다보일 듯하였다.

이것이 바로 풍광의 명미함을 자랑하는 대동강반임을 생각할 때 나는 곧 그밤의 모란봉, 부벽루를 보고 싶었다.

이수일과 심순애의 고사!

그러나 겨울이나 밤은 죽음보다는 더

• 일제강점기 모란봉과 대동강

구나 지극히 아끼는 사람의 죽음보다는 덜 아프다.

밤도 새고 겨울도 가는 것이니깐!

그러나 아끼는 인간의 죽음은 다시 아침이 되지 않는다. 오직 그는 우리의 머리 가운데서만 산다.

대동강은 나와 금수강산으로서의 인연이 없는 것 같다. 처음 대한 것이 그 밤이고 그 뒤 한 것도 내가 그 옆 병원에 누워 여름과 가을을 보내면서 그저 상상 속에서 그려보았을 뿐이고.

나는 그 강이 인제는 아주 싫다.

마치 죽은 사람 모양으로 나의 상상 가운데 생활하는 가장 아름다운 강의 하나일 뿐이다.

－5월 모일－

『조광』, 1936. 7.

■ '그 산 그 강의 하룻밤' 특집 가운데 한 편이다. 이 글은 임화가 1934년 1월에 평양에 있는 김남천을 방문했던 추억을 회상한 것이다. 잘 알려져 있듯이 김남천은 벗으로, 동지로, 때론 논적으로 25년의 시간을 임화와 함께한 사람이다. 김남천은 카프 1차 검거 때 맹원 중 유일하게 기소되어 옥살이를 했다. 당시 첫째 딸을 임신 중이었던 그의 아내는 남편을 옥바라지하면서 가족의 생계를 책임져야 했다. 그 뒤 여전히 어려운 살림살이를 꾸려가던 그의 아내는 둘째 딸을 낳은 지 9일 후에 산후 후유증으로 사망했다. 이 글에서 임화는 김남천의 아내가 영면했다는 전보를 받은 직후 그를 찾아가 위로했다고 적고 있다. 김남천에 대한 임화의 깊은 애정을 느낄 수 있는 글이다.

푸른 골짝의 유혹

어떤 일이었던지 나는 스무 살 때쯤인가부터 거의 대여섯 해 동안[1] 자연이라는 것에 대하여 관심을 도무지 가지려고도 하지 않고 또 때로 그것으로부터 무슨 종류의 감동을 일으킨다는 것을 일종의 모욕이라고까지 생각한 적이 있었다.

그러나 나의 어린 때의 기억이 잘 증명하는 것과 같이 실상은 여러 가지 자연에 대하여 심지어는 풀잎 하나, 나비 한 마리의 움직임에까지 우스우리 만한 마음의 영향 받아온 주제이었다.

그러나 이 나이 때로부터 나의 예술상, 사상상(이라고 말하기도 우스우나)의 태도, 취미가 지나치게 지적으로 치우치고, 또 어떤 종류의 생활상 한가로움 없이는 유유하게 대해 볼 수 없는 자연이라는 것을 전혀 관심 바깥으로 내몰고자 했고 또 이따금씩 예하면 철수가 바뀔 때라든가 운치 좋은 달밤 같은 때 받는 강한 자극을 물리치려고 해 왔던 것이다.

정말 우스운 것 같으면서도 자연의 자극이라는 것은 너무나 압도적인 것이다. 그러나 나는 자연이나 철수의 바뀜이라든가에 대하여 정말 옳은 감정을 가질 수 있는 것이 어떠한 인간일까 하는 것을 생각하고

---

1 스무 살 때란 1928년을 말한다. 그로부터 대여섯 해 동안은 임화가 카프에 가입하여 계급문예운동을 했던 1928–1934년이다.

때로는 자연 그것이 사람에게 크나큰 감정상의 건전한 무엇을 주지 않는가를 생각한 적이 있다.

분명히 자연은 사람의 취미를 높이고 감정을 풍부하게 하는 것이다.

왜이냐 하면 사람의 사회생활에 비하여 자연은 분명히 백배나 정직하고 솔직하여 때로 복잡하고 더러움 많은 생활 가운데서 여러 가지 티끌로 말미암아 가리어진 마음의 거울을 싹 씻어 주는 수가 있기 때문에…….

오월의 선들바람이 불고 동산의 개나리, 살구꽃이 씻은 듯이 없어지고 새잎이 활짝 퍼졌을 때는 들이나 산 경치란 일 년 중 좋은 때의 하나이다.

그러나 신록이 퍼진 첫여름이란 분명히 호화스러운 봄이 지나간 뒤의 가벼운 적막을 감추고 있다.

그런 때문에 사실 신록이 퍼진 때란 꽃피었던 봄철처럼 사람들의 발길을 끌지는 않는다.

분명히 꽃이 갓 떨어진 자국이란 그리 고운 것이 아닐뿐더러 아직 새잎도 다 퍼지지를 않아 이때 들과 산의 풍경은 일종의 정비되지 않은 무질서한 것이다.

이곳의 맨 처음에 시작되는 첫여름 신록이 한 개 애수가 있을지도 모르며 또 사람들로 하여 이것을 탐내게 하지 않음인지도 모른다.

그러나 단 닷새만 지난 뒤에라도 벌써 모든 흉터는 다 씻기고 다행히 이맘때는 으레 비가 한 차례 와 가지고는 꽃구경 왔던 주정뱅이나 뭇사람들이 내버린 신문지조각, 귤껍질을 혹은 녹이고 혹은 흙속에 묻어 깨끗이 치워 놓는다.

그러고는 엷은 푸른 빛 비단이불이 한 꺼풀 세상을 싼다.

이 푸른빛이란 초목의 어느 철의 것보다도 신선하고 아름다운 것이다.

이런 때 잘 미쳐 나가는 사람이 많다고 정신병리학 책에는 통계를 들어 설명을 하였다.

일 년 중 처음 발광하는 사람의 반수 이상이 이 시절이고 한번 나왔던 미친 경험을 가진 불행한 사람도 하룻밤 새 달라진 신록의 자극으로 말미암아 정신의 균형을 잡아 흩트린다고 한다.

놀라운 것은 신록이란 참말로 하룻밤 새에 세상 껍질을 확 바꾸어 놓는 것이다.

그 변화의 급함과 색깔의 유별나고 한결같음은 넉넉히 정신이 약한 사람을 미치게 할 수 있게 강한 자극성을 가지고 있다.

나는 어렸을 때 이런 아침이면 간밤에 꾼 아무리 무서운 꿈도 다 잊어버리었다.

그리고 정말로 자연으로부터 생명의 즐거움, 청춘의 아름다움을 느끼는 때도 이때이다.

아무리 비관하고 깊은 몸의 병을 가진 사람이라도 이때 들이나 산을 보고 사는 것의 즐거움을 솔직히 맛보지 못한다면 그는 평소부터도 온전한 감정을 가진 사람이 아닐 것이다.

참말 오월의 선들바람과 푸른 하늘, 초록빛 풀과 나무 잎사귀는 우리들에게 옳게 살 것을 가르치며 때 묻은 감정을 씻어 주는 것이다.

지나간 해 나는 평양서 사월에 올라와서 잠시 시내에서 유하다가 그 달 중순께 자동차에 몸을 실어 동대문 밖 탑골승방으로 갔다.[2]

---

2 신건설 사건은 1934년 5월부터 시작되었는데, 임화는 서기장이었으나 신병이 극도로 악화되는 바람에 검거되지는 않았다. 그 뒤 그는 1934년 여름부터 1935년 봄까지 평양 실비병원에서 신병을 치료했고, 1935년 4월에 서울 탑골승방(미타사)으로 거처를 옮긴 후 7월까지 이곳에서 머물렀다.

• 1920년대 중반의 탑골승방

갈 적은 그 옆에 과목밭에 살구꽃도 아직 남았고 복숭아꽃이 한창이었는데 얼마 있다 동무에게 의지하여 뜰 앞 장다리 밭머리에 나왔을 때는 벌써 그 너머 밭에 보리가 한 자나 자랐고 노란 배추꽃이 벌들을 유혹하고 있었다.

이때는 벌써 내가 이렇게 유리를 통하지 않고 풀밭, 바람결을 대해 본 지 돌이 넘은 때요, 하니[3] 갇혔다 풀린 송아지 새끼처럼 푸른빛이 좋았다.

언제나 생각해 오고 보아 와도 일 년 중에 가장 철수가 짧은 동안에 속히 변하는 철이 이때이고 또 오륙 년이나 이러한 자극을 물리치고 그 영향을 마음 가운데서 눌렀던 자연에 대한 나의 감정을 도저히 걷잡을 수가 없었다.

참말로 신록이란 사람을 미치게 하는 자연적 자극 가운데 그 중 큰 것인 듯이 생각되었다.

정말 전혀 눈을 바로 뜰 수가 없었고 또 떴댔자 눈동자가 찢어지는 것처럼 벌어져서 가뜩이나 휘엇한[4] 머릿속이 그대로 쏟아지는 것 같았다.

나는 그 뒤 골짝이 있는 위 언덕에 지팡이를 버리고 누웠을 때 풀이

이 시기에 종로경찰서 고등계 형사의 끈질긴 회유와 압박이 계속되었고, 결국 그는 김기진, 김남천과 상의하여 카프 해산계를 종로경찰서에 제출(1935. 5. 28)했다. 이때 대부분의 맹원들이 검거되었으므로 카프는 유명무실한 상태에 있었다. 신건설 사건과 그로 인한 카프 해체 과정은 권영민, 앞의 책, 292–347쪽에 상세히 정리되어 있다.

3 하니 : 그러니.
4 휘엇한 : 휘청거리는.

파리의 너무나 부드러운 감촉과 흙내와 더불어 얄궂게 코를 찌르는 풋내의 강한 자극을 도저히 피해 낼 재주가 없었다.

동무하고 둘이서 그 앞 골짝에 가 손을 씻으며 종다리가 지저귀는 하늘을 쳐다보았더니 나는 참을 수 없는 굴욕 가운데 자기가 들어 있는 것 같은 얄궂은 감정에 물속에 첨벙 손을 잠그고 머리를 숙여 버렸다.

내 방이 있는 이 절 그 마당을 돌아오면서 나는 좁다란 골 양쪽 가로죽 올려 난 엄나무의 손뼉 같은 잎사귀, 가랑나무 잎이고, 돈짝 같은 싸릿잎, 엉겅퀴 넝쿨, 바른잎이 쭉 깔린 틈에서 잘난 사내처럼 키가 쭉 빠진 원추리꽃은 참말 햇발같이 나의 눈을 쏘는 것이었다.

정한 물과 우거진 나뭇잎으로 깨끗해질 대로 깨끗해 진 골짝 속의 맑은 공기와 그곳으로부터 풍겨지는 야릇한 풋내는 생명과 성장과 청춘의 즐거움을 한데 뭉쳐 놓은 것 같았다.

발밑에 깔리려는 오랑캐꽃을 소스라치게 몸을 뒤쳐 피하면서 나는 절 뒷문을 삑 밀고 내 방의 후터분한[5] 자리 위에 드러누우면서 소나 말처럼 네 발을 허우대며 동산으로 헤매며 주둥이와 이빨이 시퍼렇게 되도록 풀잎, 나뭇잎을 뜯어먹고 싶었다.

겨드랑에서 체온기를 빼서 옆에 왔던 의사를 주며 나는 속으로 아무 힘도 입지 않고 풀, 나무보다도 성하게 되리라는 생각이 들었다.

'지금 이러할 때 앓는다는 것은 불행을 넘어 하나의 죄악이다.'라고 이태리 병석에 있던 고리키에게 어느 위대한 정치가가 보낸 한 구절을 속으로 뇌었다.[6]

---

5 후터분한 : 불쾌할 정도로 무더운.

6 고리키(Maksim Gorky, 1868–1936)는 러시아의 1905년 혁명에 가담했다가 석방된 후 약 7년 동안 망명생활을 했다. 망명 기간 동안 그는 주로 이탈리아의 카프리 섬에 머물렀다. 본문에 언급된 '정치가'는 레닌을 말하는데, 이 무렵 레닌은 카프리에 있던 고리키에게 꾸준히 서신을 보낸 바 있

그 뒤 나는 그 얄궂은 매력을 가진 골짝에 아이들이 발가벗고 목욕들을 할 칠팔월까지 날마다 끌려 다녔다.[7]

식물은 모든 것 가운데 생명의 특징을 가장 선명히 가지고 있고 또 요새 첫여름 신록이란 이 살고 자라나는 힘과 즐거움을 가장 싱싱하게 표시하는 시절이다.

나는 일 년 가운데 이 시절을 그 중 좋아하고 또 봄의 난잡한 색깔이나 여름의 무딘 촉감이나 가을의 감상주의나 겨울의 지나치게 매운 시련 모두들이 오월의 기상으로 익을 영구히 신선한 감정을 갖고 싶다.

『조광』, 1936. 5.

다. 서신의 내용은 프로문예운동이나 고리키의 저술에 대한 자신의 생각, 고리키의 안위에 대한 염려 등이 주를 이룬다. 레닌, 이길주 역, 『레닌의 문학예술론』, 논장, 1988, '제2부 편지' 참고. 임화가 이 글에서 레닌의 편지 일절을 인용한 것은 피검된 동지들에 대한 죄책감과 프로문예운동의 부활에 대한 열망, 생에 대한 욕구 때문일 것이다.

7 칠팔월까지 탑골승방에 머물렀다고 하나 실제로는 7월중에 마산으로 내려갔다. '종로네거리'에게 작별을 고하는 내용을 담은 그의 시 「다시 네거리에서」(『조선중앙일보』, 1935. 7. 27)에 "35. 7. 23"이라고 창작시기가 명기되어 있고, 「야행차 속」(『동아일보』, 1935. 8. 11)에는 "1935년 7월 27일, 마산병원에서"라는 부기가 붙어 있기 때문이다. 임화는 이 무렵부터 1938년 초까지 약 2년 반 동안 마산에 머물렀다.

경원가도(京元街道)[1]의 초입(初入)

동대문서 전차를 타고 얼마쯤 가노라면 이즈음 새로 신식 포장을 한 말끔한 길로 나갈 것이다. 대개는 이곳부터 시작되어 청량리 정거장 앞까지 잇대인 플라타너스를 심어 놓은 길을 전차로 그냥 지나고 싶지는 않을 것이다.

더욱이 정거장 못 미쳐 한 칠팔 정[2] 가량 되는 곳부터는 길도 훨씬 넓어 가는 것 같고 길 가운데 후리후리한 은행나무를 심어 놓은 조그만 가상화원(街上花園)이 차도 한가운데를 장식한 그 길은 정말 걸어보고 싶은 곳이다.

아마 서울 시내는 물론이요 교외 치고라도 이만치 세련되고 기분 좋은 산보도는 찾아보기 드물 것이다.

이 거리는 서울에서도 내가 제일 즐기는 거리로 실상 내가 이 거리에 생각을 두는 것은 그 새 화장에만 있는 것이 아니라 그곳이 간직하고 있는 아름다운 추억 때문이다.

추억이라고 한대도 그야말로 무슨 내가 특별한 로맨스를 그곳에다 묻어두었다든지 하는 것도 아니고 자연적인 미관을 말할 것도 없으려

---

1 경원가도(京元街道) : 서울과 원산을 잇는 도로.
2 정(町) : 일본에서 쓰이는 거리의 단위. 1정은 100m가 조금 넘는다.

니와 그곳은 실상 서울에 고향을 둔 사람들의 생활의 추억이 있는 곳이다.

이 화려한 근대적 시설을 한 청초한 길을 다 지나 청량리 정거장 앞을 나서면 벌써 근대 맛이란 건히고 촌다운 수선한 풍경을 맛볼 것이다.

한쪽 옆으로 교외다운 음식점이 몇 개 있고 운송점 간판을 쳐다보면서 천천히 걸어가면 차차 촌티가 짙어간다.

벌써 울퉁불퉁한 시골길다운 돌맹이가 발길에 채이고 덜컹 제르렁하는 달구지의 오고가는 소리가 귀에 새로울 것이다. 누구나 이 길을 걷는 동안에 한 반 세기쯤 과거를 향하여 여행하고 있는 듯한 느낌을 받을 것이다.

이러한 동안에 좌우 옆에 나이가 칠팔십은 먹었을 듯한 조선버들 '수양버들'이 늘어선 길로 들어설 것이다.

실상 나는 구두코를 약간 벗기고 발목이 뻐둑거려도 먼저 지나온 신식 거리보다는 이곳을 사랑한다.

우리 경성부민의 주소 문패가 '동부, 무슨 방, 무슨 동, 몇 통, 몇 호'라고 세웠을 때의 서울을 나는 이곳에서 발견하는 것이다.

이곳이 예전 서울서 원산과 춘천 가는 유명한 경원국도가 시작되는 초입으로 서울 근처에서 예전 모습을 비교적 똑똑히 찾아볼 수 있는 단 한 곳이다.

남대문 밖은 말할 것도 없고 서대문 또 시구문 하다못해 동소문 밖까지 지금은 얄궂은 개화를 해 가지고 있다.

이곳 한 곳이 어쩐 일인지 성해 가지고 있는데 아마도 이 도로의 경제적 또 정치상의 의의가 다른 곳과 같을 수 없는 데서 그리하였을 것도 같다.

그러나 이 거리의 수수한 조선풍도 얼마나 갈는지? 지금 변해가는 동북 조선의 풍운과 정세를 생각하면 그 길 다니는 행인들의 운명을 보는 듯하다.

그러나 좌우간 이곳은 서울과 떨어진 교외 가운데 제일 서울티가 안 나는 곳으로 가장 명상적인 산보길의 하나일 것이다.

이곳은 좋은 근대적 산보도를 그 앞에 가정하였을 뿐만 아니라 자연 조건에 있어서도 야비한 한강 연안에 대일 바 아니다.

명산 북한 연산의 가장 숭엄한 자태를 석양에 볼 수 있는 곳도 이곳이며 왕십리 벌이라든가 멀리 뚝섬 벌, 한강 기슭이라든가를 조금 높은 곳에 오르면 볼 수 있는 데며 또한 전차를 내려 곧 시골 맛을 볼 수 있는 곳도 서울 근처로는 이곳뿐이다.

경원선 철둑이 들판을 가로질러 기세 좋게 놓인 모양, 근처의 새로 생긴 공장 등 실로 자본주의가 농촌에 스며드는 장대한 한 폭의 역사적 데생도 이곳 아니고는 서울 근처에선 못 볼 것이다.

이 광경은 참말로 움직이는 그림이다.

나는 언젠가 볼일로 이곳을 지나다가 그때가 겨울이던지 예전 풍뎅이[3]를 쓰고 나무바리소를 몰아 총총히 걸어 나가는 사람들을 지나놓고 어렸을 때 어머니 손목을 잡고 고춧대 하러 가던 일을 생각했다.

서울의 다른 길이 우리들의 머릿속을 흐려놓는 대신 이 길은 고요히 생각게 하는 것이다.

일후에 상경하면 나는 꼭 이 길을 한번 찬찬히 걸어볼까 벼르고 있다.

『신동아』, 1936. 2.

---

3 풍뎅이 : 귀까지 덮이도록 만든 방한모.

가을의 탐승처(探勝處)

가을의 여행은 계절과 같이 회고적(懷古的)인 곳을 택함이 좋을까 합니다. 서구인은 봄에는 수도(水都) 베니스의 뱃놀이, 가을에는 로마의 폐허를 찾는다 했습니다.

평양, 경주, 송도[1] 등이 다 좋으나 부여의 백제 고도(古都)가 가장 아름답고 좋을 것 같습니다. 평양은 너무 오래되어 고도의 맛이 없고 경주는 한산하고 송도는 빡빡하나 부여는 강경(江景)으로부터 오후에 배를 타고 백마강안(白馬江岸)에 이르는 석양의 수로(水路)는 수십 리를 애써 편력(遍歷)하는 것보다 몇 배 좋은 감회가 있습니다. 낙일(落日)이 강안(江岸) 잡림(雜林)에 기울었을 때 늦은 가을의 싸늘한 바람은 정형(丁兄)의 오래인 오열(嗚咽)과도 같습니다. 이런 쓸쓸한 고도를 지우(知友)와 혹은 혼자서 소요(逍遙)함은 가을의 탐승(探勝)으론 수위(首位)에 가지 않는가 합니다.

『조광』, 1936. 10.

> ■ '가을의 탐승처'라는 제목의 설문에 대한 답변으로 쓴 글이다. 임화는 백제의 고도 부여, 그것도 백마강 일대를 최고의 탐승처로 꼽고 있다. 「작가 단편 자서전」을 보면, 이 답변은 임화의 실제 체험을 바탕으로 한 것임을 알 수 있다. 이 글에서 임화는 마음에 드는 승지(勝地)로 중학교 시절 수학여행을 갔던 부여의 백마강을 들고 있기 때문이다.

---

1 송도(松都) : 개성.

빙설 녹을 때

조선의 겨울은 역시 북망[1]의 그윽한 침수[2]요 우리 어린 자손들은 도란거리는 이야기 소리와 깜박이는 호롱을 잊기 어렵다. 그것은 새지 않는 긴 밤처럼 지루하나 어릴 때 기억처럼 다정스럽다. 반도의 낡은 전설과 애처로운 옛 노래를 익힌 곳은 기다란 겨울밤 할머니의 무릎을 베고 졸음을 청하던 온돌방이다. 우리는 비상히 많은 이야기를 듣고 한량없이 긴 잠을 자고 숱한 음식을 먹고 자라난 젊은이들이다. 우리가 운명이란 것을 비로소 깨달은 것이 바로 이 반도의 겨울 야화(夜話) 속에서였다.

운명! 가을이 와서 나뭇잎이 지고 들 곡식을 걷고 문창을 갈아 발랐을 때 하나의 운명을 경험했을까?

우리는 즐거운 정월(正月)이 와서 입춘이 지난 뒤 찬란한 봄이 시작된 것을 축복했는지 모른다.

모든 것은 지나가고 모든 것은 시작되고 —— 가는 것에 대한 애석은 어찌할 수 없는 한낱 감상 같았다. 아이들은 몇 번 그다지 오래 기다리던 정월이 홀홀히 가버리는 것을 아꼈는지 모른다.

그러나 지나갈 것은 역시 머물지 않았고 돌아올 것은 또한 지체하지

---

1 북망 : 북망산(北邙山).
2 침수 : '잠을 잠'이란 뜻의 '침수(沈睡)'를 의미하는 듯하다.

않았다.

어찌해서 모든 것은 이리 냉혹할까? 규율이라는 것, 질서라는 것은 꼭 이렇게 한 점 더운 피가 없어야 하는 것일까? 그러한 것이 운명이 아니냐? 이러한 반문을 스스로 던져 볼 때 누구나 마음에 하나 안온을 얻는다. 그러나 이것이 사람의 마음 속 깊이 처진 미진한 감정을 싹 쓸어 가느냐 하면 원망스러우나 남는 것이 있다.

어찌할 수 없는 감정?

이것은 다시 운명이란 것을 샤일록과 같은 냉혈한이라 소리를 다하여 욕하고 싶어진다.

그러나 지나간 것에의 미진한 감정은 이로부터 돌아올 것에 대한 꽃다운 대망의 정서로 말미암아 사모된 노염을 저절로 풀게 된다는 것은 실로 묘한 이치가 아닐 수가 없다.

그러므로 모든 것은 유전하고 변한다. 변하지 않는 것은 하나도 없고 실상 변하지 않는 것이란 있지도 않는 것이다.

헤라클레이토스[3]는 운명 이상의 것을 설파한 현하[4]가 아니었느냐?

그렇지만 정월이 지나 새 옷이 찌들 때쯤은 반드시 봄과 여름의 무성하고 찬란한 희망이 다가오며 그 다음 또한 긴 겨울과 아리따운 정월이 저 앞에 등대[5]하고 있지 않은가?

우리는 잃어버린 것을 몇 번씩 몇 번씩 다시 찾을 수가 있고 단지 기다린다는 쓰라림이 약간 우리를 지루하게 할 뿐이지 애써 슬픔까지를 느낄 필요는 없다.

---

3 헤라클레이토스(Herakleitos, BC 540–480) : 고대 그리스의 철학자.
4 현하 : '현하구변(懸河口辯)'의 '현하(懸河)'를 말하는 듯하다. 현하구변은 '거침없이 흐르는 물처럼 하는 말'을 뜻한다. 따라서 현하는 거침없이 흐르는 물을 의미하며, 달변가의 비유로 쓰인다.
5 등대(等待) : 준비하고 기다림.

그러기 때문에 모든 사람의 어린 때라는 것은 항상 아름다운 것이다.

그렇지만 긴 겨울밤 호롱불 곁에서 샘물 소리처럼 귀 익히 들어온 많은 전설은 하나도 한 번 간 것이 다시 돌아온 이야기는 아니었다. 아낌도 없이 모든 사람의 슬픔도 돌아보지 않고 지나갈 것은 가고 죽을 것은 죽고 망할 것은 망하고 살 것은 살고 탄생할 것은 탄생하였다.

어째서 용맹하고 충성스럽고 착한 장군을 악인의 모함으로 죽게 했을까? 그를 구할 사람은 무엇을 했단 말인가? 어째서 임금은 그가 착한 사람이란 것을 하룻밤에 깨닫지 못했을까? 그러나 그는 죽었고 우리는 눈물을 흘리고 할머니는 감격에 차고 이야기는 슬프고 아름다웠다.

운명이란 슬픈 것인가? 슬픔이란 아름다운 것일까? 운명이란 그러면 사람의 힘으로 어찌할 수 없는 힘을 이름인가?

때때로 귀신과 신선과 호랑이와 또 헤아릴 수 없이 무섭고 신비로운 이야기 속엔 실상 운명이란 것이 만들어지는 곡절이 여간 두렵게 설화되지 않았다.

신이 만드는 어마어마한 장기판 위에 세상은 일세의 운명을, 사람은 평생의 운명을 마련받아 봄부터 또한 들로 나가야 한다.

노인들의 세계관과 전설 속에서 들은 운명이 우리가 나이를 먹고 나서는 산 생활에서 맛보게 될 때 우리는 무엇을 체험하는가?

처녀는 신성한 막을 찢기고 총각은 신기로운 세계의 문을 두드린다. 수선한 아침인지 매운 봄 일기인지 분간키 어려운 한 때 우리는 이런 때를 천춘의 첫날이라 이름 지었다.

그리하여 평생 가운데 그 중 잊기 어렵고 기념스럽고 또한 축복된 시절이라는 실로 온갖 화려한 기억의 비단보가 이때를 싼다.

이때 우리는 진흙이나 매운 바람이나를 돌보지 않고 온갖 아름다운 옷을 다 꺼내 입고 새 신을 신고 날아갈 듯 즐거운 마음으로 바깥으로 나오지 않는가?

정열! 그것은 곤란을 돌아보지 않는 행복된 전망의 확신이다. 그런 때문에 사람들은 청춘에 반드시 후회를 장난한다 한다. 그렇지만 누구나 청춘의 후회를 애써 후회치 않는다.

비록 뜻한 바가 이루어지지 않았고 많은 잘못 연기처럼 마음의 푸른 하늘을 더럽혔다 할지라도 희망이란 것은 그 이상으로 아름다웠고 정열은 더 한층 자랑스러웠다.

그리하여 한 세대가 나이 먹어 청춘을 후회하면 또 한 세대가 그 희망과 정열을 물려받는다. 우리 청년들이 반도의 낡은 꿈과 전설에서 깨어난 뒤 이삼십 년 운명은 맵게도 이 사슬을 자주 되풀이하였다.

좌우간 우리는 지금 우리들의 뜻과 희망 여하를 돌보지 않고 이야기 속의 주인공이 제 운명의 길을 걸어가듯 한 길 위에 서 있는 것은 너무나 똑똑타.

이미 반도의 겨울밤은 도란거리는 이야기 소리도 펄럭이는 호롱불도 희미해 가고 새벽 장터처럼 수선해 간다.

그래도 나는 반도의 겨울 깊은 밤 모든 곳에서 만들어지는 운명의 아름다움을 사랑한다. 나이 먹은 이는 후회를 안고 돌아가도 청년은 희망을 안고 돌아오고 운명은 어떻게 만들어질지? 지금이 밤인지 새벽인지 겨울인지 이른 봄인지 좀처럼 분간키 어려우나 바람이 맵고 눈이 무너지고 얼음이 트고 녹아내리는 광경은 실로 하나의 장엄한 선경이 아닐 수가 없다.

봄을 위하여 일체의 눈과 얼음이 녹아야 하듯 또한 새벽을 위하여 낡은 가치가 모두 허물어져야 하는 법이다.

새어가는 겨울밤. 이른 봄이 창밖에서 문을 두드릴 때 곱은 손길을 입으로 혹혹 불며 추위를 참고 바라보는 것은 반도의 한 운명의 자태다. 빙설이 녹는 강물은 범람과 더불어 가장 장엄한 풍경이다. 그러나 장엄을 비록 미(美) 가운데 넣는다 할지라도 그 속엔 수많은 잠닭[6]과 추접[7]이 있을지 모른다.

그렇지만 이것으로 장차 만들어질 운명의 아름다움을 거부한다면 그의 눈은 벌써 반 넘어 썩었다 아니할 수 없다.

이른 봄은 바람이 매우나 그래도 역시 즐거운 철수가 아닌가? 반도 사람은 항상 이때부터 푸른 운명을 받았지만 낡은 권위와 가치가 무너지는 빙설처럼 범람하는 물속에서 이른 봄은 많은 꿈을 얻을 때고 또한 운명이란 단지 어찌할 수 없는 것이 아니라 사람이 만들어내는 것이 운명이 아닌가를 애써 명상하고 싶은 때다.

그렇지만 빙설이 녹을 때 이른 봄바람은 너무나 맵다.

―1월 21일―

『조광』, 1938. 3.

■ '천춘보(淺春譜)' 특집 가운데 한 편으로, 임화의 마산시절 끝 무렵에 쓰인 글이다. 이 글에서 임화는 만물의 유전과 변화라는 자연법칙에 대한 인식을 토대로 운명의 불역성과 냉혹함을 말하고 있다. 또한 자연의 변화에 대한 감상을 전반적인 기조로 하면서도 조선 청년의 역사적 운명을 설파하고 있다. 근대 이래 조선 청년들의 운명이 맵다라든가, 하지만 운명은 사람이 만들어내는 것이라든가 하는 언급들을 통해 새로운 각오로 문학의 새 길을 가려는 임화의 내면을 읽을 수 있다. 이 글을 쓴 직후 임화는 상경하여 출판사를 경영하고 비평 활동을 활발히 전개한다.

---

6 잠닭 : 의미를 파악하기 어렵다.
7 추접 : 더럽고 지저분함.

경궤연선(京軌沿線)[1]

• 구본웅이 그린 삽화 1

얼음이 녹아 오간수 아래 질펀한 냇가를 매끈한 기동차[2]가 달리는 풍경은 몇 해 동안 서울에 익지 않은 내 눈엔 꽤 신선했다.

서울이란 낡은 도시가 제법 제게 따른 교외의 접지(接地)를 가지기 비롯하는 것은 우리 예전 서울 주민으로는 마치 제 신영토를 늘려가는 거나 같이 대견하였다.

그래서 지난 겨울 상경하여 창신정(昌信町)[3]으로 이사를 온 뒤 동대문 턱을 지날 적마다 날씨가 따뜻해지면 저놈을 한 번 타 보려니 하고 별러오다가 이번 기회를 얻어 올라탄 것은 뜻 아닌 경전(京電)[4] 불하(拂下)의 낡은 전차다.

"여보, 이거 어찌 기동차요?"

---

1 경궤연선(京軌沿線) : '경궤'는 경성 궤도차를 말하며, '연선'은 선로를 따라 이어져 있는 땅을 말한다.
2 기동차(機動車) : 디젤이나 가솔린 기관을 이용하여 운행하던 열차.
3 창신정(昌信町) : 창신동.
4 경전(京電) : 경성전기회사.

"그러게 광나루를 가라니까……."

광나루(廣壯里)가 좋으니 그리 가자는 본웅(本雄)[5]의 말을 내가 기어이 뚝섬유원지를 가 보자고 우겨댄 것이 이 꼬락서니가 된 셈이다.

전차라니 말이 전차지 타고 앉으니 어안이 벙벙할 지경이다. 이즘은 물론이고 벌써 사오 년 전에 서울 거리에서 일소(一掃)당한 낡은 차대(車臺)가 내로라하고 아직 도시 교통기관으로서 행세하는 덴 참말 비위가 상하지 않을 도리가 없다.

그러나 동대문 밖에서 왕십리(往十里)를 지나 뚝섬으로 가는 길녘의 잡연(雜然)한 풍경이나 오르내리는 승객들의 행색을 살펴보면 어디인지 삼자(三者)가 조화되는 듯하고 우리 낡은 경성 주민으로선 또한 정다운 곳이 있었다.

오간수라면 예전엔 서울 쓰레기가 다 밀려 나가는 곳이고 하다못해 똥오줌까지 이 근처에서 처치된 곳이다.

그래 왕십리 주민은 으레 배추장사요 그 거름이 봄부터 가을 김장철까지 신선한 야채가 되어 경성 주민을 길러 온 것이다.

결국 서울 사람은 제 똥오줌으로 자란 무 배추를 일 년이 못 가서 도로 받아먹는 셈이다.

그러나 쓰레기라는 것은 전부 거름이 될 수 없는 것이라 훈련원(訓鍊院) 근처로부터 차차 오간수 아래로 내려가 개천가로 쌓이기 시작하여 조그만큼씩한 언덕더미[6]를 이루기 시작하여 그것을 이곳 사람들은 '조산(造山), 조산' 하여 그 위에 움집이 다닥다닥 붙기 시작한 게 인제 보니 제법 융성한 동리를 이루고 있다.

궤도차(軌道車)가 동대문을 떠나 왕십리역 못미처까지 이르는 동안 개천가 우뚝우뚝한 언덕에 달라붙은 동리들은 대개가 이 쓰레기더미 위에 세워진 것들인 모양이다.

그러기에 이곳 풍경은 항용 신개지(新開地) 이상으로 잡연하고 웬만한 장마에는 곧잘 무너진다 한다. 차가 아무리 달려도 봄임직한 버드나무 꽃 나뭇가지 한 그루 찾을 수 없는 게 이곳 풍경이다. 단지 뿌연 수증기를 머금은 하늘이나 멀리 뵈는 산들이 아른거리는 양이나 보드라운 양광(陽光)들이 계절을 말할 뿐이다.

"여보, 무얼 보러왔소?"

"아, 이 냄새 맡지 못하오?"

"하하, 구린내 말이오?"

"봄이란 시각에서만 오는 줄 아오?"

"그럼 취각(臭覺)에서 시작하는 거요?"

"그러게 자연은 회화 이상이지…………."

"허허……………………………."

실상 밭에 내다 붓기 시작한 거름내란 이곳의 봄다운 유일의 자극인 모양이다.

"자, 저기나 우리 한 장 스케치합시다."

"아, 개천 바닥 파는 것 말이오?"

오간수 아래 개천바닥은 실로 놀랄 만치 파 젖혀 놓았다. 벌써 저녁 해가 가까워 오는데도 부인, 아이들 합쳐 칠팔십 명은 천저(川底) 발굴에 종사하는 모양이다.

이게 요즈음 유명한 왕십리 금광이다.

금광이라니 금을 파는 게 아니라 물에 밀려 내려오고 쓰레기더미에

쌓여 와 묻혔던 썩은 양철조각을 파내는 게다.

시국의 진보는 썩은 양철, 일찍이 쓰레기였던 존재의 가격을 엄청나게 끌어올려 논 것이다. 나는 세계대전 때 역시 이러한 진풍경을 본 일이 있다.

썩은 양철이 곧 수십 전 소액지폐로 변하던 그 시절이 재림함을 제 생애에 또 봤던 것이다.

겨우 십칠팔 년 남짓한 사이에 놀라운 광경이 두 번씩 되풀이하는 덴 실로 우리의 시대의 파란 많은 성격의 일단(一端)을 엿볼 수 있지 않은가 한다.

• 구본웅이 그린 삽화 2

썩은 양철조각이 돈이 된다는 것은 용이한 사태가 아니다.

이것을 파서 하루 7, 80전 벌이는 된다니 헌 양철조각도 모시(侮視)할 게 아니다.

그러나 우리의 날카로운 생활 감각은 역시 썩은 양철이 쓰레기로 실려 나오던 때와 그 자리에서 화폐가 되는 때와의 커다란 시대의 차이 속을 관류(貫流)하지 않을 수가 없다.

길바닥이나 거름더미 혹은 냇가를 파헤치던 기억은 나에게 있어 아주 세상 물정을 판단치 못하던 소년 시대에 속한다. 그때 동리에선 빈민들이 장사(長蛇)의 열(列)을 지어 쌀 표(票)를 타러 총대(總代)[7] 집 문간으로 모이고 나도 비로소 안남미(安南米)[8]란 길쭉한 쌀 알갱이 맛을 본 것이다.

---

7 총대(總代) : 마을의 대표자. 동장(洞長)이나 이장(里長).
8 안남미(安南米) : 베트남에서 생산된 쌀.

무조건하고 그것은 경이(驚異)였고 나의 어린 기억 가운데 그 중 사회성이 농후한 생활권(生活權)의 한 폭(幅)이었다.

우리의 조그만 차가 지나가는 연선(沿線)의 이 광경은 오늘날의 시대 생활이 우리가 방 속에 앉아 신문을 펴 놓고 물가고(物價高)를 운위하던 데 비하여 월등히 심각한 것임을 절실히 느끼게 했다.

왕십리 평야 가운데 점점(點點)한 조산과 추저분한 집들, 유별나게 웅성대는 동리와 냇바닥을 파 뒤집는 기이한 풍경은 또한 슬프게도 조화됨을 부정할 수가 없었다.

이러한 것이 새로 경성에 편입된 이곳 주민의 당연한 운명인지 아닌지는 애써 말하기 어려운 것이나 어디인지 그들의 모습 가운데서 나는 같은 시대를 살아가는 인간들의 황당한 그림자를 느낄 수는 있었다.

우리가 탄 조그만 차만 해도 그들에게는 물론 새로운 것이나 우리에게는 역시 낡은 것이라 할 수 있으나 우리 자신도 역시 다른 고장 사람들에게 있언[9] 이미 낡아버린 것을 새로운 것이라고 받아들이고 있는 것이다.

이러한 것은 우리의 문화의 진정한 성격적 의미를 가졌을 지도 모른다. 그러나 중요한 것은 우리가 다 같이 분간키 어려운 그러나 분명히 새로운 시대의 폭풍 같은 시련 속에 서 있는 점이다.

우리는 모두 밭과 논과 하늘과 비를 사랑한 겨레다. 그리하여 어디서나 우리는 목가(牧歌)를 들었고 우리 자손도 노래라고는 역시 한가지 목가 곡조밖엔 몰랐다.

그러나 왕십리를 가까이 들어가는 우리의 조그만 차는 벌써 침묵한

---

9 있언 : 있어서는.

목가의 평야를 달리고 있을 따름이었다.

서울 봄은 언제나 사방(四方) 산의 개나리와 왕십리벌의 누런 배추꽃에서 시작하였다.

서울의 봄 하늘을 나는 온갖 나비가 이곳에서 날아드는 것이다. 그전 서울 주민들 식탁 위에 제일 먼저 오르는 푸성귀도 부지런한 이곳 주민들의 손을 거쳐 들어왔다. 아직도 우리가 먹는 야채의 일부는 이곳에 심어질 것이나 그러나 왕십리 평야엔 이미 누런 배추꽃에 나비 떼들이 흩어놓는 장한(長閑)한 목가는 들리지 않는다.

아직도 주택지가 되지 않고 여기저기 세워진 양철 창고 사이사이에 검은 흙을 파는 흰 사람의 그림자를 볼 수 있으나 그것은 이미 지난날의 엘레지의 한 끝에 불과하다.

왕십리역은 내가 칠팔 년 전 지나던 때와는 적어도 반세기의 차이는 있을 만큼 변하였다.

역 건물이나 구내 선로도 엄청나게 크고 많이 달라졌거니와 그 앞동신 좌우로 용립(聳立)한 대석유회사(大石油會社)의 탱크는 이전엔 용산(龍山) 근처의 대중공업지(大重工業地) 아니고는 못 보던 것이었다.

선로가 모두 직접 탱크시설 구역까지 들어가 있고 강철제(鋼鐵製)의 날씬한 탱크차가 두세 대 있는 것을 보면 이곳의 진화가 오히려 종로(鐘路) 복판보다 앞선 감이 있다.

이런 새로운 풍경에 비치는 태양은 어딘지 더 근대화된 청년과 같았다.

이곳에 관하여는 구(具) 형(兄)도 또한 다른 동행도 그리 아는 바가 적은 모양이었다.

B서점주(書店主)는 본시 이곳 태생이 아니거니와 연협(演協) E 군도 얼마 안 가 살곶이 다리가 보일 터인데 어디냐 해도 모른다 한다.

그런 때 옆에 앉았던 밭쟁이풍(風)의 중년 사나이가

"살곶이 다리는 없어지고 새 다리가 뇐다오." 한다.

사실 얼마 안 가 냇가를 지나는데 높이 약 삼십 척 가까운 철근 콘크리트로 쌓아 올린 허연 다리가 나타났다.

아직 공사 중에 있는 모양인데 이 아래로 한 오륙백 미돌(米突)[10] 내려가 다릿발은 다 묻힌 돌다리가 보이는 게 살곶이 다리인 모양이다.

예전엔 이 근처에서 가장 위풍 있는 건조물의 하나던 것이 인젠 보기에도 초라히 아주 냇바닥에 묻히다시피 했다.

이 다리는 뚝섬에서 문안 들어오는 유일의 길목이요 따라[11] 주막도 번창하여 이야깃거리도 많은 곳이다.

내려 보지 못하고 지나는 것이 유감이나 일후 한갓날[12]을 기약하고 본웅(本雄)과 더불어 그 전에 홍수 나던 이야기가 벌어졌다.

지금도 여름에 장마가 져 큰물이 나면 뚝섬, 왕십리벌, 청량리역 근처까지 침수가 되나 그 전엔 벌써 살곶이 다리가 넘었다 하면 경성 주민은 홍수의 위험 신호로 알았다.

이 다리가 넘으면 여기서부터 왕십리 오간수 다리까지는 질펀한 들이라 단번에 물이 밀려들고 또한 뚝섬과의 교통이 끊어지므로 나뭇값, 야챗값이 일야지간(一夜之間)에 곱절이나 오른다.

그러나 인젠 이런 물자의 공급 중심은 왕십리에서 딴 곳으로 옮아가고 이런 이야기들은 인젠 이삼십 년 전 서울서 자란 중년이나 늙은이들 기억에 남아 있을 따름이다.

---

10 미돌(米突) : 미터(meter).
11 따라 : 따라서.
12 한갓날 : 한가한 날.

봄으로부터 여름, 가을까지 이 전차는 뚝섬 간다느니보다 실상은 한강에 만들어 놓은 유원지를 왕래하는 게 본분이라 한다.

왕십리로부터 유원지까지 가는 사이는 몇 개 역이 있기는 하나 승강객(乘降客)도 별로 없고 있다야 뚝섬역(유원지 바로 못미처)이 제일 많고 그러고는 대개가 유원지까지 가서 거기서 강 건너 봉은사(奉恩寺)를 간다거나 또는 광주(廣州)로 가는 손들이 있을 뿐이다.

우리 일행이 유원지에 내렸을 때는 석양이 뉘엿뉘엿 서빙고(西氷庫) 쪽으로 기운 때였다.

아직 꽃도 잎도 안 핀 유원지는 즐길 아무것도 없고 황량 그것이었으나 역시 작하(昨夏)의 영화에 지친 듯한 일종 버리기 어려운 정취가 있었다.

유원지를 들어가는 길녘에 높다란 방수(防水) 제방(堤防)을 지나면 긴 포플러 숲이 나오는데 이곳이 하절(夏節)엔 캠프촌이라 한다. 캠프촌이 되었을 때 풍경이 어떤지 모르겠으나 이날 우리의 행락 중 그중 정취 깊은 곳이 나에겐 이 숲이었다.

아직 잎도 안 피고 긴 줄기들만 거의 한 평(坪)에 한 줄기씩이나 들어박힌

한가운데로 내깔린 궤도는 영화에서 보는 삼림철도 그것 같았다.

우리는 차를 내려서도 몇 번 이곳을 거닐어 보고 러시아문학을 좋아하는 E 군 같은 사람은 백화림(白樺林) 같다고 찬미한다.

유원지는 그리 호화한 시설은 아니었다. 그러나 바로 강안(江岸)에 닿

아 있고 근처 풍경이 좋은 곳이라 여름 하루 소일엔 훌륭한 곳이었다.

그러나 우리는 무료히 돌아올 수도 없고 하여 강가로 나가 본웅이 스케치를 한 장하고 봉은사를 건너가려 하였으나 타 가지고 나온 군자(軍資)가 이미 진(盡)한지라 우리는 다시 예의 포플러 숲으로 돌아왔다.

나는 오늘날의 우리 청년들이 어째서 이런 황량한 풍경에 마음을 주는지 제 마음이 한 개 비극 같아서 그런지 단지 차차 저물어가는 이른 봄의 찬 기운이 무릎으로 스미는 것만 느꼈다.

『동아일보』, 1938. 4. 13~4. 17.

■ 특집 '춘교이인행각(春郊二人行脚)'에 총 3회에 걸쳐 연재된 산문으로서 임화가 화가 구본웅 등과 함께 당시 서울의 근교로 취재 여행을 다녀와 쓴 것이다. 그가 여행지로 선택한 곳은 뚝섬유원지였다. 이 글에서 그는 주로 왕십리 일대와 뚝섬유원지의 봄 풍경을 묘사하고 있는데, 독특하게도 그것을 시대의 변화와 연관하여 서술하고 있다. 그 때문에 이 글은 문화사적으로 가치가 있어 보인다. 왕십리 일대의 변화와 왕십리 주민들의 고단한 삶에서 "새로운 시대의 폭풍 같은 시련"을 감지하거나 일행이 뚝섬유원지의 황량한 풍경에 매료되는 데에서 "마음이 한 개 비극 같"다고 느끼는 부분이 인상적이다. 이를 통해 중일전쟁기로 접어든 이후의 시국에 대한 임화의 심적 고통을 느낄 수 있다.

제4부 전시체제의 일상과 내면

애드벌룬

몇 해씩 딴 곳에를 갔다가 서울로 돌아오면 얼마간은 시가(市街)의 풍모가 변해가고 있는 것을 발견할 수 있는데 아무래도 늙은이 입속에 금니가 한두 개씩 늘어가는 폭밖에는 아닌 것 같다.

낡은 도시로부터 말쑥이 근대 도시가 생탄(生誕)하려면 언제나 비상한 체험이 필요한 것이다.

이를테면 지진이라든가 난전(亂戰)이라든가 이런 천변(天變)이나 지재(地災)가 도시문화의 신진대사를 촉진한다.

그렇지 않으면 뉴욕과 같이 최초부터 아무 전통 없는 황무지에 벽돌만 쌓아 올리든가 런던이나 파리 같이 백 년이 넘게 새 문화가 낡은 도시를 소화해 가는 긴 과정이 필요할 것이다.

그래도 여행가들의 견문집을 보면 아직도 서구의 도시는 19세기의 잔재를 보유하고 아미리가(亞米利加)[1]의 도시에서 보는 현대미(現代味)와 비교될 수는 없다고 한다. 어느 게 좋으냐 하는 것은 물론 속단하기 어려운 것으로 이야기할 게 못 되나 우리 경성의 거리는 어느 편에 처하느냐 하면 이상의 어느 편에 끼일 수도 없고 또한 안 끼울 수도 없는 말하자면 철저한 중도반단(中途半端)의 도시라 아니할 수 없다.

---

1 아미리가(亞米利加) : 아메리카.

비상한 일이 없지는 않았으되 이렇다 할 흔적이 없고 황무지에 연장이 갔다 하되 역시 서는 집은 진부한 르네상스 삼 층이고 근대문화는 들어온 지 오십 년을 못 넘는다.

그래서 집을 나설 땐 창신정(昌信町) 일대의 현대 주택가를 돌아나가다 얼마 가노라면 백 년 전에도 있었던 골목을 지나고 전차를 내리면 코르뷔지에[2]식(式) 음식점에서 양도(洋刀)를 들고 비프를 자르는 지극히 황당한 일련의 도정(道程)을 경험한다.

이 가운데 적어도 백오십 년의 세월이 가로 놓여 있어 나는 외출할 때마다 백오십 년을 약 삼십 분에 여행하는 기이한 체험을 한다.

우리의 머릿속은 이렇게 곤란한 여행에 날마다 피로하고 날마다 방황하여 인젠 대기와 해양과 창공을 일조에 상실하여 버렸다.

지친 다리를 이끌고 다시 창신정 언덕을 오르노라면 급작스레 도시 주민으로서의 자기에 대한 의식이 머릿속에 점화되는 것이다.

가끔 이런 때 나는 돌쳐서[3] 서울 시가를 내려 보는 습성이 있다. 이미 날이 어두워 삼각산 그림자가 종로 일대를 덮은 때 하늘에 벋친 전기 불빛도 장하거니와 요즈음 오후 명치정(明治町)[4] 근처에 뿌리를 박고 남산 위까지 올라간 애드벌룬은 대단히 판타지한 것이다.

황색 구형(球形) 속에 포화(飽和)된 몇 백 입방 리터의 수소는 우리의 머릿속에 잠자는 창공에

• 화가 정현웅의 삽화

---

2 코르뷔지에(Le Corbusier, 1887–1965) : 스위스 출신의 프랑스 건축가. 근대 건축의 확립에 지대한 공헌을 한 인물이다.
3 돌쳐서 : 되돌아.
4 명치정(明治町) : 명동.

의 향수를 비치는 분명한 조명탄이다.

그 아래 영화 이름이 써 있을 때는 붙었던 상설관 입장권을 사는 총명한 시민들의 안면도 연상되며 다채한 야면(夜眠)에 손을 대 보고 싶은 충동을 느끼는 때도 있다.

혹은 이따금씩 친구를 만나러 가는 다방 또는 지브롤터나 상항(桑港)[5]을 떠나온 새 책들의 가벼운 촉감과 인쇄 잉크의 향그런 냄새를 맞추는 서사(書肆)[6]의 면영도 인상이 선명하다.

그렇지만 다 한 번 줄을 타고 애드벌룬 꼭대기까지 올라가면 열도 없고 광선도 없고 자유도 없는 둔중한 구체가 일종 중압을 품긴다.

분명히 경성의 하늘에 있어 애드벌룬은 제이(第二)의 태양이나 그것은 사로잡힌 태양 같다.

그래도 나는 아침 같은 때 신선한 광선을 받고 창공에 둥둥 뜬 애드벌룬을 우리의 도시의 이미 가장 순수한 동시대자로 공감한다.

무겁고 둔하더라도 하늘을 향한 가볍고 자유로운 구체. 나의 머리에 대기(大氣)가 필요할 때 애드벌룬을 바라보면 나는 커다란 것을 한 번 호흡한 것 같다.

시민은 내일부터 애드벌룬을 사랑하는 또 한 가지의 습관을 들일 필요가 있다.

『조선일보』, 1938. 5. 14.

> ■ 기획 산문인 '장안금고기관(長安今古奇觀)' 가운데 한 편이다. 이 글에서 임화는 서울의 기이한 풍경으로 중세와 근대, 조선과 서양이 기묘하게 공존하는 서울 시가와 서울의 도심 위에 떠 있는 애드벌룬을 꼽고 있다. 그와 함께 서울이 자생적 전통과 강제적 이식이 뒤엉켜 "중도반단의 도시"가 되었다는 비판의식을, 전시체제의 갑갑한 일상을 탈출하고 싶은 욕구를 표현하고 있다.

---

5 상항(桑港) : 샌프란시스코.
6 서사(書肆) : 서점.

설문

1. 취침, 기침 시간 : 대략 오전 2시, 오전 8시
2. 건강증진책으로 성공하신 경험 : 생활 질서의 확립
3. 손수 가꾸어보신 화초 : 난
4. 선생의 여기(餘技)는 어떤 것입니까? : 별무(別無)

1. 아침, 점심, 저녁에 인사하는 좋은 말이 없겠습니까? : 별로 없고 그런 말을 관용(慣用)합니다.
2. 이즈음 무슨 책을 읽으셨습니까? : 레이노의 『현대문학의 위기』
3. 감명 깊은 작품상의 남녀 주인공 하나 : 근독(近讀)의 『若い人』 중 에나미 게이코(江波惠子),[1] 고리키의 첼카슈[2]

1. 지나가는 자동차가 흙탕물을 끼얹고 갔을 때 가질 태도 : 묵묵무언
2. 전차나 버스 간에서 발등을 아프게 밟혔을 때 가질 태도 : 동상(同上)

---

1 에나미 게이코(江波惠子) : 이시자카 요지로(石坂洋次郎, 1900-1986)의 소설 『젊은이(若い人)』(1933-1937)의 여주인공이다.
2 첼카슈 : 고리키의 초기 단편소설 「첼카슈(Chelkash)」(1895)의 남주인공이다.

3. 차, 선중의 기연 한 토막 : 별무

4. 절해고도나 심산 중에서 생명을 구해준 이성이 결혼을 하자면? :
   은혜와 연애와 결혼은 되도록 혼동하고 싶지 않습니다.

『조광』, 1938. 6.

사온(四溫)

나의 경애하는 시인 R의 어느 작품 가운데 이런 구절이 있다.[1]

우리 사랑스런 시인의 머리는 무거워 무거워
황홀하니 치어다보는 그 버릇을 잃은 지 오래나니
──중략──
밝은 12월 갈 길도 먼데
우리 시인은 추위가 제일 싫단다

• 1920년대의 동대문

물론 나라고 아직 시인 R이 말하듯 황홀하니 하늘을 치어다보는 제법한 관습을 지탱하고 있다. 인간이 되지 못한 지 오래나 아침마다 창신동 언덕길을 내려오며 건너다보는 동대문은 사계(四季)를 통하여 한 즐거움이었다.

장엄하기야 남대문에 멀리 미치지

---

1 R은 프로시인 중 한 명이었던 이찬(李燦, 1910-1974)이고, 인용한 작품은 「Tearoom Elise」이다.

못하나 우리 집에를 와 본 일이 있을 것 같으면 한 번씩은 으레 나의 우리 집 문전에서 보는 동대문송(東大門頌)을 들었겠지만 전아하기 사대문 중의 으뜸이다.

이 조망의 아름다움은 실상 내 발견도 아니지만 연전(年前)부터 이곳에 살던 호우(好友) 을(乙)의 선량한 취미의 여덕(餘德)으로 거번(去番) 상경 이래 봄, 여름, 가을 통하여 볼수록 아름다운 게 불가사의하였다. 위치도 남대문 같이 높지 못하고 건물도 출중한 게 되지 못하나 또 하는 말이지만 우리 집 문전에서 바라보면 조석 변화라든가 사계의 하늘 모양에 따라 그렇게 돋보일 수가 없다.

한 일 년 이 동리서 사는 동안에 어느새 하나 나의 심미상 재산처럼 되어 왔다.

대문을 나와 골목 어귀에서 바라보려면 바로 수평으로 눈 위에 찰랑찰랑할 만큼 알맞게 보여 황홀하니 치어다보는 주제는 못될망정 우리들 즐길 기력을 잊은 사나이에겐 어쩐지 알맞은 풍경 같았다.

하늘을 치어다보는 대신 수평의 풍경을 즐긴다.

누가 어디서 비웃을 듯한 이야기다.

헌데 게다가 요즈음 같아서는 이 습관조차 점차 멀어져가 언덕길을 오르내리려면 실로 세심의 주의를 가해서 얼음판이 된 길바닥을 보지 않으면 촌보(寸步)도 옮길 수가 없다.

겨울 한동안은 여러 가지 자연과의 별리(別離)의 때일 뿐 외(外)라 시각이 수평에서 땅바닥으로 옮아오는 때다.

탄식할 시절이 아닌가?

조심 조심이란 실상은 부끄러이 부끄러이 이름이 아닐까?

겨울이란 그다지 좋은 계절이 되지 못한다. 더욱이 건강치 못한 사람들에겐 더욱 아니 그럴 수가 없다.

그러기에 시인 R이 가로되 우리 시인들은 추위가 제일 싫다지 않는가?

지식 때문에 육체의 건강을 잃은 참 당대의 수다한 청년들이나 하늘을 우러러 가슴을 펼칠 갸륵한 습성을 잃은 우리 젊은 시인들이나 추위가 참 제일 싫다.

그러므로 삼한 뒤의 사온이 마치 나무 마디마디에 끼인 싹의 흔적처럼 한겨울 동안의 마디마디 지나가는 봄의 환영처럼 자못 반갑다.

나는 아침저녁 발등이 시려 걸음을 걷기 어려울 지경이면 으레 집으로 들어와 조그만 달력을 들여다보고 삼한이 끝날 날을 헤어보는 습성을 배워가지고 있다.

대륙의 겨울 기후란 이 때문에 고마운 점이 있을지도 모른다. 그렇지만 이웃집 라디오가 그 타막한 소리로 몽고 방면의 고기압 시속 몇 미돌(米突)의 속도로 북조선 방면을 향하여…… 운운할 때면 어쩐지 불의의 사변이 일상의 질서를 침노하는 것 같이 두렵다.

사온! 될 수 있으면 이 대륙성 겨울 기후의 법칙이 교란되지 않았으면…….

육체적으로 정신적으로 피부가 얇은 시인들은 차마 겨울을 살 수가 없다.

그러면 내년 여름부터 냉수마찰을 시작해 보시오 하고 곧 애써 위생가(衛生家)가 한마디 할 듯한 협위를 금할 수 없으니 슬픈 일이다.

올해도 이렇게 새해가 되었다.

『조선일보』, 1939. 2. 5.

■ '시인산문'의 한 편으로 실린 글이다. 상경한 지 일 년여의 시간이 지난 후 쓴 글인데, 여기서 임화는 집에서 보이는 동대문 풍경에 대한 매료와 추위를 많이 타는 체질을 언급하고 있다. 서울 생활에 어느 정도 적응한 듯 보이는 임화의 일상과 그 속에서 느끼는 소소한 감정이 잘 나타나 있다.

현대의 매력

문화인이란 대개는 자기가 살던 시대에 대하여 그다지 동감하고 살지 않은 것이 역사상의 통례(通例) 같다. 르네상스인이든지 19세기인이든지가 모두 자기의 시대에 대한 자족감과는 분명히 떨어진 어떤 거리감에서 출발하였다.

이 어찌할 수 없는 거리감에서 모두가 자기의 정신적 질서를 구상하였다.

요컨대 사실의 능력이 끝나는 지점에서부터 인간의 정신의 활동은 시작되었다고 말할 수가 있다.

그러면 정신에 대하여 사실은 혹은 문화인에 있어 현대란 것은 그렇게까지 과연 기피되어야 할 것인가? 발레리 같은 사람은 이런 사고의 한 전형일 것이다. 따라서 이런 사람은 자연 인사(人事)의 처리와 정신의 요구가 조화되는 여러 가지 시대를 생각한다. 혹은 과거에 혹은 미래에! 그러나 제 아무리 극단의 페시미즘일지라도 현대에 대한 한 가닥의 매력 없이는 살지 못한다. 적어도 기대일망정 묻히지 않고는……. 이것은 육체로서 사는 인간의 숙명이다. 그러면 그 매력은 무엇인가? 그것은 여하튼 현대란 제 아무리 빈약하다 할지라도 찬란한 과거보다는 무한히 가능적이요 창조적이기 때문이다.

졸음 졸던 정신일지라도 이 매력 앞에는 역시 살아나지 아니할 수
없는 게 또한 문화의 숙명이 아닐까?

『조선일보』, 1939. 4. 13.

■ '봉수대(烽燧臺)'라는 칼럼에 게재된 글이다. 당대에 대해 긍정하는 문화인은 없다는 것, 그래서 그는 다른 시대를 상상한다는 것, 그럼에도 인간은 숙명적으로 당대에 매여 살 수 밖에 없다는 것, 하지만 현대는 가능성과 창조성을 지니기 때문에 매력 있다는 것이 이 글의 요체이다. 임화의 비평, 특히 낭만주의론, 사실주의론, 주체재건론으로 집약되는 1930년대 후반기 임화 비평의 기조가 현재에 천착함으로써 미래를 전망한다는 것인데, 이 글도 이러한 인식을 토대로 하고 있는 것으로 읽힌다.

잡록(雜錄)

잡록(雜錄). 그저 부쳐 본 이름이다. 요컨대 일관(一貫)하지 않은 생각의 기록이다.

나는 이러한 글을 쓰는 데 그리 능한 사람이 아니라는 것을 잘 안다.

일상사를 교묘히 술회한다는 것은 그것을 잘 처리하는 전제이기도 하다.

혹은 그것의 능란한 처리 뒤에 오는 평정한 마음이 할 바인지도 모른다.

지금 누구에게 있어서든지 이 일은 자못 어려운 일일 것이다.

너무나 나는 어렵다.

문제가 폭주하고 그것을 일일이 갈피를 찾아 한 가닥 길을 마련하기가 급한데 마음에 이런 여유가 도저히 있을 리가 없다.

어쩐 이유에서인지는 얼른 말하기 어려우나 나는 근자 수삼종의 나폴레옹전을 읽는다.

솔직한 이야기지만 희랍사(希臘史)를 읽음보다 현재 나에게 나옹[1]전(奈

---

1 나옹(奈翁) : 나폴레옹.

翁傳)이 일층 더 감명적이다.

나마사(羅馬史)는 인간이나 생활이 너무 숙란(熟爛)하여 약간 노둔(魯
鈍)^{2}하고 희랍사는 지나치게 밝고 명철(明哲)하다. 나에게 그것은 모두
일종의 협위(脅威)다. 더욱이 인간들과 주위와의 거리가 그다지 멀지 아
니한 데 갈등의 치열미(熾烈味)가 옅다.

그 점에서 나폴레옹은 우리와 근사(近似)한 조건 아래서 우리와 너무
나 엄청나게 뛰어난 데 나는 그의 정신에 정복하기를 은근히 기다리고
있다.

독일인이 일찍이 자기의 조국의 삼림과 전야(田野)를 무찔러 달리는
적장에게 백마를 탄 세계정신이란 경칭(敬稱)을 아끼지 않는 심정은 무
엇일까?

국경에 구애되지 않고 세계의 제왕을 적장의 몸에서 발견하는 거대
한 정신!

노예의 마음이냐? 이 판단에 정치를 끄집어 넣는 것은 비속한 일이
다. 정치는 언제나 상업의 연장(延長)이다.

여기에는 문화의 정신이 있다.

세계에의 의식! 세계에의 자각!

거기에는 언제나 한 고비의 초월이 필요하다.

"내가 구라파(歐羅巴)다!"

로서아(露西亞) 황제가 서구가 무엇이냐고 물었을 때 장군이며 황제인
사람이 자약(自若)하게 대답한 일구(一句)다.

"내가 세계다!"

---

2 노둔(魯鈍) : 어리석고 둔함.

정치의 물음에 대하여 문화의 정신이 대답할 일구가 아닐까?

여기에 불란서의 낭만주의를 보는 것은 시정인(市井人)과 속사(俗史)의 의식이다.

투명한 희랍인의 거짓을 모르는 자태를 보는 눈만이 문화의 마음이다.

백마를 타고 시중(市中)의 세계를 초월하는 사람은 영웅이다.

그러나 사상을 통하여 세계의 초상(肖像)이 된 사람 예(例)하면 헤겔 같은 사람은 또한 위대한 정신이 아닌가?

운명이란 언제나 스스로 적을 골라내는 용기 있는 사람의 생애를 형용하는 말이다. 적을 골라낸다는 것은 적과 나 사이에 있는 많은 개재물(介在物)을 초월함을 의미한다.

우리는 적과 만나기 전에 대개는 이 중간의 개재물과의 마찰에서 정력을 탕진한다. 그러므로 우리에게는 운명이란 것이 없다. 그저 생애나 있을 따름이다.

운명은 역사적인 것이다. 생애는 자연적인 것이다.

역사적으로 사는 사람 혹은 민족만이 운명적이다. 운명을 갖는다는 것은 대(大)하든 소(小)하든 영웅적이다.

헥토르로부터 나폴레옹에 이르도록 모든 희랍인은 운명인이었다.

생애인에 그친다는 것은 식물적 존재, 동물적 존재 바꿔 말하면 그 사람의 평생의 시간은 역사적이 아니고 자연적이었다는 것이다.

중간의 개재물!

이것이 속물의 세계가 아닐까?

적을 고른다는 것은 파멸을 예상한다는 것이다.

그러나 중간의 개재물과의 마찰은 그러한 두려움이 없다. 거기엔 피로는 있을지언정 파멸은 없다.

파멸에 직면하는 정신만이 비극을 체험한다.

"영웅만이 비극을 체험한다." —모인(某人)의 『나폴레옹전』의 일절.

『청색지』, 1939. 5.

독서력(讀書力)에 반영된 세상
- 무엇 때문에 책이 팔리는가

정확한 숫자는 알 수 없으나 최근 서적이 팔리는 양이 비상(非常)하게 증가한 것만은 사실이다. 어떤 이는 출판이 왕성해지니까 선전이라든가 상인들이 만들어내는 분위기 같은 것이 이런 현상을 초래할 수 있다고도 하나 언제나 공급은 수요에 의하여 제약되는 것이 시장 경제의 철칙이다.

그러나 이 수요의 양이나 질을 그대로는 알 수 없는 것으로 무슨 책이 얼마나 팔리느냐 하는 공급면을 통하여 구체적으로 표현된다.

이것을 서적의 종류, 팔리는 지방 혹은 계급과 유독(唯獨)히 많이 팔리는 책의 성질까지 숫자적으로 안다면야 물론 편리하겠으나 이런 조사 자료를 갖지 못한 지금일지라도 추측이 가능한 점만을 들어 이것을 초(草)하는 것인데, 먼저 일반 현상으로 조선문 서적이 많이 나간다는 사실은 무엇을 의미할까? 그렇다고 내외국어 서적의 판매율이 감소되었다고 볼 수가 없는 만큼 위선(爲先) 조선 사람이 전보다 책을 살만한 돈의 여유가 비교적 더 생겼다고 볼 수밖에 없다.

그런데 이 현상은 분명히 사변[1] 이후의 일임을 생각할 제 전시(戰時) 경기의 여파가 서적 시장에까지 미쳤다고 보아 족할 것이다.

그것은 다만 구매에만 한(限)하지 않고 출판업에 투하된 자본에도 역(亦) 화폐 유통의 전시성(戰時性)이 반영되어 있는 것만은 사실이다.

이것들은 독서력 증가의 극히 외면적인 경제상 원인이다.

서적은 다른 상품과 달라 그곳에 민중 심리와 문화, 사상을 척도할 수 있는 물건으로 우리는 먼저 말한 조선문 서적이 많이 팔린다는 데서 위선 이런 현상을 발견할 수가 있다.

이 현상은 조선 사람이 조선어의 운명에 대하여 아직도 비상한 관심을 집주(集注)하고 있다는 사실의 반영일뿐더러 어떤 문화이고 조선어를 통하여서만 비로소 조선인 가운데 철저할 수 있다는 사실의 증명이기도 하다.

그러면 많이 팔렸다는 조선문 서적은 어떤 책인가? 이 종별(種別)을 구체적으로 알기는 어려우나 출판계의 최근 현상으로 문학 서적이 수위(首位)를 점하고 있는 게 또한 사실이다. 그 중에도 아마 제일 잘 팔리는 책은 소설일 것이다.

여기까지 오면 벌써 독서심리상 조선만의 특유한 지방성이란 희박해지고 만다.

동경에서도 최근은 문학서의 범람, 소설의 유행에 관하여 여러 사람이 이야기하고 있거니와 소위 돈을 조금 들이고 가장 합리적인 향락 대상으로 소설을 택할 수도 있을 것이며 혹은 사상이 혼미하여 별다른 길도 없고 하니 소설이라도 읽자 하는 인텔리의 심리도 반영되어 있을 것 같다.

이외에 『심청전』, 『춘향전』을 읽던 구소설 독자나 또는 재래의 통속

---

1 사변 : 오늘날 중일전쟁이라 일컫는 '지나사변'을 말한다.

소설 독자의 수가 교육의 보급이라든가 외(外)의 여러 가지 이유로 늘었다고 할 수 있으나, 여하(如何)한 원인이든지 간에 현재 가장 많이 읽히는 것이 문학서요 그 중에도 소설이라는 것은 분명코 전시 국민 심리의 반영 같다. 그저 그날그날의 불안이라든가 시간적 공백을 메워 가기 위하여 읽는 책! 이러한 측면은 독서량의 증대에서 문화적인 무엇을 기대할 수 없는 부분이다.

그러나 모든 책이(비록 문학서라 할지라도!) 이렇게만 읽히느냐 하면 그렇지도 않다.

불안한 현실 가운데서 유일의 평안한 것으로서 정신문화를 그리는 심리라든가 혹은 모든 것이 순간 생명밖에 없이 변하는 데 영원한 것, 불변한 것에 대한 동경이 또한 문화 가운데 그것을 발견할 수도 있는 것이다.

이런 현상이 "전쟁 중 독일문학은 참호 가운데서 가장 진지하게 읽혔다."라는 대전 당시의 경험으로 보아도 또한 최근 현상 가운데 명일의 문화를 기를 깊은 맹아가 숨어 있다고 믿을 수 있게 하는 점이 있다.

그것은 고전(조선뿐 아니라!)에 대한 관심에서 구할 수 있지 않을까 한다. 고전서(古典書)의 관심은 단순한 복고 현상보다도 본격적인 제일류(第一流)의 문화에 대한 반성이다.

전일(前日) 모 서점 주인을 만나 이야기하던 끝에 이런 말을 들은 일이 있다. 출판해서 손(損) 안 보는 서적은 일(一) 고전이요, 그 다음이 장편소설이요, 그 다음이 서한문이라 한다.

이 현상은 최근 독서 경향을 이해함에 일종 암시가 되지 않을까 한다.

여하튼 책이 많이 팔린다는 사실은 어떠한 환경에서든 인간이 문화 가치란 것에 대하여 상당히 깊은 집착을 가졌다는 사실의 일 표현이라

할 수 있다.

그러나 담배가 많이 팔리는 것과 똑같은 의미로 역시 서적도 많이 팔린다는 것을 또한 잊어서는 아니 된다.

최근 독서초(讀書抄) - 읽은 책, 읽는 책, 읽을 책

1. 최근 읽은 서책

　　1) 최근엔 별로 독서할 틈이 없으나 알랭, 『정열과 정신에 관한 팔십일 장』,

　　2) 다카이타 마사켄(高板正顯), 『역사철학과 정치철학』,

　　3) 위트코프, 『독일 전후 학생의 편지』,

　　4) 하니 고로(羽仁五郎), 『미켈란젤로』,

　　4) 알랭, 『산문론』 등이 감명 깊었습니다.

2. 읽고 있는 책으로는

　　1) 다카야마 이와오(高山岩雄), 『문화류철학』,

　　2) 베르그송, 『웃음의 철학』.

『동아일보』, 1939. 5. 2.

지식인들을 대상으로 한 설문조사에 답한 글이다. 이 글에서 임화는 서적 판매의 증가가 중일전쟁 발발 이래 조성된 전시 경기의 여파, 전시체제 하의 불안의식과 위안의 대상을 찾는 심리라는 내외적 요인이 작용한 결과라고 분석하고 있다. 더 나아가 그는 불안한 현실 속에서 그렇지 않은 세계를 동경하는 심리가 독서, 특히 고전 읽기로 이어진다고 보고 있다. 고전이란 과거의 것이지만 영원성을 지니고 있어서 미래를 개척하는 맹아가 숨어 있다고 보기 때문이다. 그의 비평 「고전의 세계」(『조광』, 1940. 12)를 이 글과 함께 읽어 보면, 이런 분석에는 전시체제를 인내하던 그 자신의 내면이 반영되어 있음을 알 수 있다.

교육의 문화

문화를 흔히 교육의 한 수단, 방편으로 생각하는 사람을 볼 수가 있다.

교육자라기보다 교육을 한 사무로서 실시하는 임(任)에 있는 사람이 이런 생각을 갖기가 쉽다. 그러한 입장에서 볼 때 교육이라는 것은 토목사업이나 행형사무(行刑事務)와 한가지 일상 행정의 한 부문 혹은 한 수단임은 틀림없다.

그러나 직접 남의 자녀를 교육하고 장래의 국민을 양육하는 교육자 자신의 입장에서 보면 교육이란 토목사업이나 행형사무와는 근본적으로 다른 어떠한 중요 의의를 띠게 된다.

인간의 품위와 성격과 지식과 그리고 일괄하여 국민의 정신을 형성해 가는 데 교육은 실로 어떠한 일상 행정보다도 중요한 역할을 하기 때문이다.

국민의 장래할 성품, 기질, 정신을 교육은 어느 정도까지 형성한다 할 수 있고 적어도 그것의 형성에 적지 않은 기여를 하기 때문이다.

이러한 사업에 직접 심신을 바치고 있는 사람들이 국민정신이나 인간의 형성에 있어 교육의 연(演)하는 바 역할을 심히 과장하여 생각함은 이해할 수가 있다.

즉 문제가 돈벌이나 토목공사가 아니라 인간의 정신문화에 머무르는 한, 교육은 그 본원이요 기초라는 것이다. 이런 생각은 또한 종교가에게도 있을 수 있는, 항용 볼 수 있는 현상의 하나다.

이것은 물론 자기가 종사하는 업무에 대한 과장된 신성관(神聖觀)이요 일면으로 사랑할 수 있는 편견이다.

그러나 딱한 것은 토목사업과 교육사업을 같은 탁자 위에서 의논하는 행정사무의 임(任)에 당(當)한 사람의 생각이다.

이런 사람은 모든 인간은 소학생과 중학생, 고등학생, 대학생과 호적면의 연등별(聯等別)이나 납세별로 밖에 이해하지 못한다.

이것은 우리가 흔히 볼 수 있는 관료적 생각이다

그런데 문제는 이러한 여러 입장의 사람들의 문화관이다.

교육자는 물론 교육이, 종교가는 종교가 각각 문화의 기초라고 생각할 것이다. 관료적 두뇌가 또한 이 같은 관념으로 문화를 생각하고 있는 점도 우리의 주목을 끈다.

교육과 종교가 마치 교량이 철재와 시멘트로 형성되는 것처럼 문화를 형성한다고 생각하는 점이다.

교량을 형성하는 것은 철재와 시멘트임이 사실이다. 그러나 사람의 지혜가 참여함이 없이 그것들은 아직 교량의 소재임에 지나지 않는다.

교육이나 종교가 역시 문화의 형성에 있어 이와 비슷한 하나의 소재의 역(域)을 넘지 않는다.

문화는 교육과 종교 혹은 그 타(他) 자기를 포함한 인간의 사회와 생활을 토대로 하여 비로소 형성되는 것이다. 여기에 실로 문화가 교육으로부터도, 종교로부터도 혹은 행정으로부터도 자유로운 까닭이 있다.

문화는 오직 일반적인 인간의 생활에 관계하고 있을 따름이다.

문화의 자율성이란 그러므로 교육, 종교, 행정 등의 직접의 공리성으로부터의 해방인 동시에 역사적, 사회적인 의미의 생활과의 상관성이다.

이 생활과의 상관성만에 문화의 현실성이 있는 것으로 그 현실성이란 또한 생활의 자연한 반영, 표현이다.

그 대신 교육, 종교 혹은 행정은 인위적인 부자연성을 가지고 사물을 율(律)하려는 데 특성이 있다.

그러므로 문화를 교육과 혼동하고 그것의 수단으로 만들려는 것은 문화로부터 이 자연성을 빼앗는 것이다.

자연성이 결여한 곳에 문화의 자율성은 소멸하고 따라서 문화는 존재가 거부당하고 발전을 정지한다.

그럼에 불구하고 이런 논리를 가지고 문화를 생각한다는 것은 하나의 분명한 모순이다. 그런 사람은 사실 그때부터 문화와 별리(別離)하고 있는 것이다.

우리는 현재 문화에 대한 이러한 비문화적인 생각을 먼저 몰아낼 필요가 있지 않을까?

『매일신보』, 1939. 9. 6.

■ 칼럼 '일일일인(一日一人)'에 실린 글이다.(이하 『매일신보』에 발표된 대부분의 글이 이 칼럼에 실린 것들이다.) 문화를 도구적, 공리적 관점으로 바라보는 태도에 대한 비판과 문화는 자율성을 바탕으로 해야 발전할 수 있다는 주장이 이 글의 핵심이다. 이는 전시체제기 일제의 문화정책에 대한 우회적 비판으로 해석할 수 있다.

악서담의(惡書談議)

누구인지는 잊었으나 어느 서양인의 말에 자기에게 권력이 차지된다면 그날로 서책을 모아다 놓고 불을 지르겠다고 한 구절을 읽은 일이 있다.

그 사람이 진시황과 같은 사람이라면 우리와 더불어 이야기할 바 되지 아니하나 충분한 교양이 있어 서적의 가치를 알고 자기 또한 문학을 써서 서책을 만드는 사람인만큼 자못 흥미 깊은 이야기라 아니할 수 없다.

이 말은 실로 너무나 오래 또 너무나 많은 서책들에서 괴로움을 받은 현대의 선량한 독서인의 고백이다. 서책을 생활의 양식으로 삼고 살아가는 직업의 현대인이면 응당 마음의 한 구석에 이 고백에 화답하는 소리를 발견할 수 있을 것이다.

사실 서책에서 얻은 바야 물론 이루 말하여 소용없으나 일편(一便) 서책으로부터 받은 괴로움이란 예상보다 훨씬 크고 깊은 바가 있다.

대체로 현대란 서책이 너무나 많은 시대다. 인쇄술의 발달은 좋은 서책을 급격히 보급화시킨 공적이 거대하나 그 반면에 악서의 홍수를 가져왔다.

이 악서의 범람이야말로 인쇄술의 발달이 인류문화 위에 그린 유해(有害) 극(極)한 부산물의 하나다.

나의 말이 믿기 어렵다면 독자 중의 어느 분이든지 오늘 저녁 명치정(明治町)이나   본정(本町)[1]으로 건너가 일류 대서점에를 들어서 한 바퀴 돌아볼 일이다.

너무나 자극적인 색채, 너무나 많은 분과(分科), 불필요한 세분화, 위협적인 양, 실로 눈이 어둡고

• 일제강점기의 본정(혼마치)

머리가 어지럽고 불쾌하고 이러고도 서적이 인간의 혼과 정신이냐를 서슴지 않고 의심하게 되리라.

이 과정에 이르면 서적은 인류문화, 인간정신의 적(敵)이라는 불시의 충동을 금할 수가 없다.

만일 충당(充當)히 서책을 읽고 수많은 악서로 말미암아 시간과 노력을 소모당한 쓰라린 체험을 가진 사람이라면 이런 감상이 남의 말로 들리지는 아니할 것이다.

이러한 현대에 비하면 전지전래(傳之傳來)하는 사본(寫本)을 수사(手寫)하여 읽고 비장(秘藏)하고 수수(手數)의 판각본을 가산(家産)을 기울여 구입하여 곱게곱게 읽던 낭만적인 시대가 얼마나 행복된 지 모른다.

사실 그 시대의 독서인(讀書人)이 행복되었음은 현대와 같이 악서가 출판되고 설상가상으로 그놈이 대량생산될 인쇄술이 발달되지 아니했던 만큼 악서는 수사도 판각도 아니 되었기 때문이다. 실로 가치 있고 누대를 전할 서책만이 보물처럼 수사되고 판각되어 전해 오면서 인류

---

1 본정(本町) : 충무로.

문화, 인간정신의 발달과 성장을 북돋운 것이다.

그렇게 생각하면 인쇄소 더구나 윤전기의 발명이란 선량한 독서자에게 저주할 사실일지도 모른다.

분명히 인쇄술은 악서를 범람시켜 마치 토사에 금(金)알이 묻히듯 양서를 매몰시켜 버린 것이다.

예전엔 서책 자신이 그 책을 연고(年高)하고 보장(寶藏)하고 진중(珍重)히 여길 사람을 골라 제 몸을 맡겼으나 인제는 사람이 악서 속에서 양서를 골라내어야 할 시대다.

독서자의 괴로움이 이보다 더 큰 수가 있는가?

실로 서적문화를 정화하는 대규모의 분서제(焚書祭)가 있을 날을 기다림이 나만에 그칠까?

『매일신보』, 1939. 10. 20.

전시오락(戰時娛樂)

작년엔가 어느 현지(現地)에서 돌아온 사람이 밤의 은좌통(銀座通)[1]을 걸어보고 대단히 격분하였더란 기사를 읽은 일이 있는데 그때 나는 그 사람의 감상(感想)에 충분히 동감할 수가 있었다.

신명(身命)을 도(睹)하여 열한(熱寒)과 우설(雨雪)을 무릅쓰고 싸우고 있는 반면에 화미(華美)한 생활의 풍속이 날로 우심해 감을 볼 때 개탄과 분노를 느낌은 당연한 일이다.

그것은 아무래도 도저히 허용될 수 없는 생활에 대한 동경을 청년 남녀가 가지고 있기 때문이다.

그런데 가령 다음과 같은 고사(故事)를 생각하면 이러한 경향을 그냥 죄업(罪業)으로만 돌릴 수 없는 때가 있지 않을까 한다.

선대(先代) 지나(支那)[2]의 이야긴데 어느 장군이 적국의 수도를 포위하기 수개월에 오히려 적장은 성문을 열지 아니할뿐더러 야반(夜半)이 되면 함락을 목첩간(目睫間)[3]에 둔 고성(孤城)에서 가무 소리가 들려왔다

---

1 은좌통(銀座通り) : 동경의 긴자거리.
2 지나(支那) : 중국. 일본이 메이지유신 이후 2차 세계대전 때까지 중국을 가리킬 때 사용한 명칭이다.
3 목첩간(目睫間) : 눈과 속눈썹 사이. 아주 가까움.

한다. 그때 포위군의 수장이 가탄하여 가로되 적의 장졸(將卒)이 고성에서 아직도 가무를 즐길 여유가 있으니 낙성(落城)의 날이 아직도 멀었구나 하였다 한다.

물론 우리의 현상(現狀)은 여기에 비할 바 아니고 또한 먼저 말한 현지에서 돌아온 이가 건전한 국민오락을 책(責)한 것은 아닐 것이나 그러나 전쟁 개시 이래 동경을 다녀간 외국인들의 감상을 보면 흥미 있는 바가 있다.

즉 일본은 전 국력을 도(睹)하여 사변과 싸우고 있음에 불구하고 수도(首都)를 가 보면 조금도 전쟁하는 국가 같지 않다고 하였다.

이 말은 듣기에 따라 여러 가지로 생각할 수 있으나 내 생각 같아서는 그 말 가운데는 오히려 전시(戰時) 수도 동경의 유유(悠悠)함에 대한 부러움이 들어 있지 아니한가 한다.

이것은 물론 이번 사변이 오로지 적의 국토에서 싸워지는 데서 오는 결과이기도 하나 또한 국내가 초조하고 있지 아니한 표적으로 우리의 든든히 생각할 바가 아닌가 한다.

화미한 생활! 상궤(常軌)를 실(失)한 오락에 대한 청년들의 탐닉은 전시뿐이 아니라 평시에도 금할 것이라 새삼스럽게 전시에만 한(限)한 문제가 아니다.

그러므로 우리는 날로 은성(殷盛)해 가는 연예흥행(演藝興行)이나 흥락(興樂)의 기분이 일률(一律)로 그르다느니보다 그것이 국민오락의 상궤를 벗어남을 경계함이 전시와 평시를 물론하고 긴요(緊要)한 일이 아닌가 한다.

왜 그러냐 하면 전지(戰地)에는 전지의 생활이 있고 국내면 국내의 생활이 각각 따로 있는 때문이다. 이 경우엔 물론 국내의 생활이란 것은 평시와 달라 이른바 전쟁 목적 수행의 단일 체계 가운데 편성되어야 하나 그러나 국내는 어디까지 전지보다 냉정하고 질서 있고 그 전(前) 생활의 전통을 연장 유지해야 할 의무가 있다. 그것은 마치 전지가 국내와 달리 자기의 생활 질서를 가지고 있다는 것과 동일한 의미에서이다.

그러므로 평시보다 더 분망(奔忙)하고 긴장한 생활 가운데 피로를 위안하고 즐거움을 줄 오락은 있어도 좋을지 모르나 어디까지든지 향락적 기풍은 일소(一掃)되어야 할 것이다.

이렇게 보면 국내에만 평상의 생활을 허락하는 듯도 싶으나 그런 것이 아니다. 전시는 이러한 국내의 평탄한 생활과 편안한 질서와 정상(正常)한 즐거움을 방어하고 또 성장시키기 위하기 때문에 전지의 노고를 감수하고 있지 않은가? ⟨此處は　お國の　何百里⟩[4]라든가 ⟨Goodby The Piccadilly⟩[5] 같은 군가가 모두 이러한 고향에 대한 추모로 되었음은 그것이 모두 전쟁의 용기를 주기 때문이다.

『매일신보』, 1939. 11. 25.

■ 전장과 달리 국내에는 국내의 생활 질서가 있어야 하고, 비록 전시라도 국민들의 생활에 위안을 주는 건전한 오락은 있어야 한다는 것이 이 글에 나타난 임화의 견해이다. 이 시기의 다른 글에서와는 달리 현실에 대한 임화의 태도가 애매모호하다.

---

4 러일전쟁 때 만들어진 일본 군가(원래는 학교 창가였다.) ⟨전우(戰友)⟩의 첫 소절이다. 이 노래의 공간적 배경은 전장인 만주이고, 내용은 출병한 일본 군인이 고향에 대한 그리움과 전우의 죽음에 대한 애도 등을 표현한 것이다. 러일전쟁 당시는 물론이고 일제 말기까지 일본 내에서 엄청난 대중적인 인기를 얻었고, 전시체제기에는 조선 내에서도 많이 불렸다고 한다. 관현자, 「유행 군가의 내력」, 『청색지』, 1939. 5, 57-58쪽 참조.
5 제1차 세계대전 당시 영국 해군들이 즐겨 불렀다고 하는 ⟨머나 먼 티퍼레리(It's a Long Way to Tipperary)⟩를 가리키는 것이 아닐까 싶다. 임화가 노래 제목이라 말한 구절이 이 노래의 가사에 나온다.

전기(傳記)

한동안 구라파에서 전기문학이 비상하게 유행한 일이 있다. 그 다음에는 아미리가(亞米利加)를 위시로 구라파에서까지 전기영화가 족출(簇出)하여 오늘까지 꺼질 줄 모른다.

금반(今般)의 전쟁[1]이 문학이나 영화상의 이러한 경향을 어떻게 변화할지 예측키 어려운 일이나 이 사실은 최근 연간의 서구인의 심리를 아는 데 퍽 중요한 현상일 것이다.

비단 그것은 서구나 미주(米洲)에만 한(限)한 현상이 아니고 우리의 시대 심리를 일반적으로 반영하는 사실이 아닐까?

예고도 없이 간행되어 가지고 문자대로 날개가 돋쳐 팔리는 『퀴리부인전』은 이 사실의 훌륭한 증빙일 것이다. 조선서도 모 지상(紙上)에 그것이 번안(飜案)되어 호평을 박(博)한다 한다.

최근의 문학비평하기가 작가론에 관심하기 시작한 것이라든지 역사학이 사상(史上)의 저명인물에 대한 재평가, 재인식을 꾀하고 있는 점은 더욱 우리로 하여금 전기란 것이 현재 세계적 관심의 대상이 되어가고 있지 아니한가를 통감케 하는 바가 있다.

---

1 금반(今般)의 전쟁 : 제2차 세계대전을 말한다.

이 관심이란 것을 우리는 전기를 쓰는 사람들의 심리와 전기를 읽는 사람들의 심리로 이분(二分)하여 생각할 수가 있다. 이 경우에 있어 쓰는 사람의 심리는 읽는 사람의 심리에 선행한다. 그러나 쓰는 사람은 읽는 사람의 요구 즉 아직 구체화되지 아니했으나 이로부터 읽고자 하는 많은 사람의 은닉된 심리를 대변하는 것이라고 생각할 수가 있다. 그러므로 쓰는 사람이 만일 읽으려는 사람의 요구를 정확하게 대변하지 못할 경우에는 그 전기나 그 작자는 읽는 사람이 돌아보지 않는 바가 되어 버리고 만다. 예하면 독자에게 흥미 없는 사람의 전기는 이(已)히 이러한 예의 하나일 것이다. 따라서 두 갈래의 심리라는 것은 결국에 가서는 귀일(歸一)되는 것이요 근저(根底)에서는 동(同)한 것이다.

그러면 대체 현재 동서양 사람들이 전기에 대하여 그와 같이 좋은 관심을 가지기 시작한 것은 무슨 때문일까? 여기에 우리가 알고자 하는 비밀이 있지 아니한가 한다.

둘째는 그런데 전기에는 자서전과 남이 쓴 전기 두 가지가 있는 것으로 전자는 아우구스티누스나 루소에서 볼 수 있듯 소위 참회록 즉 어떤 정신의 체험의 기록이요 후자는 객관적으로 보아진 인간의 생활 기록이다. 그러나 이 두 가지 전기를 통하여 공통한 것은 역사나 문화만이 아니라 그것은 창조한 인간의 형상을 표시하는 점이다.

그런 의미에서 전기는 문학에 가까우면서도 모두가 실재했던 인물의 사실인 만큼 또한 역사에 가깝다. 그러면 전기에의 관심은 곧 광범한 역사에의 관심의 일부분이 아닐까? 정(正)히 그러하다. 그럼에 불구하고 역사에 그치지 않고 그것을 창조한 인간에 대한 관심이 일층 높음은 다름 아니라 하나의 전형기(轉形期)라고 보아지는 현대의 과제가 범박(汎朴)히 새 역사의 전개 단계에 있느니보다 더 많이 그 역사를 창조해 나갈 새 타입의 인(人)을 필요로 하는 데 있는 때문이 아닐까? 어느 총명한 불란서인이 현대를 사실의 세기라 하였다.[2] 그것은 인간이 사실을 지배하지 못하고 반대로 사실이 인간을 지배하고 있다는 의미다. 그러므로 새 사실은 새 인간에 의하여 다시 지배되어야 할 것은 당연한 일이다. 여기에 서구인이 현대문명의 문제를 현대적 인간의 형성이란 곳에 집중하고 있는 이유가 있다.

새로운 인간형의 형성을 위한 남은 인간의 반성, 그것은 새로운 역사의 창조를 위한 남은 역사에의 반성의 전제이기도 하다.

이 점이 재래의 전기와 현대의 전기 유행의 근본적 차이점이 아닌가 한다.

그러므로 영웅이나 위인의 전기만이 아니라 그것과 더불어 대과학자나 예술가의 전기가 오늘날 또한 특별히 애독되는 것이다.

『매일신보』, 1939. 12. 22.

■ 유럽에서 시작된 전기 유행의 원인을 분석한 글이다. 임화는 전기의 유행을 제2차 세계대전이 야기한 불안의식의 반영이라 보고 있다. 나아가 혼란한 시대에 새로운 역사를 창조해 나갈 새 인간형에 대한 갈망이 전기 유행을 초래한 원인이라 지적하고 있다. 「잡록」에서 보았듯이 그 역시 이 무렵에 일상의 쇄사를 초극하고자 하는 염원 때문에 여러 종류의 나폴레옹 전기를 읽고 있었다.

---

2 발레리(Paul Valéry, 1871-1945)가 한 말이다.

구우(舊友)

　내 고등보통학교[1] 때 친구에 C라는 사람이 있었다. 친구라고 해야 사실은 여러 가지 점에서 나보다 선배되는 사람이다. 위선(爲先) 학교가 나보다 한 학년인가 두 학년 위였고 소설을 써서 문단에 나오기도 나보다 수삼 년 앞섰고 당시에 흥성하던 어느 운동[2]에 뛰어 들기도 물론 나보다 먼젔었거니와 들어간 깊이도 제법 한 자격을 얻을 지경에까지 이르렀었다. 나로서는 그 모든 점에서 우러러 뵈던 사람이었다. 그러나 나이는 나와 거의 동년배이거나 혹 일이 년 더 먹었거나 할 것 같다. 학교 때부터 퍽 조숙한 소년이었다. 학교에서는 얼굴에 약간 천연두 흔적이 남은 것으로 유표(有票)했으며 그래서 그러한지는 몰라도 익살 잘 부리고 활발하며 — 흔히 그런 사람이 이런 특종(特種)을 가지고 있다 한다.

　그보다도 C를 학교 안에서 유명하게 만든 것은 그의 놀라운 웅변술이다. 교내에서뿐만 아니라 그때 한창 유행하던 학생웅변대회에서 여러 차례 일등상을 타서 모교의 명예를 빛나게 함으로 이름이 높았고 공로가 있다. 그가 학교를 졸업한 임시(臨時)해서부터 소설이 어떤 잡지에 당선됨을 비롯하여 그는 속속 작품을 써서 발표했고 동경에 건너간 뒤

---

1 고등보통학교 : 임화가 다니던 보성고등보통학교(재학 당시에는 보성중학교)를 말한다.
2 어느 운동 : 프로문예운동을 말함일 것이다.

로는 그때 동경 학생들의 대부분이 그러했었던 것처럼 왼켠짝의 문예 운동뿐만 아니라 다른 방면에까지 참여하여 중학시대에 연마해 두었던 웅변술로 동경 인사를 매혹케 하여 키케로와 같이 화려한 청년 일꾼이 되었다. 나의 앞에 그는 거상(巨像)처럼 우뚝한 존재였다. 그는 나의 나 갈 길에 대하여 대단히 친절했고 또한 때로 적지 않은 힘을 써 주었던 것을 지금도 기억하고 감사해 한다.

동경 간 지 삼 년만인가 학교를 마치고 서울로 와서 모 은행에 있다 가 어떤 큰 사정으로 C는 그때 그러한 사람들이 갈 데[3]로 갔다.

그 뒤에 그는 실형(實刑)은 받지 아니하고 면소(免訴)로 나왔으나 만날 길이 없었다. 그것을 일기(一期)로 하여 C는 왼켠에서만 아니라 일체로 문학을 그만두고 시골 가서 장가가고 자식 낳고 장사하면서 선량한 시 골 백성으로 돌아갔다. 그때는 무슨 향(向)[4]이란 말이 나지도 아니한 때 요 또한 C의 나이가 퍽 어리었던 만큼 그렇게 골똘하던 일을 일일(一日) 에 맺고 끊은 듯이 처리하는 게 일견 놀랍고 또 용키도 하여 C의 행위 는 퍽 기이하였다.

그 뒤 몇 해 만에 한 번씩 상경해야 만나는 일도 있고 혹은 아니 만 나는 일도 있고 기껏해야 십사오 년 동안에 사오 차 만났을까 말까 하 다. 만났다고 해야 그가 무엇을 생각하는지 묻지도 않거니와 이야기도 아니하여 나로선 알 길이 없었다.

벌써 그만 해도 안심입명할 자리에서 살아가는 사람의 낡은 흠짓[5]을 뜯을 필요가 없는 것이다. 그러나 나는 그 뒤에 이럭저럭 신통치는 않

---

3 그러한 사람들이 갈 데 : 감옥을 가리키는 것으로 보인다.
4 무슨 향(向) : 사회주의자의 전향(轉向)을 의미하는 것 같다.
5 흠짓 : 흉이나 허물.

더나마 글을 써서 오늘날까지 오는데 그가 내 가는 길에 대하여 어떻게 생각하고 있는지도 사실 나는 알고 싶은 일의 하나였다. 물론 그와 같이 내가 화려했더라면 옥이 돌보다도 왜 잘 부서진다는 격으로 벌써 문학으로부터 멀어졌을지 모른다. 결국 쭉정이 밤송이가 삼 년 간다는 의미밖에는 아니 된다. 그러나 C가 나에게 대하여 어떻게 생각하고 있느냐 하는 것은 어떻게 보면 내가 C의 심경을 알고 싶어 하는 의미도 되나 그보다도 C의 생각 속만 내가 좀처럼 알지 못하던 나의 진정한 면상이 들어있는 비밀의 거울 같은 생각이 들어서 더욱 그러했다.

『매일신보』, 1940. 1. 20.

■ 보성고보 재학시절의 친구를 추억한 글이다. 이 글에 임화는 C가 자신과 동문이고, 소설을 써서 일찍 등단하여 프로문예운동을 했으나, 이 글을 쓸 당시에는 문학으로부터 멀어진 인물로 묘사하고 있다. 글 말미의 언급에서 C에 대한 임화의 콤플렉스를 느낄 수 있고, 비록 문학에 계속 몸담고는 있지만 자신도 C처럼 운동으로부터 멀어져 있다는 인식으로 인한 자의식 과잉도 감지할 수 있다.

해후(邂逅)

몇 해 만에 만나는 C의 언동(言動)은 이러하다 할 아무것도 없었고 오히려 주기(酒氣)를 띤 연후의 그는 완연히 모범(模範)할만한 중견 농촌인 같았다.

내 마음은 급작이 옴츠러드는 듯싶었다. 벌써 C는 완성된 사람이다. 지냐간 청춘에 미련을 갖거나 아니했는가 하는 것은 나의 어리석은 상상이다.

내가 아직 그와 같이 시작했던 문필생활을 그대로 지속해 온다는 것이 신통할 게 무엇이냐. 만일 나의 얼굴에서 C가 이러한 내심이 발현되는 것을 눈치채었다면 응당 웃었을 것이다.

미친 놈! 반드시 C는 속으로 나를 이러한 칭호(稱呼)로 불렀을 것이다.

한번 정신을 쏟았던 일에서 손을 뗀다는 것은 사실 범상한 일이 아니다. C가 글 한 자 안 쓰고 친구 하나 찾지 아니하고 십 년을 정미업(精米業)에 골똘했던 것은 나에겐 암만해도 일종의 협위(脅威) 같았다. 그의 침묵이 나의 다변보다 훨씬 힘차 뵈었다. 나에겐 그런 결단력이 없었다. 맺고 끊는 듯한 규각(規角)이 부족했다. C는 나에게 있어 분명히 두려운 존재다. 나 같은 사람이 주저주저하고 미련인지 무언지 분간할 수 없는 기분 속에 민민(悶悶)하다가 먼저 것의 계속도 아니고 연장(延長)

도 아닌 일에서 역시 헤어나지 못하고 만다. C는 그런 의미에서 나의 보이지 않는 후면(後面) 같기도 했다. 남들은 거개가 한번 내디디었던 일에 시종(始終)한다 하나 그것은 내 전면(前面)이다. 한번 돌아서면 이 암흑면이 나온다. 이날의 해후에서 C의 태연한 태도는 분명히 나로 하여금 이러한 사상을 갖게 하기 충분했다.

그 뒤 나는 공사간(公私間)에 수차 파란을 겪고 득병(得病)하여 경향(京鄕)으로 사오 년을 전전하다가 다시 상경하여 가솔을 데리고 서울살이를 다시 시작한 게 이 년째인 작추(昨秋)에 우연히 모 음식점에서 C를 다시 만났다. 그러나 나는 몇 해 전에 경험한 그런 감상을 다시 생각해 낼 여가도 없이 그냥 반가웠다. 그 역 몹시 반가워하고 나의 건강을 근심하고 상경 자주 하느냐니깐 연 사오 차 올라온다 하며 이번 역시 상용(商用)으로 왔노라 한다. 오래간만에 만난 길이라 저녁을 노느고 헤어질까 했더니 무슨 생각을 했는지 일껏 동도(同道)를 하다가 시계를 내어 보고 약속 있는 것을 잊었다 하며 황황히 다음 기회를 미루고 가버렸다. 공허할 것은 없으나 일종 이상한 감을 금키 어려웠으나 그럴 수도 있으려니 하고 곧 잊었는데 수일 전 실로 이상한 편지가 C에게서 왔다.

문면(文面)을 여기에 옮길 필요까지는 없으나 너무나 치졸한 글씨에 문맥조차 통하지 않는 곳이 수차(數次) 있는 글이다. 처음에는 다른 사람인가 했었으나 필적을 보나 문장을 보나 군데군데 예전 글 쓸 때의 C의 수적(手蹟)임이 분명하다. 그럼 왜 편지를 했을까. 용건이라곤 없을 편지요 C에게서 편지를 받은 것은 십여 년 만에 처음이다. 새삼스럽게 옛일이 어떻고 청산된 사람이 어떻고 자네가 가는 길이 어떻고 하는 것은 사리의 시비는 별 문제로 하고 우선 C가 아직도 그런 일을 생각하고 있는 것과 더욱이 그러한 일로 내게다 편지를 한다는 것이 더욱 이상하여 나는 며칠 동안 C의 생각을 머리에서 떼어본 일이 없었다. 물론 회답할 편지는 아니다. 그러나 그 편지를 C가 쓰게 된 심정이 생각할수록 이상하고 그가 침묵했던 십여 년이 나에겐 한층 더 두려웠다. 그러면 말하고 싶은 십 년 동안을 C는 인내했던가?

그러면 C의 후면이 역시 나란 말인가? 생각할수록 이 시대의 인간의 자태란 것이 비극적으로만 생각되었다.

현대인은 제 아무리 훌륭해도 다른 어떤 사람의 암흑면이란 말인가? 실로 슬픈 일이다.

『매일신보』, 1940. 1. 24.

■ 「구우」에서 언급된 C와 재회한 일화를 기록한 글이다. 본문에서 임화는 C가 결단성 있는 사람인 반면, 자신은 우유부단한 인물이라고 했다. 즉 C는 과감하게 문학의 길을 접고 다른 길을 가고 있으나 자신은 우유부단하여 지금까지 어쩌지 못하고 문학을 계속해 오고 있다는 것이다. 그런데 임화는 C의 편지를 받고는 그가 문학을 포기한 데 대한 번민과 갈등 속에서 지난 십 년을 보냈다는 사실에 놀란다. 그러면서 자신의 전면(우유부단함)이 C의 후면이고, C의 전면(결단성)이 자신의 후면이라고 생각한다. 골치 아픈 문학 따위는 집어치우고 평범한 삶을 살고 싶다는 생각이 그의 마음 깊숙한 곳에 도사리고 있었을까?

뉴스와 만화
– 경일문화영화극장(京日文化映畫劇場)[1]

새로 생긴 경일문화극장 구경을 하고 나는 여러 가지 즐거운 감상을 얻었다. 무엇보다 좁아서 기분이 아담하고 시간이 짧아 피로하지 않고 더 한 가지 붙이자면 값이 싸서 손쉽게 들어갈 수 있는 것이 좋았다. 겨우 커피 한 잔 값에 즐겁고 유쾌하게 영화를 본다. 사치와 낭비와 피로 가

• 경일문화영화극장 전경

운데서 싱거운 극영화를 보는 것보다 얼마나 좋은지 모르겠다. 뉴스, 만화, 문화영화, 단편영화 등의 프로로 약 시간 반 가량에 보니 시간도 똑 알맞다. 물론 보통 영화 구경이 나쁘다는 것은 아니지만 문화영화극장의 좋은 점은 상기한 점에 첫째로 아이들에게 안심하고 보일 수 있는 것, 둘째 어른이 보아도 재미있는 것, 셋째 누구가 보아도 유익한 것, 넷째 극영화에서 보는 쓸 데 없는 요소가 없어 깨끗하고 만화에서 유쾌

1 경일문화영화극장(京日文化映畫劇場) : 1939년 12월에 준공된 극장. 본정(충무로)의 미나카이(三中井)백화점 뒤에 있었다.

히 웃을 수 있는 점 등이다. 문화영화가 극영화 중심의 재래 영화의 신생면의 하나라면 문화영화극장은 영화 흥행 급(及) 감상의 새로운 경지의 하나가 아닌가 한다. 이러한 시설이 남촌에만 아니라 북촌에도 하나 더 있었으면 좋겠다. 화신(和信)[2]이나 혹은 조선문 신문 측에서 이러한 방면을 개척해 볼 의사는 없는지?

『매일신보』, 1940. 2. 9.

■ 당시 새롭게 대두한 문화영화의 가치를 논한 글이며, 지금까지 정리된 임화 텍스트 목록에는 수록되어 있지 않은 것이다. 이 글에서 일제 말기 임화의 문화생활의 일단을 엿볼 수 있겠다. 사적인 차원에서 가볍게 쓴 글이므로, 당시 문화영화의 실제적 가치나 시대적 의미에 대해서는 별도의 고찰이 필요할 것이다.

---

2 화신(和信) : 화신백화점.

골동열(骨董熱)

　요즈음의 가장 왕성한 기풍(氣風)의 하나로 골동열을 들 수가 있다. 전 같으면 수염이 허연 노인들의 사랑[1]에서나 들을 수 있던 화제가 이즈음에는 백면서생(白面書生)들의 입에서 오르내린다. 언필칭(言必稱) 김추사(金秋史)[2]요 말끝마다 고려도자요 만나면 무슨 판(板), 무슨 판(版)이다. 김추사, 고려도자, 고판본이 물론 진귀하지 아니할 리가 없다. 언제나 옛날 것은 새로운 것의 어머니다. 낡은 문화는 교양의 토대라 할 수가 있다. 그러나 새로운 문화의 창조나 새로운 생활의 건설을 위하여는 교양이란 전통에 의하여 함양되고 고전에 의하여 지도되지 아니하면 아니 된다. 그것은 결코 낡은 것에의 침닉(沈溺)은 아니다. 새로운 것, 이로부터 건설되고 전진할 것에 대한 온갖 열의를 버릴 수 없을 때 비로소 낡은 것에의 침닉이 시작되는 법이다. 거기에는 오직 낡은 것에 대한 감상(感傷)이 있을 뿐이다.

　이 낡은 것에 대한 단순한 감상(感傷)이 실상은 골동을 애호하는 심리다. 그러나 낡은 것을 애호한다고 우리는 골동 심리를 비난하지는 않는다.

　그것보다도 골동 심리라는 것이 온갖 낡은 것을 애호의 대상으로밖

---

1 사랑(舍廊) : 집의 바깥채.
2 김추사(金秋史) : 김정희(金正喜, 1786~1856).

에 아니 보는 것을 비난한다. 모든 고문화를 골동으로 볼 때에 놀라운 것은 고문화가 문화로서의 가치를 상실해 버린다. 오직 단순한 완기물(玩奇物)로 화하여 버린다. 즉 역사와 문화가 모두 상고취미(尙古趣味)의 대상이 되어 버린다.

이러한 의의는 낡은 것을 새로운 것의 창조의 온천이라고 생각하는 입장으로 보면 실로 유해한 경향이라 아니할 수 없다. 우리가 고문화와 역사를 돌아봄은 결코 그것이 단순히 전시대(前時代)의 것이라는 이유에서가 아니다. 전시대로부터 신시대가 계승할 가치를 그 문화 유물들이 보지(保持)하고 있기 때문이다. 전시(前時)의 유산을 계승하지 아니할 수 없음에 불구하고 우리는 막연히 구시대에서 그것을 배울 수는 없다. 그러할 제 구시대를 구체적으로 담아 가지고 있는 것이 문화 유물이기 때문에 우리는 그것을 소중히 하고 보존하고 연구하고 가치를 발휘하며 선양한다.

그러나 골동 취미라는 것은 문화 유물을 그것이 낡았다는 것, 진기하다는 것의 두 가지 이유로 존중한다. 그러므로 골동 취미 앞에는 모든 것이 완미(玩味)의 대상에 불과하다.

근간에 이런 기풍이 왕성함은 일반으로 시대가 전진의 열성과 방향을 못 가진 데 기인한다 하겠거니와 그것이 모색과 지구(持久)의 기풍 가운데 표현될 리 없고 부질없이 골동열로 표현됨은 우리들의 퇴영(退嬰) 기분을 반영한 것이라 아니할 수 없다.

그런데 더욱이 참을 수 없는 것은 이들 골동 애호자들이 골동 취미를 곧 고전열로 오인하는 것이다. 스스로가 그러할 뿐 아니라 일반도 그렇게 오인하는 수가 많은 점이다.

고전에 대한 애(愛), 고전에 대한 연구열은 문화적, 사회적인 전환기가 새로운 사회 문화를 건설 창조하기 위한 준비다.

현재와 장래에 긴요히 사용될 것을 모색하고 탐구하는 일 방향으로서 고전 세계가 선택된 것이다. 이것은 엄숙한 역사적 의식의 소산이다.

그러나 골동열은 이와 판이한 자(者)요 잘 해야 고전열의 부산물에 불과하다.

우리는 고전과 전통을 엄밀히 골동에서 분리하고 그것의 골동화를 방지해야 할 것이다.

『매일신보』, 1940. 2. 15.

◪ 당시의 골동품 열기를 비판적으로 분석한 글이다. 임화는 옛것이 창조의 원천이 되어야 하는데, 실상은 애호의 대상에만 그치고 있는 현상을 비판하고 있다. 그런데 상고취미의 확산에 대한 그의 분석이 흥미롭다. 그는 "시대가 전진의 열성과 방향을 못 가진 데" 골동열의 원인이 있다고 보았다. 전진의 열정과 방향을 상실하니 "퇴영 기분"을 반영한 골동열이 높아질 수밖에 없다는 것이다. 그런 의미에서 이 글은 골동열에 대한 비판뿐만 아니라 시대에 대한 비판이란 의미도 내포하고 있다. 그 같은 시대 비판이 궁극적으로는 시대를 그렇게 만든 대상을 겨냥하고 있음은 물론이다.

장안(長安) 신사 가정 명부

– 쇼와(昭和) 14년[1] 12월 1일 현재

1.

선생 씨명   임화, (연령) 32, (고향) 경성, (학력) 별무(別無)

영부인 씨명   이현욱(李現郁), (연령) 28, (고향) 마산, (학력) 별무

★ 두 분께서는 연애결혼 하셨습니까? 매약결혼(媒約結婚)[2] 하셨습니까?

소위 연애결혼이라는 것을 한 듯 기억됩니다.

★ 결혼식은 몇 해 전, 어느 지방서, 그때 주례는, 축사한 인사는, 주
요 내빈은?

육 년 전 마산 모 산사에서 친지 수인(數人)과 하루를 즐긴 정도였
습니다.[3] 김남천 군이 멀리서 왔었습니다.

★ 신혼여행은 어느 지방으로 며칠 동안이나 가셨습니까?

아니했습니다.

---

1 쇼와(昭和) 14년 : 1939년.
2 매약결혼(媒約結婚) : 중매결혼.
3 임화와 지하련이 혼인신고를 한 것은 1936년 7월 8일이고, 그 직후 셋째가 태어났다. 그러므로 결
혼식도 그 무렵쯤에 했을 것으로 짐작된다.

2.

★ 귀 가정의 가훈

가난하니 '근검절약'이 제일 좋은 가훈이 될 것이나 아이들 시대
에는 그런 것이 필요치 않게 되었으면 합니다.

★ 몇 십 년 후 선생이 장서(長逝)하실 때 유언 우(又)는 묘지명은?

생각한 것을 뜻이 약하여 행치 못한 사람의 묘라고 하는 명(銘)이
가장 정확을 득(得)할 것입니다. 유언은? 있을 리 있습니까?

3.

★ 금번 사변에 귀 가정에서 애국공채 또는 국방헌금을 얼마나 하셨
습니까?

모 관계 단체에서 일이 차 한 일이 있습니다.

★ 귀 가정 우(又)는 친척 우(又)는 친우의 가정에서 지원병이 나셨습
니까? 또 장차 내시겠습니까?

아직 아니 났습니다.

★ 귀 가정에서 생명보험(금액 기입)에 드셨습니까?

간이보험(簡易保險)에 오백 원 든 것이 있습니다. 불일(不日) 나도 장
례비용에 가족들을 괴롭히고 싶지 않아 한 구(口) 들어둘까 합니다.

『삼천리』, 1940. 3.

작가, 예술가 등 지식인 57명을 대상으로 한 설문조사의 답변으로 쓴 글이다. 이 글을 통해
임화의 결혼식이 어떠했으며, 전시체제하의 그의 생활이 어떠했는지 막연하나마 어느 정도
는 짐작해 볼 수 있다. 김남천이 결혼식에 참석했다는 언급이 눈에 띈다. 또 이름 옆에 직업
을 시인으로 명기해 놓아 이채롭다. 이때 이미 그는 시적으로는 절필한 후였기 때문이다.

귀의(歸依)와 자각(自覺)

사교(邪敎) 백백교(白白敎)의 공판이 연일 계속되고 벌써 검사의 언도까지 끝나 이제 판결의 언도가 있고 형이 집행되면 세계범죄사상 미증유의 사건이라던 대사건도 세인(世人)의 기억에서 사라질 날이 머지않았다. 그렇다고 이렇게 참혹한 사건이 세인에게 오래오래 두고 기억될 것을 희망하는 것은 아니나 우리는 이러한 좋지 않은 의미에서 세계 일(一)의 화제를 만들어낸 사회로서 뒷날 유익하게 소용될 결론을 하나 얻고 우리의 기억에서 이 사건을 잊어버리고 싶다.

그렇다고 우리가 이 사건이 일어난 원인이나 경위나 영향 등을 이야기하고자 함은 아니다. 사건 발각 이래 벌써 수차 여러 가지 각도에서 이 사건은 논평되고 근일에는 도하(都下) 각 신문에 검사의 논고까지 연재되어 다시 중언을 필요로 하지 않을 정도다.

그러면서도 우리가 이 사건의 단죄를 전후하여 다시 한 번 생각할 것은 우리 자신은 과연 이러한 사교에 현혹될 심리상의 약점을 가지고 있지나 않는가 하는 일견 기이한 듯한 반성이다. 흔히 입을 열면 사교는 무지의 소산이라 한다. 사실 사교란 금번 공판 기록을 통해 보아도 무지한 사람이 생각해낸 것이고 또한 무지한 백성을 토대로 하여서 발전된 것이다. 글자대로 우맹(愚氓)의 물건이다. 그러나 사교는 또한 하나의 지혜다. 아무리 몽매한 종교일지라도 그것은 지적 형식을 가지고 있다. 그러므로 무지한 인간도 신앙에 들어가면서 무지의 상태에서 구출된다고 생각한다. 물론 다른 종교와 사교를 한 자리에 논할 것이 아니다. 종교는 선한 의지에서 세계와 인류를 구하려 하는 것이요 사교는 종교의 위의(威儀)를 빌어 우맹을 속이는 것이다.

그럼에 불구하고 사람들이 종교에 입문할뿐더러 사교에도 현혹될 수 있음은 무슨 까닭인가? 이것도 무지의 연고(緣故)라고 돌릴 것인가? 나는 이 점에서 세인의 삼사(三思)를 촉(促)하고 싶다. 즉 종교의 신자가 사교의 신도보다 지적 수준이 높으냐 하면 결코 그런 것이 아니기 때문이다. 신자라는 것은 불교에서 말하는 중생이나 사교의 우맹이나를 물론하고 나는 대지(大地)와 같은 것이라고 생각된다.

거기에는 약초도 심을 수 있고 독초도 심을 수 있는 것이다. 그러므로 위행(爲幸) 약초가 심어지면 약이 되는 것이요 독초가 심어지면 독이 된다. 문제는 단지 최초에 어떠한 풀이 심어지는 기회가 오느냐 하는 데 있다. 그러면 결국 신앙의 주체가 되는 백성들의 문화 수준을 앙양시키면 즉 정교(正敎)와 사교(邪敎)를 분별할 수 있는 판단 능력을 길러주면 사교의 해(害)에 대하여 운위할 필요도 소멸할 것이다. 물론 여기엔 일반 문화 수준의 향상과 보급과 교육의 역할이 막대할 것이나 우리는 근년 내지(內地)에서 상당한 지식층이 소위 신흥 유사종교에 현혹되고 있음을 본다. 이 사실은 신교상(信敎上)의 현혹이 단지 교육의 유무에만 있음이 아님을 증명하는 것이다.

그러면 최후까지 우리가 의지하고 신뢰할 것은 무엇인가 하면 우리 자신의 인생 태도 여하(如何)다. 신앙은 그 대상의 선악 여하를 불구하고 타력(他力)에 대한 귀의다.

그 뒤에는 자기 자신의 무력(無力)의 긍정과 그것을 극복하려는 노력의 포기가 전제되어 있다. 믿는 것으로 그 모든 것을 대신하려는 것이다. 현대의 커다란 곤란 속에서 지식 있는 사람이나 없는 사람이나를 물론하고 사람들이 왕왕 이러한 심리적 상태에 접근함을 비난키는 어렵다. 그러나 우리가 실(實) 인생에서 자기를 건립해 나가는 데와 마찬가지로 정신생활에서도 이 상태에서 떠나지 않으면 실로 자기교(自己敎)의 그것은 아니라 할지라도 두려운 경지에 떨어질 수가 있다.

문제는 분별하고 판단하고 자각하는 일 이외에는 어떠한 것일지라도 얻지 않는 강고한 자립의 정신을 확립하는 것이다. 그런 의미에서 다시 한 번 우리는 이성(理性)의 힘을, 오성(悟性)의 위력을 강조해야 한다.

『매일신보』, 1940. 3. 29.

■ 당시 세상을 떠들썩하게 했던 백백교 사건을 계기로 피력한 반종교론이다. 임화가 마르크스주의자란 점을 고려한다면, 그가 이 글에서 반종교론을 펼치는 이유를 이해하기는 어렵지 않다. 그는 이 글에서 종교란 타력(他力)에 대한 귀의이고 자신의 무력(無力)의 긍정과 그것을 극복하려는 노력의 포기이므로 이성의 힘으로 강고한 자립정신을 확립해야 한다고 주장한다. 유물론자이자 이성주의자인 임화의 종교관이 잘 드러나 있다.

이출문학(移出文學)

한 곳의 문학이 다른 곳으로 옮겨지는 데는 여러 가지 방법이 있으리라고 생각된다.

그것의 정상적인 방법은 물론 번역이요 거기에 따르는 원전의 수출이 있다.

구라파문학이 동양에 들어온 것이 그러한 예요 좀 전대(前代)로 가면 중국문학이 일본 내지나 조선에 들어온 형태가 이러한 것이다.

그것은 번역을 하려는 곳의 사람들이 그 언어를 먼저 배우고 그것을 수단으로 하여 그 문학을 번역해 오는 것이다. 그와 동시에 원전이 수입되며 연구된다.

그러므로 번역이란 번역하는 편의 필요에 의하기 때문에 항상 번역되는 문학, 번역해 오는 편의 문학에 비하여 우월한 점이 있는 법이다.

그러나 이와 다른 방식으로 서로 다른 문학이 교류하는 경우를 상상할 수가 있다.

예하면 조선문학이 내지로 옮겨지는 경우다. 아무리 생각해도 조선문학이 내지문학에 비하여 우월타고는 할 수가 없다. 그러면 어떻게 하여서 그것이 내지로 가느냐? 우리는 얼른 장혁주(張赫宙)와 같은 작가의 경우를 생각할 수가 있다. 그는 최초부터 국어[1]로 내지 문단에 등장한 사람이다. 그러나 이러한 것은 한 사람의 작가가 그곳의 문학적 재산으로 평가되어 내지로 이출된 것이 아니라 처음부터 내지에서 생산된 조선적인 문학이었다. 그러므로 여기에는 교환 관계가 성립되어 있지 않고 그 생산이 특수일 따름이다. 거기에는 적(籍)의 차이가 있지 않다. 그러한 것을 우리는 혹 전적작가(轉籍作家), 전적문학이라고 부를 수가 있다. 조선 작가로서 내지 문단에 입적(入籍)한 사람이다.

그러나 최근에 동경서 일이(一二) 권의 조선소설 상역집(相譯集)이 발행되고 몇몇 잡지에 논의되는 조선문학은 그렇게 취급되는 것이 아니다. 논자가 내지인이 아니라 하더라도 그 논집들의 간행은 내지측의 필요— 그것이 어떠한 필요이든지 간에— 에다 근원을 둔 것만은 부동의 사실이다. 즉 조선문학이 비로소 내지 문단의 번역의 대상이 된 것이다. 이 현상은 국어를 능란히 경사(輕使)하여 무난히 내지 문단에서 활동할 수 있는 귀화 작가의 탄출(誕出)에 못지않게 기꺼운 일이 아닐 수가 없다. 이 사실은 어떻게 해서 조선문학이 클로즈업되었든 조선문학이 향상 진보된 표식이라고까지는 말하기 어렵다 하더라도 조선문학이 반도의 좁은 한계선을 넘어섰다는 데서 경하로운 일이다.

이것을 우리는 조선미(朝鮮米)나 인삼처럼 이출품의 하나로 간주하여 이출문학이라고 부를 수 있지 아니한가 한다.

그런데 이 이출문학 혹은 문학 이출에 있어 필요한 것은 국제시장에서 조선 상품의 신용을 획득하는 방법을 강구하는 일이다. 될 수 있으면 좋은 작품을 택한다는 것은 물론이나 그것을 잘 편찬한다는 게 문제다. 더욱이 아직까지 논자가 조선어 하는 내지 작가가 아니요 국어에

---

1 국어(國語) : 이 시기의 '국어'는 일본어만을 가리키는 한정적인 개념으로 통용되었다.

능한 조선인이라든가 더욱 그렇지 아니할 수 없다.

　지금까지 나온 『조선대표작가소설집』, 『조선문학선집』, 모던일본사의 『춘원소설집』 등의 예로 보아 앞으로 이 방면에 상당한 고려가 필요할 줄 안다.

　이것은 단순히 문학자만의 문제가 아닐 것 같다.

『매일신보』, 1940. 4. 27.

■ 당시 일본 내에서 일기 시작한 조선문학에 대한 관심과 관련하여 자신의 생각을 서술한 글이다. 그러한 관심은 물론 전시라는 시대적 특수성 때문인데, 임화는 연유야 어쨌든 조선문학의 국제화라는 점에서 그것을 긍정적으로 평가하고 있다.

유료시사회(有料試寫會)

나는 유료시사회라는 것의 유래를 과문(寡聞)한 탓으로 아직 모르거니와 그 의의의 분명치 못함을 몸소 체험한 일인(一人)이다.

유료시사란 것은 주지하듯 요금을 받고 어디 특정한 작품 하나만을 보이는 것인데 항용 그 작품이 봉절(封切)[1]되기 전에 선전 겸 열리는 것이 통칙(通則) 같다. 그런데 요금은 보통 봉절 때나 마찬가지요 때로는 더 받는 일까지 있는데 관객에 대하여 이 유료시사란 것이 어떠한 편의가 있는지 알 수 없다. 첫째로 요금을 받는 것이면 흥행이요 둘째로 여러 작품을 볼 요금 혹은 그 이상의 요금을 내고 한 작품만 보니 객(客)에게는 손실이다. 그러면 상설관 측으로 보면 그 작품이 비교적 잘 선전된 작품(고평(高評)을 받은 작품된 의미와는 다르다.)임을 기화(奇貨)로 하고 육칠 차를 흥행하여 봉절 때에 비하여 막대한 이익을 본다. 그래도 관객이 들어가는 이유도 알 수 없는 일이거니와 위선 감독관청에서 그것을 묵허(默許)할 것이 아닌 것 같다. 그것은 부당한 폭리를 탐하는 것이기 때문이다.

『매일신보』, 1940. 4. 30.

■ '연예주제(演藝週題)'란에 실린 것으로, 유료시사회의 부당함을 주장한 글이다.

---

1 봉절(封切) : 개봉(開封).

시정담의(市井談議)

1. 만원(滿員)

얼마 전 아내가 급작스러이 입원을 해야 할 사정이 생기어 병원에를 쫓아다니다가 고생을 하던 기억이 지금도 새로워서 시정담의를 수일(數日) 쓰자 하니 먼저 만원(滿員)이란 말이 머리에 떠올라 첫 회에 이 경기(景氣) 좋은 제목을 골랐다.

전차나 버스가 차마다 만원 패를 붙이고 다니며 일야(日夜)로 곤욕을 당하는 서울 사람으로 경성에 교통량이 방대하게 증가되었다는 것은 조금도 기이할 것이 아니나 앓는 사람을 수용하는 병원이 가는 곳마다 대입만원(大入滿員)[1]의 성황을 정(呈)하고 있다는 데는 좀 놀라지 아니할 수 없을 것이다.

시(市)의 교통량이 늘었다는 사실이야 여관의 유숙객이 늘었다는 사실이나 음식점의 손이 붇고 오락장소가 포화 상태에 이르렀다는 사실들과 더불어 어쨌든 언짢아할 현상은 아니다. 이러한 현상들은 그것의 성질 판단은 여하간 시(市)가 발전하는 증거요 시민의 포켓에 돈푼이나 있어 능히 그날의 식숙(食宿)에 궁하지 않고 하루의 조고만 틈을 만들어

---

1 대입만원(大入り滿員) : 대만원(大滿員).

오락을 즐긴다는 의미에서 경하(慶賀)로운 일이라 할 수 있다.

될 수 있으면 이러한 경기가 쇠(衰)하지 않고 오래 갔으면 하는 것이 모든 사람의 희망일 것이다. 그러면 분명히 우리 서울 시민들의 그날그날은 행복될 수 있는 것이니까!

그러나 병원이 번창한다는 것은 상의사(喪儀社)[2]가 융성하는 한 걸음 앞의 현상으로 어찌 그 흥성함을 즐길 수가 있을까 한다. 병원이 만원이라는 것은 곧 앓는 사람이 많이 간다는 것을 의미한다. 그런데 지금과 같이 병원이 만원이란 기현상이 생기지 아니했던 수년 전엔 과연 현재만큼 병인(病人)이 없었을까? 물론 병자의 증가에는 일반적으로 경성시의 인구 증가를 반영하는 사실도 되는 것이나 그렇다고 인구 증가에 비례해서 병자가 증가하란 법도 없는 것이다. 위생 시설은 해마다 증가하고 시민들의 교육 정도나 위생 사상도 또한 날을 따라 증가해 가는 것은 부정할 수 없을 것이다.

그래도 어느 정도까지 인구가 느는 데 비하여 정비례하지는 않는다 하더라도 병인이 늘어 갈 수는 있는 일이다. 인구 증가는 인구의 밀도를 늘리는 것이라 자연히 시민의 보건 상황이 좋지 아니하리라는 것이나 경성의 현재 상황은 인구 비례에 정비례한다고 보아 무방하니 우려할 현상이 아닐 수가 없다.

전차가 부족한 만치 여관이 부족해지고 역(驛)이 좁아지는 것만치 병원이 좁아지고 있는 현상으로 미루어 보아 인구 증가와 병자 증가를 같은 비례로 볼 수밖에 없다. 이러한 사정 가운데 혹 영화관의 팽창만큼 시의 의료 시설이 증가되지 아니한다는 사실도 숨어있을지 모르나 좌

---

2 상의사(喪儀社) : 장의사(葬儀社).

우간 영화상설관이 만원이 되듯이 병원이 만원이 된다는 것은 아무래도 생각게 하는 사실이다.

그런데 한 가지 생각할 수 있는 것은 병원의 만원이 병자의 증가에 있다느니보다 병 앓는 사람들의 입원할 수 있는 능력이 증가하고 있지 아니한가 하는 사실이다.

입원할 능력이라는 것은 서울 사람이 그 전보다 신의학(新醫學)을 더 믿게 되었다는 반가운 일면도 있고 또 한쪽으로는 전차나 여관이나 음식점의 만원의 밑을 받치고 있는 기초인 인플레이션의 작용을 생각할 수 있다. 요컨대 시민들이 돈을 전보다 많이 가지고 있게 되어 웬만하면 병자를 집에 두지 아니하고 입원시키는 좋은 풍속이 생겨난 것이다. 인플레이션이 시민들에게 이러한 미풍을 함양한 것은 실로 즐거운 일이나 병원 자리가 만원이 된다는 것은 얼른 생각하면 그리 좋은 인상을 주는 사실이 아닌데 이 놀라울 만한 경성의 만원 현상 가운데를 일관하는 본질은 인원은 느는데 즉 수요는 느는데 물자 즉 공급이 원활치 못하다는 것이다.

여기서 경제경찰의 대상이 될 새 인간군(人間群)이 형성되는 것이 아닌가 한다. 하여튼 만원 현상의 파조(波潮)는 그렇게 경하할 현상은 못 될 것 같다.

2. 경기(景氣)

물자가 부족해진다는 것은 곧 물자가 귀해진다는 것을 의미하는데 지금 세상은 물물을 교환하는 것이 아니고 화폐가 물건과 물건의 사이를 매개하는 만큼 물자의 부족은 다름 아닌 물가의 등귀를 초래한다.

이것은 조금도 아무의 창견(創見)이 아니요 경제학에서 하는 이야기를 그대로 옮긴 데 불과한 것인데 다시 하나 더 경제학의 소설(所說)을 인용하면 물가의 등귀는 곧 유통 화폐량의 증대를 결과하게 된다 한다.

그 까닭이 화폐 가치의 저락(低落)에 있다든가 어떻다든가 하는 것은 우리가 애써 파고 들어갈 필요가 없는 일이라 어쨌든 우리 시정(市井)에서 돈이 무척 흔해지게 된다는 것만 알면은 그만이다.

왜 그런고 하니 세상에 제일 귀한 것이 돈인데 그것이 흔해진다 하니 가히 즐거운 일이 아닐 수가 없다. 그러한 것에 관하여 어려운 이치를 들어 설명함은[3] 결코 우리 시정배의 할 일이 아니다. 학자들이나 재계 당로자(當路者)들에게 일임하여 충분하다. 이 소위 인플레라는 것에 대하여 나는 후일의 독자들을 위하여 남길 말이 적지 아니하나 그 중의 한두 가지 이야기만 적어 두어도 능히 이 인플레에 대하여 시정적인 생각이 얼마나 무근(無根)의 것이 아니었음을 독자는 알 수 있으리라.

벌써 두어 달 전 이야기인데 오륙 년 전에 작별한 채로 소식도 알지 못했던 어느 친구를 하나 만났는데 그 친구 나이 나보다는 젊으나 이미 삼십이 불원(不遠)한 친구다. 오래간만이라든가 그간 무고하고 살림살이가 재미있었느냐는 등의 평범한 인사가 끝난 다음 그 친구가 갑자기 얼굴빛을 정중히 해서 말하기를 자기는 생각한 바가 있어 이번에 고향에서 모든 일을 정리하고 동경으로 삼사 년 위한(爲限)하고 유학을 가는 길이라 한다. 물론 왕왕(往往) 육십에 대학에를 가는 노학생(老學生)도 있는 일이라 기이한 바는 없으나 그 친구가 대체 무슨 '보던 일'을 '정리'하고 어떠한 일거리를 가질 수 있는 친구가 아니었고 처자를 떼어두고

---

3 들어 설명함은 : 원문에는 없으나 문맥을 고려하여 넣었다.

삼사 년 유학을 갈 형편이 못 되는 친구다. 그저 잘 해야 남의 일 해 주고 월급 푼 받아 처자를 먹여 살리거나 하는 것도 오히려 어려운 일이거든 하물며 유학질은 생각도 하기 어려운 일이었다. 그 친구는 그 전 내가 관계했던 극단의 일원으로 고생도 같이 했고 또 극단 방면으로 나가려다가 생활에 쪼들리어 고향의 모 백화점 사무원살이를 하던 터인데 대체 셈을 알 수 없는 노릇이다. 그래 농담으로 "자네도 금광 했나?" 하고 물었더니 그 친구 말이 "아무나 다 허나" 하고 이어서 내가 그런 농담을 한 뜻을 알아차리고 이야기하는 말이, 즉 자기가 처자를 고향에 남겨 두고 능히 동경에 수삼 년씩 유학을 생각할 만큼 한 돈이 수중에 들게까지 된 간단한 경로다. 다른 이야기가 아니라 한 삼 년 동안에 이사를 다섯 번 했다는 것이다. 그 가운데 두 번은 자기가 출근하는 여가를 이용하여 친히 감독하다시피 하여 지은 집이요 나머지 세 번은 남이 지어 놓은 집을 사서 들었다가 사자는 사람이 있으면 내어 판 데 지나지 않는다는 것이다. 그럴 수밖에 도대체 그 친구가 아무 노름을 한대도 몇 천 원 돈을 잡을 주변이 아니 되는 친구인 것을 내가 잘 안다.

그러니 결국 집값이 자꾸 올라가는 바람에 이 친구의 일천오백 원짜리 오막살이가 다섯 번 사고팔고 하는 최후 회(回)에 가서는 다행히 무려 만 원 가까이 간 것이다. 그 중간에 내가 친구의 수완으로 인정할 수 있는 것이 있다면 그 무능한 친구가 부동산을 저당하고 빚내는 방법을 알았다는 데 지나지 아니하다.

그러나 인플레가 그 경제학상의 성질이나 무슨 의의는 어찌되었든 그것이 없었다면 평생 시골구석에서 월급쟁이로 늙어 죽을 청년 하나를 오 년간 공부시키고 동시에 그 처자를 오 년간 놀고먹게 해 준 것만은 사실이다. 이러니 시정에서 어찌 인플레를 그저 죄 있다고만 하겠느냐 말이다.

나중에 알고 보니 '모든 일'이란 백화점 일이요 '정리'란 것은 사직(辭職)의 의미다. 그것을 이 친구는 요새 시정의 용어를 제법 바꾸어 말해 논 데 불과한 것이다.

3. 배급(配給)

요사이 신문에는 여러 가지 말에다 부족이란 문구를 붙여 쓰는데 아무래도 상서롭지 아니한 문자 같아서 신문을 볼 적마다 무슨 다른 묘한 말로 물자의 '상태'를 표시할 수가 없을까 하고 생각해 오던 끝에 하루는 아내가 병원에서 퇴원을 해 가지고 집으로 나오게 되니 불가불 병원에서 주던 식이(食餌)를 당분간은 집에서 계속치 아니할 수 없게 되어 우유를 주문해 보니 이 부족이란 말이 아주 실감이 남을 느꼈다.

그러한 결과가 오리라고는 예상하지 못하고 사무소에서 사동(使童)을 시켜 우유를 하루 두어 병씩 갖다가 달래라고 이르고 외출을 하였다가 오후에 다시 들어가 보니 모조리 배달을 못하겠다고 거절하더라 한다.

그럴 리가 있느냐고 내가 전화기를 들고 큰 목장으로부터 조사를 하여 알만한 목장에 이르기까지 직접 전화를 걸어보니 역시 팔 수가 없노라는 대답이다.

우유가 모자라서 그 전에 정해 놓고 배달하던 단골도 떼지 아니할 수 없는데 새로 배달은 도저히 못하겠다는 것이다.

그러면 우유 등의 유동식(流動食)밖에 먹을 수 없는 병인은 무엇을 먹느냐? 자못 우울해지지 아니할 수 없는 일이다. 그래서 컨덴스밀크[4]를 찾아보니 그것은 작년부터 시장에 나오지 아니한다 하고 가루우유를 겨우 한두 통 구해서 써 보았는데 그것도 다시 이상은 더 계속해서 사기가 어려운 데다가 사당(砂糖)[5]을 영 살 수가 없어 병인이 잘 먹지를 않는다.

이것이 참 부족인가 보다 하는 생각이 아니 날 수가 없다. 신문뿐이 아니라 관변(官邊)에서까지 더구나 책임 있는 지위에 있는 관리의 성명(聲明)에까지 부족이란 말이 공공연히 사용되는 것을 보니 그 말이 단순히 관용된다느니보다 그 관리들 자신이 나와 같은 경험을 하지 아니했는가 해서 일변 우습기도 했다.

그런데 일전 신문을 보니 시내 어떤 대백화점(大百貨店)에서 배급되는 사당을 손[6]에게는 팔지 않고 역시 사당 부족에 곤란을 받는 과자상(菓子商)에게다 모두 넘겨주어 과자를 만들게 한 다음 그 과자를 또 사들이어 이익을 보는 것을 경제경찰이 적발하였다 하니 얼마나 기막힌 일인지 모르겠다. 대상인(大商人)이란 지위를 이용하여 정부에서 배급을 받고 그것으로 또 과자상을 주어 그 과자를 독점하여 장사를 한다니 놀라울 만치 이익이 날 것은 그 유통 과정이 전부 독점화해 가지고 있는 것을 보아 능히 짐작할 수가 있다.

이 사당의 예를 미루어 보면 현하(現下)의 물자 부족이란 그 수급 과정에 이러한 손이 작용하기 때문이 아닌가? 물론 대외전(對外戰)[7]의 필요상 국내 소비의 물자가 어느 정도까지 제약을 받을 것만은 사실이다. 그러나 우리가 현재 경험하고 있는 것 같이 물자가 소위 부족 상태에 있지 아니한 것만은 미루어 생각할 수가 있다.

---

4 컨덴스밀크(condensed milk) : 연유(煉乳).
5 사당(砂糖) : 설탕.
6 손 : 손님.
7 대외전(對外戰) : 중일전쟁.

아침저녁 반찬 조미(調味)에 필요한 정도의 사당까지가 없는 오늘에 사당을 이용하여 독점적 수익을 본다니 가경할 일이 아닐 수 없다. 이러한 현상은 식료품만이 아니라 의류나 그 타(他) 광범위에 미쳐 있을 줄 아니 그것이 무엇보다 우리의 일상 필수품의 영역을 어지럽히고 있다는 것은 참기 어려운 일이다. 더욱 그러한 마수(魔手)가 희소한 물자일수록 더할 것은 추측에 어렵지 아니한 것으로 거기서는 가격의 차이가 훨씬 더 크기 때문일 것이다. 요컨대 물자가 부족 상태에 있는 것이 아니라 있는 데만 있고 없는 데는 없는 편재 상태에 있기 때문이다. 그것도 평상시에는 돈 있는 데 물건이 있고 돈 없는 데 물건이 없었으나 오늘엔 이 상태가 거기 있지 않고 대부분 악덕한 상인의 농락에 좌우되고 있는 것이 사실이다.

이른바 부정(不正) 취인(取引)[8]이 부족한 물자나마 일반화됨을 어지럽히고 있는 것이다. 역시 부족이란 상서롭지 못한 문구는 시정되어야 할 필요가 있다.

『매일신보』, 1940. 6. 1-6. 4.

■ '수필문학(ESSAY)'이란 고정란에 사흘에 걸쳐 연재된 글이다. 임화는 이 글에서 전시 인플레이션으로 인한 병원의 만원(滿員), 물가 상승, 물자 부족과 독과점 등의 경제 현상에 대해 우려와 비판의 목소리를 높이고 있다. 생활인으로서 전시체제 하의 일상을 견디는 임화의 고달픔이 묻어나는 글이다.

---

8 취인(取引) : 거래.

일상성(日常性)

일상성이라는 것은 얼른 쉽게 말하여 우리가 날마다 영위해 가고 있는 생활 즉 의식주의 세계를 지배하고 있는 윤리를 의미한다. 그러므로 그것은 생활 윤리라고 간단히 말할 수가 있다. 그런데 이 생활이라는 것이 어느 사람을 물론하고 뛰어넘을 수 없는 현실인 것처럼 그 생활 윤리라는 것도 어떠한 생활 이상의 윤리도 또한 뛰어넘을 수 없는 물건이다. 그것은 사람의 현실적 또는 정신적인 모든 영위의 기저(基底)다. 즉 인간이 그 생의 극히 기초적인 저변 다시 말하면 인간의 자연적인 존재를 유지해 가는 데 필요불가결한 전제다.

그럼에 불구하고 현실이라는 것이 항상 생활 이상의 것임과 같이 정신 혹은 정신적인 의미의 윤리라는 것도 일상성 이상의 것임이 또한 사실이다.

그것은 현실이나 정신이라는 것이 생활과 일상성을 한번 떠나서 자기를 형성하기 때문인데 그것이 생활과 일상성에서 떠나는 방법은 그것들로부터의 기계적인 유리(遊離)가 아니라 그것들로부터의 추상화, 일반화의 도정을 통하는 것이다.

즉 생활이 현실이 되려면은 개인이나 가족으로부터, 사회와 민족과 국가 혹은 세계의 지점으로부터 상승하는 것과 마찬가지로 논리도 역시 그러한 도정을 통하여 추상되고 일반화되어 사회의식, 민족정신, 국가사상 혹은 세계관이란 데까지 도달하는 것이다.

그러므로 생활과 현실 혹은 논리와 정신이란 것이 아무리 다른 양상을 정(呈)한다 하더라도 양자 가운데 분리할 수 없는 관계가 있는 것은 사실이다.

그럼에 불구하고 두 가지가 서로 괴리되는 것과 같은 현상이 나타나는 것은 개자(個者)와 일반자(一般者)의 이해가 일치되지 않음을 의미할 때도 있거니와 그렇지 아니할 때도 즉 양자의 기초에서 양자가 조화되어 있는 때라도 왕왕 그러한 현상이 나타남은 생활이나 이 일상성이 현실과 정신에까지 높아지지 아니했거나 반대로 현실과 정신이 생활이나 일상 윤리에까지 삼투(滲透)되어 있지 못한 때문이다.

그러한 때에 양자의 접근을 도모한다는 것은 국가적인 의미에서나 혹은 사회 질서를 평정화(平正化)시키는 의미에서나 또는 개인 생활을 안정케 하는 의미에서나 모두 다 필요한 것인데 이것의 방도를 발견하기 위하여는 무엇보다도 이러한 현상이 회래(回來)하는 근원을 밝히는 게 중요하다.

이 두 자(者)의 불일치가 어떠한 곳에서 유래하든지 간에 우리가 이해해 두어야 할 것은 이런 현상은 항용 사회나 국가의 급격한 전환기 내지는 과도기의 현상이라는 점이다.

어느 때는 사회나 국가의 하부 즉 생활과 일상성이 전진하고 있는데 불구하고 상부 즉 현실과 정신이 뒤떨어졌을 때도 있을 수 있고—예하면 서구의 문예부흥기, 일본의 명치유신—어느 때는 상부의 현실과 정신이 급격히 변화하고 있음에 불구하고 하부의 생활 급(及) 일상 윤리가 구태의연할 때에도 동일한 양자 간의 불일치와 간격이 발생한다.

이것은 우리가 현재 당면하고 있는 것과 같은 국가적 내지는 사회적인 혁신이 수행되고 있을 때 조우(遭遇)될 수 있는 일인데 이러한 때에 생활 혹은 일상성이란 어떻게 처리해야 하느냐 하면 물론 그것을 상부의 방향으로 시급히 조화시켜야 하는 것은 물론이나 생활이나 일상 윤리란 정책이나 사상처럼 일시에 개변되지 아니하는 데 문제가 있다. 그러면 생활과 일상성은 무시해 버릴 수 없는 것은 곧 알 수가 있는데 문제는 어떻게 해서 자연스럽게 그것이 일반적 방면과 관계할 수 있느냐 하는 것이다. 그러기 위하여 우리는 다시 생활과 현실, 일상 윤리와 정신이 가지고 있는 본래의 연합 관계를 반성할 필요가 있다. 즉 양자는 근원에 있어서 분리되어 있지 않는 것이므로 생활의 질서, 일상성의 윤리를 무시하여 그것을 파괴할 것이 아니라 그것의 질서와 윤리를 지키고 그 속으로 침잠함으로써 양자의 기초적인 합일성에 도달할 필요가 있다. 이 합일성을 통하여 일상성은 비로소 진정한 의미에서 일반성이 결합하는 것이다. 그런 의미에서 참말의 혁신을 위하여 일상성은 존중되어야 할 것이다.

『매일신보』, 1940. 9. 20.

■ 칼럼에 실린 것이라 시사적인 문제를 염두에 두고 쓴 글로 보이나, 논의가 추상적이어서 어떤 문제를 다룬 글인지 파악하기 어렵다. 이 글에서 임화는 한 사회나 국가에서 생활과 일상성(생활 윤리)이 하부구조를, 현실과 정신이 그에 각각 대응되는 상부구조를 구성한다고 본다. 그러면서 양자는 긴밀한 관계를 형성하지만 때로 불일치하기도 한다고 설명한다. 이런 유물론적 설명이야 별반 새로울 것이 없지만, 양자의 불일치라는 현상이 급격한 전환기 내지 과도기에 일어난다는 분석은 눈여겨 볼 만하다. 전시체제기 일본 파시즘의 국가주의적 정책과 식민지 조선인의 생활 및 일상성 사이의 균열. 그는 그것을 도처에서 목도하고 있지 않았을까? 그런 맥락에서 본다면, 생활이나 일상성을 존중하면서 그것을 현실과 정신에 합일시킬 필요가 있다는 글 말미의 주장은 다소 문제적인 발언이라 볼 여지가 있다.

어떤 청년의 참회

열대여섯 살 때[1] 그는 하이네의 시와 어여쁜 소녀의 생각으로 퍽 행복되었습니다. 소녀가 가고 가을 깊어갈 제 그는 『영혼의 추(秋)』라는 이쿠타 슌게츠(生田春月)[2]의 책을 읽으며 다만 눈물과 탄식으로 살았습니다. 그 해 겨울에 위고의 『레미제라블』을 읽어 그는 더욱 슬펐습니다. 그가 늘 독본 대신으로 읽던 시마다 세이지로(島田淸次郎)의 삼부작(불행히 그는 늘 자기를 이런 천재라고 생각했었습니다.)도 흥미가 없어지고, 아리시마 다케오(有島武郎)도, 다니자키 준이치로(谷崎潤一郎)도 그 전만치 그의 마음을 끌지는 않았습니다.

우연히 그는 그 때 고리키란 작가와 톨스토이, 투르게네프 등의 로서(露西)[3] 작가를 알았으나 그의 사우(師友)가 되지는 아니했습니다. 유명한 『햄릿』과 『맥베스』를 읽었으나 『파우스트』와 같이 난해했을 따름이었습니다. 오히려 『무정』이 더 재미있었습니다. 물론 유명한 『사랑의 불꽃』[4]

---

1 열대여섯 살 때 : 1922~1923년.
2 이쿠타 슌게츠(生田春月) : 원문에는 '生田春月'과 같이 한자로만 표기되어 있는데, 한국어를 병기하였다. 이하 열거되는 모든 일본인명을 이런 방식으로 표기했다.(앞서 수록된 글에 나오는 일본인명도 모두 이와 같은 방식으로 표기했다.) 이 글에 등장하는 일본 문학인들에 대해서는 고재석 편, 앞의 책을 참조할 것.
3 로서(露西) : 러시아.
4 『사랑의 불꽃』 : 노자영이 1923년에 엮은 연애서간집이다. 자유연애에 대한 청년들의 갈망이 거세

은 그가 소녀를 생각할 때 읽어서 암송할 지경이었습니다. 그러다가 우에다 빙(上田敏)이란 이의 『해조음(海潮音)』이란 역시집(譯詩集)을 읽고 그 중에도 베를렌과 칼 부세를 좋아해서 지금도 그 시를 욀 수 있다 합니다.

열아홉 살 때[5] 가정의 파산과 더불어 그의 평화한 감상시대(感傷時代)는 끝이 났습니다. 그는 전(專)혀[6] 입학시험의 준비를 위하여 독실히 공부하던 영어와 수리학과 더불어 중학교를 졸업 직전에 이별했습니다. 허나 그는 학업의 폐지를 조금도 슬피도 섭섭히도 생각지 않았습니다. 그는 무모하게도 교과서를 팔아 그때 유행하던 조타모(鳥打帽)[7]를 사 쓰고 본정(本町)에 가서 『개조(改造)』라는 잡지 일 책과 크로포트킨의 저서를 일 책 사 가지고 의기헌앙(意氣軒昂)히 집으로 돌아와 양친께 그 뜻을 말했습니다. 그 뒤로 그는 크로포트킨의 『청년에게 고함』이란 소책자를 읽고 몹시 감동되었습니다. 『개조』와 『중앙공론(中央公論)』의 고본(古本)을 자꾸 사들여, 후쿠다 도쿠조(福田德三)란 이의 논문 속에서 리카도란 이름과 더불어 마르크스와 엥겔스라는 이름을 알았습니다. 쓰지 준(辻潤)이란 사람의 문장을 애독하고 그가 번역한 슈티르너의 『유일자와 그 소유』란 책을 샀다가 어려워서 반만 읽었습니다. 그 다음에는 니체란 사람의 『차라투스트라』란 책을 사서 읽고 『파우스트』와 비슷한 것이라고 생각했을 따름입니다. 그동안 다카하시 신키치(高橋新吉)이란 이의 시집을 사 읽고 어느 틈에 다다이즘이란 말을 배웠습니다. 이치우지 요시나가(一氏義良)이란 이의 『미래파 연구』란 책, 외(外)의 알렉세이 간이란

게 타오르던 이 시대의 분위기에 힘입어 베스트셀러가 되었다.
5 열아홉 살 때 : 1926년.
6 전(專)혀 : 오로지.
7 조타모(鳥打帽) : 헌팅캡.

이의 『구성주의 예술론』, 표현파 작가 게오르그 카이젤의[8] 『칼레의 시민』과 더불어 로망 롤랑을 특히 『민중극장론』과 『애(愛)와 사(死)의 희롱』을 통하여 알았습니다. 한 일 년 전부터 공부하던 양화(洋畵)에서 그는 이런 신흥예술의 양식을 시험할 만하다가 우연히 무라야마 토모요시(村山知義)란 사람의 『금일의 예술과 명일의 예술』이란 책을 구경하고 열광했습니다.

그때로부터 그는 낡은 감상풍의 시를 버리고, 다다풍의 시작(詩作)을 시험했습니다. 그동안에 조선에서 고한승(高漢承), 김화산(金華山), 김(金)니콜라이라는 이름을 발견하고 반가워했습니다.

그동안에 그는 모친상을 치렀습니다.

후쿠다 도쿠조(福田德三)와 야마카와 히토시(山川均)와 사카이 도시히코(堺利彦)란 이들의 글을 통하여 그는 계급이란 문구를 보았고 차차 그 어의(語義)를 알았습니다.

그러나 『청년에게 고함』과 오스기 사카에(大杉榮)의 정열적 방법으로 그 말을 이해했습니다.

그동안 그는 이삼(二三)의 신문에다 시와 감상문을 투고를 했습니다. 곧잘 발표되어 용기를 얻었습니다. 어느 해 봄 그는 이상화(李相和)라는 미목수려(眉目秀麗)한 장발의 시인을 만날 기회를 가졌습니다. 『백조(白潮)』에 났던 「나의 침실로」란 그의 시에 못지않게 그 사람은 좋았습니다. 그는 그에게서 분명히 시인을 보았습니다. 『시대일보』에다 모파상의 「벨 아미」를 번역하고 있었으나 그것은 시보다 재미없었습니다.

윤기정(尹基鼎) 군을 만난 것은 그보다 좀 뒤였는데 그는 나의 학교

---

8 게오르그 카이젤의 : 원문에는 이 부분이 빠져 있다.

친구로 그때 소설을 쓰는 조(趙) 군[9]과 친했습니다. 나는 그와 곧 친해지면서 예술동맹[10]에 가입하는 것을 명예라고 생각했습니다. 박영희(朴英熙) 씨를 안 것도 물론 그때입니다. 이 단체 안에서 최서해(崔曙海), 송영(宋影), 김영팔(金永八), 팔봉(八峯), 김복진(金復鎭), 최승일(崔承一), 박팔양(朴八陽), 이기영(李箕永), 안석영(安夕影) 등의 제씨(諸氏)를 알았습니다. 서력(西曆)으로 1926~7년경이겠지요. 그 중에도 윤기정 군은 집을 나와 노두(路頭)에 방황하던 고독한 나에게 형같이 다정했고 회월(懷月)[11]은 좋은 스승이었습니다. 나는 쉽사리 이 단체의 충실한 일원이 될 수 있었습니다. 동경서 오는 이 계통의 잡지를 매월 읽고 그 중에도 마리네티의 시와 미요시 주로(三好十郎), 모리야마 게이(森山啓)의 시, 나카노 시게하루(中野重治)의 평론을 열독했습니다. 또한 『임노동과 자본』을 비롯하여 이 저자[12]의 꽤 두꺼운 저서를 읽게 된 것도 이때입니다. 그때 몇 편의 시를 써서 호평을 받고 더욱 팔봉, 석송(石松)[13]이 절찬을 해 주셔서 기쁨을 금할 수 없었습니다.

윤기정 군의 소개로 영화에 관계하게 되어 일전에 작고한 김유영(金幽影) 군과 서광제(徐光霽), 강호(姜湖) 군과 영화를 하나 만들었습니다.[14] 28년에 또 하나 김 군과 더불어 영화를 만들고,[15] 그때 한참이었던 '아나'와 '볼'의 논쟁에 참가하면서 논단(論壇)에 데뷔하였습니다.[16]

---

9 조(趙) 군 : 조명희(趙明熙, 1894-1938).
10 예술동맹 : 카프(KAPF, 조선프롤레타리아예술동맹).
11 회월(懷月) : 박영희(朴英熙, 1901-?).
12 이 저자 : 마르크스.
13 석송(石松) : 김형원(金炯元, 1901-?).
14 영화 〈유랑(流浪)〉(1928)의 주연을 맡았다.
15 영화 〈혼가(昏街)〉(1928)에서도 주연을 맡았다.
16 「분화와 전개−목적의식 문예론의 서론적 도입」, 『조선일보』, 1927. 5. 16−5. 21. 이 이전의 평론들은 문예학습 결과물의 성격이 짙다. 임화는 이 평론을 통해 당대 문단에 본격적으로 진입하였다.

그로부터 연극, 영화, 예술, 문학, 철학, 함부로 각색 서적을 난독(亂讀)하여 두뇌가 쓰레기통 같아졌습니다. 예술동맹 사람들은 그를 퍽 아껴주어 그는 28년에 간부가 되고 그 익년(翌年)에 아버지에게 알리지도 않고 청운의 뜻을 품고 동경으로 갔습니다. 동경 갈 때 그는 기이하게도 연극을 배우려고 떠났으나 돌아올 제 그는 연극도 문학도 배우지 않고 전연 딴 생각을 가지고 왔습니다. 동경시대에 그는 전혀 사회과학서 난독에 몰두하고 그 방면 잡지 편집과 실제적 생활에 퍽 접근했습니다. 김남천(金南天), 안막(安漠), 한재덕(韓載德), 이북만(李北滿), 김두용(金斗鎔) 군과 그때 한 클럽이었습니다. 31년 추(秋)에 귀선(歸鮮)하고[17] 남천, 안막 군 등은 그 이듬해 춘(春)에 돌아와서 전혀 카프 일에 몰두하였습니다. 그들이 그때 예술운동의 신세대였습니다. 모두 소설, 시, 논문을 쓰고 잡지를 편집하고 자꾸만 회의를 하고 각색 서적을 난독하고 세월을 보낸 것도 이때입니다.

그 뒤 카프는 여러 가지 곤란에 조우(遭遇)하고 그는 여러 사람들로 논쟁을 하고 카프에는 그때 주로 백철(白鐵), 권환(權煥), 안막, 신고송(申孤頌) 제군이 평필을 들고 있었고 『카프작가7인집』과 『카프시인집』에 수록된 작가와 시인들이 창작활동에 종사하고 있었습니다.

그 뒤 카프는 해산되고 경향문학(傾向文學)은 퇴조하고, 그는 병들어 수년간 시골 가 누웠다가 결혼하고 아이 낳고, 파스칼과 몽테뉴를 읽고 헤겔을 심복하고 고전을 읽고 역사에 홍미를 갖고, 새로운 심정으로 문학을 다시 시작하여 한 책의 시집과 이삼 권의 졸렬한 저서를 만들고, 지금엔 주로 비평과 시를 써서 근근이 미염(米塩)의 자(資)[18]를 구하여

---

17 귀선 시기와 관련하여 기억에 착오가 있는 듯하다. 임화가 도교 체류를 끝내고 귀국한 시점은
1930년 11월 무렵이었다.

살아가는 동안에 어느덧 남자의 나이 서른셋[19]이 되었다니 어찌 가탄
(可嘆)한 반생(半生)이 아니리오. 청춘이 모름지기 회한 때문에 있다는 것
은 고인(古人)의 이름이나 인제 벌써 전반생(前半生)을 무료히 보낸 그가
오늘날엔 선량한 시민으로 과거를 돌아봄은 선재(善哉)라 할 수 있거니
와 그가 이후의 희망을(그는 꽤 큰 문학적 허영을 가진 모양입니다.) 달성해
나갈 자산을 청춘 때 장만하지 못했으니 어찌 후일을 기하리오.

아마도 많은 세인(世人)과 같이 그의 희망도 신발과 더불어 이 세상에
남긴 채 끝나지 아니할까 합니다. 그를 위하여 자못 섭섭한 일이나 때
가 이미 늦었으니 나 역(亦) 그를 위하여 이 위에 더 무엇을 말하리오.
애재(哀哉)라.

『문장』, 1940. 2.

■ '나의 문학 10년기'라는 특집에 실린 글 가운데 한 편이다. 이 글은 임화의 성장 배경, 독
서 편력, 문학 활동, 일제 말기의 생활과 내면 등을 비교적 소상히 담고 있어서 임화 연구
에서 중요시되는 자료이다. 임화는 이 글에서 관찰자 시점을 취함으로써 자기 자신을 대
상화하는 독특한 서술 방식을 취하고 있다. 그 덕분에 그는 담담하고 객관적인 태도로 과
거를 회고할 수 있었다. 그런데 카프 해산부터 당시까지를 서술한 마지막 부분에 이르러
서는 회한과 자기연민으로 급격히 경사되고 있다. 거대한 적과의 싸움에서 패배한 후 개
별자로서 일상을 영위해 가는 임화의 고단한 내면을 엿볼 수 있다.

---

18 미염(米塩)의 자(資) : 생계비. '米塩の資'(べいえんのし)의 직역 표현.
19 서른셋 : 원문에는 '삼십삼'으로 되어 있으나 문맥을 고려하여 고쳤다.

제5부 삶과 세계에 대하여

투르게네프가 만든 영원한 엘레나

자기가 한 개 자격 있는 '인간의 기사'[1]이지 못하고 어찌 이상하는 바를 명료한 그림 가운데서 아름다운 표현을 줄 수가 있겠습니까?

결국 오늘날까지 우리가 기억할 인상 깊은 여인의 타입을 창조한 '인간의 위대한 기사'들의 설계로 자기를 설명할 밖에 없습니다.

나는 좋아하는 대부분의 조건을 투르게네프가 만들어낸 몇 개 여자의 형상 가운데서 발견합니다.

「그 전날 밤」의 사랑스러운 히로인 엘레나는 아직 현대에 살 수 있고 또 미래에도 살아갈 수 있는 귀여운 여자일 것입니다.

한 개의 나이 어린 처녀로서 위선 그는 사랑할 줄을 알았습니다. 진정한 의미에서 사랑할 줄 아는 지극히 적은 지난날의 여인 가운데서 그는 자기를 지키고 또 남을 아끼었습니다.

그곳에 엘레나는 좋은 열정을 가졌습니다. 자기를 얽매이던 낡은 집안과 세상의 인습을 깨치고 그는 이국의 혁명 청년을 따라가기에 똑똑히 결단적이었습니다. 그의 열정은 판단하는 이지를 잃지 않고 또한 성실을 덜하지 않았습니다.

---

1 인간의 기사 : 1930년대에 스탈린은 소비에트 작가를 '인간 영혼의 기사'라고 정의한 바 있다.

그래서 그는 능히 자기의 열정의 성실을 가지고 인사로프를 임종까지 지켰습니다.

누구가 나[2] 어린 엘레나가 기침을 콩콩 하는 인사로프를 부축하고 불가리아 국경 눈바람 찬 벌판에 섰을 때 눈물을 아꼈겠습니까?

그렇지만 그는 단지 슬픔의 인물이 아니었습니다. 인사로프를 땅속에 이별하고 그는 다시 인사로프가 일생을 바친 그 정신을 이어가는 데 주저치 않았습니다.

때와 사정, 조건이 다른 곳에서 엘레나는 많이 서럽고 고생스러웠다면 오늘날의 엘레나는 더 큰 용기와 즐거움으로 그 평생을 빛나게 할 것입니다.

때와 곳은 달라도 엘레나의 성실한 정열은 능히 영원하겠지요.

옷이야 무엇을 입으면 무어라겠습니까? 만일 엘레나가 값비싸고 찬란한 옷으로 장식되었다면 대체 우리는 엘레나를 그래도 아끼겠습니까?

이만.

『조광』, 1936. 2.

■ '내가 꾸미는 여인'이란 특집에 수록된 글이다. 여러 사람들이 어떤 외모와 내면을 갖춘 여성이 이상적인 여성인가를 논하고 있는데, 임화는 지성과 열정, 그리고 의지를 지닌 여성을 이상적인 여성으로 꼽고 있다.

---

2 나 : 나이.

연애의 자유

연애란 본시 자유로운 것이 아닙니까? 새삼스러이 이렇게 자명한 일에 대하여 무슨 변설(辨說)을 시험해 본다는 것은 자못 수다한 노릇이 아니겠습니까?

그러나 연애란 과연 어째서 자유로운 것입니까? 일견 자명한 듯한 상식도 이놈을 다시 한 걸음 다가서서 재쳐 물으면 얼른 대답하기가 어려운 것이 자명한 상식의 정체입니다.

상식이란 그러므로 항상 만인에게 위선은 의문의 여지가 없는 것으로 당당히 통용되면서도 언제든가 한번은 단단히 본질을 캐서 그놈이 자유자재로 통용되는 비밀을 들추어 내뵈고야 마는 물건입니다.

연애의 자유란 상식도 정히 이렇게 우리가 항용은 무난히 남에게 말하고 들으면서도 한번은 꺼풀을 벗겨 보아야 속이 시원한 상식의 일종입니다.

먼저 우리는 무엇 때문에 연애는 본시 자유롭다는 말을 의심 없이 사용하고 있는가를 한번 생각해 볼 필요가 있지 않을까요?

무엇이고 적당한 이유와 근거가 없이 하나의 말이나 사실이 상식이 되어 우리들의 신뢰를 박(博)할 수는 없는 때문입니다.

그러면 연애가 본시 자유로운 것이라고 믿어지는 이유는 연애의 대체 어느 구석에 감추어 있을까요?

우리가 잘 알 듯 연애란 그다지 자유로운 물건은 아닙니다.

먼저 소위 '짝사랑'이란 것을 생각해 보십시오. 세상에 그와 같이 부자유한 것이 어디 있겠습니까? 왕왕 젊은 사람들이 이 짝사랑에 아까이도 목숨을 버리는 예가 있지 않습니까? 얼마나 괴로워야 제가 제 목숨을 끊겠습니까?

자기는 목숨을 내놓고서라도 저편의 이성을 사모하고 사랑하는데 그편에선 눈도 아니 거들떠보니 사람이 살 노릇이겠습니까?

또는 두 사람이 꿀보다도 달게 서로 사랑하고 믿고 지내다가 어찌어찌 되면 칼로 베인 듯이 정의(情誼)는 끊어져 두 사람 가운데 한 사람이 맛보는 소위 실연의 쓰라림이란 것을 생각해 보십시오.

그야말로 실연 끝에 실신도 하고 병도 길어 폐인이 되기도 하고 영영 사람으로 못쓸 사람이 되기도 하고 때로는 아까 짝사랑의 경우와 마찬가지로 자살도 하니 이렇게 애타는 일이 어디 있겠습니까?

이 소위 '애태움'이란 무엇이겠습니까?

그것은 제가 모든 것을 희생하고 모든 정성과 노력을 다하여 저편을 사랑하고 혹은 사랑하려 함에 불구하고 그 희생과 정성과 노력과 욕구가 완전히 보답되지 못하기 때문이 아니겠습니까?

자유란 항용 우리는 우리의 희망하고 욕구하는 바를 구속되지 않고 그 뜻하는 바 때를 실현할 수 있는 상태를 의미함이 아닐까요?

'짝사랑'과 '실연'의 고통과 비애라는 것은 우리가 자기의 욕구하는 바 — 그것이 어떤 성질의 물건이든지 간에 — 가 실현되기 무망(無望)할 때 오는 결과의 하나가 아닐까요?

그러면 이것은 우리가 넓은 의미에서 자유를 상실당한 극히 특수한

그러나 결국에선 공통한 결과 즉 부자유한 상태가 인간에게 주는 고통
과 비애의 일종이 아닐까요?

그러나 '짝사랑'과 '실연'의 고통과 비애라는 것은 노예의 고통과 비
애와는 전연 별개의 물건입니다.

노예의 고통과 실연의 고통이 그러면 어떠한 점에서 다를까요? 자차
분한[1] 것을 따지자면 여러 가지를 말할 수 있으나 양자 간에 결정적 차
이는 노예는 구속되어 있고 실연이나 짝사랑은 구속되어 있지 않은 두
가지 점에 있지 않은가 합니다.

구속되어 있지는 않으면서도 오히려 자기의 욕구가 실현되지 않는다
는 말은 실상 당착(撞着)되는 말이 아닙니까?

그러나 사실 짝사랑하는 사람이나 실연당한 사람이나 어느 경우를
물론하고 도대체로 연애하는 사람들은 그 상대방 연인에게 조금도 구
속되어 있지 않은 것만은 사실입니다.

그 연인이 결코 그를 보고 '나를 짝사랑해라!'라든가 또는 '내가 너를
배척해도 너는 나를 사랑해라!'라든가 하고 명령했거나 목을 매 끌어다
강제한 것은 아닙니다.

막말을 하자면 제가 좋아서 한 노릇입니다. 자유로 한 노릇입니다.

즉 연애에 있어서는 노예의 경우와 달라서 '짝사랑'이나 '실연'의 독
배를 마시는 순간일지라도 어디까지든지 자유롭습니다. 그의 독배는 마
치 소크라테스의 독배와 같이 자유를 구속하는 독배가 아니라 자유를
해방하는 독배입니다.

왜 사실상에 있어 자유가 부정되면서도 오히려 더욱 더 자유로우냐

---

1 자차분한 : 자잘하고 차분한.

하면 그것은 저편이 이쪽의 사랑을 받지 않는 것, 이쪽을 사랑하다가 그만두는 것이 또한 온전히 저편의 자유에 속하는 때문입니다.

아무리들 '나를 사랑해라.', '나를 사랑하는 것을 그만두지 말아라.' 해도 연애에서만은 명령과 강제는 통용되지 않습니다.

그러므로 연애의 경우에는 좀 볼썽이 사나우나 강제와 명령 대신 희원(希願)이 즉 '나를 사랑해 주시오!', '나를 사랑하는 것을 중지해 주지 마시오!' 하는 방식이 늘 취해지는 게 진실입니다.

만승왕후(萬乘王侯)도 광대한 국토는 지배할 수 있고 수억(數億)의 인민은 명령할 수 있어도 일개 여자의 마음만은 지배하고 명령할 수가 없다는 속설이 있지 않습니까?

이것은 연애라는 것이 상애(相愛)의 경우나 짝사랑의 경우나 실연의 경우나 어느 때를 물론하고 이합(離合)이라는 것이 두 사람의 완전한 자유의사로 결정되기 때문입니다.

사랑하는 것도 사랑하지 아니하는 것도 모두가 두 사람의 자유이올시다.

그것은 인간의 마음 속 깊이 들은 좋고 싫은 것의 추향(趨向)해 가는 방향을 어떤 힘으로써일지라도 강제할 수가 없는 때문입니다.

그러므로 내가 저 여인을 쫓자 저 여인이 역(亦) 내가 좋아질 제 연애는 서로 반한다는 상태 즉 바꾸어 말하면 황홀하고 감미하기 짝이 없는 아름다운 결과에 도달하는 것입니다.

그러나 내가 좋자 저 여인이 좋고 저 여인이 좋자 내가 좋은 경우란 하고많은 남자 가운데, 기구한 일생 가운데 그리 흔한 일이 아닙니다.

오히려 지극히 희귀한 경우, 보다 더 전혀 기대하기 어려운 하나의 우연에 지나지 않을까요?

그러므로 인간은 날마다 연애를 하는 것도 아니요 다달이 연애가 되는 것도 아니요 사람사람이 연애를 하는 것도 아니올시다.

황홀하고 감미하게 연애하는 대신 많은 사람은 짝사랑을 하고 실연을 한다고 생각하여도 무방한 것입니다.

그런 때문에 황홀한 연애를 세상 사람은 인간 지당(至當)의 행복의 하나라고 말합니다.

그러나 젊었을 때는 누구나 대개는 이러한 연애의 춤을 다 한 번씩은 가져 보는 듯싶으며 또 우리나 젊은 사람들을 볼 제 모두가 이런 지당의 행복을 향유하고 있는 것 같으니 이것은 또 어찌된 일입니까?

우리는 견강부회 같으나 이런 가설을 한 번 세워 볼 수가 있지 않을까 합니다.

즉 세상 사람이 모두 짝사랑에 괴로워하고 실연에 비탄하여 순수히나 좋자 저 사람 좋아 연애하는 사람들이 없기 때문에 결국은 쉽사리 서로서로가 연애의 상태에 들어간다고………….

대단히 억설(憶說)이올시다.

그러나 이 억설 가운데 한 오리의 진리가 없을까요?

어떤 사람은 말하되 세상에 있는 대부분의 연애는 어느 한편의 저편에 대한 혹은 서로서로 사이에 발생한 동정으로 인하여 성립된다고 한 일이 있습니다.

물론 우리가 알 듯 모든 연애가 동정에서 시작하는 것은 아닐 것입니다. 그러면 연애란 결국 '불쌍하다'라는 감정과 다를 것이 없지 않습니까?

그러나 이곳에서 우리가 유의할 것은 연애란 결코 좋고 싫은 데서 시작되는 단순한 물건이 아니라는 사실입니다.

혹은 존경에서도, 혹은 우정에서도, 혹은 사업과 연구를 통한 상호 협력에서도, 혹은 그야말로 동정에서도, 혹은 지극히 단순한 아끼는 마음에서도, 또 어디서를 통해서든지 연애는 성립될 수 있을 것입니다.

심지어 구수(仇讐) 간에 증오를 통해서까지 연애가 성립되었다는 예가 문학상에는 있습니다.

또는 극히 단순한 육체적 매력을 통해서도 되는 수가 있지 않습니까?

그러고 보면 연애란 결국 좋고 싫다는 단순한 감정에서 출발하여 종말에도 역시 좋고 싫다는 점에서 끝이 나는 것임에 불구하고 그것이 촉발되는 계기는 다종다양하며 따라서 그것이 결정되는 고도의 지점에서는 우리의 이성이 비상한 역할을 연(演)한다는 것을 알 수 있지 않을까요?

존경할 수는 있으나 사랑할 수는 없다든가 사랑할 수는 있으나 존경할 수는 없다든가 우인(友人)일 수는 있으나 애인일 수는 없다든가 실로 허다한 경우에 우리의 이성은 감정의 넝쿨을 타고 실로 교묘히 연애라는 것을 원시적인 감정의 상태에서 구출하려고 활약하는 것입니다.

그러므로 이성적인 의미의 결혼을 우리는 연애의 가장 완성된 형태의 하나라고 보지 않습니까?

그것은 감정과 이성의 모순이 미묘(美妙)히 통일, 조화되었기 때문이고 방분(放奔)하여 액체 같은 감성을 이성이 조형적인 질서를 부여하여 혹은 그 질서 가운데 통어하여 잘 그놈을 지배했기 때문입니다.

그러므로 '짝사랑'이나 '실연'이 아름다이 그 사람의 가슴 속에 안치되어 그 고통과 비애가 상흔으로서 그 사람 위에 남지 않고 소위 로맨스로서 미화될 때 그것은 그 사람이 그 감정에 침닉된 것이 아니라 이성의 차근차근히 이야기하는 '짝사랑'과 '실연'의 합리성을 이해하고 그것이 감정을 지배한 때문입니다.

따라서 방분한 감정은 이성에 의하여 조형화됨으로 조상(彫像)과 같은 고전적 미에 도달하는 것이올시다.

그러므로 좋고 싫고 혹은 육체의 본능이 명하는 대로 번좌(煩座)한 남녀 관계란 것을 우리가 연애라고 부르지 않는 것은 필연적인 것만이 자유라는 높은 이성의 지배를 받지 않은 세계인 때문입니다.

감성이 이성에까지 높아 보일 때 비로소 자유가 있습니다.

이것은 다름이 아니라 개성

• 이주홍이 그린 문인삽화

의 확립이올시다. 왜 그러냐 하면 연애만치 세상의 개인적인 물건은 없는 때문입니다. 가장 개인적인 일이야말로 어떠한 사회적, 역사적인 조건보다도 개성의 힘에 의해서만 해결되는 것입니다.

그러므로 그 사람이 어떻게 연애를 했느냐 하는 사실을 통하여 우리는 그 사람의 개성으로서의 개성의 대반(大半)을 알 수 있는 거와 같이 그 사회, 그 민족의 사람들의 연애관, 연애 생활이 어떤가를 통하여 그 사회, 그 민족의 개성의 확립 수준을 계량할 수도 있는 것입니다.

이런 의미에서 우리는 십년 전 혹은 현대의 청년들이 어떻게 연애를 하고 있는지 즉 연애의 자유라는 것을 우리가 어떻게 쓰고 있는가 하는 사실을 볼 제 우리는 조선에 있어 개성으로서의 인간의 발달 수준을 짐작할 수도 있는 것입니다.

『신세기』, 1939. 6.

아내 있는 사람과의 사랑

사랑이란 본래 자유로운 것입니다.

누구나 남을 사랑할 수 있고 누구나 남에게 사랑받을 수 있는 것입니다.

사람에게 자연처럼 본래적인 것으로서 사랑은 즐거운 것입니다.

사랑이 왕왕 물건을 소유하는 것보다 즐거운 것은 자기가 사랑하는 것이 산 사람이어서 자기가 그 사람을 사랑하는 것처럼 그 사람이 역시 자기를 사랑해 주는 때문에 이 자유가 최고조에 달하는 것입니다.

바꿔 말하면 서로 서로의 욕심내는 것이 기(期)하지 않고 조화될 때 그 즐거움이란 다른 어떠한 물건을 소유할 때에 비하여도 형용할 수 없이 거대한 것입니다.

그러나 사랑이 귀한 것은 사랑의 즐거움이란 것이 전혀 감정의 세계의 물건인 대신 그것이 이성의 세계의 물건으로 승화될 때의 일입니다.

이 즐거움으로서의 사랑이 귀한 것으로서의 사랑으로 옮아올 제 하나의 커다란 문제에 봉착하는 것입니다.

무엇이냐 하면 단순히 개인적인 욕망으로서 정감의 자유가 비개인적인 것 다시 말하면 사회의 질서와 부딪칠 때의 일입니다.

사회라는 것은 원래 개인과 대립하는 것이며 질서라는 것은 개인의 자유를 얼마간씩 제어하여 일반적인 평균 수준에다 중화시킨 것입니다.

단순한 개인의 자연적인 욕망의 발현으로서의 사랑의 감정은 사회와 혹은 질서에 부닥뜨릴 제 불가불 그 자유를 억제당하게 됩니다. 자유를 억제당하는 것은 말할 것도 없이 누구에게 있어서나 쾌(快)하지 아니한 것, 심지어는 괴로운 것입니다.

그러나 사람의 모든 자연스러운 욕망과 더불어 사랑이라는 것도 저절로 외부의 조건에 의하여 그 자유의 얼마를 희생하지 아니할 수 없는 게 나면서부터 사회 가운데 살지 아니할 수 없는 사람의 공동(共同)한 운명입니다.

여기에서 사람은 사회란 것과 자기와의 사이에 가로놓인 얼른 뛰어넘기 어려운 간격을 적절히 처리하지 아니할 수 없게 됩니다.

본래 개인과 사회라는 것은 대립하며 갈등되는 것임에 불구하고 또한 인간의 근본적인 존재 양식 혹은 생활 방식이 사회적이 아닐 수 없는 데서 이 대립과 갈등은 상대적인 것이 됩니다.

즉 개인과 사회와의 사이를 합리적으로 처리할 가능성 다시 말하면 개인이 사회인으로서 자기를 자각하는 게 단순히 고통이 아니라 당연한 것으로 그 합리적을 긍정하게 됩니다.

그러므로 이성이란 것은 순수한 개인의 욕구를 사회적으로 제어하는 방편일 뿐만 아니라 그것을 합리적으로 사회에 연락시키는 말하자면 사회인으로서 자기를 대상화해 보는 지적 작용입니다.

그러나 정감의 요구와 지적 요구라는 것은 항상 대척되는 것입니다. 정감의 세계에는 피가 돌고 체온이 흐르나 지(知)의 세계에는 피가 돌지 않고 체온이 흐르지 않습니다. 그것은 정감이란 것이 형태를 갖지 않은 무형의 원소인 대신 지적인 것은 형태화된 조각이기 때문입니다.

정감이 지적인 높이에 올라가지 아니하면 형태를 갖추지 못합니다. 즉 형태를 갖추지 아니하면 완성되지 못하고 완성되지 아니하면 늘 한 개의 가능성, 하나의 소재(素材)에 불과합니다. 그것은 바꾸어 말하면 현실화되지 아니한 것입니다.

그러므로 결혼이란 것은 사랑의 지적 형태 혹은 그것의 형태적 완성 내지는 소재의 현실화, 사랑의 완성이라 할 수 있습니다. 결혼을 통하여 각 개인은 사랑을 사회화하고 자기를 대상화하며, 주관적인 생활에서 객관적인 생활세계로 들어서는 것입니다.

다시 말하면 즐거움으로서의 사랑이 귀한 것으로서의 사랑으로 승화된다는 것은 제 최초의 즐거움을 버린다는 것이 아니라 그것의 현실적인 형태를 완성한다는 것입니다.

그런데 우리가 아내 있는 사람을 사랑하고 싶은 욕망에 불탄다는 것은 마치 남편 있는 아낙네를 사랑하고 싶은 생각에 사로잡히는 것과 마찬가지로 이미 완성된 먼저의 제도화한 것과 개인의 욕구와의 날카로운 모순에 봉착하게 되는 장면입니다.

옛말에 사랑은 죽음보다 강하다는 말이 있습니다.

그 사람이 남편을 가졌든지 아내를 가졌든지 그 사람을 사랑하고 싶을 때, 그것은 어찌되었든지 간 하나의 자연스러운 요구입니다.

남편 있는 여자라고, 아내 있는 남자라고 사랑해서 안 된다는 천리(天理)는 없습니다. 오히려 그 사람이나 자기가 어떠한 조건을 가지고 있든지 간에 사랑의 감정은 솔직히 거리낌없이 발현되는 것이 오히려 자연스럽습니다.

사람의 감정은 일체를 초월하여 자유롭습니다.

그러나 그것이 현실화되고 형태화되기 위하여는 아내도 없고 남편도 없는 단순한 사람들의 사이와는 판이한 난관에 봉착합니다.

남편을 가졌다는 것, 아내를 가졌다는 것을 바꿔 말하면 이미 선행한 순간에 있어 그 사람들의 사랑의 완성한 질서이기 때문입니다. 그러므로 아내 있고, 남편 있는 사람을 사랑한다거나 그 사람들로부터 사랑을 받는다는 일이 있을 때는 그 질서(결혼)가 속한 사회의 간섭을 받게 됩니다.

중혼죄라든가 간통죄라든가 하는 것은 이 완료된 사랑의 질서를 성립화하여 국가가 그것을 인정하고 그것의 함부로의 교란을 방어하기 위한 사회의 공동한 의지의 발로라고 말할 수가 있습니다.

그러나 아내 있는 남자와 남편 있는 여자란 이러한 의미에선 동일한 단위라 할지라도 현재의 가족법은 대단히 차별하여 처리하고 있습니다.

아내 있는 남자가 다른 여자를 사랑하느니보다 남편 있는 여자가 다른 남자를 사랑하는 것을 중죄로 벌합니다.

이것은 여러분이 잘 아시듯 가족에 있어 주권을 남자 쪽에 인정하는 때문입니다.

그러므로 지금 우리의 문제를 중심으로 하여 생각할 제, 아내 있는 남자를 사랑하게 된다 해도 그 남자만 동의한다면 문제는 간단해집니다. 즉 남편 있는 여자를 사랑하고 비록 그 여자가 동의하였다 할지라도 간통죄라는 것이 성립하나 먼저의 경우엔 그다지 죄악이 아니라고 보아집니다. 바꿔 말하면 그 남자의 아내된 사람의 비극은 오늘날의 사회란 그다지 고려하지 않습니다.

이것은 하나의 불공평한 처사가 아닐 수 없습니다.

그러나 남의 아내 있는 남자를 사랑하는 여자 쪽에서 생각할 제 이런 것은 항용 안중에 들어오지 않습니다. 이것은 사랑이라는 것이 전혀 개인적인 요구이기 때문이라 할 수도 있습니다.

이것은 원리적으로 보면 아내 가진 남자와 그의 처와의 사이의 순(純) 개인 간의 문제 즉 두 사람의 애정의 지속 여부에서 결정되는 것입니다.

즉 내가 한 여자로서 어느 아내 있는 남자를 사랑할 제 그 남자가 나를 사랑하면 그 남자의 부부 생활은 자연 애정의 지속이 불가능하게 되고, 새로이 그 남자와 나와의 사이에 애정이 전개되고, 그것이 결혼이란 형태로 현실화할 수 있는 것이 자연한 순서입니다.

그러나 그 남자의 처도 내가 그 남자를 사랑하고 싶은 것과 마찬가지로 그 남편에 대한 애정이 의연할 제 문제는 종종 소설에서 보는 것과 같은 기묘한 결과를 낳습니다.

그렇지만 이 세 사람이 모두 자연적인 자유로움에서 서로 사랑했고 또 사랑한다면 그것은 조금도 사회가 관심할 문제가 아닙니다. 비록 남편 있는 여자가 남의 사나이를 사랑한대도 간통이란 죄를 물을 바가 아니 됩니다.

지금 새로운 결혼 생활을 하는 사람들 사이에서 왕왕히 볼 수 있는 이런 관계란 그러므로 윤리적으로 선악을 속단할 바가 아니라 생각합니다.

그러나 우리 조선에서 전형적으로 일어나는 이런 예는 그러한 것이 아니라 부자유한 결혼을 해 온 남자와 자유로운 사랑을 해야 할 제 전개되는 미묘한 관계입니다. 즉 낡은 결혼제도의 일 비극으로서입니다.

이러한 때는 개인의 정애(情愛)는 사회의 일반 질서와 대립하고 있는 것이 아니라 새로이 형성되려고 하는 질서의 전제가 낡은 질서와 대립하고 있는 것입니다.

그러므로 여기에는 시대와 시대와의 대립이란 게 의식되어 온 것입니다.

그렇지만 오늘날의 문제는 이보다 좀 앞서 차차 자유스런 개인 사이의 애정의 문제로 옮아오고 있지 않을까요?

이것의 이성적 처리는 또한 전혀 새로운 과제가 아닐 수가 없습니다.

거기에선 아마 개인 가운데 있는 정감의 요구와 이성의 요구와의 어느 관계가 스스로 그 문제의 처리에 당하지 아니할까요?

그것은 현대의 청년의 존재의 중요한 성질이 사회적이냐 개인적이냐 하는 데도 관계될 듯싶습니다.

다음날의 기회에 다시 이런 말을 할 수 있을까 하고 이만 두겠습니다.

『여성』, 1939. 4.

■ '불륜'에 대한 임화의 생각을 보여주는 글이다. 일단 임화는 사랑은 자유로운 것이란 점을 분명히 한다. 그와 함께 사랑을 정감의 세계에서 이성의 세계로 고양시키는 것이 결혼이라고 본다. 그런데 결혼이란 제도가 정감의 영역에서 발생하는 사랑의 감정을 완전히 제어할 수는 없다. 그것이 가능하다면 불륜이란 현상은 발생하지 않을 것이기 때문이다. 여기서 제도와 욕망의 모순이 발생한다. 이에 대한 임화의 생각은 전복적이다. 그는 당시 조선에서 이런 문제는 구혼(舊婚) 제도가 낳은 비극의 소산이므로 낡은 제도를 초월한 사랑을 기존의 윤리적 잣대로 판단해서는 안 된다고 주장한다. 그러면서 점진적으로 낡은 질서가 새로운 질서로 대체되어갈 것이라고 전망한다.

사랑의 진리

벗은 내가 무엇을 할 수 있는가를 가르치고
적은 내가 무엇을 하지 않으면 안 되는가를 가르친다.

그리운 벗!

우리가 서로 사랑한다는 것을 의심할 수가 있는가?

우리가 조금치라도 서로 의심한다고 생각할 수가 있는가?

있을 수 없는 일이다.

우리들처럼 서로 사랑하는 사이도 없는 것이며 우리들처럼 서로 미더운 사이도 없다.

우리들의 실로 보잘것없는 회화[1] 가운데도 행복이 있고, 때로 잠시동안의 말 없는 만남에도 사랑의 따뜻한 강물은 넘쳐흘렀다.

세상에 어떠한 행복이 과연 우리들의 마음의 조그만 안온과 바꿀 수 있는가?

사랑하는 것 같이 행복된 것, 믿는 것 같이 즐거운 것은 참말 세상에 없다.

그러나 불쌍한 레오노레.[2]

---

1 회화(會話) : 대화.

사람의 마음이란 과연 무엇인가?

이렇게 사랑하면서 떨어질 수 없는 그대를 두고 와서도 오히려 마음이 즐겁다니……….

정녕 이별이란 것은 슬픈 것이다.

그러나 젊은 베르테르가 이곳으로부터 오히려 보다 더 일부러 즐거움을 끌어낸 이유는 무엇일까?

생각건대 괴테는 사랑이 응당 가져야 할 깊은 괴로움을 알아낸 현명한 시인의 한 사람인 것 같다.

모든 사람이 괴테가 보여준 결론을 수긍할 하등 공통된 이 의무를 질 필요도 없는 것이며, 베르테르와 같은 운명 가운데 들어서야 할 이유야 물론 없다.

그러나 거듭 뇌거니와 사랑이 요구하는 괴로운 책임으로부터 우리는 도저히 자유로울 수는 없다.

베르테르의 즐거움이란 정히 이 사랑의 책임이 얼마나 무거운가를 이야기하는 함축 있는 역설일 것이다.

더욱이 사랑이 요구한다는 것은 실상 하등의 강제적으로 가지려 함이 아니라 우리들의 마음으로 하여금 온전한 자유 가운데서 그것을 하지 아니할 수 없게 하는 만큼 한층 무거운 것이다.

요컨대 벗이 요구하는 것이 아니라 우리의 마음 자신이 우리의 마음에게 요구하는 것이다.

그냥 요구한다면 거부할 수도 있다. 그러나 우리들의 마음이 자기 자신에게 제출하는 그것을 거부하기는 참말 어려운 것이다.

---

2 레오노레 : 베토벤의 오페라 〈피델리오〉의 여주인공이다.

아무도 마음의 자유를 스스로 거부할 사람도 없을 것이며 그것이 거부될 때 고통은 어떠한 괴로움과도 비교될 수 없을 것이다.

사랑하는 벗!

실로 이것이 베르테르가 물은 사람의 마음의 내용이다.

너도 나에게 꼭 무엇을 해라 하고 요구하지는 않는다. 더욱 나야 그리할 수가 없다.

그렇지만 우리가 서로 사랑하는 인간을 위하여 아무것도 하지 않고 배기겠는가?

네가 온전히 행복되기에 종이 한 장을 들어 족하다고 할 제 비록 네가 천 근 돌을 들 기운이 있다 하더라도 그 한 끝을 들어주고 싶은 것이 내 마음이다.

하물며 네가 살림이나 생각이나 모두가 괴로움투성이일 때 두 손을 맞잡고 우두커니 섰을 수가 있는가.

물론 아무도 너를 위하여 나에게 무엇을 하라고 명령도 요구도 않는다.

더욱이 나 자신도 너의 괴로움을 덜어줄 조그만 힘은 없는 인간이다.

그러면서도 우두커니 섰을 수 없는 심정 그것을 알고 네가 네 괴로움을 웃음 속에 숨기려 할 때 내 마음은 더 한층 어찌할 수 없다.

죽어서 좋을지 살아서 좋을지…… 인간에게 어찌할 수 없는 경우란 무엇을 의미함인지 아는가?

불행한 라스콜리니코프의 가슴 속에 영원히 빼지 못할 못을 박은 것도 이 절박한 현실이다.

너는 나를 위하여 나는 너를 위하여 실로 어찌할 수 없는 심정!

이것이 사랑이 아니고 무엇이냐. 이것이 가장 큰 고통이 아니고 무엇이냐. 사랑이란 어찌할 수 없는 것이매 또한 아무것과도 바꿀 수 없는 것이다.

그런 때문에 사랑을 위하여 모든 것이 요구되고 그것을 모든 것 가운데 모든 것이라 부르는 것이다.

그러나 즐겁고 행복될 너와 나의 사이의 귀한 사랑이 어째서 괴로움이, 실로 비할 데 없는 괴로움이 되는가?

과연 인간은 아들이며 슬픔은 어버이. 괴로움 없이는 아무것도 알 수는 없다⋯⋯⋯.

보리는 여물기 위하여 이슬을 맞아야 하고 인생은 살고 알기 위하여 눈물을 용하다는 것일까?

사랑하는 벗아!

나는 이것을 인생의 가혹한 그러나 지상의 숙명이라고 긍정할 수는 없다.

사랑하는 인간을 위하여 사랑하는 인간이 아무래도 괴로워해야 하고 슬퍼해야 한다는 것은 도저히 인정할 수 없는 것이다.

사랑은 즐거워야 하고 사랑은 행복되어야 한다.

사랑 그것의 이름을 위하여 괴로움과 슬픔은 스스로 용인되지 않는 것이다.

그러나 불행히 여태까지의 어떠한 사람도 괴로움과 슬픔 없이 진실로 사람을 사랑한 예는 없다.

사랑에게는 불행이 따른 것이다.

이것은 온전히 우리가 적을 가지지 않고는 자기편을 정할 수 없었다는 인간 역사의 비참한 모순의 산물이었다.

그러므로 벗이 우리에게 가르친 것은 '무엇을 할 수 있는가.'이었으면 적이 우리에게 요구한 것은 실로 '우리가 무엇을 해야만 하는가.'이었다.

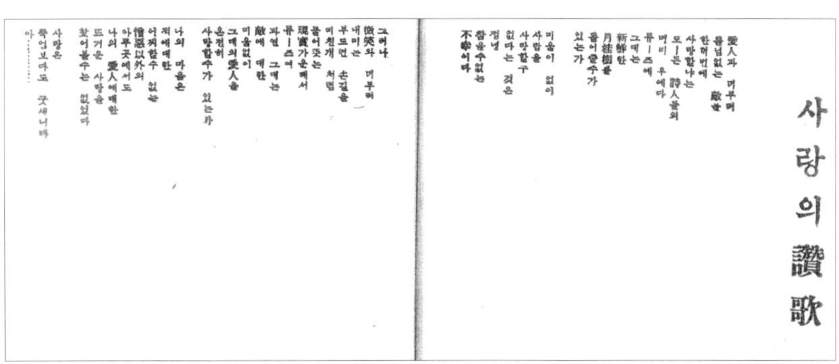

• 「사랑의 찬가」 원문

다시 말하면 사랑을 위하여 바치는 정성은 사랑하는 것을 괴롭히는 원수를 위한 어찌할 수 없는 미움의 정성과 전혀 뗴일 수 없었던 것이다.

사랑하는 벗아!

진실로 이곳의 오늘날 우리 청춘들의 가슴의 타는 사랑의 정열의 단 하나 진리가 있다.

우리가 조금만 침착히 생각한다면 우리들을 불행하게 괴롭히는 것이 온전히 네 자신의 책임이 아닌 것을 또한 내 자신의 책임이 아닌 것을 알 수가 있다.

너는 나의 행복을 위하여 나는 너의 행복을 위하여 적어도 할 수 있는 모든 것을 하려 했고 했었던 것이다.

불행이나 고통은 우리가 사랑하는 그것에서부터가 아니라 우리가 미워하는 그것으로부터 온 것이 분명한 것이다.

적을 눈앞에 놓고 미워함을 잊고 사랑만 생각함은 전혀 사랑이 아니다.

만일 미움이 한시라도 우리의 마음에서 떠난다면 우리가 곧 사랑하는 인간을 불행 가운데로 인도하는 책임을 져야 할 것이니까…….

생각하면 미움, 실로 어찌할 수 없는 미움 없이 사랑할 수 없다는 것은 얼마나 불행한 일이냐?

참말로 어찌할 수 없는 일이다. 그러나 지금 우리가 미움 없이 사랑한다는 것은 하나의 아름다운 거짓임에 불과하다.

미움 없는 온전한 사랑을 위하여 오늘날에야말로 미움은 전날의 어떠한 때보다도 강조되어야 할 것이다.

나의 사랑하는 사람은 너뿐이 아니라 네가 사랑하는 딴 사람, 또 그가 사랑하는 딴 사람, 그 밖의 모든 사랑하는 인간들의 미래를 위하여 우선 미움은 필요하다.

또 우리들의 자손이 미움을 모르고 사랑할 행복된 시대를 위하여도 이는 필요하다.

사랑하는, 진실로 사랑하는 벗!

실러의 시는 다음과 같이 고침이 오늘날의 진실일 것이다.

벗은 나에게 적에 대한 미움을 가르치고
적은 벗에 대한 사랑을 가르친다.

『조광』, 1937. 3.

■ '사랑의 서간집' 특집 가운데 한 편이다. "사랑을 위하여 바치는 정성은 사랑하는 것을 괴롭히는 원수를 위한 어찌할 수 없는 미움의 정성과 전혀 떼일 수 없었던 것이다."라는 문장이 이 글의 요지인데, 이 문장은 임화의 주객변증법적 사유체계를 잘 보여주는 것이라 할 수 있다. 재미있는 것은 이 글과 주제가 동일한 시가 「사랑의 찬가」라는 점이다. 이 시에 나타나는 사유와 감정의 날것 상태를 이 글에서 발견할 수 있다.

말의 빈곤

　소설가는 관찰하고 시인은 느낀다고 생각하는 것은 두 개의 양식에 대한 실로 유해(有害)한 견지(見地)이다. 문학은 보고 느낀 것이 언어로 개변(改變)됨으로 예술이 되는 것인데 실상은 명확하고 적절한 언어로 번역되지 않은 관찰, 정감은 결코 완전(完全)이 아니라고 생각한다.

　때때로 나는 완화(緩和)한 일 사건이나 미묘한 변화 과정을 통과하는 자연 등을 볼 때 그것을 형용하고 표현할 말의 부족을 느끼고 언어나 표상(表象)할 수 있는 한계가 너무 좁음을 한(恨)한 때 있으나 이것은 나의 재능의 부족, 또 통찰력, 인식력의 부족이라는 것을 곧 알았다. 넘어가는 황혼, 대단히 변화 많은 광선에 대하여 적절한 시어를 찾지 못한 것을 첫째 관찰의 불충분 즉 그것을 모든 전후좌우의 관계 가운데서 항상 독자적으로 나는 그 본질을 파악치 못한 때문이다. 이것은 감성의 일이 아니고 실로 이성의 일이다. 사물에 대한 표현의 언어를 다망(多忙)히 느낌에서 구할 때 그것은 성취되지 않는다. 모든 것을 그것의 필연한 일체의 배경 가운데서 보고 자기가 일정한 태도로 잡을 때 말은 부여된다. 말의 부족은 생각의 부족이다. 느낌, 관찰 다 이성에 의하여 말이 주어진다.

『조선문학』, 1936. 4.

기계미(機械美)

"건축은 사람이 주거하는 기계다."

이 말은 불란서의 유명한 건축가 코르뷔지에의 현대 건축론이다. 우리가 주거하는 집이 과연 기계의 이름에 해당하는지 여부는 여기서 물을 것이 아니나 코르뷔지에는 기계의 개념을 건축에까지 확대함으로써 현대 건축의 지향을 명백히 하였다. 이 말은 곧 건축으로부터 비기계적인 요소를 일체로 구축(驅逐)하자는 의미다. 건축에 있어 비기계적인 요소는 곧 장식적인 요소다. 장식성을 구축한 건축이란 극도로 합리적인 건축 즉 실제적인 필요 이외에는 한 개의 못(釘), 한줌의 시멘트도 사용되지 아니한 건축이다. 이러한 건축론은 일찍 건축을 예술의 한 부문으로 생각해 왔던 사상과는 전연 별개의 것이다. 그것은 예술로서의 건축이 아니라 기술(技術)로서의 건축 혹은 단순한 공업으로서의 건축이다. 건축가는 예술가가 아니다. 기사(技師)요 공업가다. 건축은 한 산업에 지나지 않는다. 본시 건축이란 최초(설계)와 최후(시공)에 있어 예술이면서도 기술과 공업의 영조(營造) 과정이 그것을 매개하는 것으로 다른 예술과 구별되는 것이다. 지금에 우리는 이런 성질의 예술로 영화란 것을 발견하였다. 영화는 건축과 같이 그 제작 과정은 순연한 공업이요 기술이다. 조각이나 회화, 공예 등의 조형예술에 비하여 영화나 건축이 다른 것은 수공업과 기계공업의 차이라 할 수 있다.

문학이나 음악 같은 예술도 그 제작에 넓은 의미의 기술을 필요로 한다고 한다. 음악의 연주는 더구나 도구를 수단으로 하지 아니하면 아니 된다. 작곡에 있어서만 음악은 문학과 같이 도구를 사용하지 않고 두뇌의 기능(技能)을 가지고 한다. 두뇌의 기능이란 것의 어느 부분을 우리는 역시 일종의 기술이라고 부르는데 그것은 아마 오랜 전승을 통하여 축적되고 동시에 일반화된 사고와 상상의 방식일 것이다. 한데 그것이 전승되고 일반화된 것은 정신적 노동에 합리적 기초가 될 수 있는 수단이기 때문이다. 논리적 조작의 기술이란 것이 이러한 수단의 대표적인 자(者)가 아닐까.

그리하여 문학과 같은 예술이나 정신과학에서도 최근 기술에 대한 관심이 성행하는 모양인데 이러한 현상은 모두 19세기 이래 점점 인간 생활과 문화를 지배하기 시작한 고도의 공업화의 영향일 것이다. 공업화의 핵심은 기계다.

그러면 기계란 무엇이냐 하면 도구가 발달한 것이요 그 기능이 고도화하고 동시에 그 구조가 복잡화된 것이다.

도구란 인간의 힘이 가한 자연 즉 가공된 자연이다. 이렇게 보면 기계란 거의 신체에서 볼 수 있는 자연의 모습을 완전에 가까우리만치 탈각한 가공된 자연에 불과하다. 그것은 인간이 자연 가운데서 발견한 합리성을 기초로 하여 재구성한 자연이다. 이 재구성 과정에서 인간은 자연의 비합리적 부분을 포상(抛象)하여 기계 가운데선 자연의 자의성이 탈락되었다. 바꿔 말하면 기계란 인간에게 완전히 정복되고 그 노예가 되어버린 자연이다. 이 인간의 노예가 된 자연을 버리고 인간은 또 다시 자연을 정복하려 든다. 그렇게 하면 기계는 인간의 자연 정복의 최고 성과요 따라서 인간의 힘의 한 상징이다.

그것은 기술의 금자탑이다. 인간이 자기의 능력의 최고 집성(集成)을 보고 어찌 황홀치 아니할 수 있으랴? 기계란 바로 조형화된 기술이다. 따라서 기계의 미라는 것 예하면 항공기나 호화선, 전투함, 고층건축과 타방(他方)의 시계, 현미경, 사진기 등에서 보는 조형미와 그것들의 기능을 통하여 표현되는 쾌속, 정확성, 규칙성 등은 최고로 조직화된 인간의 자기 능력이 가져오는 일종의 쾌미감(快美感)이다. 이것은 19세기 이래 급격히 발달해 온 과학의 한 성과다. 아무래도 현대는 이러한 합리성과 과학성의 산물이 가장 인간을 즐겁게 하는 시대가 아닌가 한다. 그런 의미에서 현대의 미를 찾는다는 그것은 진정한 미인지 아닌지는 별 문제로 하고라도 역시 기계미라는 것을 들지 아니할 수 없다. 그러나 마치 건축이 단순히 인간이 주거하는 기계가 아닌 것처럼 기계미는 오직 발레리가 말한 사실의 세기를 성격화하는 한 요소에 불과하다. 왜 그러냐 하면 미는 보편적인 것을 개성적인 형식으로 표현하기 때문이다. 기계는 기술이고 과학인 만치 과학 중의 과학이란 철학이 논리와 체계 가운데서 자기의 최고 기능을 발휘할 수 있는 것처럼 기계는 보편적인 것을 추상적 형식에서 표현함이 그렇기 때문이다. 그러므로 추상예술이란 기계의 관념을 예술 가운데 이입(移入)한 산물에 지나지 않는다.

역시 인간은 기계 이상의 미를 요하는 데 우리가 현대와 동화될 수 없는 근거가 있다. 건축은 주거하는 기계 이상이다.

『인문평론』, 1940. 1.

■ '현대미(現代美)의 서(書)' 특집에 수록된 글 가운데 한 편이다. 이 특집에는 총 12명의 문화예술인들이 참가하여 현대사회의 다양한 요소들에 대한 미학적 논의를 전개하고 있다. 이 가운데 임화는 기계의 미를 다루고 있다. 임화는 산업의 발달과 그에 수반된 기계의 발달이 현대인의 생활과 예술을 바꾸어 놓았고, 미에 대한 감각 역시 바꾸어 놓았다고 본다. 따라서 그는 기계가 미적 자질을 갖는다는 것을 인정한다. 하지만 미는 보편적인 것을 구체적인(개성적인) 형식으로 표현한 것이라는 입장에서, 기계는 보편적인 것을 추상적인 형식으로 표현한 것이라는 판단에서 기계미를 진정한 미로 보지는 않는다.

하일몽환(夏日夢幻)

1. 태고에의 복귀

꿈을 꾸는 데는 돈이 들지 아니한다는 말은 묘한 아이러니다.

돈이란 그만치 인간 생활에 샅샅이 끼어 있어 돈 없이는 꼼짝도 못하는 게 사람의 세상이다.

꿈에서만은 사람이 자기를 굽힐 데 없이 자유스럽다는 그 중 큰 원인이 돈이 안 든다는 게니 얼마나 악착한 게 돈인가?

이렇게 되고 보니 사람이 꿈을 즐긴다는 것은 돈이 없는 세상에 한 번 마음 놓고 살아보고 싶다는 원망(願望)의 표현이다.

돈의 구속으로부터의 해방!

이것은 다시 생각해 보면 돈이 위력을 떨치는 세상을 한번 훌쩍 뛰어넘어 인간이면 그냥 자유로울 수 있는 세상에 대한 동경이다.

현실 세계에서 받는 수난과 통고(痛苦)에 대하여 현실 세계를 초월해 보는 것으로써 자유를 향유해 보려는 심정. 생각하면 모두 이런 어린애 같은 동경을 가지고 산다는 것은 우습지만 적어도 아주 버리고 있지 못하다는 게 우리의 심정일지도 모른다.

그렇지만 날마다 우리가 지상을 떠나 하늘을 동경하고 있는 것은 아니다.

자꾸만 닥쳐오는 일상생활의 복잡한 누적(累積) 가운데 우리의 꿈꾸고자 하는 마음은 눌리어 잠자고 있는 것이다.

이 잠자는 동경의 마음은 그러므로 늘상 촉발(觸發)의 기회를 기다리고 있다.

현실이 사람을 몹시 상(傷)했을 때라든가 혹은 현실이 사람의 발밑에서 다시 없이 격렬한 동요를 일으킬 때라든가가 모두 이런 촉발의 기회를 제공한다.

그러나 이것은 세상이 알 듯 사람에겐 불행스러운 때다. 불행의 한가운데서 허덕이면서 사람의 마음 가운데 꿈꾸는 마음이 눈을 뜬다는 것은 우스운 일이 아닐 수 없다.

행복이란 언제나 불행과 대척(對蹠)하고 있기 때문이다. 현실의 행복이 깨어질 때 사람이 공상이나 꿈 가운데 자유의 세계를 짓는다는 것은 그가 다시 현실 가운데서 복됨을 구하기 어렵기 때문이기도 하다.

그렇지만 무력(無力)한 사람만이 공상을 꿈꾼다는 것은 아니다. 위대한 인간 가운데 오히려 스케일이 거대한 꿈이 깃들 때 꿈은 찬연(燦然)한 것이다.

이것이 꿈의 가장 중요한 측면이 아닐까?

사람이 일상계의 악착(齷齪)스러움을 떠나 본래부터 가지고 있는 원상(原狀)에로 회귀하고 싶다는 게 동경하는 마음의 본질일지도 모른다.

의상을 입지 않은 적나라한 육체, 자유스러운 성애방분(性愛放奔)한 감정의 도약, 혈류(血流)가 뛰는 쟁투(爭鬪). 우리가 원인(原人) 가운데 상상하는 것을 회복하고자 해도 인류 태고의 꿈은 언제나 사람이 간난(艱難)한 일상계의 악착(齷齪) 가운데서 꾸는 애상(愛想)이다. 그러므로 꿈이야 즐겨 즐거워야 한다.

2. 거대 숫자의 비밀

그래서 유원(悠遠)한 옛날 신화의 세계라는 것은 인간의 부단한 마음의 고향이 된다.

그런 의미에서 몽상은 인간의 본능의 하나일지도 모른다.

이것은 오랫동안 인간이 쌓아 올린 현실적 역사 가운데서 잊어버리었던 시적(詩的) 사고에의 부단한 향수(鄕愁)도 된다.

그 가운데서 인간이 행복을 느끼는 것도 진실이다.

왜 그러냐 하면 그곳은 아름다운 세계이기 때문이다.

돈이 통용되지 않는 세계, 타산이 필요치 아니한 세계, 그것은 시의 세계다.

수리(數理)가 권위를 가진 세계에서는 본시 시는 그 본래의 분방하고 자유스러운 생명을 상실하는 법이다.

금전에 관한 이야기, 금전을 모으는 정열이라든가 쾌락은 시의 대상이 되지 아니한다고 한 어느 시인의 말은 변치 않는 진실이다.

실상 꿈의 아름다움이 일상성의 초탈에 있다면 몽상의 쾌락은 시적 자유 가운데 있다.

이것은 또한 정신의 세계의 고매(高邁)한 자유라든가 혹은 정감의 왕성한 자의(恣意), 무구속(無拘束)이라든가 하는 것에 대한 사람의 영원한 동경의 한 가닥일지도 모른다.

이러한 꿈과 몽상은 인간을 견실(堅實)하게 하지 못할지는 모르나 인간을 아름답게 하는 것만은 사실이다.

정신의 순육(馴育)과 연마(鍊磨)란 실로 백만(百萬)의 돈보다 존귀한 것이다.

그렇건만 백만의 돈. 사실 돈의 액수도 이만[1] 정도에 이르면 몽상과 같이 현황(眩慌)[2]한 것이다.

그날그날의 생활에다 목을 걸고 허덕이는 인간에게 백만이란 거금이 생긴 연후에 전개될 생활이란 얼른 상상하기도 어려운 것이다.

그렇기 때문에 졸지에 백만금이 생기면 그것을 어떻게 쓰겠냐는 둥 그것을 쓰는 프로그램을 세워 보라는 둥 하는, 근간(近間)에 자주 대할 수 있는 설문이 생겨나는 법이다.

이런 설문은 단정커니와 오륙십 원짜리 월급에 목을 매고 있는 잡지 기자의 머리에서 우러난 꿈이리라.

돈에게 욕(辱)을 보고 있는 인간이 한번 공상 속에서나마 돈을 지배해 보고 싶다는 가여운 심정의 표현이다.

한 달에 오십 원이나 육십 원을 가지고 수삼인(數三人)의 가족을 먹여 살리던 청년들에게 백만금의 꿈이 실현된다는 것은 그의 생활의 영역이 무한으로 확대됨을 의미한다.

오십 혹은 육십에서 백만! 이 숫자의 상리(相離)는 실로 막대하다 아니할 수 없다.

비밀은 실상 이 숫자적 팽창 가운데 일상생활의 주변이 거대량으로 팽창되는 데 있다.

3. 꿈은 무한한 것

그렇지만 화폐액을 계산하는 숫자란 천체를 측량하는 숫자와는 성질

---

1 이만 : 이만한.
2 현황(眩慌) : 어지럽고 아찔함.

이 다른 것이다.

해왕성과 지구와의 거리를 숫자로 표현하는 기초에는 자연의 심오하고 무한한 비밀이 있다.

인간은 이 숫자를 가지고 자연에 대한 신비감을 건조무미한 수리감(數理感)으로 바꾸는 것이 아니다. 오히려 초거대량(超巨大量)의 숫자를 통하여 자연의 위대성, 장대미(壯大味)를 일층 근저(根底) 깊게 하는 것이다.

자연과학의 세계상 가운데서 이상하게도 현대인이 신화를 느끼는 것은 결코 이유 없는 일이 아니다.

신비감은 반드시 거대 숫자에서만 오는 것이 아니라 극미소(極微少) 숫자에서도 오는 것이다. 전자(電子)라든가 양자(量子)의 세계, 물질 구조에 관한 극미소의 경지가 우리에게 이상한 호기심을 일으키는 것이다.

사람은 극한대(極限大)에서와 꼭같이 극한소(極限少)에서도 신비를 느끼는 것이다. 요컨대 이것은 대소(大小)를 물론하고 무한하다는 데서 오는 세계의 무한정성(無限定性)에 대한 사람의 부단한 경이(驚異)다.

그러나 인간의 사회적 생활의 영역이란 본시 한정(限定)에서 출발하여 한정에서 끝나는 유한의 세계다.

인간은 첫째 유한한 생명이다. 출생이 생명의 최초의 한정이라면 사(死)는 최후의 한정이다.

이렇게 보면 인간은 생명에 있어 한정된 자연이다.

그러나 중요한 것은 인간의 사회에 있어서의 한정이다. 그것의 구체적 표현이 노동이다. 발명이나 발견이나 모두가 노동에 있어 자기를 실현한다. 노동이란 인간생활의 모든 자의적, 무한정적인 것을 구체화하는 곳, 한정화하는 곳이다.

노동의 세계란 바로 수리가 지배하는 세계, 양이 권위를 가진 영역이다.

기획 가능성의 기초 가운데는 수량이 들어 있다.

그러나 기획 가능성에 대한 인간의 주체적 신념 가운데는 또 무한감이 깃들인다. 이것은 노동의 역사적 성격이다. 역사에 있어 인간은 자기의 능력에 대한 유한감을 초월한다. 그것은 시간에 대한 감정이다. 유한한 생명으로서의 인간이 역사에 있어 무한정적이 되는 것은 정신의 가치에 대한 하나의 신념이다.

역사는 시(詩)에 통한다.

그러므로 시간감을 떠난 양의 팽창 가운데는 한정된 자연의 물(物)이 있을 따름이다.

한정된 자연물 이것은 언제나 노동의 결과다. 화폐가 아무리 거대량으로 팽창한다 해도 시(詩)와 무관한 것은 그놈이 제 아무리 확대되어도 의연히 한정적이기 때문이다.

더욱이 돈은 이 한정을 일층 추상화하여 결정화(結晶化)한 것이다. 꿈을 화폐에 의탁한다는 것은 몽상의 본질에 반(反)하는 것이다. 일상계를 떠나려고 꾸는 꿈이 그대로 돈을 통하여 일상계로 돌아오고 마는 것이다.

돈에 구속당하면서도 돈의 양을 확대하여 꿈을 꾼다는 것은 어리석고 슬픈 일이다.

『매일신보』, 1939. 8. 11-8. 14.

사치론

언젠가 학생들이 교복 속에다 와이셔츠를 입은 것을 비난한 신문기사를 본 일이 있는데 이 기사는 여러 가지 점에서 흥미가 있었다. 물론 그러한 사실이 신문에서 떠들기에 족한 '사건'이냐 아니냐는 별 문제다. 이것은 마치 여자들의 두발이 정치상의 문제가 되느냐 아니 되느냐 하는 문제와 비슷한 것이다. 그러나 상기한 바와 같은 신문기사가 우리의 흥미를 끄는 것은 교복 속에 와이셔츠를 입었다는 사소한 현상이 실로 청년 학생들의 정신과 기풍에 관계되기 때문이다. 와이셔츠를 착용한다는 것은 누구에게 있어서나 당연한 사실이나 교복 속에다가 그것을 입었다는 사실은 학생들이 자기의 신분과 처지에 상응치 않는 일에 흥미를 가지고 있다는 데 문제가 있다. 그러므로 학생의 입장에서 볼 때에는 와이셔츠쯤 입는 것이 사회의 비난을 받을 것까지가 무엇이냐 할 것임에 불구하고 사회는 교복 속에 착용한 와이셔츠에 대하여는 간섭치 아니할 수 없게 된다. 그것은 분명히 보통 양복 속에 착용한 와이셔츠와는 다른 의미를 갖기 때문이다. 바꿔 말하면 교복 속의 와이셔츠란 학생들의 사치심의 표현이다. 흔히 사람들은 좋은 의복이나 호사한 생활을 사치라고 생각하나 화미(華美)한 의복과 훌륭한 생활이 그 자체가 그대로 사치가 되지는 않는다. 의복이나 요리이고 무엇이고 간에 좋은 것이 나쁠 리가 없는 것은 와이셔츠의 착용이 나쁘지 아니한 것과 동일하다. 그러므로 사치라는 것은 여태까지 교복 속의 와이셔츠를 통해서 보아온 것처럼 자기의 처지에 맞지 아니하는 생활에 대한 부질없는 호기(好奇)와 모방에서 우러나는 것이다.

여급이 귀부인의 야회복을 착용했다는 사실은 분명히 사치에 속한다. 여급의 야회복과 교복 속의 와이셔츠란 이런 의미에서 동일 성질의 것인데 여기서 우리가 또 한 가지 알 수 있는 것은 사치라는 것은 주지와 같이 풍속상의 현상이다.

예술상의 모방이나 정치상 내지는 사상상의 모방은 그것을 그대로 사치라고 부르지 아니한다. 사치가 풍속상의 모방이란 점은 그러므로 취미의 모방이라 할 수 있다. 따라서 사치란 것이 주로 의복과 같은 데 표현되는 이유를 알 수가 있다. 의복이란 요리 등에 비하여도 인간의 취미의 모든 기본적인 표현이기 때문이다.

그런데 의복의 사치에서 나타난 현상에서 주요한 성질은 주지와 같이 유행이다. 유행을 쫓는다는 것이 거의 사치한다는 사실과 같은 의미를 가짐은 이 까닭이다. 따라서 사치의 근원은 사치하는 사람의 심리에 있으나 그것을 지배하고 규제하는 것은 유행 현상이다. 사치 심리가 주관적임에 불구하고 유행 현상은 객관적인 점에 사치의 원천으로서의 유행의 의미가 있다. 유행은 결국 사회적인 환경상의 통제력이다. 그러므로 사치란 유행을 쫓는 것과 동일한 의미를 갖는다는 것은 항상 사치하는 사람이 유행에 지배당하고 있다는 사실의 별다른 표현이다. 그러면 유행이란 어떠한 현상이냐? 제일로 유행에는 유행의 중심이 있다. 교복 속의 와이셔츠에는 와이셔츠를 통상복으로 착용하는 계층, 여급의 야회복에는 야회복을 입어서 조금도 사치가 아니 되는 계층이 있다. 따라서 학생의 와이셔츠 유행과 여급 간의 야회복 유행은 그들이 모방의 대상이 되어 있는 우세한 계층 생활의 존재를 전제로 한다. 그러므로 유행의 중심의 존재라는 것은 유행의 방면과 불가분의 관계에 있다. 파리에서 동경으로 혹은 동경에서 경성으로 하는 식으로 일정한 방향을 가지고 일세를 풍미한다. 중심에서 시작하여 말단에 와서 쫓는다는 것이 유행 현상의 운동 과정이라면 그 방향은 항상 도회에서 농촌에로 향하는 것은 극히 자연스럽다.

아무도 시골을 모방하지는 않는다. 그러므로 사람이 유행의 노예가 됨을 의미한다. 그러나 사람은 남의 노예가 되기 위하여 유행에 가담하는 것은 아니다. 그러면 왜 유행을 쫓느냐 하면 타인에게 떨어지기 싫기 때문이다. 여기에서 타인이란 우세한 생활인이다. 그러면 취미의 모방만으로 사람이 우세한 생활자와 어깨를 견줄 수 있느냐 하면 물론 아니다. 그럼에도 불구하고 취미의 모방은 외관에서만은 열세자(劣勢者)를 우세자(優勢者)와 같이 보이는 작용을 한다. 이 작용을 이용하여 열세자가 우세자인 것처럼 가장하고 그것으로 우세자라는 자위를 얻는 데 유행의 신묘한 매력이 있다. 그러므로 유행을 쫓는 사치심은 허영이고 위선심의 표현이다.

그러나 유행은 단지 공간적으로만 흐르지 않고 시간적으로 흘러간다. 즉 유행품의 생명은 변화하는 데 있다.

즉 자꾸 새로워야 한다. 즉 유행은 자꾸 우승자의 모방일 뿐 아니라 부단히 새 것을 가져야 하는 데 즉 자꾸만 신기해야 하는 데서 유행의 해독(害毒)은 이중으로 가중된다. 왜 유행은 새로워져야 하느냐 하면 열세자에게 자기의 표징(表徵)을 모방당한 우세자는 다시 새로이 열세자에서 자기를 구분하는 표징을 수립하기 때문에 열세자에 의한 우세자의 모방은 한 번만에 완료되는 것이 아니다. 자꾸만 반복된다.

이 반복 현상의 좀 더 깊은 구명(究明)에 들어가면 유행이란 것은 그 전모(全貌)서 나타난다.

먼저 우리는 유행을 열세자에 의한 우세자의 모방에서 비롯한다는 말을 했다.

왜 열세자는 우세자를 모방하느냐?

물론 사회의 성원이 우세한 자와 열세한 자라는 두 가지의 계층으로 분열되어 있다는 사실이 이러한 모방의 기초다. 그러나 고대에나 중세에 유행이 있었다는 말을 들어 볼 수는 없다. 농민이 왕후의 풍속을 모방했다는 사실은 고대에는 있지 않았고 또한 하층 천민이나 영주의 농민이 귀족이나 영주의 의복이나 습속을 모방했다는 사실도 중시민(中市民)에 대한 경의를 결(缺)한 자이며 그 존엄을 짓밟은 자이며 나아가서는 그것의 외람한 참칭자(僭稱者)이기 때문이다. 그러한 의복이 계율이 된 사회에서 유행이 있을 리가 없다. 이러한 사실은 단지 의복에만이 아니라 일반 풍속 전반에 긍(亘)했던 것으로 우리 조선의 고대에나 중세에도 있던 제도다. 건물의 장(丈), 추녀의 길이, 석회의 사용 등에까지 제한을 부(附)한 사실이라든가 의관에 있어 반상, 양반 중에 당상(堂上), 당하(堂下) 위계에 따라서 엄격한 제한이 있었던 사실도 역시 유행의 가능성을 완전히 봉쇄해 버리었다.

그러한 의미에서 유행이라는 것은 원칙적으로는 열세자에 의한 우세자의 모방이라 하더라도 동일 양식의 복장이나 풍속을 사회의 모든 계층이 무차별적으로 향유할 수 있는 사회서만 있을 수 있는 현상이다. 다시 말하면 의복이나 관대, 그 타(他)의 풍속이 계율로서의 의미를 상실한 제도 즉 시민사회에 있어서 볼 수 있는 현상이라 아니할 수 없다.

실로 시민사회에 있어서는 대통령의 의복과 회사원의 의복이 동일할 수 있기 때문이다. 그러나 사회가 동일 양식의 의복을 착용하고 동일한 습속에 젖어 있다고 유행이 있는 것은 아니다.

군대에는 유행이 없는 사실을 보아 이것을 짐작할 수가 있다. 그러므로 유행이라는 것은 어느 사람을 물론하고 자유로 복장을 차릴 수가 있고 생활의 풍속을 마련할 가능성이 보장되어 있는 사회의 산물이다. 그런 의미에서 시민사회는 유행을 위하여 가장 호적(好適)한 사회다. 화폐의 소유자만이 그 사회에서는 인간의 우열을 구별하는 표징이 되어 있기 때문에……. 바꾸어 말하면 시민사회에서는 화폐를 가지고 하는 일이라면 무엇이든지 용인되기 때문이다.

그러나 또 돈 있는 사람이 자꾸 좋은 의복과 좋은 생활을 해 간다고 유행이 생기는 것이 아니고 열세자 — 돈 없는 사람 — 가 우세자 — 돈 있는 사람 — 의 의복이나 풍속의 모방에서 생겨난다는 것은 여러 번 말한 바와 같다. 이 말은 고쳐 말하면 사회 성원이 우세자와 열세자로 분열되어 있는 사실이 이러한 풍속상의 모방의 기초가 아니라 우세자와 열세자의 기준이 화폐 이외의 어느 것 — 경제적 — 으로도 매개되지 아니한 적나라한 사회가 유행의 기반이라 할 수 있다. 그러한 조건만이 풍속의 모방을 자유롭게 한다. 만일 거기서 그 모방을 저해하는 사실이 있다면 그것은 화폐일 따름이다.

그런데 여기서 유행의 반복 현상을 분석함에 있어 이러한 전후의 발생과 함께 처음 당면하는 사실은 풍속상의 모방이란 간단히 말하여 돈 없는 사람에 의한 돈 있는 사람들의 생활습속의 모방이라는 사실이다.

그러면 왜 돈 없는 사람은 돈 있는 사람을 모방하느냐? 그것은 사람들이 제각기 남에게 돈 있는 사람처럼 보이기 위함이다. 이 보이기 위함이라는 데 특히 의미가 있는 것은 즉 사회에 있어 돈 없는 사람이 쉽사리 돈 있는 사람이 되기가 극히 곤란하기 때문이다. 그러면서도 그들은 돈 있는 사람이고 싶다. 이것은 모방의 심리다. 그러나 돈 있는 사람이고 싶다는 것이 곧 직접으로 풍속상의 모방을 초래하는 것은 아니다.

아까도 말한 바와 같이 돈 있는 사람처럼 보이고 싶다는 심리가 모방의 동인(動因)이다. 그런데 돈 있는 사람처럼 보이고 싶다는 심리가 특히 왜 풍속상의 모방으로 향하느냐? 그것은 돈 있고 없는 사실의 표현이 일상적으로는 풍속상에 나타나기 때문이다. 특히 의복 같은 데……. 그러므로 의복 같은 것의 모방이 또 풍속상의 모방의 중심이 되는데 그러면 돈 없는 사람이 돈 있는 사람처럼 보여서는 무엇하느냐? 이 사회가 돈 없는 사람보다 돈 있는 사람에게 모든 의미에서 대우가 좋고 편의(便宜)하기 때문이다.

이것은 모방의 제약이다.

결국 사람들은 우세자의 모방을 통하여 자기가 열세자가 아니라는 자위를 얻고 또 사회에 나가서는 좋은 대우와 편의한 생활을 향유하게 된다. 여기에 열세자가 실질적으로 우세자는 못 될지언정 형식적, 외관상으로 우세자가 되어보는 유행 가운데 다투어 빠지는 비밀이 있다. 이리하여 실로 유행은 시작한다. 그러나 유행되기 위하여는 우리가 유행하면 곧 뇌리에 연상되듯이 풍속의 부단한 변화가 있어야 한다. 여기서 유행의 중심으로서의 우세자가 다시 큰 역할을 한다.

먼저 우리는 열세자에 의한 우세자의 모방을 그들이 형식상으로 우세자이려는 심리의 표현이라고 하였다. 그러나 사회생활에 있어 우세자는 또한 부단히 열세자로부터 자기를 구별하려고 노력한다. 왜 그러냐하면 첫째 심리적으로 자기가 사회의 우세자로 자처하고 싶고 또 일상

생활에 있어 그들이 우세자로서 지위를 유지한다는 것은 곧 특권자로 서의 우대를 받기 때문이다. 따라서 열세자들이 우세자의 풍속을 모방 해 버리면 사회에 있어 열우(劣優)의 표징이 상실된다. 모방의 결과는 균일(均一)이 남기 때문에 이러한 표징의 상실은 곧 그들의 특권의 상실 을 의미하게 된다. 그러므로 열세자에 의한 우세자의 모방은 곧 우세자 에 의한 열세자로부터의 자기 구별의 현상이다. 의복의 예를 들어도 작 일(昨日)까지 상류사회의 의복이던 것이 오늘날엔 전 사회에 유행하게 되면 상류사회에서는 곧 다시 새로운 형식으로 상류사회인인 것을 표 시하는 의복이 고안된다. 이 고안이 성립되면 작일까지 상류사회의 표 징이던 의복은 사회적 성질을 상실하고 일반 유행사회의 평범한 의복 으로 화한다. 그렇게 되면 이 의복의 착용은 열세자에 의한 우세자의 모방의 의의를 상실하고 다시 갱신된 상류사회의 의복이 새로운 모방 의 가치가 있는 대상으로 등장한다.

그러면 여태까지의 의복은 우리의 일상용어에 의하면 유행에 뒤떨어 지게 된다. 따라서 사람들은 다시 새로운 유행을 쫓게 되는데 사회적으 로는 낡은 모방의 포기와 새로운 모방의 발생이다.

그러므로 유행의 생명은 늘 새로운 데 있는 것이다. 또한 유행의 특 성은 변화하는 데 있다. 이러한 순환의 무리(無理)의 반복이 유행의 사 회적인 운동 행정(行程)이기 때문이다. 그래서 새 것이면 유행으로서는 의미를 표시한다.

여기에서 우리는 사치의 본질에 손쉽게 도착할 수 있지 않을까? 사치 란 분에 넘치는 생활을 즐거이 한다는 의미다.

분에 넘친다는 것 즉 실질적으로는 열세자이면서 형식으로 우세자라 는 심리와 행동, 이것은 곧 유행의 본질이 아니었던가? 사치는 유행과 유사할 뿐만 아니라 실로 유행의 표현이다. 사치란 기준이 없다는 것, 할 수만 있다면 인간은 얼마든지 쾌적하고 화미하게 살아갈수록 좋으니까——유행이 모방이기 때문이다. 모방에는 대상이 있을 뿐으로 기준이 없고 기준이 없다는 것은 '내'가 의식되지 않고 있기 때문이다. 분수를 못 차린다는 말은 자기를 의식치 못한다는 외(外)의 다른 말이 아니다.

『매일신보』, 1940. 10. 29–11. 1.

■ 당시 학생들 사이에서 교복 속에 와이셔츠를 입는 것이 유행이었던 모양이다. 이에 대해 임화는 교복 속의 와이셔츠는 학생의 처지에 어울리지 않는 것이라는 점을 들어 사치의 표현이라고 규정한다. 그리고 유행이란 사회적 열세 계층(계급의 의미에 가깝다.)이 우세 계층을 모방하는 것이라고 본다. 그런 점에서 그에게 사치와 유행은 의미상 같다. 그런 다음 그는 유행을 쫓는, 즉 사치를 추구하는 심리는 자본주의 사회의 계급적 차별에서 비롯되었다고 분석한다. 다시 말해 돈 있는 사람을 대접하는 사회가 돈 없는 사람으로 하여금 의복을 통해 돈 있는 사람처럼 보이고 싶어 하게 만든다고 설명한다. 또한 유행은 지역적, 계급적 하향성을 지니며, 우세자는 열세자로부터 자신을 구별 짓기 위해 끊임없이 새로운 것을 추구한다고 한다. 결론적으로 그는 유행의 추구가 몰주체적인 행위임을 우회적으로 비판하고 있다. 근대에 들어 나타난 유행이란 사회 현상을 심리학적, 경제학적 측면에서 날카롭게 고찰한 글이다.

독서론

1.

우연한 기회에 나는 어떤 직업 부문에 종사하는 거의 전원에 긍(亘)한 조사표를 읽어 본 일이 있는데 거기서 흥미 있는 사실을 하나 발견했다. 출생지, 연령, 학력, 경력, 신앙, 취미, 오락 등에 이르는 각항(各項)에 각인(各人)이 각색(各色)의 사실을 기입했는데 제일 공통한 현상이 취미였다. 그 직업 부문에 종사하는 인원의 연령이나 학력에 비하여 취미라는 것은 오히려 개인적 차별이 더 많아야 하리라는 것은 누구나 상상할 수 있는 사실임에 불구하고 그들은 서로 상의나 한 듯이 독서를 취미로 하고 있었다. 이 사실은 무엇을 의미할까? 나는 위선(爲先) 이 항(項)의 기입을 그대로 수긍해야 옳을지 여부를 한참 생각했다. 그러나 이내 기입자의 성실을 신뢰하기로 작정했다. 왜 그러냐 하면 그들의 극히 소부분이 진실로 독서의 취미를 향락하고 나머지 대부분이 오로지 취미로서만 독서를 즐기는 요컨대 읽지 않는 독서가라 하더라도 그들의 취미가 독서에 있다는 것은 사실이기 때문이다.

이렇게 생각하면 참말로 책을 읽어 그 속에서 진진(津津)한 맛을 즐기는 사람이나 그 맛을 상상하여 이내 자기도 고상한 취미의 사람이라는 사람에서나 한가지로 독서가 현대인의 취미와 광범하게 관계하고 있다는 사실은 능히 엿볼 수 있다.

취미라는 것은 오락과 달라 그것을 직접 행하여 즐기지 아니하더라도 관념으로만도 즐길 수 있는 물건이라고 위선은 해석할 수 있기 때문이다.

그러나 또 한편 세상의 다수한 독서 취미가들의 진실과 허위를 애써 꼬트리꼬트리[1] 캐지 않는다 하더라도 조석(朝夕)으로 신문에 게재되는 신간 서적 광고나 서점에 산적(山積)해 있는 각종 각양의 수다한 서적을 보면 이들 독서 취미가들이 제각기 무슨 책이고 간에 자기의 취미를 만족시킬 만한 서적을 어느 정도로이고 읽고 있으리라는 것은 상상할 수가 있다.

교수들이 라전문학(羅甸文學)[2]을 읽고 있는가 하면 학생들은 대역서(對譯書)[3]나 번역책을 읽고 있으며, 여학생들이 통속소설을 읽고 있는가 하면 주부들은 부인잡지에서 서양요리법을 정성껏 읽는 것이며, 독학소년이 중학 강의록이나 입지전(立志傳)[4]을 읽고 있는가 하면 농부들은 『춘향전』이나 『삼국지』를 아직도 읽고 있으며, 분주한 중역들이 신문을 읽고 있는가 하면 사무원들은 탐정소설이나 대중잡지로 무료한 시간을 흥미 있게 보낸다.

인쇄된 문학을 읽는 것은 이미 현대인의 일상생활의 불가결한 습속이 되어 있다는 어느 영국 작가의 말은 우리에게도 그다지 과장은 아니다.

내객(來客)의 무료를 생각해서 응접실마다 백과전서나 신간잡지가 비치되어 있고 번잡한 전차 속이나 하다못해 변소에서까지 인쇄된 문자를 손에서 떼지 아니하는 것이 현대생활의 한 습속이며 현대인의 생활

---

1 꼬트리코트리 : 꼬치꼬치.
2 라전문학(羅甸文學) : 라틴문학.
3 대역서(對譯書) : 원문과 번역문을 함께 수록해 놓은 책.
4 입지전(立志傳) : 위인전.

양식의 일종이다.

이것은 교육이 보급된 결과 서책을 읽을 만한 자격자가 증가한 결과이기도 하며 다른 한편으로 보면 인쇄술이 진보된 덕택으로 서적의 대량생산이 용이하게 된 결과이기도 하다.

어쨌든 현대는 활자의 시대다. 모든 분야에 긍(亘)해서 서책은 우리의 생활과 떼일 수 없는 교섭을 내고 있다. 어찌 경하로운 일이 아닐 수 있을까?

"사람들은 너무나 독서하지 아니한다."라는 보르텔의 탄식은 지금 돌이켜 보면 단지 18세기인의 탄식일 따름이다.

서책이 홍수처럼 범람하는 시대, 교수로부터 사동(使童)에 이르기까지 자기의 취미를 독서에 있다고 장어(壯語)할 수 있는 오늘날 보르텔의 숙원은 유감됨이 없이 성취되었을 것이다.

사실 모든 종류의 직업, 모든 층의 교양, 모든 연령의 남녀가 제각기 필요와 능력과 취미에 따라 마음대로 읽을 수 있는 책이 있고 모든 장소 예하면 서재로부터 사무소, 응접실, 전차 속, 노상, 변소에 이르도록 어느 장소에서나 그 처소에 따라 자유로 읽을 수 있는 책이 모조리 구비되어 있는 것이 현대다.

방대한 자본을 옹(擁)하고 일국 산업계의 중요한 지위를 차지하고 있는 제지, 출판업이란 사회의 이러한 수요를 만족시키기 위하여 존립하여 있는 것이다.

요(要)하건대 서책은 현대에 있어 다른 모든 물품과 마찬가지로 상품에 지나지 아니하게 되었다.

그렇다고 서책이 상품이 되었다는 사실을 탄식할 이유는 또한 없는 것이다. 문제는 오히려 서책이 상품화되면서부터 서책의 성질이 변화하였다는 곳에 있지 아니할 수 없다.

판매를 목적으로 한 물품은 주지와 같이 전혀 그 수요자의 요구를 만족시킴으로 안목을 삼는다. 서책을 요구하는 사람들을 위하여 대가와 교환으로 서책을 제공한다는 사실도 물론 비난될 이유가 없다.

그러나 서책이라는 것은 모든 사람에게 있어 고상한 요구의 만족을 위해서만 요구되는 것이 아니다. 여러 가지 부류의 사람의 여러 가지 요구와 여러 가지 장소에 알맞은 조건이라는 것은 본래로는 서책이 만족시키는 것이 아니다.

서책은 사람의 지적 만족을 주는 데 불과한 것이요 혹은 미적 쾌락을 주는 데 불과한 것이다.

요컨대 현대인이 인쇄된 문자를 대하는 것이 한 습속으로 화(化)하여 있고 서책에 대하여 전(前) 시대에 비할 수 없는 수요열(需要熱)을 가지고 있는 것은 대부분은 서책 이외의 방면에서 만족시켜야 할 요구를 서책에다 구하고 있는 때문이라고 볼 수밖에 없다.

서책 이외의 방면에서 만족시켜야 할 요구라는 것은 취미로서의 독서란 말에서도 그 편린을 엿볼 수 있는 것과 같이 예하면 승마나 권투나 끽연 등에서 만족될 요구를 즉 일반적인 취미상 요구의 만족을 서책에게다 구한다 함을 의미한다.

먼저도 말한 것처럼 서책이 주는 만족이라는 것은 극히 국한된 것이다. 그러므로 권투를 보듯 책을 읽으려 한다든가 궐련을 피우듯 책을 보려 한다든가 장기를 두듯 글을 읽으려는 사실은 서책 본래의 사명과 일치하지 아니한다.

그럼에 불구하고 현대에 있어 대다수의 사람은 이러한 태도로 서책을 대하고 또 이러한 요구의 만족을 목적으로 하여 서책이 저술되고 있는 것이 현대가 미증유의 독서시대가 된 중요한 이유의 하나다.

그러므로 이렇게 서책을 읽는 사람은 사실 독서를 하는 것이 아니라고 말할 수가 있으며 이러한 요구의 만족을 위하여 저술되는 서책은 서책이 아니라고까지 말할 수가 있다.

이 현상은 윤전기로 책을 박는 세기의 한 희비극이라고 말할 수가 있다.

만일 보르텔이 다시 살아와서 오늘날의 현상을 본다면 에밀 파게와 더불어 "많은 사람들은 너무나 책을 졸렬하게 읽고 있다."라고 탄식할 것이다.

사실 사람들은 너무 책을 읽고 또한 너무나 실로 너무나 책이 많은 것이 오늘날의 형편이다.

서책이란 결코 무료한 시간을 처치하는 편의한 수단에 불과한 것은 아니다.

2.

그러면 대체 서책이란 무엇이냐?

옛날 동양 사람들은 '독서지재성현(讀書志在聖賢)'이라고 말한 일이 있다. 그들은 성현에 가까우려고 성현의 책을 읽었다. 하지만 서책이란 반드시 경전만이 아니요 독서란 뜻을 성현에 두고만 읽는 것은 아니다. 물론 성현의 뜻을 두고 단정히 앉아 서책을 외는 사람들과 변비증의 고통을 잊으려고 조간을 펴는 사람과의 사이에는 운니(雲泥)의 차이가 있다. 그러나 성현에 뜻을 두었던 독서자라 하더라도 그들로 하여금 변비증의 불쾌감을 잊게 할 인쇄물이 있었다면 그들 역시 변소에서 능히 그것을 퍼들었으리라는 것은 결코 불가능한 억측이 아니다. 서책이라고는 경전 밖에 없는 시대에 성현의 말밖에 다른 것을 읽을 도리는 없었던 것이다.

불행하게 우리 동양의 고대인들은 불면증이 그들을 괴롭힐 때나 사람을 기다리는 무료한 시간에도 부득이 건조무미한 성현의 말을 읽지 아니할 수 없었던 것이다.

요컨대 과자를 먹고 싶은 때나 요리를 먹고 싶은 때나 어느 때를 물론하고 자기들이 가진 것이라고는 그것밖에 없었던 소합환(蘇合丸)[5]을 먹은 것이다. 이 소성현(小聖賢)들의 불행은 우리가 상상만 해도 실로 측은한 바가 있다.

우리에게 있어 서책은 미식이고 요리이고 싶다. 미식과 요리는 아무리 사람의 식성과 취미에 따라 다르다 하더라도 역시 미식은 미식이고 요리는 요리인 것처럼 양서(良書)라는 것은 이 사람이 이 책을 읽고 저 사람이 저 책을 즐겨 읽는다 하더라도 한가지로 양서는 양서다.

『판단력 비판』과 하이네의 시집은 분명히 별개의 독자에 의하여 읽히지만 그것들이 모두가 양서임에는 틀림이 없다.

근엄한 『판단력 비판』의 독자에게 하이네의 감미한 시집은 촌수가 먼 것이고 하이네의 독자에게 역시 『판단력 비판』은 그러한 것이나 그렇다고 『판단력 비판』이 악서라거나 하이네의 시집이 악서라고는 말하지 않는 것이다.

서책이라는 것은 이 논법에 의하면 응당 양서인 것이 분명하다. 그러나 양서란 말은 서책이란 말과 같이 막연한 것으로 모든 양서가 독서하는 사람에게 전부 읽혀야 한다는 이유도 없다.

---

5 소합환(蘇合丸) : 위장을 다스리고 정신을 맑게 해 주는 환약.

　결국은 자기에 대해서 좋은 책이 진정한 서책이요 또한 양서다. 자기에 대해서 그러면 주부에 대해서 요리 제법(製法)이나 변비증 환자에 대해서 아침 신문은 역시 양서가 아니냐? 허나 요리의 제법이나 변비증의 고통에 대하여 서책이란 결코 불가결한 대상물은 아니다. 서책이 요리 제법의 체득이나 변비증의 고통을 치료하는 데 소청(所請)되는 요구는 만족시키지 못하는 것임은 물론, 또 서책이란 그러한 요구를 만족시키기 위하여 존재하는 것이 아니다.

　먼저도 누차 말한 바와 같이 서책은 인간의 지적 욕구 혹은 미적 욕구를 만족시켜 주는 국한된 기능을 가지고 있기 때문에 그것이 비록 우연히 사람을 기다리는 무료한 시간을 보내는 데 사용되거니와 변비증의 고통을 잊기 위하여 변소로 끌려가는 경우가 있다 하더라도 서책은 결국 지적 혹은 심미적인 요구를 가지고 있는 사람에게 비로소 자기의 온전한 기능을 발휘해 보여 주는 것이다.

　그러므로 예부터 많은 사람이 서책을 좋은 벗에 비(比)한 것이다. 좋은 벗이란 불행할 때 만나면 우리를 위로해 주고, 고난할 때 당하면 우리를 원조해 주며, 무력해졌을 때 만나면 우리를 격려해 주며, 아무 일 없을 때 만나도 유쾌하고 재기 있으며, 지혜로운 회화로 우리를 한없이 즐겁게 해 준다.

　지적 만족과 쾌락, 서책이란 이 두 가지를 이러해서 선사해 주는 불변한 원천이라야 한다. 이러한 책이란 물론 경전이나 대성(大聖)의 저서에만 한(限)하는 것이 아니다.

　역사와 소설, 그 외의 어느 책이나 진실로 서책의 이름에 해당하는 것이면 사람의 이러한 요구를 만족시켜주지 아니하면 아니 된다.

　사람의 저열(低劣)한 감정을 충동한다거나 정당한 판단을 방해한다거

나 또는 반성력을 무디게 하는 종류의 책, 그것은 서책의 이름에 해당
할 수 없는 것이다.

왜 그러냐 하면 그러한 저작은 사람의 지적 또는 미적 요구를 만족
시키기는커녕 인간의 무지를 조장하는 것이기 때문이다.

독서에 있어 단순히 사람의 무료한 시간을 메워 주는 데 지나지 않
는 서책을 서책이라고 부르지 아니하고 또 그렇게 대하는 책을 진정한
독서라고 부르기를 꺼리는 것은 그러한 책을 읽음으로 인해서 사람은
감정의 도야, 판단력의 연마, 부단한 반성의 노력을 모두 둔하게 만들
기 때문이다.

사람이 감정과 판단과 반성해짐으로써 쾌락을 얻을 수도 없고 더구
나 지적인 요구를 만족시킬 수는 더구나 불가능하기 때문이다.

그러므로 독서를 했다는 것은 양서를 택해서 읽는 것을 의미하게 된다.

3.

양서라는 것은 그러면 어떻게 해서 골라져야 하는가? 세상에는 악서
가 지극히 많은 것처럼 양서라는 것도 적지 아니한 것이다. 왜 그러냐
하면 먼저도 말한 거와 같이 일반적으로 양서라는 것은 내게 있어서 양
서라는 것과는 의미가 상당히 다르기 때문이다. 그러기 때문에 양서의
선택이라는 것은 이중의 곤란한 관문을 거쳐서 행해지게 된다.

첫째의 난관은 잡다한 악서 — 그것은 양서의 수십 배, 수백 배 된다
고 하는 계산이 정당하다. — 의 홍수 가운데서 양서의 일군을 위선 구
별하고 그 다음에는 일반 양서 가운데서 특히 나의 양서를 분간해 내야
한다. 지난한 일이라 아니할 수가 없다. 사실로 좋은 독서, 진실한 독서

라는 것은 지극히 곤란한 일이다. 황금이나 진주는 허다한 사람에게 발견되는 것이 아니고 또한 그리 쉽사리 손에 들어오는 것이 아님을 상상할 필요가 있다.

러스킨[6]이 독서에 관한 연설 제목으로 '깨'란 말을 고른 것은 결코 연유가 없는 것이 아니다.

『아라비안나이트』 가운데 「알리바바와 40인의 도적」 이야기 가운데서 알리바바는 산적의 소굴로 뛰어 들어가 "문 열어라! 참깨야!"라고 주문을 외어 가지고 비로소 금은보화가 산적(山積)한 토굴의 문을 연 것이다.

그와 같이 우리도 서책 가운데 깊이 감추어진 지혜와 미의 재보(財寶)를 차지하기 위하여는 굳게 닫힌 암굴(巖窟)의 문을 열지 아니하면 아니 된다.

이러한 견지에서 보면 무료한 때일지라도 읽을 책이라고는 경전밖에 없었던 고대가 얼마나 부러운지 모른다. 누구나 쉽사리 성현의 말이 들어 있는 보고(寶庫) 앞까지 방황하지 않고 갈 수 있기 때문이다.

거기에 비하면 현대란 우리로 하여금 지혜와 미의 보고 앞으로 가는 길을 방황케 할 뿐 아니라 홍수와 같은 서책의 분류(奔流)는 우리가 가는 길을 집요하게 방해하고 있다.

신고(新古) 서점에 지면으로부터 천정에 이르도록 그득히 쌓인 수천수만의 서책들은 대부분이 지혜와 미의 보고로 가려는 선량한 독서자들 앞에 가로 걸린 실로 견고 무비한 방새(防塞)라 아니할 수 없다.

우리는 이 산적한 악서의 방새를 일일이 격파하지 아니하고는 미와 지혜의 도시로 접근할 수는 도저히 없는 것이다.

그러므로 우리가 받는 교육은 거기서 곧 지혜와 미를 배우는 것이

---

6 러스킨(John Ruskin, 1819-1900) : 영국의 비평가.

아니라 이 방새들을 격파하는 전술의 일부분을 배우는 것에 지나지 아니하는 것이다.

완전한 교육에 의해서 근근이 우리는 수다한 악서 가운데서 양서를 고르는 초보의 지식을 얻는 데 불과하다.

그 결과로 우리는 악서와 양서의 근소한 구별, 유독식물과 식용식물을 겨우 분별하게 된다. 그래서 허다한 도로(徒勞)와 무수한 실패의 경험 끝에 양서를 더구나 나의 양서를 골라 일생의 반려를 삼는 것인데 누구나 이 시기에 독서의 최대의 적의 하나인 난독(亂讀)의 쓰라림을 맛보게 된다.

난독의 해(害)라는 것은 상상 외에 큰 것으로 칼라일[7]은 이러한 말을 한 적이 있다.

> 제군이 비록 대영제국 도서관의 장서를 전부 통독했다 치더라도—그만치 오래 산다고 가정하고— 어쩌면 낫 놓고 기역 자도 모르는 무식쟁이임에는 틀림이 없을지도 모른다. 그러나 양서를 10항만 한 자 한 자씩 정말 정확히 읽으면 제군은 영구히 상당한 교양이 있는 사람일 수 있을 것이다. 교양 있는 사람과 없는 사람의 차이는 실로 이 한 점에 걸쳐 있는 것이다.

그러므로 독서를 했다는 게 그저 장기(長技)가 아니다. 만일 독서하는 사람이 일평생 청년시대의 난독에서 헤어나지 못한다면 칼라일의 말과 같이 영구한 무식쟁이로 끝나고 말 지 모를 것이다.

양서의 선택이라는 것 즉 좋은 책, 옳은 책을 골라 읽는다는 것은 그만치 중요한 것이다.

---

7 칼라일(Thomas Carlyle, 1795–1881) : 영국의 철학자, 역사가.

이러한 의미에서 볼 제 서책이 홍수처럼 범람하는 시대란 독서자에게 있어 실로 사탄의 세계처럼 두려운 세계라 아니할 수 없다.

읽기는 고사하고 책을 고르는 것만으로도 피곤하다는 것은 누구나 서점에를 들어서 본 사람이면 느끼는 감상으로, 어느 서구 작가가 만일 자기에게 권력이 오면 맨 먼저 분서(焚書)를 하겠노라고 한 말이 연상된다.

그의 말에 의하면 양서, 악서할 것 없이 현대의 모든 책을 불살라 버리면 한참 뒤에 가서는 현대의 서책 중 가장 영구히 남을만한 가치 있는 것만이 몇 권 독실한 사람의 비장(秘藏)으로 또는 수사(手寫)한 희서(稀書)로 남으리라는 것이다.

물론 악서에 대한 증오 또는 인쇄되지 아니해도 족한 너무나 많은 책이 인쇄되는 현대문화의 상황을 기(忌)하는 나머지의 극언이나 이 속에는 현대 서책 또는 현대인의 절도 없는 독서에 관한 신랄한 비판이 숨어 있음을 또한 부정할 수가 없다.

4.

에밀 파게는 19세기 말에 오히려 『독서술』을 지어 독서자에게 책 읽는 기술을 전수하려 했지만—사실 나 역시 파게의 이 불후의 양서를 소개하여 독자 제군으로 하여금 지적 또는 미적 만족을 얻는 최속(最速)의 길을 안내하려 한 것이지만—이제 와서 우리는 먼저 악서의 퇴치법을 연구하지 아니하면 아니하게 된 것이다.

현명한 파게가 그 지극히 지혜로운 저서에서 말한 것처럼 우리가 이야기하는 독서라는 것은 결국 독서를 향락하기 위해서 읽는 것이기 때문이다.

그는 향락과 취미로서 독서로부터 학문과 비평의 목적을 위한 독서를 구별하였다.

"비평가로서 읽는 것은 쾌락이 아니다. 혹은 많은 무미건조를 섞은 극히 특수한 쾌락이다."라고 말하고서 이내 사르세의 다음 말을 인용했다.

> 그것에 대하여 이야기할 자료를 얻기 위하여 서책을 읽는 것은 인젠 그만 진절머리가 난다. 그것은 읽는 것이 아니다. 그것은 옥을 맡기는 것이 아니다. 그것은 반송(反送)하는 데 불과한 것이다.

이것은 누구나 역시 경험한 직업적 독서—나는 교수나 비평가의 독서를 이렇게 부르고 싶다—의 고통 내지는 특수한 쾌락이다.

그러나 파게도 말한 것처럼 우리가 일반적 현상으로서 말하는 독서는 자유로운 독서—나는 쾌락으로서의 독서 또는 비직업적인 독서를 이렇게 부르고 싶다—를 의미하는 것으로 먼저도 말한 것처럼 거기에서는 그저 지적 내지는 심미적인 요구를 만족히 구하기를 기대할 따름이다.

독서를 통해서 우리는 각각(刻刻)으로 즐기고 만족하면서 교양하는 사람으로서 자기의 정신상 부(富)를 늘려 가는 것이다.

이 쾌락과 이 만족은 생각하는 즐거움이요 생각하는 만족이요, 이 부는 또한 생각하는 재산이다.

그러므로 "생각하기 위하여 서책을 필요로 하지 않는 사람은 행복되다."라고 파게는 말한 것이다. 그것은 지현(至賢)한 사람이거나 그렇지 아니하면 지우(至愚)한 사람에 속할 것이다.

그러나 우리는 생각하기 위하여 서책을 필요로 하는 부류의 사람이다. 그러한 우리에게 있어 생각게 하지 아니하는 서책은 서책이 아닐

뿐 외(外)라, 생각하는 것으로 살고 생각함으로 비로소 어리석지 아니할 수 있으며 생각함으로써 겨우 지혜로써 살 수 있는 우리에게 두려운 적이 아닐 수 없다. 그것은 우리를 무력하게 만들고 무지하게 만들고 어리석게 만들기 때문이다.

파게의 입을 빌면 독서는 가장 확실한 행복의 수단의 하나라고 했다. 왜 그러냐 하면 그것은 사람을 지혜로 인도하기 때문이라고 했다. 지혜로 인도하는 것은 독서란 지혜에서 왔고 또 그것이 독서의 고향이기 때문이며, 당연히 또한 독서는 자기의 친구를 그리로 끌고 가기 때문이라고 했다.

그러나 악서는 이와 반대로 사람을 불행하게 하는 유력한 수단의 하나라고 말할 수가 있다. 먼저도 말한 것처럼 그것은 자기의 친구를 무지로 끌고 가기 때문이다.

그러므로 양서를 읽는 것 즉 진정한 독서는 단지 그것이 교양의 수단일 뿐 아니라 교양 그것이 내 취미의 표현일 뿐 아니라 고상한 취미 자체는 행복의 일 수단이 아니라 중요한 행복 그것이라 말할 수가 있다.

『신시대』, 1941. 9.

■ 당대인들의 독서 경향을 비판하고 진정한 독서란 무엇인가에 대해 논한 글이다. 임화는 현대인들이 자신의 취미로 독서를 언급하는 데 주목하면서, 그 원인으로 교육의 보급, 인쇄술의 발전, 출판업의 발달을 지적하고 있다. 또한 이로 인해 야기되는 문제로 서적의 범람을 지적한다. 서적이 많아지는 것 자체는 문제가 될 바 없겠지만, 출판자본이 독자의 범속한 취향에 영합하는 서적을 출판하는 것은 문제가 될 것이다. 그는 독서의 목적은 단지 여가를 보내는 데 있는 것이 아니라 지적 만족, 미적 쾌락을 얻는 데 있다고 주장한다. 그런 의미에서 그에게 양서란 지적, 미적 욕구를 만족시켜 주는 것이다. 글 말미에 이르러 그는 에밀 파게의 말을 빌려 수많은 악서를 헤치고 양서를 골라 읽는 것이 삶의 행복임을 역설한다.

학생론

1.

학생에 관해서 이야기할 때에 사람들은 흔히 교사의 입장에 서거나 그렇지 아니하면 그들의 측근자(側近子)[1]의 입장에 서려고 한다. 요컨대 그들에 관해서 이야기하지 아니하고 그들을 향해서 이야기하려고 드는 것이다. 즉 그들을 향해서 입을 여는 모든 사람이 그들보다는 한 단(段) 높은 곳에 서 있고 그들이 듣는 모든 말소리가 훈화와 수학상(修學上)의 조언이다. 한 사람이라도 많은 사람이 그들을 향해서 유익한 말을 들려 준다는 것은 물론 더할 나위 없이 필요한 일이다. 이러한 현상은 한편 으로는 모든 사람들이 학생들의 장래에 대해서 깊이 관심하고 있는 때 문이라고 할 수 있으나 또 한편으로는 우리가 그들을 대할 때 교사나 측근자의 입장을 취하는 것이 그 중 쉽기 때문이기도 하다. 왜 그러나 하면 훈화와 조언이라는 것은 듣는 편의 내부를 애써 이해할 의무를 면 제하기 때문이다. 그것은 회화(會話)가 아니고 독백이다. 그저 이야기해 서 들려주면 그만이기 때문이다. 거기에서는 듣는 편의 내부에 들어 있 는 요망이라든가 의견은 자연히 고려되지 아니한다. 그러나 이러한 일

---

1 측근자 : '주위의 어른'을 의미한다.

방적 발언이라는 것은 우리가 그들의 교사와 측근자를 신뢰하는 한 그 사람들에게 일임함이 당연한 일이요 애써 제삼자의 누누(屢屢)한 언설이 사실은 그다지 필요한 것이 아니다. 만일 제삼자에게 그들이 요구하는 것이 있다면 그것은 독백의 경청이 아니라 대화의 교환이 아닌가 생각한다. 사실 젊은 학생들도 우리들과 같이 좋은 회화의 상대를 응당 요구하고 있을 것이다. 바꿔 말하면 그들은 듣는 것으로써 키워질 뿐 아니라 이야기함으로써 스스로 자라고 싶은 것이다. 대화의 기능이라는 것은 이야기를 주고받는 사람들이 서로서로 스스로가 성장하는 데 있는 것이므로 고대 희랍의 현인들은 제자를 교육하는 데 결코 훈화와 조언으로 하지 아니하고 실로 대화로써 한 것임을 생각할 필요가 있다. 요컨대 상대자의 말을 듣는 데서만이 아니라 부단히 내 의견을 피력하고 내지는 주장함으로써 상대자의 말을 받아들이는 태도, 그것은 지식과 도덕을 진실로 객관화해서 받아들이는 방법이기도 하며 또한 스스로 주체적으로 혈육화해 가는 과정이기도 하다. 학생들에게 주어진 이러한 기회라는 것은 물론 그들의 교우관계에 국한될 것은 당연하다. 교사나 측근자들 앞에서는 그들이 진실로 거리낌 없이 내부의 자유를 보지(保持)하면서 상대자의 의견을 받아들일 수 없기 때문에 그들의 유일한 대화자는 불가불 교우에 한정되지 아니할 수 없다. 경우에 따라 학생 제군들이 학교에서나 혹은 그 타(他)의 장소에서도 훌륭한 손위의 대화자를 가질 수 있는 일이나 그러나 우리가 체험하고 또한 우리가 주위에서 일상 목격하는 다수한 경우에 그들의 교사와 측근자는 회화의 상대는 아니다. 나는 학교 내와 학교 외를 물론하고 현대의 교육 방법의 유감된 부분으로서 이 점을 늘 생각하거니와 한번 서책을 통해서 그들과 교섭을 가지게 될 때 나는 그들이 서책에서 요구하는 바의 진정한 내부의 소리에 귀를 기울일 필요가 있다고 생각한다.

학생 제군은 비록 그들이 위대한 학자의 저서나 내지는 직접으로 자기가 강의를 듣는 교수의 저서를 펼칠 때일지라도 결코 훈화와 조언을 듣는 자의 입장에서 머리를 숙이고 있는 것은 아니다.

오직 그들은 한 권의 서책 앞에 앉았을 따름이다. 바꿔 말하면 우리들과 같이 그들도 한 사람의 독서자일 것이다.

독서를 하는 사람의 심리라는 것은 에밀 파게가 말한 것처럼 아무리 위대한 저자의 책자일지라도 그 책에 대한 어느 정도의 비평 의식을 항상 가지고 대하는 법이다. 즉 자기의 주장이라는 것을 영영(永永)은 버리지 않고 저자의 의견을 따라가고 혹은 열중하고 하는 것이 독서다.

그러한 관계라는 것은 어느 사람이 말하는 것처럼 나도 이야기를 하면서 남의 이야기를 듣는 관계 말하자면 일종의 대화, 말없는 대화다.

우리가 그들과의 관계에 있어 사실로는 이러한 말없는 대화자의 관계에 서면서 붓으로는 훈화와 조언, 교사와 측근자의 입장에 선다고 하면은 그들과의 대화는 부조(不調)에 끝나고 말 것은 당연한 것이다. 요컨대 학생에 대해서 무슨 논책이나 문장을 초(草)하면서 교사와 측근자의 입장에 선다면은 우리는 이내 소기한 목적을 달성하지 못하고 만다. 바꿔 말하면 말하려는 사람의 의지가 그들에게 통하지 않고 이해되지 않은 채 끝나고 마는 것이다.

그러므로 학생에 관하여 이야기하려고 할 제 누구나 먼저 버려야 할 것은 교사와 측근자의 입장이다.

그러면 학생에 관한 글을 초함에 있어 누구나 보지(保持)해야 할 것은 그들의 우인(友人)의 입장이냐 하면 그러한 것은 아니다. 우인이란 우리의 주위에서도 그렇거니와 특히 성육기(成育期)에 있는 그들의 교우 관계에서 볼 수 있듯이 손자(損者)도 삼우(三友)요 익자(益者)도 삼우인 것이다. 학생에 대하여 이야기하는 사람이 그들과 무책임한 교우 관계에 들어가는 것으로 능(能)을 삼는다면 그것은 대단히 위험한 일이라 아니할 수 없다.

국민으로서 혹은 지식인으로서 머지않아 사회에 나와 국가 사회에 중대한 관계를 가지고 있는 학생들에게 손(損)도 될 수 있고 익(益)도 될 수 있는 입장에 선다는 것은 허용되지 아니하는 일이기 때문이다. 그들에게 이익되는 영향을 줄 경우에는 거기서 더 좋을 바가 없으나 한번 손해를 끼친다면은 나 한 사람의 과실은 많은 학생에게 파급되고 그 영향은 이어서 그들이 나아가 생활을 전개할 광대한 영역에 놀라운 결과를 맺기 때문이다. 그러므로 말 없는 대화는 말 있는 대화에 비하여 몇 백배 책임이 중한 것이다. 그러므로 그들과의 대화라는 것은 학교나 가정에서 미처 실행되기 어려운 플라톤과 그 제자와의 대화 혹은 소크라테스와 그 제자와의 대화의 정신을 현대문화의 가장 은혜로운 문화적 산물인 서책을 통하여 그들과 상대하게 될 때 살릴 수 있어야 한다는 것이다.

추상적인 말로 하면 사회적 교육이라고도 이름할 수 있는 역할의 일부분이 학생들에 의해서 읽히는 서적에서 수행되어야 한다는 말이다.

그러므로 누구나 학생들과의 대화자로서 설 때의 입장이라는 것은 그의 사적 우인으로서가 아니라 공적 우인으로서의 입장 그것이다. 공적 우인으로서의 입장이라는 것은 공공(公共)한 입장 즉 한 사회, 한 국가 안에서 공동한 구성원으로서의 입장이다. 존장(尊長)이나 교수나 근친(近親)이나 선배나 누구든 하나의 공동한 국가 사회의 성원으로서 그들과 이야기할 때 거기에는 다른 모든 선행한 입장의 차이라는 것은 소멸하고 그들은 조금도 거북함이 없이 대등의 의자에 앉아 차를 마시면서 상대자의 말을 들을 수가 있는 것이다.

2.

공적 입장에서 이야기될 때 학생이라는 것은 배우는 사람이기 전에 먼저 청년이 아닐 수 없다. 그들은 오직 교육받는 청년일 따름이다. 따라서 학생의 문제라는 것은 일반적으로는 광범한 청년 문제 가운데 해소되는 것이며 특수적으로는 공부하는 청년의 문제로 솟아나는 것이다.

흔히 청년을 가진 국가 사회만이 미래를 가졌다고 말하는 것처럼 청년에 대해서는 장년과 노년층이 많은 희망과 기대를 의탁하고 있다. 이 말은 물론 좋은 청년을 가진 국가 사회만이 좋은 미래를 가졌다는 의미인데 청년들이 잘 된다는 것은 또한 곧 그 국가, 그 사회가 잘 된다는 것을 자연히 의미하게 된다. 그 말에는 또 청년들은 자기들 자신이 잘 되어야 한다는 축복의 의미도 들어있는 동시에 그들이 속한 국가를 융성하게 하고 사회를 진보케 할 일종의 도덕적 의미가 함축되어 있는 데 유의할 필요가 있다. 요컨대 청년이라는 것은 국가 사회 안에 전 성원 중 특히 그 국가, 그 사회를 융성 진보케 할 별다른 도덕적 의무를 가진 국민층이다. 이 의무라는 것은 흔히 생각하기 쉬운 듯 그들을 생육한 국가 사회가 그들로부터 징수하는 도덕적 과세냐 하면 그러한 것이 아니다. 그들에 있어서 이 의무의 수행은 자기 자신의 성장 완성과 떼일 수 없는 관계에 있기 때문이다. 바꿔 말하면 그들에게 부과된 의무의 수행을 통하여서만 청년은 성장하고 완성될 수 있는 것이다.

그 의무라는 것은 생물적으로나 사회적으로나 세대로서 표현되는 의

무다. 즉 한 사람의 아들로서 탄생한 청년은 타인의 아들로부터 다시 또 다른 타인의 아버지가 됨으로써 한 사람의 완전한 생물적인 인간이 되는 것과 마찬가지로 이미 존재한 한 사회에 나온 청년은 또 다시 스스로 다른 청년들의 사회(즉 그 주인공)가 됨으로써 완전한 사회적인 인간이 되는 것이다. 쉬운 말로 하면 남의 아버지가 됨으로써 생물적인 인간이 되는 동시에 남의 선배가 됨으로써 사회적으로는 또한 인간이 되는 것이다.

그러므로 세대라는 것은 일방에 있어 생식을 통한 종족의 보존이요 타방으로는 창조를 통한 사회의 진보다. 이러한 과정에서 한 세대가 수행해야 할 의무라는 것은 생식이나 창조에서 볼 수 있듯이 먼저 있었던 세대에다 무엇이고 더 부가하는 것으로서 마치 우리가 자녀를 둘 이상 낳아야 하고 사회에다 무엇을 기여해야만 진실로 종족의 보존과 사회의 진보라는 것이 의미하는 것처럼 우리에 선행한 세대의 유물을 그대로 향유하는 것만으로는 우리는 세대로서의 업무를 수행하지 못할뿐더러 세대로서 존재하는 의미를 상실하게 된다.

그러므로 우리에 선행한 세대라는 것은 우리에게 있어 한낱 환경으로서의 의미를 가지고 있음에 지나지 않는 것이다.

그것이 비록 우리가 아직 청년으로서 미처 새 세대로서 사회의 중심에 서 있지 아니하는 동안 즉 우리의 아버지 혹은 우리의 선배의 층이 사회의 우이(牛耳)를 잡아서 그것이 현 세대의 의미를 가지고 있는 때일지라도 주체적으로는 청년으로서의 우리에게 어디까지나 여건 이상의 의미를 갖는 것이 아니다. 만일 청년 앞에 놓여 있는 현세대—주체적으로는 구세대라고 생각되어야 할—가 청년들에게 여건 이상의 의미 즉 환경 이상의 가치를 가지고 있다면 그 청년층—자라나고 있는 세대—은 대단히 무력한 것이 아닐 수가 없다. 이러한 세대라는 것은 아버지는 아들에게 유산을 상속할 수 없는 세대이며 사회는 또한 정치와 문화 상의 대임(大任)을 위탁할 수 없는 세대라 아니할 수 없다. 그러나 주의할 점은 세대라는 것은 어떠한 기능 — 생식과 창조 — 을 수행하게 되든지 간에 생물적 사실이란 점이다. 즉 생물학적으로 계기(繼起)되는 현상이기 때문에 선행하는 세대라는 것은 일정한 기간이 오면 자연적으로 사멸 — 노쇠사(老衰死) — 하는 것이요 또한 생탄하는 세대란 것은 역시 자연적으로 성육(成育)하는 것이다. 그러므로 늙은 아버지는 그 아들이 부실해도 죽는 것으로서 아들에게 가계를 상속하지 아니할 수 없는 것이며 한 사회는 다음 세대가 능히 그것을 감당해 나가기 어렵다고 생각할 경우에라도 일체를 전승하지 아니할 수 없는 것이다.

한 집안이 자녀의 문제에 지대한 관심을 갖고 한 사회가 청년의 문제에 막대한 관심을 가지고 있는 것은 육친의 애정에도 유래하는 것이며 동시에 종족의 번식과 사회의 진보라는 역사적인 이기주의의 발현이라고 볼 수가 있다.

그러나 선행하던 세대의 이기주의가 생탄하는 세대에 대한 육친의 애정과 깊은 관련을 가지고 있는 사실을 여기서 특히 주의할 필요가 있다. 다시 말하면 자기 종족의 번식을 위하여 또는 내 국가, 내 사회의 진보를 위하여 청년을 사랑한다고 할 수 있는 동시에 또한 내 아들, 우리의 청년을 사랑하기 때문에 자기 종족의 번식과 우리 국가의 융성을 욕구한다고도 말할 수 있다.

만일 나의 종족이 번식치 못하고 내 국가가 진보하지 아니한다면 나의 아들이나 우리의 청년은 행복되게 살 수가 없는 것이기 때문이다. 실제로는 내 아들과 우리의 청년의 행복을 희구하기 때문에 내 종족의 번식과 우리 국가의 융성을 욕구하는 것이다. 양자는 실로 분리할 수 없는 일체로서 청년들에게 의무와 자유를 또한 동시에 주는 것이다. 자유는 청년의 주체적인 내부의 요구요 의무라는 것은 객관적인 외부의 요구라면, 의무의 수행을 통해서 청년은 자유로울 수 있으며 또한 자유로움으로써 비로소 의무는 수행되는 것이다. 요컨대 청년들이 스스로 성장하고 완성되려는 노력과 국가와 사회에 바치는 도덕적 의무라는 것은 모순하는 것이 아니다. 그러므로 낡은 세대로부터 분리하려는 경향은 또한 낡은 세대에 충실을 의미하는 것이다. 여기서 청년들은 자기에 선행한 세대를 환경으로서 받아들이면서 자기들 고유한 세대의 형성을 향하여 나아가고 있는 말하자면 형성되고 있는 세대다.

3.

형성되고 있는 세대로서의 청년 가운데서 학생이라는 것은 먼저 말한 바와 같이 공부하고 있는 청년층으로 그들에게 있어 특수하게 문제될 것은 교육이다. 그러나 여기에서 문제되는 교육이라는 것은 일반적인 의미의 교육이 아님은 또한 자명한 것이다. 현재 우리가 문제 삼고 있는 학생이라는 것에 여러 번 말해 온 것처럼 청년으로서의 학생, 그것은 당연히 전문학교의 대학교육을 받고 있는 학생들이다. 즉 일반 국민교육이 아니라 특수한 학문의 교육이다. 다시 말하면 학문을 배우고 있는 학생의 문제다. 이 문제는 또 다시 다른 측면에서 보면 장래 지식계급이라는 특수한 층을 형성해 가지고 사회에서 활동하고 생활해 나갈 특별한 청년층의 문제다. 이 청년들은 이미 남보다 여유(餘裕)한 환경에서 자라나서 지금 와 있는 학교에 들어와 있고 또한 장래에도 남보

다 일층 높은 교양과 학식을 체득함으로써 사회에 지도적 지위에 나아
갈 수 있는 청년들의 문제다. 그러면 학생의 문제라는 것은 예기하지
아니하고 이곳에 와서 두 가지 측면에서 중요성을 나타낸 셈이다. 하나
는 학문의 측면이요 하나는 지도성의 측면이다. 요컨대 학생론이란 것
은 청년 문제 중의 특수한 일 영역일 뿐 외(外)라 극히 중요한 청년의
문제라 할 수 있다.

그런데 그 중요성은 학생이란 것이 현재나 장래에나 학문의 체득을
통해서 지도성이란 것도 비로소 문제화하기 때문에 역시 학문의 문제
로 되지 아니할 수 없다. 즉 학생의 운명은 학문에 의하여 좌우되는 것
이다.

그러면 학문이란 어떤 것인가! 주지와 같이 칸트는 대학 내에 있어
학문이란 것을 국가와의 관계에 비추어 두 종류로 분류를 했는데 우리
에게 대단히 시사하는 깊은 견해다.

하나는 국가와 긴밀한 관계를 맺고 대중 생활에 많은 영향을 미치는
학문으로 예하면 신학, 법률학, 의학 등이요 또 하나는 국가가 그 학문
의 존재와 깊은 관계를 가지고 있지 않고 때로는 그것의 구속까지를 느
끼는 학문 예하면 철학이 그것이다. 그래서 제일의 것은 상위의 분과에
속한다 하고 제이의 것은 하위의 분과에 속한다고 했는데 칸트는 다음
과 같은 인간의 자연으로부터 설명하려고 했다. 명령할 수 있는 인간이
란 것은 비록 자기가 다른 사람의 종복이라고 하더라도 자기는 자유로
우면서도 남에게 명령을 내릴 수 없는 인간보다는 고귀하다고 생각하
기 쉽다고 한다. 그와 마찬가지로 국가에 종속되어 있으면서도 명령을
내릴 수 있는 학문은 자유롭기는 해도 명령할 수 없는 학문보다는 상위
에 서게 되는 까닭이라고 했다.

이러한 비유라는 것은 물론 절대적이 아니고 모두 실천적 학문으로서의 신학, 법률학, 의학과 이론적 학문으로서의 철학의 차이를 구별하기 위하여 편의상 분류한 데 지나지 않는 것으로 어느 학문이고 국가와 관계를 가지고 있지 아니한 학문이라는 것은 없다.

그런데 칸트가 이러한 비유로 두 가지 학문의 차이를 구별한 이유는 실천적 학문의 실용성과 이론적 학문의 합리성을 이야기하기 위함이었다. 즉 철학에는 법률학이나 의학처럼 실용성은 없으나 그 합리성 때문에 모든 학문을 자기의 영역 내에 포함하고 다른 학문은 합리성을 아니 가지고 실용성만을 가졌기 때문에 주로 실제 생활에 편익(便益)을 주는 데 공헌한다는 것이다.

이러한 학문 분류로써 칸트는 대학 내의 소위 '분과의 다툼'이란 것을 설명했는데 학문을 배우고 있는 혹은 그것을 배워 가지고 살아가려는 학생의 문제에 있어 이 문제는 큰 의미를 갖는다.

칸트가 말한 전자의 학문을 하는 학생이라는 것은 각 전문학교 학생, 또 대학의 의과, 법과, 상과 등에 다니는 학생의 수학 태도와 공통되는 것이요 후자의 것은 물론 철학과, 사학과, 그 타(他) 이와 유사한 인문과학 방면의 학생들의 수학 태도와 공통되는 것이다. 그런데 이러한 두 가지 상이한 수학 태도라는 것은 만일 학문의 실용성을 학문의 긍정면(肯定面)이라고 하고 학문의 합리성을 학문의 부정면(否定面)이라고 말하는 견해를 쫓으면 전자는 학문의 긍정면과 결합하고 있고 후자는 학문의 부정면과 결합하고 있다고 말할 수가 있다.

따라서 긍정면에서 학문과 결합하고 있는 학생은 학문을 수단을 삼아 가지고 살려는 사람이고 부정면에서 학문과 결합하고 있는 학생은 학문을 목적 삼아 가지고 살아가려는 사람이라고 할 수 있다. 요컨대 다시 말하면 전자는 학문을 체득함으로써 이 세계에 적응하는 데 편하게 하고 후자는 이 세계에서 있으면서 그것을 넘어서 무엇을 발견하려고 하는 것이라 할 수 있다.

그러면 어떠한 학문을 하는 게 고귀하냐 하는 질문을 발(發)할 수가 있는데 이것은 학문의 양 극단을 표현하는 사실인 바 용이하게 대답하기 어려운 문제라 아니할 수 없다. 철학과를 하는 학생이 법과 학생보다 고귀하다는 견해는 가소롭기 짝이 없기 때문이다. 그러면 모든 학문이 균일한 가치를 가지고 있는가 하면 여기서 생각나는 것은 이 위에서 우리가 인용한 칸트의 견해다. 그러나 어디까지나 사학과 의학의 우열을 논한다는 것은 불가능한 일이 아니면 아니 된다. 단지 여기서 우리가 주의를 요하는 것은 마치 의학이나 법학에 대한 편견과 같이 학문을 처세나 현학(衒學)의 수단으로서만 생각는 비속한 실용주의에 대한 반성이다. 사실 과거의 많은 우리의 선배가 이러한 태도로 공부를 했고 현재도 적지 아니한 학생이(나는 이러한 학생이 극히 적기를 희망한다.) 역시 이러한 태도로 수학하고 있는 것이 사실일 것이다. 이것은 학문의 존엄에 대한 모독이라 아니할 수 없다.

그러나 또 한편 학문을 자기목적적으로 생각하는 과도한 정신과학의 고고주의(孤高主義)도 반성되지 아니하면 아니 된다. 학문은 여하한 자(者)임을 물론하고 결코 자기목적적인 절대물이 아니다. 어떠한 형태로이고 인류의 복지와 국가의 융성에 공헌하기 때문에 있는 것이다. 그럼에도 불구하고 이러한 측면에서 역시 우리의 선배나 또한 현재의 학생 가운데는 이러한 태도로 정신과학에 종사하는 이가 적지 않다고 봄이 사실이 아닐 수 없다.

만일 전자의 태도가 속된 시정배의 것이라면 후자는 가소로운 정신주의라 아니할 수 없다.

그러므로 학문에 있어 우리가 생각해야 할 것은 일방에 있어서는 국가 사회의 요구에 충실하면서 타방으로는 학문 본래의 정신에 입각하여 현실의 심오한 인식으로 나아가는 것이다.

실제적 공헌의 길은 철학 속에서도 발견되고 현실 인식의 길은 법률학 속에서도 역시 발견할 수 있는 것이다.

이것의 종합이 진실한 학문의 정신이라 말할 수 있다.

그러므로 우리는 이러한 학문을 닦아 가는 학생을 장래 지도적 사회 성원이 될 청년이라고 생각할 수 있는 것이다.

『조광』, 1941. 10.

학생을 대하는 태도, 학생의 사회적 위상, 학문하는 태도 등에 대해 논한 글이다. 글의 내용은 이렇다. 첫째, 학생에 대해 이야기할 때 우리는 교사나 어른의 입장에서 가르치려 해서는 안 되고, 대화자나 공동체 성원의 입장에서 소통하려 해야 한다. 둘째, 학생은 국가와 사회의 발전을 책임질 청년이며, 학생 자신의 미래, 국가나 사회의 미래는 밀접한 관계가 있다. 셋째, 실용적 학문이나 이론적 학문이나 인류의 복지와 국가의 융성에 공헌하는 것이란 점에서 둘 사이에 우열은 없다. 이러한 견해를 토대로 임화는 학생들이 국가와 사회의 요구에 충실하면서 학문의 본래 목적에 충실할 것을 바라고 있다. '우리'라는 집단주체를 주어로 사용한 문장이 글에서 산견되는데, 이는 학생들에 보다 밀착하여 자신의 생각을 피력하려 한 데에서 기인한 결과일 것이다.

결혼론

1.

우리가 이 세상에 나면서부터 제 생애를 시작한다는 것은 물론 의심할 수 없는 사실이다. 누구나 아무 날 아무 시에 어느 나라 모 지방 뉘 집에서 고고(呱呱)의 성(聲)과 더불어 그 생애가 시작되는 것이다. 그 사람이 있지 않고는 그의 생애라는 것은 있을 수가 없기 때문이다. 그러나 우리가 세상에 나면서부터 제 생애를 시작한다는 말은 이렇게 자명한 사실과 더불어 다른 하나의 중요한 의미를 함축하고 있다. 아무개가 있다는 사실은 아무개가 났다는 것을 의미하는 것인데 그러면 아무개는 어디에서 어디로 나왔는가?

그것은 물론 어머니의 육체의 일부분으로서 생성하여 어머니와 독립한 육체로서 분리되는 순간에서 생리적 과정은 완료하는 것이다. 즉 우리 모두가 유래한 곳은 모성의 태내이요 도달한 곳은 그 바깥이다. 그 바깥이라는 곳은 일찍이 우리가 그 일부분이었던 어머니와 아버지가 사는 곳이요 또 그밖에 우리보다 먼저 우리와 같은 생리적 과정을 거쳐서 만들어진 수많은 독립한 육체들이 살아가고 있는 세상이다. 요컨대 나면서부터 우리는 우리보다 먼저 난 모든 사람과 동(同) 자격자로서 그들과 공동한 생활 가운데로 들어가는 것이다. 고쳐 말하면 우리는 어머니의 뱃속을 나오는 동시에 모든 사람들과 공동생활의 세계로 들어가는 것이다. 그러므로 사람이 난다는 사실은 요컨대 어머니의 뱃속에서 나온다는 사실과 더불어 모든 사람들과의 공동생활의 세계로 들어간다는 이중의 의미를 가지고 있게 된다.

우리가 세상에 나면서부터라는 어법은 생탄(生誕)이란 생리적 사실을 과거의 경험으로서밖에 가질 수 없는 우리로서 당연한 서술법이라 아니할 수 없다. 사람은 생탄된 뒤에만 생탄을 의식할 수 있기 때문이다. 그러나 우리가 세상에 나면서부터라고 말할 제 우리는 결코 만인에 있어 자명한 생리적인 그 유래를 이야기하고자 그 말을 시작하는 것이 아니다. 요(要)는 세상에 난 이래 세상 사람으로 살아온 자기에 관하여 이야기하려는 충동에서 항상 그 말은 쓰이는 법이다.

그가 세상에 나서라든가 우리가 세상에 나서라든가 하는 말은 그러므로 모두 전기(傳記)나 자전(自傳)의 시초가 되는 것이다.

전기라든가 자전이라는 것은 모두가 어떤 개인의 세상살이의 기록이다. 그러므로 우리가 세상에 나면서부터라는 말은 일견 우리의 육체의 모태로부터의 생탄이란 단순한 사실을 의미하는 것 같으면서도 그 실은 복잡한 사람들의 세계의 일원으로 살아온 우리에 대한 회고의 의식에 근저를 두고 있는 것이다. 여기에 비겨 생탄이란 생리적 사실은 그 실 인간이 존재한 근원임에도 불구하고 사람의 세계에 있어서의 생활이란 부차적 사실 앞에 압도되어 멀리 우리의 의식의 한낱 주변을 이루고 있는 데 불과하다. 만일 생탄이란 사실을 통하여 우리가 어머니와 맺고 있는 관계라는 것이 자연이라고 할 것 같으면 생탄 뒤에 영위되는 생활이란 것은 인위에 불과한 것이다. 그러나 사람에게 있어서는 이 인위라는 것이 자연보다 강력한 것이요 압도적인 것이다. 그러므로 어떤 사람들이 사람의 세계의 이러한 강력한 인위성의 지배를 가르쳐 사회적 자연이라고 말한 것은 그럴 듯한 것이다.

사회적 자연이란 말의 당부(當否)를 이곳에서 물을 필요는 없는 것이므로 여러 말을 피하나 오직 우리는 우리가 사는 세계라는 것이 사회적 자연이라고 하여 그 강력함이 자연에 비길 만치 크다는 것을 알아 둘 필요가 있다. 자연이라는 것은 우리의 육체가 이미 하나의 자연이요 그것의 생존이 모두가 자연에 기초를 두고 있는 데서 볼 수 있듯 우리의 생의 일체의 근저를 이루는 것이다. 요컨대 우리가 사는 세계란 것은 그러한 자연에 비길 수가 있는 정도의 물건이다. 그러므로 우리가 자기의 생애나 혹은 남의 생애를 이야기할 제 어머니 뱃속에서 나와서부터라느니보다 더 많이 세상 밖에 나서부터라고 이르는 것은 이른바 사회적인 자연에 대한 깊은 경의에서 무의식중에 우러나오는 말이라 할 수 있다.

그러나 본원적인 자연에 비하여 사회적인 자연이라는 것은 다 같이 혹은 전자보다 후자가 보다 더 강한 위압을 사람에게 떨치고 있다 하더라도 다음의 두 가지 점에서 완전히 그것은 구별되는 것이다. 이른바 본질적인 자연이라는 것은 우리의 생사, 약로(若老)나 천재지변에서 볼 수 있듯 사람마다의 힘으로 만들어지고 인간의 힘으로 어찌할 수 없는 절대적인 물건인 대신 사회적인 자연이란 것은 습관, 법률, 제도 등에서 볼 수 있듯 결국에 가서는 사람의 힘으로 만들어지고 사람의 힘으로 좌우되는 것이다. 그럼에도 불구하고 사람의 생활에 있어 본원적인 자연보다 사회적인 자연의 힘이 더 강하다는 것은 어떤 의미일까? 모든 설명을 생략하고 결과로부터 이야기한다면 이 사실은 사람의 생활에 있어서는 자연의 힘보다 사람의 힘이 더 강하다는 사실의 증거 밖에 아니 된다. 요약해 말하면 자연에 대한 인간의 승리의 결과라 할 수 있다. 그럼에도 불구하고 사람이 자연은 정복하는 대신 사회에는 복종해야 할 이유가 어디에 있는가?

사회에 복종한다는 것은 극히 추상적으로 말하면 자기의 의지에 복종한다는 것을 의미한다. 사회적 자연이라는 것은 사람의 의사가 만들어낸 산물이기 때문에…….

2.

그러나 사람은 사회가 사람의 의사가 만들어낸 산물이라는 것을 의식하기 위하여는 자기가 사는 사회에 대한 자각을 갖지 아니하면 아니 된다. 다시 말하면 환경 가운데 있는 자기를 독립한 인간으로서 자각하지 아니하면 아니 된다. 이러한 자각은 사람이 자기 이외의 일체의 부조(扶助) 없이도 자립해 갈 만치 성장하지 아니하면 아니 된다. 말할 것도 없이 이 성장은 생리적으로 일정한 연령에의 도달을 의미한다. 사람이란 생리적으로 한 사람 몫의 행세(行勢)를 하기 전에 한 사람 몫의 의식을 갖는다는 것은 불가능하다는 것이 통례(通例)이다.

왜 그러냐 하면 아무리 비범한 사람일지라도 생탄(生誕)해서부터 일정한 기간은 환경에 대하여 소극적으로밖에 살 수 없는 생리적 제한이 있기 때문이다. 유년기에 있어 사람은 누구나 양친의 육체적 부조 없이 생존을 계속할 수는 없는 것이며, 소년기에 있어서는 언어로부터 습관에 이르기까지 인간 사회에서 사람이 생존해 가는 데 필요한 기초적 제조건을 습득해 가는 것이고, 청년기에 있어서는 또한 교육과 그 타(他)

를 통하여 사람이 인간 사회에서 생존해 나가는 데 필요한 제 지식을 배우고 적어도 이미 있어 온 사회의 성원으로 행세하는 데 필요한 평균 자격의 연마를 행하는 것이다.

이 기간이라는 것은 시간적으로 보면 약 이십 수년간, 생리적으로 보면 생탄으로부터 청년기에 이르는 육체적인 성장의 기간이요 사회적으로 보면 최초의 언어의 습득으로부터 습관과 지식과 의식의 형성의 기간으로 생리적 사회로 영아가 한 사람 몫의 인간으로 성장하는 데 필요한 기간이다. 이것이 어떠한 사람일지라도 생탄에서부터 일정한 기간 동안 환경에 대하여 소극적으로밖에 살 수 없는 생리적 제한인데 이 동안에 사람은 습관에 대하여, 제도에 대하여, 문화에 대하여, 환경에 대하여 오로지 일방적으로 순응하고 복종해 가는 것을 전부를 삼는 것이다. 그것은 먼저도 말한 것처럼 이 기간은 사람이 한 사람 몫이 되기 위한 준비의 시대이기 때문이다. 이 준비라는 것은 물론 먼저 말한 것처럼 생리적, 사회적인 양면의 의미를 가지고 있는데 먼저 생리적으로 한 사람 몫의 인간으로 독립한다는 것은 단지 나이가 이십 세가 넘어 한 사람 몫의 육체를 구체라는 것으로 완료되느냐 하면 일견 그러면서도 그렇지 아니하다.

그것은 인간의 완전한 생의 영위란 것이 자력(自力)에 의한 식이(食餌)의 획득만이 아니라 또한 종족의 보존이란 생식(生殖)의 임무가 과부(課賦)되어 있기 때문이다. 생식이라는 것은 주지(周知)와 같이 남녀가 모두 그 배우(配偶)를 얻어서 비로소 가능한 것이다. 그러므로 우리 동양에서 아이와 어른의 구별을 전혀 미혼과 기혼에다 표준을 둔 것은 저간의 사정을 말하는 사실이 아닐 수가 없다. 물론 십오 세의 기혼 남자를 우리가 어른이라고 말할 수 없는 것과 마찬가지로 삼십 세의 미혼 여자를 아이라고 말할 수는 없는 것이다. 사람이 완전히 독립되려면은 남의 자녀로부터 남의 부모로 전화(轉化)되지 아니하면 아니 되는 것은 철칙이다. 다시 말하면 사람은 배우를 얻어서 자녀를 생산함으로써 비로소 남의 자녀임을 면하고 비로소 완전한 한 사람이 되는 것이다. 결국 사람은 배우를 얻어 자녀를 낳는 것으로 비로소 자기가 자신의 주인이 되는 것인데 자기가 자기의 주인이 되기 위하여는 남의 부모가 되지 않고는 불가능하다는 것이 사람의 생리적인 독립의 과정이다.

그러나 사회적인 의미로 사람이 한 사람 몫의 독립을 하기 위하여는 무엇이 필요하냐 하면 그것은 결코 대학을 나와서 실(實) 사회에 직업을 갖는 것으로 달성되는 것은 아니다. 물론 먼저 우리가 어른 아이의 동양적 구별을 이야기할 제 말한 것처럼 기혼한 중학생이 미혼한 선생보다 어른이라고 말할 수는 없는 것이다. 그러나 기혼한 중학생을 나이 어린 어른이라고 말한다면 결코 그것은 어른과 아이에 대한 동양적 관념의 연장에 불과한 것은 아니다. 결혼이란 배우자를 얻어 생식 활동을 한다는 단순히 동물적인 사실이나 그것이 사람의 세계에 있어서는 따로이 사회적인 의미를 포함하고 있는 데서 이러한 관찰은 생겨난 것이다.

배우(配偶)를 얻는 때부터 사람은 주지와 같이 가족을 형성하는 것인데 가족이라는 것은 일면 생리적인 연대로 묶여져서 있는 생리적인 집단이면서 타면(他面) 그것은 사회의 중요한 단위다. 요컨대 이해를 달리한 각 개인이 계약이나 약속에 의하여 묶여진 최소의 세포가 결혼이란 생리적 행위를 통하여 만들어지는 것이다. 서로 배우자로 결합되는 남녀란 멀쩡한 남으로서 약속만으로 부부가 되는데 그것이 뜻하지 아니하고 자손을 이어가는 혈족 보존의 생리적 결과를 낳는 데 주의하지 아니하면 아니 된다.

주지와 같이 우리가 어머니와 아버지 사이에서 생겨난 것이 생리적인 사실인 것과 마찬가지로 나와 나의 아내 혹은 나와 나의 남편과의 사이에서 자녀를 낳는다는 것도 역시 생리적인 사실이다. 헌데 선행하고 후행하는 두 가지 생리적 사실의 결합이 되어 있는 남녀의 배우자가 서로 맺어지는 사실만은 사회적인 특질의 계약과 약속의 형식을 정(呈)하는 것은 무슨 때문일까?

3.

그것은 배우자의 선택과 그것과의 결합이 인간 사회의 제도의 하나이기 때문이다. 결혼이 계약이고 약속인 것이 남녀가 서로 자유롭게 배우자를 골라서 혼인을 하는 근대 사회의 제도라고 하면 우리 동양의 재래 습관과 같이 배우자의 의사와는 아무 관계없이 부모들의 의사로 정해진다면 그것은 배우자들의 부모들의 약속과 계약이 본인들의 의사를 대신한 데 불과한 것이다. 부모가 본인들의 의사를 대신한 것은 자녀들을 성장 전에 결혼시키는 데도 원인이 있는 것이다. 그보다 동양의 중세에서는 일반으로 청소년들의 인격의 자유라는 것이 인정되어 있지 않았기 때문이다. 그러므로 본인의 의사에 의하지 아니한 계약과 약속이라는 것은 사실은 계약과 약속의 본의(本意)에 어그러지는 것으로 그것은 계약이나 약속이 아니라 부모들이 자녀들에게 명령한 데 불과한 것이다. 바꾸어 말하면 이러한 결혼은 명령 결혼이라고 말할 수가 있을지 모른다.

또 한편 서양의 중세에서와 같이 신부(神父)가 배우자들을 결합시키는 것은 신앙에 의한 결혼이다. 즉 신의 신도로서의 사람들은 자기의 인격의 일체를 신에게 위임하였기 때문에 신의 의사에 의한 결혼은 신의 신도인 신부나 목사가 그것을 처리하는 데 불과한 것이다. 이것은 모두 본인의 의사에 의하지 아니한 결혼인데 고대에 있어서 사람들은 한 번 자기의 의사에 의한 결합을 한 일이 있는데 그것은 정욕을 느낀 남녀가 임의로 결합하고 임의로 헤어진 난혼(亂婚)의 시대다.

그러나 이러한 결합의 형태는 엄밀히 말하면 결혼이라고 말할 수가 없는 것이다.

비록 본인들의 의사에 의하여 결합하게는 된다 할지라도 그것은 단지 본능에 의하여 이성과 교접하는 데 불과한 것이다.

그러나 계약과 약속에 의한 결합이라는 것은 서로서로 사이에 인격의 신뢰에 기초를 둔 것으로 근대의 다른 제도와 마찬가지로 완전히 독립한 타인들이 자기들의 자유의사를 가지고 서로 부부가 될 것을 약속하고 그 약속을 공중(公衆)을 증인으로 하여 계속할 것을 계약하는 것이다. 이러한 결혼식장의 주례자라는 것은 본인들의 의사의 대변자인 동시에 그들의 약속을 계약으로 만드는 데 입회하는 공증인 즉 거기에 모인 공중의 대표자다. 그러므로 이러한 자유 결혼이 완전히 법률화되어 있는 국가에서는 주례자가 없이 단순히 공중 앞에서 간단히 약속하는 것으로 결혼이 성립될 수도 있는 것이다. 왜 그러냐 하면 두 사람의 결혼이 당사자의 일인(一人)에 의하여 부정된다면 그것을 증명할 제삼자가 없기 때문에, 그것이 계약이었는지 아니었는지를 알기 어렵기 때문에 공증인은 그것을 계약이었다는 것을 증명하는 역할을 하는 것이다.

이러한 여러 가지 경우의 결혼은 모두 결혼이란 것이 남녀 양성 간의 단순한 생리적 결합이 아니라 그 사회 전체의 기구(機構)를 이루고 있는 제도의 한 부분임을 말하는 것이다. 그것은 먼저 말한 것처럼 남녀의 결합이 성격의 상합(相合)이란 본능적 내용과 종족의 보존이란 생리적 성질을 띠고 있음에 불구하고 가족의 형성이란 사회적 행위를 매개체로 하기 때문인데, 가족이라는 것은 그 내용과 성질이 사회와 시대에 따라 모두 다른데도 불구하고 그 차이는 모두 그 사회, 그 시대 전체의 기구와 제도의 일부분으로서의 성질을 가지고 있는 데서 유래하기 때문이다.

결혼의 이러한 제도로서의 특질은 결혼이 당사자 간의 약속과 계약의 성질을 띤 자유 결혼에 가장 똑똑히 표현되어 있다. 계약과 약속이라는 것이 먼저도 말한 것처럼 본인들의 자유스러운 의사로만 맺어지는 것은 그것이 자유의사의 산물이란 것이요 계약의 체결과 약속의 교환을 동시에 그것의 폐기와 해제도 또한 자유로 할 수 있다는 것을 의미하는 것임에 불구하고 계약과 약속은 그것이 성립하는 순간부터 계약과 약속을 한 당사자들을 구속하는 힘을 갖는 것이다.

즉 당사자들 스스로의 자유의사의 산물이 그들의 자유를 구속하는 것으로서 그것은 결혼의 제도로서의 본질을 유감없이 발휘하고 있는 것이다. 이렇게 결혼을 하나의 제도라고 할 것 같으면 자라가는 청년들은 사회의 다른 제도와 마찬가지로 결혼이란 것도 순종할 환경의 하나로서의 의미를 가진 것은 물론이다.

그러나 결혼이라는 제도는 그 뒤에 오는 가족제도의 단초이면서 다른 제도와 달라 모든 개인에게 있어 그 사람의 생리적인 성숙과 시기를 같이하고 사회적으로 독립한 인격을 부여하는 계기가 된다는 의미에서 또한 기타의 모든 제도로부터 구별된다.

바꾸어 말하면 환경에 대한 소극적, 수동적인 태도의 종언과 적극적, 능동적인 태도의 생성의 분기점에 위치해 있는 데 특수성이 있다. 따라서 결혼이라는 것은 사람이 성장해 가는 과정에서 순종해야 할 최후의 제도인 동시에 창조해 나가는 최초의 제도이기도 하다. 다시 말하면 인간은 습관과 제도를 받아들이는 것으로써 또한 그것을 타파하고 개혁해 나가는 존재라고 할 것 같으면은 결혼이란 것은 복종과 정복, 관용과 창조의 분기점이라고 말하는 것이기 때문에 결혼에 대한 태도에 있어서 우리는 성장하는 청년들의 기존한 제도에 대한 태도와 그들이 이상(理想)하는 제도에 대한 희망의 편린을 발견할 수 있는 것이다.

요컨대 결혼에 대하여 청년들이 품고 있는 생각은 그 시대, 그 사회에 대한 청년들의 전체적인 생각이 반영된다는 것이다.

4.

그러므로 그 시대, 그 사회에서 결혼이 어떠한 형태로 행해지고 있느냐 하는 것을 보면 우리는 그 시대, 그 사회의 성질을 알 수 있는 동시에 그 시대, 그 사회가 미래에 대하여 품고 있는 잠재된 이상의 편린까지도 짐작할 수 있을 만치 결혼이라는 것은 뜻밖에 중요한 제도임을 알 수 있다.

헌데 오늘날의 청년 남녀가 어떠한 형태의 결혼을 이상(理想)하고 있는가 하는 것은 간단히 알기 어려운 사실이나 본지(本誌)가 조사했다고 하여 필자에게 전해준 약간의 자료에 의하면 거개가 매개혼(媒介婚) 즉 신뢰할 만한 사람의 소개로 혼인을 한다는 것이 제일 많은 모양인데, 물론 그것은 예전과 달라 약혼 전에 서로 보고 말도 바꾸어 보아서 서로 생소한 것을 면하고 일방 부모의 의사를 충분히 존중하는 말하자면 퍽 원만한 결혼 형태인데 여기에 대하여 구태여 비평을 가하고 싶지는

않다. 조선의 청년 남녀가 이러한 형태로 능히 안심하고 평생의 반려를
맞이하겠다는 데는 다른 여러 가지 사정은 제외하고 우선 그들이 자기
들의 선배나 부모를 상당히 신뢰하고 있다는 사실이 반영되어 있지 않
는가 한다. 즉 현대 청년 남녀의 부모라는 이는 일찍이 우리들의 세대
의 부모들과 같이 그 자녀에 대하여 전연 이해를 갖지 아니하지는 아니
하고 가문이나 자산이나 그 타(他) 부모들의 이해에만 입각하여 자녀들
의 결혼 문제를 생각지 아니하게 되었다는 사실을 어느 정도 의미할지
모른다. 그것은 이 문제에 대하여 일찍이 부모들과 거의 결사적으로 항
쟁하던 우리 연령의 사람에 비하면 행복된 일이다. 그러나 아무리 이해
있는 부모일지라도 이해라는 것에는 스스로 한계가 있는 법이다. 자기
들의 생각을 전연 무시하고 전혀 자녀들의 입장에서 생각하기는 어려
운 것이다. 또한 부모들에게 그것을 자녀들이 요구할 수는 있는 것이다.

만일 부모들의 이해에다 자기들의 요구의 현실을 구한다면 그것은
실로 무력한 자녀들이라 아니할 수 없다. 왜 그러냐 하면 자녀들은 최
량(最良)의 부모를 갖는 경우일지라도 한 세대로서 다른 요구를 갖는 것
이기 때문이다. 그렇다고 해서 나는 굳이 현대 청년 남녀들을 무력한
세대라고 비난코자 하는 것은 아니다.

단지 결혼이라는 것은 다른 어떠한 사실과도 달라 부모와 같이 독립
해서 생각하여야 할 물건이기 때문이다. 부부는 부모가 사거(死去)한 뒤
오랫동안 존속하는 것이요 자녀들의 부처(夫妻)가 부모를 섬기는 시간이
라는 것은 오히려 극히 짧은 것이라고 말할 수 있기 때문이다. 그러므
로 자기들의 장구한 일생의 생활을 짧은 동안 섬길 부모들의 존재로서
심히 견제당한다는 것은 효성스럽기는 할지는 모르나 떳떳하고 진실한
것은 아니다.

진실한 것은 그것이 없는 것, 떳떳한 것은 부끄럽지 아니함을 의미한다. 효성스러운 것이 그것일 리 없고 부끄러울 리는 물론 없는 것이다. 자녀들이 부모를 위하여 자기들의 속임 없는 요구를 실현하지 못했다면 그것은 착하기는 할지언정 역시 진실하고 떳떳한 것은 아니다. 진실이란 것은 자기의 순정(純正)한 요구에 충실하면서도 남에게 부끄럽지 아니할 제 그것이 참되고 따라서 떳떳한 것이다.

결혼이란 것도 현대에 있어서 배우자 간의 사랑을 기초로 하지 아니한 것을 전혀 상상할 수 없는 일이기 때문에 사랑이 언제나 결혼의 진실의 중심이 되지 아니할 수 없다. 사랑에 기초를 두고 두 사람의 자유 의사에 의하여 결혼이 성립해야 한다는 것은 모든 문명국이 오늘날엔 법률상의 제도로서 승인하고 있는 것이므로 청년들은 충실한 문명국의 국민으로서 당연한 이 권세의 행사에 게을러서는 아니 된다. 그러나 나는 만연(漫然)히 청년들에게 자유 결혼을 권하는 것은 아니다. 결혼에 있어서 애정이라는 것은 연애의 지속으로서 결혼에 이를 때는 물론이거니와 연애의 과정을 지나지 아니하고 결혼을 통해서 영위되는 부부 생활 가운데서 새로이 발(發)할 수 있는 것이기 때문이다. 매개되고 한두 번 보아서 부모 간의 승낙을 얻어 순조히 맺어지는 결혼에서는 그러므로 애정은 충분히 기대할 수 있는 것이다. 그러나 어떠한 경우를 물론하고 결혼이라는 것은 애정의 지속과 그것의 영속을 위한 질서 혹은 그것이 영속되는 제도 다시 말하면 애정의 영속하는 형식임을 명기(銘記)할 필요가 있다.

애정이란 한 감정, 감정이란 또한 순간적인 물건이기 때문에 그것의 지속을 위하여 또는 그것이 영속함에는 그것 자신을 구속하는 제도가 필요하게 되는 것이다. 그러므로 결혼이란 애정의 이성의 표현이라 할 수 있다.

그러므로 어떠한 경우이고 "결혼은 돌연히 성취되는 것은 아니고 부절(不絶)히 재취(再就)되는 것이며, 성공한 결혼이란 날마다 개축(改築)되는 건물이다."라고 앙드레 모루아[1] 같은 사람은 말하는 것이다. 그것은 결혼은 하기 위하여 많은 노력이 드는 동시에 결혼을 하고 나서도 적지 않은 노력이 든다는 것을 의미한다.

요컨대 결혼이란 복종할 제도가 아니라 언제나 청년에게는 창조해 나가야 할 질서인 점에서 나는 현하(現下)의 조선 청년들이 자기들의 결혼을 거의 순종할 환경 가운데 생기는 일이라고 대하는 것과 같은 태도를 기우(杞憂)하고 싶다. 그러한 태도는 어리석은 부모를 즐겁게 할지는 몰라도 현명한 부모들에게는 근심을 끼치는 것이다.

『신시대』, 1942. 1.

■ 결혼에 관한 임화의 생각을 담고 있는 글이다. 이 글에서 임화는 결혼은 인간이 종속적 존재에서 독립적 존재로 성장해 가는 매개라고 설명한다. 또한 결혼은 자유의사를 바탕으로 한 주체적 계약이고, 가변적인 애정을 영속화하는 제도이며, 복종할 환경이 아니라 창조해 나갈 질서라고 말한다. 결론적으로 그는 결혼생활을 지속해 나가기 위해서는 부단한 노력이 필요함을 역설하고 있다.

---

1 앙드레 모루아(André Maurois, 1885–1967) : 프랑스의 소설가, 전기작가.

수필론[1]
– 문학 장르로서의 재검토

몇 해 전 어느 문예잡지의 좌담회[2]에서 수필에 대한 이야기를 교환한 일이 있었다.

자세히 기억치는 못하나 이야기의 초점은 아마 수필도 과연 다른 문학 이를테면 시나 소설과 같이 하나의 독립한 장르로서 취급할 수 있느냐 없느냐 하는 것이었던 듯싶다.

그때 이런 제목이 골라진 것은 수필이 차차 성왕(盛旺)해 가므로 문학하는 사람들이 이런 것을 쓰는 데다가 다분(多分)의 정력을 경주(傾注)해서 족한지 아니한지 하는 문제가 아니었는가 생각된다.

그런데 당시로부터 벌써 오륙 년의 세월이 지났고 이즈음 와서는 잡지에는 물론 신문에까지 수필이 여간 많이 실리는 것이 아니다.

뿐만 아니라 그때에 비하면 수필의 성질도 꽤 변했고 노산(鷺山)[3] 같

---

1 이 글은『동아일보』(1938. 6. 18–6. 22)에 처음 발표되었고, 나중에 임화의 평론집『문학의 논리』(학예사, 1940)에 수록되었다. 부제는『동아일보』본에만 있다. 이 책에 수록된 글은『문학의 논리』본을 원문으로 하고, 임화문학예술전집 편찬위원회 편,『임화문학예술전집3–문학의 논리』(소명출판, 2009)본을 참조하여 옮긴 것이다.

2『조선문학』주최로 1933년 10월에 개최된 문예좌담회를 말하며, 여기에는 임화, 김기림, 유치진, 백철, 정지용 등이 참석했다. 그 요지가 이 잡지 1933년 11월호에 게재되어 있다.

3 노산(鷺山) : 이은상(李殷相, 1903-1982).

은 이는 이런 종류의 단행본 — 만일 기행(紀行)도 수필 속에 넣는다면
— 까지를 수삼종(數三種) 가지고 있다.

그러나 이런 현상만을 가지고 우리 문단에 수필이 새로운 지보(地步)[4]
를 요구할 만큼 성장했다든가 수필을 논하는 게 이미 불가결의 과제가
되었다든가 하면 물론 하나의 성급한 과장임을 면키 어려울 것이다. 헌
데 도대체 수필이라는 것은 어떤 것을 가리켜 이름이냐 하면 우리는 곧
이것이다 하고 즉석에서 집어 보일만한 그런 무엇을 가지고 있지 못함
이 또한 수필의 수필다운 곳이 아닌가 한다.

항용 일기체의 문장이나 혹은 서한체의 글이나 또는 기행, 하다못해
무제목(無題目)의 그야말로 조팅[5]한 단편(斷片)까지도 모두 수필류라 부
를 수 있지 않은가 한다.

그런데 이런 문장 가운데 통틀어서 볼 수 있는 공통된 특징은 쓴 사
람이 어떤 특정한 장르로서의 스타일의 규범을 받지 않고 혹은 완성을
목적하지 않고 비교적 자유로이 제 생각이나 사물을 기술하는 것이다.

그러면서도 논문이나 일반 저술과는 달라 어디인지 문학적인 성격을
갖추고 있는 게 우리에겐 소위 수필이라고 느껴진다. 따라서 장르로서의
문학과 논문이나 저술의 중간에 수필이란 것의 위치가 있다 볼 수 있다.

여기서 논문이나 저술이라는 것은 물론 과학적인 개념의 구사나 논
리적 조작에 의한 분석이나 종합 혹은 부단한 체계화에의 노력으로 성
격화되어 있는 것을 말함이다.

그러나 수필이란 본시 분석이나 체계화의 의도와는 관계없이 수시(隨
時), 수처(隨處)하여 쓰이는 것으로 스타일에 있어서도 논리적 조작의 기

---

4 지보(地步) : 지위.
5 조팅(jotting) : 대략적인 기록, 메모.

술성(技術性)을 필요로 하지 않는 것이다.

또한 소설, 시, 희곡처럼 소위 장르로서의 문학과 같이 성격(인간의)이나 사건이나 줄거리나 그것들이 서로 얽어놓는 고유한 구조의 규범을 지킬 필요도 없는 것이다.

고유한 구조! 장르로서의 문학은 제각기 다 제게만 있는 구조의 법칙을 가지고 있는 법이다. 드라마와 시와 소설은 동일한 대상을 취급하면서도 이 구조의 각이성(各異性) 때문에 독자(獨自)의 영역으로 분립(分立)되는 것이다.

그러면 수필이 고유한 구조도 없고 논문이나 저작과 같이 개념이나 범주도 없다면 어떤 특장(特長) 때문에 눈에 띄는가? 먼저 나는 하나의 규범으로서의 특성을 찾기 어려운 데 수필의 수필다운 점이 있다 하였다.

그것은 수필이 논문처럼 논리적 조작의 기술을 필요로 하지 않는 데서와 장르로서의 문학처럼 고유한 구조를 갖지 않은 데서 기인하는 것이나 사물이나 생각을 형상적인 방법으로 이야기한다는 데 과학이나 논문과 결정적으로 분리하는 대신 문학과는 분리할 수 없는 관계를 맺고 있음을 알 수 있다.

다시 말하면 그 이야기되는 형식에 있어서 아무래도 과학과 혼동될 수 없는 대신 현저히 소설, 시, 희곡에 가깝다.

그러면 우선 우리는 수필이란 고유한 구조를 갖지 않은 문학 바꾸어 말하면 장르로서의 문학 이외에 아직도 존재 가능한 문학의 한 양식이란 규정을 내려 둘 수가 있다.

그러면 문학이려면 불가불 가지지 아니할 수 없는 장르 즉 소설, 시, 희곡 등의 고유한 구조를 갖지 않은 어떤 종류의 문학의 존재를 인정할 수 있느냐 하는 것이 하나의 문제다.

하기는 시나리오 같은 것도 최근에 와서는 콘티뉴이티[6]와 구별하여 시나리오 문학(즉 새 장르로서)으로 정립하려는 경향도 있다. 그렇지만 시나리오가 문학 장르로서 독립될 수 없다는 이유는 희곡과 많은 공통성이 있기 때문이다.

왜 그러냐 하면 시나리오나 희곡은 소설이나 시처럼 제 자신 가운데 제 자신의 전부를 실현할 기능과 수단을 겸비해 가지고 있지 못하는 때문이다. 극장이나 필름은 시나리오나 희곡을 실현하는 수단이다.

다시 말하면 시나리오 같은 것은 희곡과 비슷이 고유한 구조를 가질 수 있고 장르로서 확립될 수 있을지도 모른다.

그러나 수필은 한가지 문학이라 할지라도 이러한 기존(既存), 미존(未存) 여하를 물론하고 어떤 장르에도 편입될 수 없고 장르로서의 문학으로도 확립될 수는 없다.

이 점이 수필이 여태껏 문학의 여러 장르와 더불어 문학적 저술의 일종으로 존속해 내려왔음에 불구하고 한 번도 한 시대의 문학의 확고한 주류를 이루지 못한 이유다.

또한 이 점이 여태껏 여러 사람이 수필을 완전한 의미의 문학이라고 평가하기를 꺼린 점이다.

그러면 수필이란 불완전한 의미에서는 어떻게 해서 문학일 수 있느냐?

완전하든 간 불완전하든 간 문학이기 위하여는 장르로서의 특징과 구조의 규범을 형성하지 아니하면 아니 된다.

그러나 장르와 구조에 있어서만 문학은 일체의 비문학과 구별되는 것은 아니다. 장르와 구조는 문학의 형식적인 측면에 불과하다.

---

6 콘티뉴이티(continuity) : 콘티. 영화나 텔레비전 드라마의 촬영 대본.

요점은 내용에 즉 사상에 있다. 다시 말하면 문학이 다른 비문학 이를테면 과학 같은 것과 구별되는 것은 이 사상의 부분에서이었다.

그러나 과학의 사상과 문학의 사상 그 자체가 근본에서 질을 달리하느냐 하면 그런 것은 아니고 사상의 형성과 파악의 방법에 있어 문학과 비문학이 다르다.

문학은 사상을 형상의 직관으로서 파악하고 형상의 윤리로서 형성해 간다.

문학에 있어 논리는 그것이 대단히 중용(重用)되는 때일지라도 윤리에 종속되는 것이고 모든 논리적인 것은 형상적인 것으로 번역됨이 마땅하다. 그러나 비문학은 이것과 순차(順次)가 정(正)히 반대다. 여하(如何)히 윤리나 형상성이 농후하다 할지라도 그것은 어디까지든지 논리와 체계에 종속되고 또한 종속된 전자(前者)로 번역되어야 한다.

그러므로 비문학이 냉혈의 객관자(客觀者)이라면 문학은 피가 흐르는 주관자(主觀者)인 감이 있다.

이런 점이 문학을 주관의 표현이라 하고 비문학을 객관의 인식이라 하는 등의 속설과 문학만을 정서의 문자라고 생각하는 치졸한 견해가 생기게 되는 근거이다.

그러나 논리의 객관성과 윤리의 주관성은 진실한 것이 표현되는 두 가지의 다른 형식에 불과하다.

과학적 진리에 대하여 인간적, 윤리적 진실! 이 한 점의 차이에 서서 우리는 문학과 과학을 이야기하는 것이다. 개념은 자연 논리를 통하여 체계가 되므로 진리란 것으로 끝맺는다면 형상은 생활을 통하여 윤리를 전개하는 것이다. 여기서 윤리란 것은 물론 모럴이란 외어(外語)의 가탁(假托)이다.

다시 돌이켜 수필이란 것이 문학이 되는 이유를 생각할 제 이 모럴이란 것의 중대성을 생각지 않을 수가 없다.

중대성뿐만 아니라 그 형식이 비문학적인 데(즉 문학적인 불완전성!) 불구하고 그것이 사상으로서 전연 모럴적인 데 불가불 문학적인 외에 도리가 없는 것이다.

즉 작품 가운데 인간처럼 작가 몽테뉴는 세상을 논리의 껍질을 쓰지 않고 살아가는 인간으로서 에세[7]를 이야기하는 것이다.

이런 의미에서 수필은 체계나 법식(法式)을 좇아 무엇을 교설(敎說)하는 것이 아니라 사색이나 생활의 진솔한 개성적인 기록임을 요하는 것이다.

이 개성적인 점, 일신상의 각도에서 모든 것이 이야기되는 친밀성, 육박미(肉迫味)는 수필이 문학인 때문에 생기는 별다른 맛이다.

그러나 다 같이 사상을 모럴로서 표현하는 데도 수필과 장르로서의 문학은 대단한 차이가 있다.

수필이 모럴리티를 갖는 것은 쓰는 사람 자신이 직접 제 일신상의 각도에서 사물을 보고 이야기하는 때문에 필자의 모럴이란 것은 대개 일인칭의 방법으로 표현된다.

즉 형상은 필자 자신이다.

그렇지만 장르로서의 문학은 본래에 있어선(예외가 적지 않으나) 작자가 직접 제 일신을 작품 속에 노골적으로 내어놓는 것이 아니라 작품을 구성하고 있는 개개의 형상과 그것들이 산 인간처럼 서로 관계하는 형상들의 생활을 통하여 간접으로 작품은 모럴을 표현한다.

여기에는 형상의 독립성이 있고 독자는 이 형상들과 그들의 생활관

---

7 에세(essais) : 에세이(essay). 몽테뉴(Michel de Montaigne, 1533-1592)가 인간과 세계에 대한 사유를 자유롭게 표현하기 위해 고안해낸 문학 양식. 그는 1571년부터 약 20년에 걸쳐 이를 제목으로 한 책 『Les Essais』를 출간했다. 국내에서는 『수상록』이란 제목으로 알려져 있다.

계를 아는 것으로 충분하다. 단지 어떤 최후의 일점에서 책을 덮어 둔 한참 뒤에야 작자의 모럴이란 것을 암시로써 향수(享受)할 따름이다. 즉 개성으로 생존하고 있는 작자 자신의 개성을 탈각(脫却)함으로써 개성이 표현된다.

<그러므로 작자를 둘러싸고 있는 현실이란 것은 작중 형상의 일상 환경으로 등장되나 수필에서는 직접 필자의 주위에 산재한 잡답(雜沓)한 일상 세계로 전개된다.

이러한 특징은 곧 수필의 산문으로서의 특징을 강조하는 것이다. 즉 형상이나 구조 기타 일체의 장르적인 것의 매개 없이 일상 현실은 직접 으로 수필 가운데 전개되므로 수필 속의 일상 현실이란 정련되지 않은, 그러므로 조분(粗笨)한,[8] 그러나 신선한 현실이다.>[9]

이곳에 수필의 또 하나의 특징이 나타난다.

즉 수필은 형상이나 구조의 도움을 받지 않고 직접 일상의 현실을 그대로 가지고 모럴리티를 표시하지 않아서는 아니 된다.

다시 말하면 가장 비시적인(非詩的)인, 가장 산문적인 예술이다.

요컨대 사소한 우스꽝스러운 일상사를 통하여 심원한 것을 표현할 수 있는 기능이 수필에는 요구된다. 이것은 문학의 가장 어려운 방법의 하나다.

이런 의미에서 우리는 수필을 대단히 쉬운 문학적 표현의 양식이라 고 생각는 속견(俗見)과 결별하지 아니할 수 없다.

참말 좋은 수필은 일상의 지지한 사소사(些少事)를 사상의 높이에까지

---

8 조분(粗笨)한 : 거친.
9 이 부분은 『문학의 논리』본에는 없다. 『임화문학예술전집3』, 537–538쪽에서는 이는 편집상의 실수이며, 이 부분이 있어야 문맥이 통한다고 보고 복원해 놓았다. 타당하다고 생각되어 이 책에 의거하여 누락된 부분을 추가하였다.

고양하고 마치 거목의 하나하나의 잎사귀가 강하고 신선한 생명의 표적이듯이 일상사가 모두 작자가 가진 높은 사상, 순량(純良)한 모럴리티의 충만한 표현으로서의 가치를 품어야 한다.

이 점에서 교묘한 수필과 훌륭한 수필이 구별된다.

일상사를 찬찬히 잘 기술하는 것은 교묘한 수필일지는 모르나 사상의 깊이가 없이는 훌륭한 수필이 되지 못한다.

이것은 작가의 사상이 도그마에서 교양으로 혈육 속에 용해되고, 교양은 그 사람의 모든 생활과 감정의 세부에까지 삼투하고, 그것이 그의 생활의 전부를 통하여 여유 있는 자유로운 한 개 인성(人性)으로서의 모럴로 작용할 때 비로소 가능하다.

과학자의 수필을 예로 든대도 그 사람이 제 과학의 방법을 그대로 척도 삼아 현실을 맞추어 간다면 수필의 가치는 제로다.

과학이 작자 개인의 한 인성으로 생활세계의 모든 것을 개성적으로 분별하는 자유로운 모럴로서 원숙될 때 그의 붓끝은 하잘것없는 일상세계를 다른 사람이 보지 못하는 신선한 시각에서 보게 된다.

즉 그 사람 개인이 아니고는 보지 못할 발견의 새로움을 독자에게 전개하는 것이다.

그러므로 수필이란 과학이나 사상의 견고함이나 체계의 정연(整然)함으로 일상세계를 처리하는 데서 생기는 문학적 미감이 아니라 그 사상이나 과학이 진실로 그 일 개인의 것으로 용해되었을 때 수필은 미려한 문학이 된다.

수필의 미는 요약하면 만인이 다 같이 보고 느끼는 일상세계 가운데서 투철한 개인만이 가지고 있는 개성의 자유로운 정신활동이 초래하는 소산이다.

그러므로 사상이 개성의 모럴이란 세계까지 충만되지 못하면 정작 좋은 수필은 쓰이지 않는다.

때로 우리는 어느 작가가 작품을 쓰면 그리 흉치 않은 것을 쓰면서도 한번 수필에 붓을 들면 말이 아닌 소리를 펼쳐 놓는 예를 볼 수가 있다.

물론 기교로써 그런 작가가 수필에 능치 못한 때도 있을 수 있는 것이나 정작은 그의 사상이 그 한 개인의 자유로운 정신활동의 높이에까지 도달치 못한 증거일 때가 많다.

작품이란 어느 의미에서는 작자의 생각의 불철저나 미숙을 가릴 수 있는 가능성을 주는 것이 아닌가 한다.

그것은 일상의 사소사를 집어다가 직접 제 사상으로 찬연한 생명을 부어넣는 곤란한 사업(이것은 수필의 중요한 성격의 일면일 뿐 아니라 예술의 결정적 요소다.)에 비하여 작품의 구조에 의하여 매개된다는 이로운 조건이다.

보기에 따라서는 직접 사물을 제 사상으로 여과해 낸다는 것보다 작품을 통하여 그 일을 해 낸다는 것은 더 어려운 일 같으나 그러나 작품의 구조나 성격 형성의 원리 등은 보편적인, 이미 만들어져 있는 어떤 규범으로서 작자의 노력을 덜어주는 측면도 있다.

바꾸어 말하면 타인의 방법을 가지고 제 생각을 이야기하는 것 혹은 남도 다 널리 쓰는 규범으로 제 생각을 표현해 가기 때문에 사상의 도그마로서 생경미(生硬味)가 가리어질 수가 있다.

물론 이것은 최량(最良)의 작품에 적용될 이야기는 아니나 작품이란 것의 구조상 성능이 다수인(多數人)의 공유 재산인 반면(半面)이 있다.

구조, 그것은 바로 형식의 한 개 법칙성, 합리성인 때문이다.

그러나 수필은 구조를 아니 가진 까닭으로 형식의 어떤 법칙이나 합리성이 없고 따라서 타인이 만들어놓은 어떤 규범을 이용하여 사물에

다 제 생각을 접합시킬 수가 없다. 수필은 아무 매개물 없이 직접으로 현실과 사상이 융합되어야 한다.

따라서 실로 미미하고 사소한 일상사가 전(專)혀 개성이 강한 정신의 힘으로 엄청난 가치를 발휘하게 된다.

이것은 사상이 도그마로서가 아니라 실로 개인의 모든 부면(部面) 가운데 침투하고 정서, 감정 생활의 귀퉁이에까지 충만했을 때 다시 말하면 원만한 교양으로서 그 사람의 일신 가운데 용해되어 있을 때 비로소 될 수 있는 일이다.

한 사상이란 항상 이러한 것이다. 즉 개인의 자유로운 정신이 모럴로서 정착되었을 때 견고하고 영구히 살 수 있는 것이다.

이것은 사상이 현실 속에 굳세이 발을 붙이고 있는 것을 의미한다. 일 개인에게 있어 사상과 현실과의 통일과 조화란 바로 이 좋은 모럴의 형성이다. 그러므로 수필은 좋은 생각만으로도 쓰이는 것이 아니며, 명석한 관찰안(觀察眼)을 가져야 하며 또한 좋은 관찰안뿐이 아니라 좋은 사상을 가져야 쓰이는 것이라 할 수 있다.

이렇게 생각하고 볼 때 과거의 경향문학의 수필이 명석한 눈을 채 갖지 못한 사상의 언어였다면 순문학의 수필이란 단지 눈으로 쓴 글이지 마음이 쓰는 글이 아니었다고 말할 수가 있다.

마음과 눈의 조화, 높은 정도의 융합이 없는데 좋은 수필을 기대할 수 없고 그러므로 자연스러웠다 할 수 없다. 이것이 조선 수필의 성격이 아닐까?

교양은 사회적으로는 풍속으로 표현되고 개인에 있어서는 취미로 나타나는데 돌이켜 우리 문단의 수필을 다시 이런 시각에 비추어 보면 경향문학자의 것들은 아직 취미에까지 미치지 못한 생경한 관념의 조작이었고 순문학자의 그것은 반대로 취미만의(사상으로서의 중핵이 없는) 술회였다 할 수 있다.

그러므로 그들의 취미란 것은 근대화되지 않는 즉 현대 정신을 통하여 현대 문화로서의 교양이 된 현대 취미 그것이 아니고 전대의 소위 동양 취미 그것이었다.

노산 같은 이는 물론 그 외에도 논문이나 소설에선 제법 현대인이면서 수필을 쓰면 의례히 동양 취미를 발휘하는 것으로 예술가연(藝術家然)하는(교양과 취미와의 불일치?) 실로 적지 않은 사람을 대할 수 있는 것은 이 까닭이다.

이 밖의 종류의 수필도 있지 않으냐 할지 모르나 그것은 우리가 수필로서 논하기엔 상기(上記)의 종류의 글과 견주기 어려운 것들이다.

현대적인 의미의 사상(개인에 있어선 교양)과 취미의 조화가 생기기 전엔 우선 조선서 좋은 수필은 읽기 어려우리라는 게 나의 수필론의 마감이 아닌가 한다.

『문학의 논리』, 학예사, 1940.

[부록] 임화를 말한다

안석주가 본 임화 ‖ 안석주(安碩柱)

임화 씨가 문예가로 나서기 전에 일본 자연과학자(?)에 임화라는 이름을 본 일이 있고 일본 잡지에서 임화라는 이의 글을 보고 어떤 친구가 "임화 군이 일본 잡지에까지 글을 쓰데 그려?" 하고 놀란 눈치로 말하는 것을 듣고 내 말은 "그 사람은 조선 임화의 그림자라네." 하고도 자연과학자와 유물론자와 대조한 것이 나도 실없는 사람이 됨을 깨달았다.

• 안석주가 그린 임화 캐리커처

「청동화로와 오빠(?)」[1]라는 시로써 '타바리쉬[2] 임(林)'의 두각이 뚜렷해졌고 이 시 일 편으로 몇몇 문인들의 입이 새 입초리같이 되게 된 바 있었다는 듯하다. 프롤레타리아 문인의 시로서는 센티멘탈하다는 둥 로맨틱하다는 둥 구구하였으나 만화

---

1 「청동화로와 오빠(?)」:「우리 오빠와 화로」를 말한다. 안석주(安碩柱, 1901–1950)가 이 글 제목에서 임화를 '청로(靑爐)'라고 한 것은 그가 오인한 시 제목에서 따 온 것이리라.

2 타바리쉬(Товарищ) : 동지(同志), 동무.

자(漫畵子)[3]의 덴퉁그러진 안목은 명시로 읽었다.

어떤 실없는 사람이 씨를 '코리아 발렌티노[4]'라고 별명을 지은 만큼 서양서 온 미남자 같은 미목수려(眉目秀麗)의 청년 시인이다. 어디나 그의 모습 중에서 도회인의 면영(面影)이 구김새 없이 드러나지만 그의 창백한 혈색이라든지 그늘진 눈매가 도스토예프스키의 『죄와 벌』 중에 라스콜리니코프의 고뇌하던 그때의 면영을 연상케 하는 때도 있다.

씨가 소시(少時)에부터 간난신고를 겪었지만 근자에 두반(豆飯)에 권반(拳飯)에 불건강한 그의 체질을 더욱 약하게 하였던지 신병(身病)으로 구사일생의 행운을 맛본 지도 며칠 안 된다 한다. 만화자(漫畵子)가 조각달이 연초공장 연돌(煙突)에 걸렸을 때 바로 그 밑에서 씨를 만났을 때는 아직도 쾌복(快復)되지 못한 가느스름한 몸을 회초리만한 스틱에 의지하여 환택(還宅)하는 때다. 굳은 결심을 언제나 가지고 있는 듯한 씨의 뒷모습을 보고 "미래는 그대를 맞이할 것이다."라고 쓸쓸한 밤거리에서 만화자는 나직이 부르짖었다.

어찌 보면 모던 타입이지만 또 어찌 보면 그런 타입을 가졌기 때문에 씨는 남보다 앞을 빨리 보고 그러니 그는 그 자신의 사명을 먼저 깨달았다고도 볼 수 있다. 젊은 투사의 병고(病苦)가 도리어 사회고(社會苦)를 더 깊이 인식하게 함이었던지 건강치 못한 몸으로도 외출을 하지 않으면 안 되는 씨의 열성을 짐작할 수 있다.

씨는 달필이라 논문을 앉은 자리에 수십 엽(葉)[5]씩 쓰지만 그런 탓인

---

3 만화자(漫畵子) : 안석주 자신을 가리킨다. 그는 이 무렵 『조선일보』의 '문단 메리고라운드'라는 고정란에 여러 문인들의 인상기와 캐리커처를 결합한 만문만화(漫文漫畵)를 연재하고 있었다.

4 발렌티노(Rudolph Valentino, 1895–1926) : 이탈리아 출신의 미국 영화배우이다. 1920년대에 〈묵시록의 네 기수〉, 〈족장〉, 〈독수리〉 등의 영화에 출연하여 세계적으로 엄청난 인기를 끌었다. 미남인데다 성적 매력이 대단해 여성팬들이 많았다.

지 오자(誤字)가 많으나 학자님들의 침 발라 쓰는 문자보담은 열(熱)이 있음이 차(此) 소위 일장일단 격이다. 겨울밤 새벽달같이 쌀쌀한 그의 성격과 안색임에도 한 번 주순(朱脣)을 반개(半開)하면

"오! 임화여!"

할만치 다정다감함을 느낀다. 어딘지 동양 사람도 아니요 서양 사람도 아닌 것 같이 보이는 씨는 아무래도 세계적 시인이 되고야 말 결심도 있으려니.

만화자 — 탈선(脫線)이 많으오니 많더라도 시비 마시옵.

「조선 발렌티노 청로(靑爐) 임화 씨」, 『조선일보』, 1933. 1. 21.

「우리 오빠와 화로」로 시인으로서 두각을 나타낸 씨(氏)다. 평론을 많이 썼는데 대개가 논쟁에 많이 기울어 문단에 여러 가지 파문을 주던 때가 있었으나 필자가 보기에는 씨는 시인 이외는 달리 볼 수가 없다. 아무래도 씨의 시가 독자에게 감명을 줌이 컸을 것이요 평론은 씨의 시인으로서의 큰 길을 막았던 때가 없지 않았을까 한다. 씨를 대한 지도 너무도 오랬으니 지금 씨는 어찌 변했는지 모르나 모던 풍을 사랑하던 씨가 지금은 바닷가에서 어떠한 풍채를 하고 있을지 모른다. 불란서 미남우(美男優) 자크 카트랑 같다고 하던 시절에 로맨스도 있었으려니와 지금은 신혼생활에 다복(多福)할 것이다.

「조선 문인 인상기(속)」 중에서, 『백광』, 1937. 6.

---

5 엽(葉) : 장(張), 매(枚).

한때 문단에 화제를 많이 보낸 이로 시인으로서, 평론, 시평, 소설평으로서, 근자에는 대중문고를 발간하여 『원본 춘향전』, 『김립 선집』 등을 출판하였다. 조선영화주식회사사장 최남주(崔南周) 씨의 매씨(妹氏)인 최옥희(崔玉禧) 씨를 사주(社主)로 학예사(學藝社)라는 출판사를 세우고 고전문학을 답습하는 씨는 이제 고요히 자연을 보고 생각하고 그래서 풀끝의 이슬을 사모하고 푸른 하늘에 숨어서 반짝이는 무수한 별을 헤며 인간이 받아 가지고 나온 신비한 그 맘으로 돌아간 것이란 느낌을 씨의 움푹이 반짝이는 두 눈이 축축이 젖은 것 같은 데서 볼 수 있다.

시인이 된 까닭은 정열이 과인(過人)한 까닭일 것이요 고요히 생각하는 사람이 된 것은 시인인 까닭일 것이다. 일생을 시인으로 살 수 있음에 행복된 사람일 것이요 또한 불행하기도 할 것이니, 그 불행이라는 것은 그가 정이 많은 것이요 그래서 남이 편협하다 하여 슬픈 것임에 천고(千古) 이래로 시인이 고독함이 거기에 있을 것이다. 이제 씨는 학예사에 몸을 던졌으니 그는 옛날 화가인 밀레와 같은 맘으로 나아갈 심산 같기도 하다.

「조선 문단 30년 측면사」 중에서, 『조광』, 1939. 6.

임화 방문기 ‖ 일기자(一記者)

「우리 오빠와 화로」라는 시를
발표하여 조선 시단에 커다란 충
동을 주었고 그 후에 「우산 받은
요코하마의 부두」를 발표하여
프롤레타리아시로서 명시하였음
은 아직도 독자 제씨의 기억에
새로울 것인 바 조선프롤레타리
아예술동맹의 간부인 임화 씨는
감옥에서 나온 뒤로 더욱 새로운

• 1930년대 초반의 임화와 이귀례

필봉을 휘두르고 있다. 씨는 현재 혜화동(惠化洞) 한 모퉁이에서 사랑하
는 사람인 동시에 동지인 말하자면 리프크네히트의 로자[1]와 같은 이귀
남(李貴男)[2] 여사와 한가지로 긴장한 생활을 하며 『집단』을 발행하고 있

---

1 칼 리프크네히트(Karl Liebknecht, 1871-1919)는 독일 사회주의 운동가이며, 로자 룩셈부르크
(Rosa Luxemburg, 1871-1919)는 폴란드 출신의 독일 사회주의 운동가이다. 두 사람은 독일 사회
민주당을 탈당한 후 클라라 체트킨, 프란츠 메링 등과 함께 1916년에 스파르타쿠스단을 결성하여
급진적 혁명을 주도했다. 그러나 스파르타쿠스단이 일으킨 혁명이 실패한 후 두 사람은 극우 의
용군에게 잔인하게 살해당했다.
2 이귀남(李貴男) : 이귀례(李貴禮)를 가리키는데, 그녀가 당시 이 이름도 썼다는 것을 알 수 있다.

는 것이다.

기자는 따뜻한 햇볕 밑에서 개천물에 빨래를 하는 표모[3]들의 창자를 어이듯한[4] 방망이 소리를 들어가며 임화 씨의 집 대문을 두드렸다. 문에서 집단사라는 조그만 간판을 치어다보고 섰으려니 임화 씨가 나와 맞아주므로 씨를 따라 방으로 들어갔다. 방안에는 무산계급에 관한 격렬한 색채로 장정들을 한 책들이 책상 위에 꽂혀 있었으며 아직도 건강이 회복되지 못한 씨가 쓰다가 멈춘 원고가 놓여 있었다. 기자는 씨의 소개로 그의 부인인 이 여사와 인사를 맞추었다.

"이북만 씨(이 여사의 오빠)한테서는 가끔 소식이 옵니까?"

"네, 때때로 편지가 옵니다."

"무사히 계시다구요?"

"네."

"임화 씨와 결혼하시기는 몇 해나 되시었나요?"

"재작년 십이월입니다."

"임화 씨와 어디서 아시게 되었나요?"

"삼년 전에 임화 씨가 동경으로 오실 때에 제가 있는 집으로 오시었어요. 저의 집이 프로예술연맹 지부였던 관계입니다. 그래서 그때부터 알게 되었습니다."

"그 후 두 분이 동경에서도 일을 많이 하셨습니다, 그려."

"가끔 연구회 같은 것도 열고 늘 여러 가지 문제를 토의하며 지내었습니다."

"귀남 씨는 동경에서 어느 단체에 관계하였습니까?"

---

3 표모(漂母) : 빨래하는 아낙.
4 어이듯한 : 칼로 도려내는 듯한.

“프로예술연맹과 무산자극장과 구원회[5] 등에 관계하고 있었습니다.”

“근우회[6]에도 입회하셨나요?”

“안 했어요.”

“결혼식은 어디서 하시었나요?”

“식은 거행치 않았습니다. 그냥 서울로 돌아와서 살게 되었습니다.”

“그것 참 새롭습니다. 그런데 결혼식을 거행치 않으신 이유가 있겠지요?”

“프롤레타리아 입장에서 결혼식이라는 형식적 허례를 갖출 필요가 없다는 견지에서 그만 두어 버렸습니다.”

“그러시면 인습상 여인네로서 다소간 섭섭한 생각이 없으십니까?”

“그러한 생각은 절대로 없습니다. 그러한 생각은 중산계급 이상에서 생각할 문제이겠지요. 우리는 남녀의 결합보다도 동지와 동지의 굳은 악수입니다.”

하며 말하는 이 여사의 얼굴에는 찬란한 광채를 나타내었다.

“지금 두 분 간에 소생은 없으신가요?”

“한 달 전에 딸 혜란(蕙蘭)이를 낳

• 청복극장 시절의 이귀례

---

5 구원회 : 적색구원회(赤色救援會)를 말하는 듯하다.

6 근우회(槿友會, 1927-1931) : 신간회(新幹會, 1927-1931)에 영향을 받아 조직된 여성운동단체이다. 국내는 물론이고 동경이나 간도에까지 지회를 건설하여 활동했으나, 신간회와 마찬가지로 좌우파의 갈등으로 인해 해체되었다.

았어요."

"전번 임화 씨가 감옥 가 계시게 되었을 때에 얼마나 상심하시었습니까."

"우리는 투옥을 각오하고서 투쟁하는 까닭에 과히 상심할 필요가 없어요. 그저 몸만 건강하기를 바랄 뿐이지요."

"네, 그러시겠습니다. 귀남 씨께서 결혼 후에 연구하시는 일에나 다른 일에 장해되는 점은 없습니까?"

"전과 같이 독서는 할 수 없어요."

"조선의 여성운동이 퍽 침체된 상태라고 할 수 있는데 귀남 씨는 좋은 타개책이 없으십니까?"

"아직껏 좋은 방책을 생각지 못하였습니다."

"귀남 씨는 콜론타이[7]의 연애관을 어떻게 생각하십니까?"

"그것은 이미 청산했으니까 별 문제입니다. 그 전 같으면 단연히 타도해야지요."

"조선 사람이 지금 이중과세를 하는 터인데 어떠한 날을 택하였으면 좋을까요?"

"다 같이 양력으로 일치되어야지요. 그러고 음력설이라는 것은 없애야만 될 줄 압니다."

여기에서 기자는 여러 가지에 감격을 느끼고 무거워진 머리를 수그리고 최고 학부라는 큰 건물 앞을 지나 돌아왔다.

「자유결혼의 신가정 방문기」, 『조선일보』, 1932. 1. 7.

---

7 콜론타이(Aleksandra Mikhailovna Kollontai, 1872-1952) : 러시아의 사회주의 여성운동가이자 외교관이다. 기존의 제도와 관습, 도덕을 비판하고 자유연애를 주장했다. 가족제도의 해체와 성적 자유를 바탕으로 한 그녀의 급진적 연애관은 욕망의 무절제와 윤리적 타락을 초래할 수 있다는 이유에서 사회주의자들에게도 비판받았다.

기자가 임화 군을 알기는 벌써 십오 년이나 되었다. 그것은 군이 나와 같이 보성고보(普成高普)에 다녔던 것이 인연이 된 것이다. 기자가 보성고보 삼년생 때에 시(詩)에 중독이 되어서 돌아다닐 때에 임화 군은 오학년생이었었다. 그때 작문을 맡은 역사가 황의돈(黃義敦) 씨가 오학년엔 임모(林某)란 학생이 있는데 작문을 잘하여 늘 백점을 받고 사학년엔 조중곤(趙重滾)이라는 학생이 작문을 잘한다고 늘 칭찬한 일이 있어 나는 임화 군과 조중곤 군을 알았다. 하나 말 한 마디 해 본 일이 없다. 그때 임화 군은 가끔 기자를 이상하게 주목해 보는 눈치였는데 아마 삼학년 반에서 시인의 칭호가 있어 다들 '시인 시인' 하였으니까 군도 기자를 문학청년으로 알았던지 모르겠다. 그 뒤에 군과 정식으로 인사를 하게 된 것은 칠팔 년 전이었다. 프롤레타리아예술동맹의 전성시대에 동경에도 이북만(李北滿) 등 의기발발(意氣發發)한 청년들이 모여서 프롤레타리아예술동맹 동경지부를 세웠는데 기자도 기분에 날뛸 때이라 김억(金億) 군, 춘성(春城)[8] 군, 정섭(晶燮) 군 하고 욕설식 평문을 휘날리던 때라 가맹은 아니 했어도 가끔 놀러가고 했는데, 지금은 장소까지 잊었지만 어떤 날 이북만 군이 가족들을 데리고 와 있던 집이 바로 동맹 집이었는데 그 집에 갔더니 임화 군의 얼굴이 나타났다. 그때야 비로소 서로 통성(通姓)을 하였다. 그때 군은 <세길로>[9]란 영화이던가 주연배우가 되어 '미남자'란 평판이 있던 때이라 여러 사람이 '미남자 미남자' 하고 놀려 주었다. 그는 「우리 오빠와 화로」이던가 시를 발표하여 프로 시단에서 단박에 왕좌를 점령하였던 때이라 「우산 받은 요코하마의 부두」란 시를 발표하여 다시 시단에 파문을 일으켰다. 그 뒤에 서너 번

만났는데 이북만 군은 자기 아내와 누이동생을 데리고 와서 가난한 살림을 하였는데 임화 군은 거기서 식객 노릇을 하였었다. 이북만 군의 누이동생 이귀례(李貴禮) 양은 그때 십이삼 세 되어 보였고 퍽 귀엽게 보이는 소녀라고 생각하고 기자는 개벽사(開闢社)에서 오는 『어린이』를 부쳐 주고 한 일도 있다. 그런데 얼마 있지 않아서 '귀례와 연애가 되어 경성에 갔다.'란 소식이 들릴 때에 기자는 놀래었다. 그 십이삼 세쯤 되어 보이는 소녀와 연애를 하다니 하고 알아보았더니 그때 귀례 양은 나이 십칠 세였다고 한다. 지금도 그를 보면 이십이 퍽 지났는데도 불구하고 십오륙 세 소녀와 같으다. 기자가 작년 겨울에 평양에 갔다가 '다 죽어간다'는 임화 군을 만나보러 실비병원(實費病院)에 가서 임화 군을 찾으니 벌써 퇴원하였다고 한다. 병이 나아서 퇴원한 줄 알았더니 병원이 폐문(廢門)하게 되어 퇴원하였다고 한다. 그곳 『중앙일보』 지국장을 만나서 임 군의 소식을 물으니 아주 위태하다고 전한다. 그때엔 귀례와 이혼설이 있던 때이라 그 결과를 물었더니 이혼은 한 모양인데 귀례한테서 편지는 온다고 한다. 『중앙일보』 지국 기자 한 사람이 임화의 처소를 아는데 그 사람은 어디 나갔다고 하여 기자는 섭섭히 그냥 온 일이 있다. 그 뒤에 기자는 임화의 소식도 못 들었고 귀례는 어디서 무엇하는지 알지도 못하였고 또는 알려고도 하지 않았다. 그런데 바로 오월 그믐께 평양 문우 한 사람이 왔기에 임화의 소식을 들으니 서울에 와서 탑골승방에 유(留)한다고 한다. 몇 달 전에 귀례도 종로 산구악기점(山口樂器店)에 점원으로 있다는 말을 들은 일도 있고 하여 먼저 귀례를 찾기로 하였다. 어떤 날 오후에 기자가 산구악기점에 쑥 들어갔더니 옛날 귀례 그대로 소녀가 나타난다. 오직 키가 컸을 뿐이고 살빛이 좀 희어졌을 뿐이지 옛날과 다름이 없어 기자는 단박에 알아보고

"귀례 씨 아니요?" 했더니 그는 기자를 훑어보더니

"네." 한다.

"내가 누군지 모르겠소?"

"모르겠는데요." 한다. 그가 기자를 몰라볼 것도 당연하였다. 칠팔 년 전 기자가 병도 없고 건강하였을 때에 본 사람을 지금 병으로 명태같이 빼빼 마른 기자를 알 리가 없다. 그는 기자가 이름을 부르니까 알아본다.

"임화가 지금 서울 와 있다는데 만나 보았습니까?"

"아직 못 보았어요."

"왜요?"

"어디 시간이 있어야지요."

"이혼한다더니 그게 정말이요?"

"아직 거기에 대하여 말씀 드리기 어려워요."

"지금 어디 있다고요? 탑골승방이라던가요?"

"네."

"그게 대체 어디 있습니까?"

"동대문 밖 신설리(新設里)에 있어요."

"그래 병은 어떻다고 합디까?"

"퍽 나았다고 해요."

"그런데 한번도 안 나가 봅니까?"

하고 기자는 위협에 가까운, 꾸지람에 가까운 말을 하였다. 그는 거기엔 그냥 웃어버리고 만다.

"임화의 친구들은 가끔 만납니까?"

"네, 어제도 만났어요."

나는 귀례를 만난 지 사흘 만에 이상하게도 임화한테서 엽서 한 장을 받았다. 그것은 『조선문단』을 좀 부쳐 달라는 것과 틈 있으면 한번 놀러오란 의미가 쓰여 있다. 그리하여 금일 방인근(方仁根) 씨도 만나볼 겸 청량리행을 하였다. 작야(昨夜)에 쓰다가 남은 돈이 육십 전이 있었기에 차비는 넉넉히 되리라 하고 전차에 올라앉아서 지갑을 꺼내보니 일금 십이 전밖에 없었다. 건망증이 있는 기자는 작야에 무엇을 산 것을 잊었던 것이다. 차비는 부족이나 내릴 수도 없어 먼저 팔 전을 주고 청량리에 내리어서 방인근 씨를 찾았더니 그는 시조사(時兆社)를 퇴사했다고 하여 그의 집에 갔더니 그의 문패도 없어 그 집에 들어가 물어보니 옆집에 산다고 하여 찾으니 어디 나갔다고 한다. 그리하여 다시 버스에 올라앉으니 남은 사 전이 문제였다. 그리하여 할 수 없이 버스걸에게 일 전이 부족인데 이를 어찌했으면 좋겠느냐고 창피를 무릅쓰고 말했더니 그는

"어디까지 가세요?" 한다.

"동대문까지 갑니다." 했더니 그 여자는 아무 말 없이 승환차표(乘換車票)를 한 장 찍어준다. 나는 어떻게 고마웠는지 모른다. 신설리에서 내려서는 탑골승방을 만나는 사람마다 물어서 병약한 기자는 기어가다시피 하여 겨우 임화의 처소로 찾아 들어갔다. 그는 절간 마루 위에 자리옷만 입고 앉았다가 기자를 맞는다. '미남자'라고 놀려주던 그 얼굴은 찾아볼 길이 없고 빼빼 말랐다. 하나 다시 만나지 못할 줄 알았던 임화를 다시 만나니 반갑다. 그는 기자더러 칠팔 년 만인지라

"× 형도 꽤 늙었구려." 한다.

"병 때문에 자꾸 늙기만 합니다, 그려." 하고 한탄하였다. 한 시간 동안이나 임화는 조선의 문단 가십을 이야기하고 『조선문단』의 장래 방책에 대하여 여러 가지로 자기의 의견을 말해 준다. 나는 마지막에 "귀

례 씨와 이혼 건은 어찌되었소?" 했더니 임화는 "머" 하고 대답을 흘려 버린다.

"여기에 가끔 나옵니까?" 했더니 그는 웃으며

"밤 열두 시까지 일을 보는데 올 시간이 있나요." 한다.

"아니, 장차 이혼이 될 모양이요? 다시 살림을 할 작정이요?"

했더니 그는

"이혼이고 무엇이고 할 게 있나요." 하고 어디까지든지 그 문제를 선명히 하지 않으려고 한다. 아마 '병만 나으면 다시 살림을 하려는 게다.' 생각하고 말았다. 기자는 임화의 「투병기」를 부탁하고 나왔다. 창신동(昌信洞)을 들러서 동대문에 오니 사 전밖에 없는 차비가 걱정이었다. 옛날 임화를 만난 인상은 부족된 차비로 말미암아 더욱 잊혀지지 않는다. 임화는 다시 살아나서 시인의 역할을 다시 하게 되었으니 귀례와의 사랑도 다시 부활이 되어 가정의 인(人)이 될 날이 있을 것이다.

(6월 6일)

「시인 임화의 부부는 그 뒤에 어찌 되었나」, 『조선문단』, 1935. 7.

아름다운 시를 쓰고 좋은 평론을 쓰는 문단의 중진 임화 씨를 마산 상남동(上南洞)으로 찾았다. 씨(氏)의 서재에는 장미꽃 한 송이가 분(盆)에 꽂혀 있고 벽에는 풍경화가 걸려 있다. 그리고 뒤로는 높다란 노비산(鷺飛山)이 날개를 벌려 있고 앞으로는 마산항의 푸른 물이 그림 같이 펼쳐 있다. 기자는 내의(來意)를 말한 후에 다짜고짜로

"대개 시라는 것은 무엇입니까?"

하고 씨에게 멘탈 테스트나 하듯이 물었더니 씨는 주저하지 않고

　"시는 정서의 예술이라고 생각합니다. 실상은 감정을 통해서 인도되면서 이성과 의지를 달성하는 것이 시인가 생각합니다. 예하면 적에 대한 미움과 내 편에 대한 사랑으로부터 퍼지면서 그것은 적의 절멸과 자기의 승리란 행동의 세계에서 결과를 짓는 것입니다. 그렇기 때문에 나는 시를 행동의 하나라고 생각합니다."

　씨의 대답은 철학 강연 같아서 실로 도도한 것이었다. 기자는 옳은 말이라고 고개를 숙이고 다시 화문(話門)을 열어

　"처음에 쓰신 시는 무엇입니까?"

　"처음에 쓴 시는 아이 때 쓴 시라 기억할 수 없소."

　"그럼 언제부터 문인되기를 결심하였습니까?"

　"아마 중학 일이 년 때인가 합니다. 나는 그 때 내가 장난하던 시, 소설을 가지고 문인이 되려고 결심하기에는 너무나 좀된 스스럼을 가지고 있었습니다. 그러나 그 후 어느덧 간략한 다다이즘의 세례를 받고 처음 예술을 가지고 행동의 세계에 참가할 결심을 가졌습니다. 그때는 오히려 문학보다도 사회에 대한 ××[10] 정신이 나로 하여금 예술로 기울어지게 했는가 합니다."

　이렇게 일사천리격으로 문답을 계속한 기자는 씨의 프라우드한 얼굴을 바라보며

　"문인되신 것을 자랑으로 생각하십니까?"

　하였더니 씨는 한 번 빙그레 웃고

　"문인된 것을 자랑으로 생각한 때요? 글쎄 저는 위선 문인이 아니므로 문인으로서의 자랑을 느끼지 못했고 또 문학을 저는 그리 모든 것에

10　×× : 검열로 인한 복자이다. 원 글자는 '반항'이나 '저항' 등일 것이다.

관절(冠絶)한 것이라고 생각하지 않기 때문에 그런 생각은 없습니다.”

씨의 말씀은 어쩐지 온순하다. 기자는 한 번 더 씨의 심중을 떠보기 위하여

“역시 언제나 시를 쓰겠습니까?”

“네, 역시 시를 쓰겠습니다. 그 외에도 기타 문학을 다 좀 하여 보고 싶고 더욱이 문학 외에도 꽤 많은 욕심을 가지고 있습니다.”

씨는 꽤 자신 있는 표정으로 기자를 바라본다. 기자는 꽤 욕심 많으신 분이라고 생각하고 다시 화제를 돌려

“숭배하는 위인이 있습니까?”

하였더니 씨는

“호메로스, 단테, 실러, 셰익스피어, 톨스토이, 고리키…… . 이렇게 늘어놓으면 한이 없으나 사실 위대한 사람은 모두 숭배합니다.”

씨의 대답은 퍽이나 명랑하고 시원하다. 기자는 다시 진문(珍問)을 보내기로 하였다.

“세상에 모두 문인만 산다면 어떻게 될까요?”

“글쎄요. 세상에 모두 문인만 산다면 매우 딱할 겁니다. 더구나 조선과 같은 곳에서 그렇다면 위선 다른 간행물을 못 보고 문예잡지만 보라면 나는 간조[11]해서 그 고통을 참지 못하겠습니다.”

“그럼 이 세상에 문학이 없다면요?”

“글쎄 그렇다면 인류는 퍽 퇴보로 볼 수 있습니다. 왜 그러냐 하면 예술과 문학은 인간이 동물에서 해방된 때부터 있는 정신문화의 하나니까요.”

---

11 간조 : 건조(乾燥).

기자는 지당한 말이라고 고개를 숙이고 다시 뚱딴지같은 화제를 꺼내어

"소비에트 작가 숄로호프의 작품을 읽은 적이 있습니까?"

하였더니 씨는 솔직하게

"아직 못 읽었습니다."

하고 대답하신다. 기자는 변환무쌍(變幻無雙)하게 화제를 돌려

"문학수업에 대한 고심담(苦心談)을 말씀해 주세요."

"그렇게 문학에 열중한 때가 없습니다. 아이 때를 제(除)하고는…….
이로부터 분(分)에 넘지 않게 노력하겠습니다."

"그밖에 문단에 바라는 의견은 없습니까?"

"문단에 바라는 의견이라야 나 같은 사람으로 별(別)한 의견이 있겠
습니까? 그러나 성실한 작가들과 더불어 근면하는 신인들에게 더욱 공
부를 많이 하라는 말과 또는 문학이 현재 같은 경우일수록 생활에 봉사
해야 한다는 것을 각오하라고 말하고 싶습니다. 그리하여 우리는 훌륭
한 생활의 개척을 위하여 협력해야 할 것입니다."

"그런데 한 번 쓰고 싶은 소재는요?"

"많습니다. 그러나 말해야 쓸 수 없으니 무엇합니까?"

기자는 여기까지 물었으나 씨는 여전히 친절히 대답하신다. 기자는
부인이 가져온 차를 한 잔 마시고

"지금까지 받으신 원고료 중 가장 많이 받으신 고료는요?"

"원고료요? 조선 작가 더구나 나 같은 사람은 일종의 고력(苦力)이지
요. 아마 지금까지 받은 것의 전부라야 대가(大家) 제씨(諸氏)의 일 년분
도 못 될 것입니다. 그 중 많이 받은 것은 연전(年前) 동경 모지(某誌)에
서 시 일 편에 십오 원 받은 것이 최고이지요."

씨의 대답은 퍽이나 솔직하다.

"선생의 문학관을 말씀해 주세요."

"별로 자기 독백의 문학관을 가질 만한 경지에 있지 못합니다. 그저 말하라면 『자본론』의 저자가 경제학을 본 그것에 다다라 보려고 애쓸 뿐입니다."

이때 기자는 한층 기운을 내어

"문학과 인생의 관계를 어떻게 봅니까?"

하고 일탄(一彈)을 보내었더니

"문학과 인생이요? 문학은 본래부터 인생의 것입니다. 더욱이 이러한 사회에서는 문학이란 인류와 민족의 역사를 전방(前方)으로 이끄는 물질적 세력인 신흥 그룹에 무조건하고 봉사해야 합니다. 그렇지 않으면 문학은 인생의 것임을 그만둘 겁니다."

"그러면 누구의 문학론을 좋아하십니까?"

"과학적 유물론의 세계관으로 관철된 문학론을 좋아합니다. 근자 읽은 중에 좋은 것의 하나로는 고리키 문학론입니다."

"그런데 선생은 장차 어느 것을 전공하시겠습니까?"

"글쎄요. 평론가, 시인, 될 수 있으면 그 이외의 것도 되고 싶습니다. 그러나 될 수 있으면 말이오."

"참 오래 실례했습니다."

"천만에요."

씨와의 재미있는 문답을 이것으로 끊었다.

「문인 임화 씨와의 잡담집」, 『신인문학』, 1936. 10.

임화에 관하여 – 그에 대한 수감(隨感)의 이 토막 저 토막 ‖ 김남천

1.

시인으로서의 임화를 이야기한다든가 평론가 내지는 예술운동의 우수한 운전 수로서의 임화에 대하여 이야기하려면 은 그에 대한 충분한 자료와 또한 세심 한 조사가 있어야 할 것이다. 그러므로 하등의 자료도 문헌도 가지고 있지 못하 는 깊은 산골에서 쓰게 되는 이 글[1]은 나의 희미한 기억의 줄에 의지한 한 편 의 단편적인 수감(隨感)인 데 불과할 것 이다.

• 1930년대 후반의 김남천

그러나 내 여태껏 세상에 나서 어떤 개인 혹은 임화에 대하여 처음 드는 붓을 어찌 무책임한 의의 없는 만문(漫文)으로써 소비할 수 있을 것이냐! 그래서 나는 한 개의 개인인 동지 임화를 써 나가면서 나와의

---

1 김남천이 조선공산주의자협의회 사건으로 기소되었다가 병보석으로 출감한 때가 1932년 12월이 니까, 아마도 이 글을 쓸 무렵에 그는 어느 산골에서 요양 중이었던 듯하다.

관계가 중심이 될 것은 물론이지만 될수록 그를 우리의 운동과 사업과 연결시켜서 써 나가도록 노력할 것이며 그렇게 하여서만 개인의 역할의 역사적 평가에 있어서 그릇됨이 적게 될 것이다.

어떤 사람은 그의 가장 중요한 점만을 적발(摘發)하여 그를 정당하게 살펴보기는 퍽이나 힘드는 일이며 더구나 다각적이고 다채적인 동지 임화를 이러한 짧은 수감을 통하여 보게 될 때에는 그의 중요한 본질적인 것과 그렇지 않은 것과를 천명하여 나가는 데는 지극히 선명하고 훌륭한 수완을 필요로 할 것이다.

그러므로 이 글을 이러한 모든 이유와 나의 비범치 못한 재능의 탓에 그리고 또 투철치 못한 나의 안식(眼識)의 탓에 수많은 결함과 또한 불충분을 내포한 것이 될 것을 예상하는 바이다. 생각건대 양해성(諒解性)이 풍부한 독자와 및 동지 임화가 여기서 다량의 포용성을 발휘하여야 할 시기인가 한다.

동지 임화. 그러나 나는 여기에서 보성고보의 학모에 반들반들하게 면도를 하고 휘파람을 불며 다니던 어린 시절의 임인식(林仁植)에 대하여, 또 다다이스트적 시작(詩作)에 대하여, 그리고 또한 비상히 애매한 미술적 이론을 가지고 심모(沈某)[2]와 논쟁을 하던 그 시절에 대하여 하등의 논술을 가지게 되지 못할 뿐 아니라 〈유랑(流浪)〉, 〈혼가(昏街)〉 속의 미남 임화(林華)에 관하여서도, 그리고 또한 윤기정, 한설야 등등과 같이 영화 이론의 정당한 이해를 위하여 싸우던 그 시대에 대하여서도 풍부한 논술을 가지게 되지 못할 것이다.

물론 예술운동의 한 개의 중요한 병사로서의 임화, 더욱 나아가서는

---

2 심모(沈某) : 김용준을 말한다.

카프의 최고의 참모부대의 한 사람인 임화를 논술하는 마당에서 그가 사업과 일을 통하여 예술운동을 전진시키고 동시에 여하히 하며 자기 자신을 완성에로 이끌고 갔는가 하는 그 '왜글찌글'한 전진의 과정에 대하여 정당한 논술을 갖는 것은 아껴서는 안 될 노력이라고 생각한다. 그러나 미완적인 이 수감에서는 이러한 모든 것까지도 생략되지 않을 수 없다.

나는 그가 몸맵시를 내며 소격동(昭格洞)을 넘나들던 그의 중학시대를 모르고 있으며 그가 쓴 다다시, 미술론, 그리고 스크린 속의 그의 얼굴까지를 한 번도 본 적 없는 것이다.

오직 임화와 내가 한 대오(隊伍) 속에서 굴러가게 된 1929년으로부터 그의 이야기를 써 나가는 것이 가장 적당치 않을까 생각한다.

사실 임화가 우리의 예술사상(藝術史上)에 있어서 없어지지 않을 흔적을 남기게 되는 시대의 첫 보(步)는 이 때 다시 말하면 「네거리의 순이」, 「우리 오빠와 화로」 등의 시작(詩作)을 하는 일방(一方) 김팔봉의 변증법적 사실주의 속에 숨어 있는 우익적 편향의 암(癌)을 적발하던 수차의 논쟁에 비롯하였다 하여도 과언은 아닐 것이다.

그러나 나는 그가 애매한 회색 의식에서 눈 뜨고 한 개의 조직 속에 투신하여 그 속에서의 장구한 시일의 사업을 통하여 중앙위원의 의자에까지 앉게 되던 그때를 예술운동의 한 병사로서의 임화에게서 간과치 못할 한 개의 중요한 결정적인 시기라고 보는 데 반대할 생각을 가지고 있는 것은 아니다. 조직과 분리하여 진정한 일꾼을 생각할 수 없으며 예술적 사업과 예술적 조직을 떼어서 생각할 수 없을진대 임화가 조직 속에 투신하여 자기 자신을 예술부대의 한 대원으로서 바치게 되던 그 시기야말로 운동 전체로 보아서나 또는 개인 임화로 보아서나 가장 결정적인 시기이기 때문이다.

『조선문예』와 『조선지광』 등에 수많은 독자에게 귀염을 받은 아름다운 시를 발표하던 1929년 7월 어느 저녁 때 경성역 대합실에서 안막과 내가 임화를 만난 그 후부터 나와 임화는 항상 여러 가지 일을 중심 두고 한가지 대오 속에서 생활하게 된 것이다. 이때로부터 이후의 그의 계급생활과 및 사생활에 있어서는 내가 가장 그의 근접자라고 볼 수 있을 것이다. 이것이 임화를 정당히 보는 데 있어서 한 개의 장애의 안대(眼帶)가 되는지 또는 그 반대의 결과를 낳게 만들는지 알 수 없으나 여하튼 전면적으로 임화를 인식하는 마당에 서서는 내가 누구보다도 유리한 입장에 서 있지 않은가 생각한다.

그의 시, 전기(前記)의 것과 및 「어머니」, 「다 없어졌는가」, 「우산 받은 요코하마의 부두」 등이 김팔봉을 위시하여 당시의 활동적 비평가에 의하여 격칭(激稱)을 받은 것은 주지의 사실이다. 기후(其後)[3] 일 년을 뒤져서 일어난 문학의 당파성의 확립을 위한 날 센 준열한 바람에 의하여 이러한 모든 시가 소시민적 이데올로기에 충만하고 애상적이고 등등의 일률(一律)된 비평 밑에 춤 밧긴 데도 불구하고 전기(前記)의 시에는 일찍이 조선의 프롤레타리아 시가 가져보지 못하였던 풍부성을 가지고 있었던 것은 사실이었다.

그러한 비판의 뒤를 이어 일어난 뼈다귀만의 슬로건 시에 비하여는 몇 배나 더 강렬한 힘을 가지고 우리들의 심장을 붙드는 점이 있었던 것이다.

임화의 시를 혁명성이 없고 부드럽고 맛있고 달큼하다고 해서 그것

---

3 기후(其後) : 그 뒤.

을 일률로 배격하고 그러한 경향과의 투쟁 밑에서 새로 움 돋은 뼈다귀 시가 불과 일 년이 못 되어 세상에서 버림을 받은 데도 불구하고 임화의 「우리 오빠와 화로」가 아직도 우리들의 가슴과 머리 속에 떠돌고 있는 것은 무엇을 증명하는 사실일 것인가? 그러나 이러한 시에 대한 그 시대의 비평은 시인 임화에게 있어서 결코 해로운 것은 아니었다. 임화의 시에는 비상히 안가(安價)한 애상적 부분이 중요한 요소로서 관통되어 있는 것이 사실이었고 그러므로 임화도 이것을 결코 그대로 버리지는 않았다. 동경에 가서 반년간은 이 과정을 표시하는 고민의 시기였다. 그리하여 그의 '생의 고민'을 극복하고 나온 시는 「양말 속의 편지」였다. 이 시가 무산자사(無産者社) 예술부(그때는 이미 카프 동경지부가 해소를 선언하고 재동경(在東京) 카프 멤버는 무산자사 내에 이러한 부서를 두고 그 기관 밑에서 연구회를 가지고 있었었다.) 연구회에 제출되었을 때 모든 불량한 부분을 소탕하여 버리고 ××적[4] 열정이 문구의 속에 품어 있는 것을 보면서 격칭을 마지않은 것은 홀로 나뿐이었을 것인가!

이 시에 대하여는 나는 누구보다도 말하고 싶은 수많은 이야기를 가지고 있다. 1930년 봄 평양에서 개최된 신간회 강연 막간에 내가 이 시를 낭독하였을 때 신간회 중앙 간부들의 애매한 연설에 불만한 군중이 수차의 재청을 가지고 임화의 「양말 속의 편지」를 환영한 것은 나로서는 영원히 잊을 수 없는 감격의 장면이었다. 이렇게 말하면 그 때의 강연회에 모였던 군중이 진실한 노동자만이 아니었다는 억측을 가지고 나의 이 말에 반대할는지 모를 것이다. 그러나 이 시가 노동조합 회의 석상에서 그리고 고무쟁의의 집회석에서 평양의 노동자들에 의하여 여

---

4 ××적 : '혁명적'이 아닐까 한다.

하(如何)히 사랑을 받았는가 하는 데 대하여는 수다한 증거를 여기에 나열할 수 있을 것이다.

그러나 시인 임화가 '단순한 사유(思惟)'를 통하여서 과거의 모든 시를 넘어서 여기에 도달하였다고 보는 것은 하등의 정당한 관찰과도 인연 없는 피상적인 태도일 것이다. 이것은 오직 임화가 그의 실천을 통하여 그의 심장을 점차 노동자 계급의 속에 둠에 의하여서 비로소 가능하였다고 보는 것만이 절대로 정당할 것이다.

사실 임화는 동경 가 있는 이 년 동안에 전보다 수배(數培)한 정치적 관심 밑에 움직이고 있었다. 그의 일체의 기준은 입으로서가 아니라 행동으로서 점차 노동자 계급의 운동에로 접근하면서 있었던 것이다.

김팔봉과 논쟁하던 시기의 임화는 보다 소박한 임화였다. 그의 「탁류에 항(抗)하여」라는 논문은 정치적으로 보아 비상히 정당한 것을 가졌음에도 불구하고 또한 빈약한 내용임에 틀림없었다.

그가 완전히 조선의 진정한 예술운동의 지도적인 이론의 대표자가 된 것은 진실로 1930년 여름에 발표된 『중외일보』의 「프로예술운동의 당면한 중심적 과제」 이후였다. 이 논문은 당시에 우리들이 당면한 내외 정세의 분석에 따라서 조선의 프롤레타리아 예술운동 및 카프 앞에 가로놓인 중심적인 과제를 상술한 방대한 논문이었다. 지금으로 보면 소잡(素雜)한 점과 그릇된 부분도 없지 아니하나 당시에 있어서의 이 논문의 의의는 비상히 중요한 것이었다. 이 논문이 작성한 토론의 기운에 의하여 조선의 예술운동은 일보 전진하였었다.

그러나 동경 있는 동안의 활동은 조선의 예술운동에 대하여서보다도 무산자 사원으로서의 것이 중심적이었음은 다시 말하지 않아도 자명한 일이다. 조선의 예술운동은 실천 속에 몸을 안 둔 해외에서 지도한다든가 또는 카프의 조직적 차륜(車輪)을 사실적으로 운반하지 못하는 분자가 중심적인 활동을 할 수 있다는 것은 허구한 이론이기 때문이다.

동경 가 있는 동안의 빈궁한 합숙생활은 공생활과 사생활의 모순을 덜어주는 데 퍽이나 커다란 효과를 주었을 것이다.

그러나 우리가 다 같은 소시민층의 출신이고 강철 같은 규율 속에서의 장구한 시일 간의 조직 생활을 경과하지 못하였다는 공통된 불행뿐만이 아니라 임화에게는 위경련으로부터 맹장염에 이르기까지의 가장 우심한 질병의 탓에 이 생활의 고민을 완전한 정도에 있어서 극복하지 못하고 있다. 우리들의 누구나가 다 이 고민을 유리하게 극복하지 않으면 안 될 것이다. 1931년 봄에 임화와 나는 전후하여 조선으로 건너왔다.[5] 그리고 다시금 일신을 던져서 카프의 일에 그리고 일반 문화사업에 미력을 다 하였던 것이다.

1931년 3월 27일 개최되려던 카프 확대위원회의 준비적 모임 이후부터 임화는 카프의 지도적 지위에 서서 카프의 핸들을 사실상으로 잡고 있었다.

두 달의 신음을 지내고 내가 1931년 9월 중순에 혼자 서울 속에 남아 있어서 임화의 출감을 들었을 때에는 그를 신뢰하는 탓에 카프의 앞에 안심과 낙관을 가지고 홀로 떨어진 나 자신을 위안하면서 있었다. 그러므로 작년 여름을 전후 두고 카프 중앙부를 휩싸고 도는 불량한 경향을 풍편에 들을 때마다 그리고 뒤를 이어 임화의 맹장염의 돌발에 의한 위독의 보(報)를 접할 때마다 나의 머리는 항상 빛을 잃고 있었던 것이다.

---

5 임화는 1930년 늦가을, 김남천은 1931년 봄에 귀선했다.

나는 면회 오는 처를 붙들고 몇 번인가 임화의 위독의 보에 수심 지었으며 그가 기적적으로 쾌도(快度)를 전할 때에는 한종일 눈물을 흘리도록 가슴의 고동을 억제하지 못하였던 것이다.

드디어 창백하지만은 몸을 움직일 수 있는 동지 임화의 얼굴을 다시 보게 되었다.

1932년 신년호 『조선일보』에 「당면 정세의 특질과 예술운동의 일반적 방향」을 쓴 이후 임화는 수많은 문제의 산적에도 불구하고 그는 의연(依然) 침묵을 계속하고 있다.

이 침통한 침묵을 여하히 극복하고 예술운동이 당면하고 있는 위대한 고민을 해결하기 위하여 그가 어떤 행동을 취할 것인가에 대한 상상은 진정한 일꾼만이 할 수 있을 일일 것이다.

우리들은 지금 결단적인 전향의 앞에 도달하고 있다. 이 전향을 위하여는 정책적인 모든 문제뿐만 아니라 우리가 일찍이 범한 중요한 정치적 범오(犯誤)에 대한 엄격한 자기 비평도 절대로 필요한 것이다.

1931년을 전후하여 반(反)카프 사건에서 8월 사건에 이르기까지의 조직적 활동의 밑을 흐르고 있던 정치적, 종파적 경향에 대하여는 임화와 내가 가장 엄격한 자기 비판을 수행하여야 할 것이다. 나는 어떤 기회를 이용하여서든 내가 썼던 「반카프 음모 사건의 계급적 의의」(『시대공론』 창간호) 속에 잠재한 정치적 종파 경향에 관하여 보다 상세한 비판을 시(試)하고자 하는 바이다. 반카프 그룹의 죄악의 엄격한 재검토와 및 우리들의 기(其) 당시의 파벌 정신에 대하여도 아낌 없는 자기 비판이 있어야 할 것이다. 이렇게 생각나는대로 이 토막 저 토막을 적어 놓고 보니 작정한 지수(紙數)는 초과하고 말았다.

끝으로 임화의 몸이 하루라도 빨리 완쾌하여지기를 바라는 동시에 카프 안의 진정한 일꾼들이 이러한 기회를 이용하여 개인 동지의 비판이나 혹은 예술운동의 지엽적인 문제에 대하여서만 교담(交談)하는 태도가 극복되고 보다 중심적인 과제의 해결을 위하여 다시 말하면 예술운동의 일반적 방침의 설정을 위하여 맹렬한 논의 속에 돌입하는 진정한 태도가 필요하다는 것을 일언하고 붓을 놓는다.

『조선일보』, 1933. 7. 22~7. 25.

논(論)? 더구나 '원고지 십이 매'라는 꼬리표가 붙은 기형적 '논(論)'. 이것이야 너무나 지나치게 어이가 없는 노릇이다.

이렇게까지라도 새로운 화제와 명제를 내어 걸고 소매 잡화상의 흉내라도 내지 않고서는 견딜 수 없는 오늘날의 잡지인(雜誌人)이 가엾기도 하다.

내가 두 번째의 원고의 독촉을 받은 지금, 이미 단념했던 붓대를 마지못하여 다시 잡고 여기에 돈키호테 노릇을 자진하여 범하게 되는 이유도 태반은 나의 죄가 아님을 백치만을 제해 놓고서는 미리 짐작하리라. 그리고 단편(斷片) 중에도 단편이요 추상적 소묘 중에도 추상적 소묘인 이 글은 임화의 인간을, 작품을, 문학론을 조금이라도 알고 있는 사람에게만 다소나마 흥미가 있을 성질의 것임을 미리 짐작하리라!

단 그에 대한 나의 견해 속에 오류와 다소의 모독이 전혀 없으리라고 신임해 주는 것만은 사절하거니와.

처음 나는 임화를 시인으로 알았다. 「우산 받은 요코하마의 부두」나 「우리 오빠와 화로」 등은 아직도 우리의 기억에 남아 있다. 비록 그의 시 작품 중의 가작이라고 볼 수 있는 것들이 대개 동경 좌익 시단의 뮤

즈들 예하면 나카노(中野), 모리야마(森山)[1]의 시 작품을 '아류'한 데 불과하였다 할지라도 기왕(既往)한 권환 등의 '뼈다귀의 포엠'을 소탕시키는 데 있어서는 둘도 없는 챔피언의 임무와 역할을 한 것이 아니었던가?

그러한 의미에서 한 백 년 후에 조선에도 훌륭한 문학사가(文學史家)가 생탄(生誕)하여 현대 조선의 시사(詩史)를 초(草)한다면 그는 현 조선의 시사 위에 혜성처럼 빛나는 임화의 존재를 무시할 수는 없으리라!

시대적 조류의 '화화(火花)' 같은 비등점에서 자아의 발견과 자아의 행정(行程)의 코스를 탐구하기에 성급한 호흡을 억제 못하던 소위 30년대 문학 분파기(分派期)에 있어 임화는 용감한 그 병졸의 한 사람의 역할을 게을리하지 않았다.

그러한 의미에서 임화는 '30년대'의 문학 분위기가 만들어 놓은 존재요 따라서 그는 이름 그대로인 황무지의 야생화이었다.

그 다음 나는 비평가로서의 임화를 알았다. 이것은 그를 위하여 그다지 명예스러운 일은 아니다.

비평가로서의 그는 더욱 무리가 많았다. "임화의 평론은 아무리 읽어 보아도 요령부득이요, 횡설(橫說) 종설(縱說)이요, 문학 이야기를 하는가 하면 금시에 철학 입문 해설을 한다."라는 의미의 말을 기회만 있으면 피로(披露)[2]하는 모씨(某氏)의 형언(形言)을 용비(用備)할 것도 없이 평가(評家)로서의 그에게 우리는 더 큰 것을 바라고 싶지 않다.

---

1 나카노(中野)는 나카노 시게하루(中野重治, 1902-1979)를, 모리야마(森山)는 모리야마 게이(森山啓, 1904-1991)를 가리킨다. 두 사람 모두 일본 프로문학을 대표하는 문학가들이며, 「어떤 청년의 참회」에서 임화가 영향을 받았다고 거론했던 사람들이다. 임화는 시적으로나 비평적으로 특히 나카노 시게하루에게서 커다란 영향을 받았다.
2 피로(披露) : 널리 알림.

그리고 종국에 나는 임화를 다시 시인으로 알았다. 이것은 그가 자기의 천분인 시의 나라를 향하여 역량을 경주(傾注)하고 시적 표현의 색다른 모양을 보여주던 작품 「영원한 청춘 세월」 이후의 일이다. 뒤를 이어 발표된 「가을바람」, 「만경벌」, 「옛 책」, 「암흑의 정신」, 「주리라」, 「현해탄」 등 제작(諸作)은 그의 작품 중에도 가장 뛰어난 것들임을 알고 있는 까닭이다.

백조의 노래를 읊는 오랜 옛 시인 임화라는 의미의 말을 지성 광신의 '사이비 영국류(英國流)'의 뮤즈 김기림이 거진 음모에 가까운 적의를 표명한 일이 있거니와 나의 생각으로는 "위대한 낭만정신을 고집하는 사이비 독일류의 임화적 시풍"(홍효민의 말)으로서는 어찌할 수 없는 일이 아닐까 믿는다.

육안으로 보는 얼굴 모양과 사진으로 박아 보는 얼굴의 모양이 반드시 같을 수 없는 것과 같이 다른 온갖 시인 중에서 임화는 끝까지 임화인 것을 자랑으로 알아야 할 것이다. 그것이 임화로 하여금 보다 더 임화다웁게 하는 길이므로.

확실히 임화는 임화다운 '말'을 가지고 있다. 수중(水中)의 식물을 보는 것과 같이 임화는 현실이라는 수중(水中)에서 에스프리를 찾는다. 그리하여 그는 콕토[3]가 말한 것과 같이 "한 개의 상투구(常套句)를 잡아 가지고 그것을 연마하여 그 신선미와 발랄성을 보여주기에" 고심한다. 그리고 그는 끝까지 증오와 복수의 시인이다. 객관적으로 분석한 적을 적으로서 혹렬(酷烈)하게 추적하는 시인이다.

최근 그의 시가(「현해탄」 이후) 점차 '사이비 독일풍'으로 변질하고 철

---

3 콕토(Jean Cocteau, 1889-1963) : 프랑스의 시인, 소설가, 영화감독.

학적 이념의 통찰로 은입(隱入)하는 것은 아마도 그가 시의 감상성을 제거시키려는 의도에서 발현되는 결과인 듯하나 도를 지나치는 감을 준다.

이전에는 그의 시가 너무나 감상성의 구토를 사게 하는 감을 주더니 지금에는 그의 시가 너무나 철학적 이념의 냄새가 비만되어 곰팡내가 풍긴다. 그리고 바로 이것이 그로 하여금 주지(主知)의 뮤즈 김기림에게 '오랜 옛날의 시인'이라는 패러독스를 발하게 한 무이(無二)의 이유이기도 하리라. 그리고 바로 이것이 그로 하여금 과도기의 고뇌의 구렁에서 발버둥이를 치게 하여 마지않는 속일 수 없는 특징이기도 하다.

지(知)의 인(人)이라기보다도 재(才)의 인(人)인 그는 기어코 시의 불행을 파악하고 그 누구보다도 앞서서 그 누구보다도 뒤지지 않게 새로운 시의 도정을 향하여 돌진의 행렬을 촉진할 것을 나는 믿고 있다. 인간 임화가 비록 운명적인 백수의 인텔리요 사상 속에서만 극단의 에고이스트를 면할 수 있는 보잘 것 없는 사상적 파트롱[4]이라는 것은 만인기지(萬人旣知)의 사실이지만.

『풍림』, 1937. 4.

---

4 파트롱(patron) : 후원자, 고객.

심부름을 잘 하면 또 시킨다는 말이 있다.

지난번에 「이광수론」을 강제한 편집자는 다시 평가(評家)로서의 임화를 말하여 달라고 한다. 전(前)의 심부름을 잘 하지 못하였지만 또 시키는 셈이다. 하고 싶지 아니한 일을 시작하는 것보다 더 불쾌한 일이 없는데도 불구하고 귀찮은 졸림[1]에 못 견디어 이 붓을 들기 때문에 쓸데없는 변명을 늘어놓아야 하고 글의 반불성(半不成)에 권태를 느끼지 아니하면 안 된다.

임화에 대한 이야기는 윤곤강 군이 이미 전호(前號)에 써서 나에게도 동감을 환기시켰으므로 더 나의 말할 영분(領分)은 없는 것 같으나 생각나는 대로 두어 마디 적어 보려 한다. 내가 임화를 처음 알기는 인간적으로가 아니고 그의 시 「우리 오빠와 화로」를 통하여서이다. 그 시를 읽고 울기까지 하였다는 모 평가의 평[2]에 추종하여 나도 재독 삼독하고 해시(該詩) 안에 흐르고 있는 감상성에 나의 정서를 같이 울리고 그

---

1 졸림 : 끈질기게 요구받음.
2 여기서 언급하는 평론가는 김기진이고, 그의 평은 「단편서시시의 길로」(『조선문예』, 1929. 5)에 수록되어 있다.

이데올로기에 나의 사상을 공감시켰다. 말이 없이 담배만 피우고 앉아 있던 주인공 오빠의 모양, 거북무늬 화로의 환상은 그 시를 읽은 지 오래인 오늘까지도 우리의 뇌리를 방황한다. 그 후 계속하여 다작이 아닌 그의 시가 이삼 편 발표되었는데 어느 것이나 그의 시인으로서의 천분(天分)을 충분히 인용(認容)할 수 있는 가작이었다. 더욱이 프로시가 '선전삐라'니 '슬로건'이니 하는 비난을 받고 있던 그 당시에도 그의 시만은 모든 이런 조소를 퇴각시킬 수 있는 무언의 반박을 내포하고 있었다.

그 뒤에 임화는 시작(詩作)으로부터 잠깐 떠나 평론으로 그의 붓끝을 돌리었다. 나의 추측으로는 당시의 카프의 정세는 그의 실천적인 활동과 이 활동에 필요한 평론을 요구하게 되고 시작에 잠심(潛心)할 한가(閑暇)를 주지 못하였던 까닭이라고 생각한다. 그래서 그때 그의 논문은 당시당시 필요에 응하여 쓴 당면 문제뿐이었다.

평가로서의 임화를 말할 때 우리는 그에게 그리 친함을 느끼지 못하였었다는 것을 솔직하게 고백하지 아니하면 안 된다.

「낭만적 정신의 현실적 구조」 이전의 그의 글은 거의 완전히 회득(會得)[3]한 것이 없을 만큼 그의 문장은 난삽(難澁)한 것이었고 거북한 것이었다. 의미를 해득치 못하면서도 끝까지 읽어 내려가고 죄를 자신의 천식(淺識)에 돌린 일이 많았던 것을 지금도 회상하고 고소를 금치 못한다.

처음 모 신문에 임화의 창작평이 나타났을 때 그것은 창작평이라느니보다 철학서의 스크랩 같았고 박식의 자랑같이 느껴졌다.

그리하여 임화의 글은 난해한 것이고 요령부득의 것이라는 것이 일

---

3 회득(會得) : 깨우쳐 이해함.

반의 통칭이 되다시피 되었고 누구는 임화는 문장을 모르는 사람이라고까지 심하게 말하였으며 우리는 직접 임화를 대하여 몇 번이나 충고하였고 임화 자신도 웃으며 그것을 승인한 일이 있었다.

그 후에 나타난 임화의 논문에 그런 폐(弊)가 많이 제거된 것은 그 자신도 문장에 대하여 많은 고심을 한 결과이라고 하겠다.

새로운 창작방법이 논의되고 프로문학이 모든 질곡에서 벗어나 참으로 문학다운 문학의 새 발전 단계를 걸어 나가려고 하는 기운이 이 땅에 돌 임시 「낭만적 정신의 현실적 구조」라는 임화의 일문(一文)은 확실히 문단에 커다란 암시와 많은 지도를 주었다. 그 뒤의 그의 평가적(評家的) 활동에 대해서는 내가 잠깐 이 사바(娑婆)의 모든 일에 대하여 맹목되어야 할 운명에 있었기 때문에 더 무어라고 쓰지 못하지만 하여간 오늘날 조선 문단에 있어서 임화의 평가로서의 지위도 손가락을 꼽을 만큼 뚜렷한 존재인 것은 부인 못할 사실이다.

더군다나 안회남(安懷南)이 창작평을 유희하고 최재서가 망량(魍魎)[4]을 연의(演義)하고 군소의 부유(蜉蝣)[5] 평론가들이 제가끔 저능아의 헛소리를 한마디씩 토해 보아 그 혼란, 위험이 형언할 수 없는 이 현상(現狀) 가운데 진실히 공부하고 핸들을 바른 방향으로 돌리려는 평가의 하나로서 임화의 존재에 대하여 그의 재승덕박(才勝德薄)한 데 인간적으로 그리 호감을 가지고 있지 않은 나로서도 든든함과 경의를 아끼지 않는 바이다.

그러나 일체의 단언은 중지하자! 임화는 아직 젊다. 시인으로서나 평가로서나 임화의 보무는 지금부터이다. 누가 미래를 말할 수 있을 것이

---

4 망량(魍魎) : 도깨비.
5 부유(蜉蝣) : 하루살이.

냐! 기대와 촉망은 그의 앞날에 둘 뿐이고 바른 임화의 논(論)은 그의 사후에 누가 쓸 사람이 있을 것이므로 이 나로서의 망동은 이만 중지하기로 한다.

『풍림』, 1937. 5.

젊은 문화인 임화 군 ‖ 민병휘(閔丙徽)

임화 군의 시집 『현해탄』을 받아들었을 때! 나는 그 시집의 내용을 뒤져 읽으면서 십 년간 조선의 젊은이를 너무나 정다이 노래해 준 임화의 문화인으로 십 년을 쌓아 온 지난날을 돌켜 생각해 보고 그의 문화인적인 정열에 존경을 갖게 되면서 스스로 머리의 숙여짐을 어찌할 수 없었다.

'성아(星兒)'란 펜네임을 가지고 함순[1]의 『기아』를 소개하던 그 이전의 다다이스트는 나는 모른다. 그러나 이십의 청년 문인으로 당당히 문예평론을 써 내던 소화(昭和) 3년[2]대의 임화 군을 지면에서 안 뒤 「네거리의 순이」와 「우리 오빠와 화로」를 읽은 뒤 시인으로서 임화를 더 한층 친했었다. 당시 필자도 임화와 같은 나이로서 문학의 지원자(志願者)로 정열을 갖고 신흥하는 신경향파 문학자들의 일 졸병이길 희망하던 젊은이였더니만큼 임화의 논조라거나 그의 시작(詩作)이 항상 나에게 감명을 주어왔다. 더욱이 「우리 오빠와 화로」를 발표한 이후 도동(渡東)[3] 하여 무산자사의 일을 맡아 보면서 「우산 받은 요코하마의 부두」를 써

---

1 크누트 함순(Knut Hamsun, 1859–1952) : 노르웨이의 소설가.
2 소화(昭和) 3년 : 1928년.
3 도동(渡東) : 동경으로 건너감.

낸 뒤 그의 정열적인 시상에 경탄을 마지않았고 이 젊은 동무를 누구보다 믿었었다.

생각하면 임화 군이 도동하기 직전이었던가 보다. 거리가 차게 식어 가는 늦가을 회월(懷月)과 기정(基鼎)[4]과 함께 저녁을 먹을 때 회월은 임화가 울어서 눈이 벌겋더라는 말을 전하고 우울해 버리는 것이었다. 그 가 운 이유는 말할 바 되지 못하거니와 그날 서울거리에는 꽃전차가 황홀한 자세로 다니었고 청관(淸舘)에는 백일기(白日旗)가 흩날리고 있던 때이다.[5] 그때 처음으로 서울거리에서 이 기를 우리는 보았었다.

나 어린 시인은 열정해 울었던 것이었다.

그 후 동경으로 간 뒤 그의 문화인으로서의 태도는 선명했었다. 당시 혁혁한 젊은 문화인끼리 모여 조선의 정당한 문화를 이입하기에 그들은 몸과 마음을 아끼지 않았다.

조선의 문화선(文化線)이 혼탁되고 당시 프로예맹의 간부들이 타락적 경향에 흐르고 있자 ××적 착란이 있으면서 반카프의 사건이 또한 발기 되자 임화는 다시 내선(來鮮)하여 카프 기관지 『집단』의 편집 책임을 맡아 맹렬한 활동을 하다가 병상에 누워버리고 말았었다. 이때야말로 임화의 개인 생활에 있어서는 다시없는 고뇌의 계절이었으리라. 세칭 신건설 사건으로 동무를 여의고 병상에 누워 있게 되자 처군(妻君)[6]이 또

---

4 기정(基鼎) : 윤기정(尹基鼎, 1903–1955).

5 1928년 10월에 남대문과 효자동 간 전차선로가 준공되었는데, '꽃전차'란 그것을 축하하는 의미로 운행된 전차가 아닐까 싶다. 그리고 청관(淸舘)은 중국 음식점을, 백일기(白日旗)는 중화민국(대만)의 국기를 가리킨다. 백일기는 장제스(蔣介石)가 난징(南京)에서 국민정부를 수립한 후부터 정식 국기로 사용되었다. 청관에 백일기가 걸린 것은 청관 주인들이 장제스와 국민정부에 대한 지지를 표명하는 의미로 해석할 수 있을 것이다.

6 처군(妻君) : 원래는 '남편'이란 뜻을 지니고 있으나, 여기서는 임화의 첫 번째 아내였던 이귀례를 가리킨다. 카프 해산 무렵 임화와 이귀례의 관계는 소원해졌고, 결국 두 사람은 재결합하지 못했다.

한 비뚤은 길을 걷게 되면서 카프를 자기 손으로 해산케 되어 탑골승방에 누워 자기를 찾는 남천(南天)[7]과 더불어 감개(感慨)하게 이 땅의 문화를 논했을 것이었다.

그러나 임화의 문화인적 양심은 용기를 얻기에 힘들지 않았다.

그가 「다시 네거리에서」를 쓰면서 새로이 맞은 부인[8]과 함께 남쪽 포구 마산으로 가 신체의 허약을 수양하면서 연구에 묻혀 있게 되었다! 이리 되어 그의 문화인적 양심과 예술가적 연마는 오늘에 있어 이 땅에서 얻은 보기 드문 한 사람의 문화인으로서 우리들이 높은 신망을 갖게 하고 있는 바이다.

십 년간 임화의 문화인적 정열은 군의 많은 문예평론에서도 보겠지만 그 시대 그 시대의 사회 정세(情勢)라거나 또는 이 땅의 젊은이들의 심정을 노래해 준 『현해탄』에서 너무도 잘 찾아낼 수가 있는 바이다.

금일의 조선 문단은 일종의 체형(體形)을 형식(形式)해 놓았으나 그 방향하는 바 문화인의 태도는 궤도를 벗어난 차체와 같은 위험성을 갖고 있는 것이다. 더욱이 근일 발표하고 있는 작가들의 작품을 볼 때 그 작품이 예술품으로 형식을 구존(具存)하려는 야심은 많이 보이고 있으나 그 내용에 있어서의 조잡 허망함이 심하기 한없다.

더욱이 비평적 정신의 결함으로 인하여 비평가들의 기상천외의 논조가 더욱 이 땅의 금일 문화의 타락성을 너무도 잘 말해주고 있다. 그러나 임화의 가진 바 사상과 그의 신망할 문화인적 양심은 지난날 십 년간의 전술한 바와 같은 생활을 가져온 만큼 그날그날의 진전을 보여주고 있으며 역사적인 제 정세에 순응하면서 끊이지 않고 새로운 경지를

---

7 남천(南天) : 김남천.
8 새로이 맞은 부인 : 지하련을 가리킨다.

개척해 나가려는 데 노력과 성의를 잊지 않고 있다.

잊어버린 십 년간을 원통히 돌쳐 생각하면서 자아 반성과 자기 수양을 쌓아가며 애쓰고 있는 이때, 한가히 문단의 백경(百景)을 멀리 지면에서 보고 앉아 쓰려면 이러한 존경할 문화인이 그리운 때 많은 것이며 자아를 저주하고 싶은 마음도 간절하다.

재작일(再昨日) 비를 맞으며 외우(畏友) 채만식 형 댁에서 중원(中源), 재선(在善) 등 젊은 문화인들과 문단 시사를 논하다가 문득 임화 군에 대하여 무엇인가 말하고 싶은 충동을 느껴 이런 소품을 감히 써 본 것인 바 편집에나 임화에게 불명예스런 일이나 아니면 행(幸)으로 알겠다. 임화여 건재하라!

8. 27

『청색지』, 1938. 11.

왜 이리 밤이 서늘할까. 벌써 가을인지도 모르겠다. 그러나 벌써 가을이 오다니 여름이 이처럼 짧을 수가 있을까. 그 뜨겁고 무르녹고 풍족한 여름이 이처럼 짧을 수가…… . 그러나 또 혹 가을은 아직 제대로 먼데 나 혼자서 나만이 가을을 느끼는지도 모른다. 정말 이를지도 모른다. 사실 배암이 사리고 있는 찔레밭에 산딸기의 향기가 피어나는 아직 싱싱한 더위 때에도 역시 밤이면 피부로 장어[2]를 느끼게 하는 곳이 여기였고 이것이 이곳의 여름밤인지도 모른다.

• 1930년대 후반의 지하련

아무튼 가을이 어서 왔으면, 어서 오작(烏鵲)이 은하(銀河)에 다리를 놓

---

1 지하련의 본명은 '이숙희(李淑姬)'이나 통상 '이현욱(李現郁)'이란 이름을 쓴 것 같다. 이 글의 필자명도 이현욱으로 되어 있다. '지하련(池河蓮)'은 등단하면서부터 사용한 필명이다. 이 글은 '우리 가족 아빠를 논함'이란 기획 산문 중 하나이며, 여러 날에 걸쳐 쓴 일기를 묶은 것이다. 이 글을 쓸 당시 지하련은 건강이 나빠져 마산의 친정에서 요양 중에 있었다.
2 장어 : 의미를 정확히 알 수 없다. 한기나 추위를 가리키는 말이 아닐까 한다.

고 추석이 왔으면, 그래서 밤마다 정든 저 기차를 타고 저 강물을 건너서 다시 서울엘 갔으면.

나를 이리로 보내면서 그는 나아서 가을에 오라고 말했다.

떠나기 싫다는 아이들에게 "엄마 살쪄서 가을에 온다."라고 달래는 말을 나는 들었다. 오늘은 종일 기분이 나쁘고 열이 높다.

뜰엔 백합이 한창 고우나 내 맘은 그저 서글프다. 생각하면 죽는 게 무서운 것이 아니라 잊을 수 없는 사람들과 더불어 죽음이란 분명히 두려운 것이고 병고란 한스러운 것인지도 모르겠다. 정말 고독이란 죽음보다도 더한가 보다. 낮에 서울서 편지가 왔으나 역시 맘 아플 뿐이다. "세상이 소란해서 맘 둘 곳 없는데 너는 앓고 아이들은 가엽고……나는 고달프고 쓸쓸타."라고 그는 말했다. 나는 그분을 좋은 이라고 생각는다. 그는 애기들을 소중히 하는 성실한 아버지기도 하고 또한 자기를 위해 가장 자유로운 분이기도 하다. 지나친 고집이 있고 비위가 까다로우나 역시 좋은 판단을 가진 미더운 분이라고 생각는다. 이렇듯 나보다 몇 배 훌륭하고 착한 분의 고달픔을 내가 덜어 줄 수 있고 쓸쓸한 때를 위로할 수 있다면 이것은 내게 참말 과한 즐거움일지도 모른다.

나는 개고음[3]을 먹으리라! 배암도 먹으리라! 내 아이들이 나를 얼마나 좋아하고 그가 날 얼마나 아끼기에…….

종일 누워 바다를 보고 있노라면 어느덧 황혼이 오고, 야심하고 야심하면 기적이 들려오고, 나는 '서울로 가는 열차가 어느 강물을 지나려니…….' 하는 생각으로 다시 날이 밝고 한다. 참 쓸쓸하고 호젓할 때도 있다. 오늘도 종일 누워만 있었다. 올케는 뭣 하러 날 데리고 뒷산엔 갔고 나는 뭐 하러 샘가에서 서성댔을까? 호된 감기로 사오 일 앓았다.

---

3 개고음(개膏飮) : 개고기를 삶은 국.

일어나면 몸이 휘둥거리고 머리가 아찔하다.

달이, 달빛이 저렇듯 고운데도 이렇게 여기 누워 있어야만 하는 걸까? 나는 억울하다. 몹시 아이들이 보고 싶다. 심부름하는 아이도 우리 아이처럼 그립다. 내가 꺼리고 나를 미워하는 사람까지 한길 따뜻한 맘에 담아보고 싶은 때가 이러한 밤인지도 모르겠다.

어제도 오늘도 서울에선 편지가 없다. 웬일일까? 어두워지려는 맘이다. 그러나 이번엔 내가 한껏 즐겨할 고마운 편지가 올지도 모른다. 얼마나 달빛이 고왔고 내가 집을 그리워하기에……. 그는 내게 어리석은 곳이 있어도 허물하지 않고 내 맘이 곱다고 했다.

나는 고운 이가 되리라! 내가 제일 따르고 나를 좋아해주는 이 앞에서 또 내가 가장 꺼려하고 나를 미워하는 이 앞에서 먼 후일에도 나는 고운 이로 남으리라!

오늘도 편지가 없다. 희(熙)[4]에게서도 편지가 없다. 혹 이게 내 가까운 이들이 나로부터 점점 멀어지는 것인지도 모르겠다. 두려운 일이다. 나는 서럽고 외롭다. 물새처럼 외로워지려고 한다. 언젠가 그가 외로웠을 때 나는 그를 알았다. 그를 좋아했다. 아름다운 산야와 푸른 강물과 이쁜 이가 앞에 있어 내가 몹시 어지럽고 당황했을 때도 나는 그를 따랐다. 이제 그도 내게 이러할 것인가? 그러나 그는 나 밖에 딴 일이 있고 일꾼이란 본시 어른인 게고……. 나는 더 생각기 싫다. 설사 나의 이 슬픈 사실이 단지 그이에겐 이낫[5] 경험으로 끝난다 해도 나는 더 유감이 없었으면 그뿐이다.

『여성』, 1940. 10.

---

4 희(熙) : 최정희(崔貞熙, 1906–1990).
5 이낫 : '이깟'의 의미가 아닐까 싶다.

선집 수록 작품 목록

- 「환멸의 철인」, 『매일신보』, 1926. 10. 3.
- 「영춘부(迎春賦)」, 『매일신보』, 1927. 5. 8.
- 「연애의 종말」, 『조선일보』, 1928. 10. 19-10. 21.
- 「자화상」, 『조선문학』, 1933. 12·1934. 1.
- 「희망보다 실망」, 『동아일보』, 1934. 1. 12.
- 「현해탄의 백일몽」, 『동아일보』, 1934. 7. 14.
- 「병상일기」, 『동아일보』, 1934. 8. 11-8. 12.
- 「공가(空家)의 향수(鄕愁)」, 『동아일보』, 1936. 1. 19.
- 「금년에 하고 싶은 문학적 활동기」, 『삼천리』, 1936. 2.
- 「경원가도(京元街道)의 초입(初入)」, 『신동아』, 1936. 2.
- 「투르게네프가 만든 영원한 엘레나」, 『조광』, 1936. 2.
- 「할미꽃 의젓이 피는 낙타산록(駱駝山麓)의 춘색(春色)」, 『조광』, 1936. 4.
- 「말의 빈곤」, 『조선문학』, 1936. 4.
- 「주유(侏儒)의 변(辯)」, 『사해공론』, 1936. 5.
- 「푸른 골짝의 유혹」, 『조광』, 1936. 5.
- 「만장(挽章)」, 『중앙』, 1936. 5.
- 「현해탄 상(上)의 일야(一夜)」, 『조광』, 1936. 6.
- 「정릉리(貞陵里)의 계곡」, 『동아일보』, 1936. 6. 28.
- 「설천야(雪天夜)의 대동강반(大同江畔)」, 『조광』, 1936. 7.
- 「합포(合浦)에서」, 『신동아』, 1936. 8.
- 「남방비행편(南方飛行便)」, 『사해공론』, 1936. 10.
- 「가을의 탐승처(探勝處)」, 『조광』, 1936. 10.
- 「사랑의 진리」, 『조광』, 1937. 3.
- 「춘래불사춘(春來不似春)」, 『조광』, 1937. 4.
- 「작가 단편 자서전」, 『삼천리문학』, 1938. 1.
- 「나와 호랑이」, 『조광』, 1938. 1.
- 「나의 십 년 계획」, 『조광』, 1938. 1.
- 「내 애인의 면영(面影)」, 『조광』, 1938. 2.

• 「지난날 논적(論敵)들의 면영―유년병 후원대로 논단에 데뷔」, 『조선일보』, 1938. 2. 8.

• 「우수(憂愁)의 서(書)」, 『동아일보』, 1938. 2. 13.

• 「빙설 녹을 때」, 『조광』, 1938. 3.

• 「언제나 지상은 아름답다-고통의 은화를 환희의 금화로」, 『조선일보』, 1938. 3. 5.

• 「경궤연선(京軌沿線)」, 『동아일보』, 1938. 4. 13-4. 17.

• 「애드벌룬」, 『조선일보』, 1938. 5. 14.

• 「창공(蒼空)」, 『동아일보』, 1938. 5. 28.

• 「설문」, 『조광』, 1938. 6.

• 「수필론-문학 장르로서의 재검토」, 『동아일보』, 1938. 6. 18-6. 22.

• 「사온(四溫)」, 『조선일보』, 1939. 2. 5.

• 「아내 있는 사람과의 사랑」, 『여성』, 1939. 4.

• 「현대의 매력」, 『조선일보』, 1939. 4. 13.

• 「잡록(雜錄)」, 『청색지』, 1939. 5.

• 「독서력(讀書力)에 반영된 세상―무엇 때문에 책이 팔리는가」, 『동아일보』, 1939. 5. 2.

• 「연애의 자유」, 『신세기』, 1939. 6.

• 「폭우 내리는 밤」, 『신세기』, 1939. 8.

• 「하일몽환(夏日夢幻)」, 『매일신보』, 1939. 8. 11-8. 14.

• 「교육의 문화」, 『매일신보』, 1939. 9. 6.

• 「악서담의(惡書談議)」, 『매일신보』, 1939. 10. 20.

• 「전시오락(戰時娛樂)」, 『매일신보』, 1939. 11. 25.

• 「전기(傳記)」, 『매일신보』, 1939. 12. 22.

• 「기계미(機械美)」, 『인문평론』, 1940. 1.

• 「구우(舊友)」, 『매일신보』, 1940. 1. 20.

• 「해후(邂逅)」, 『매일신보』, 1940. 1. 24.

• 「어떤 청년의 참회」, 『문장』, 1940. 2.

• 「뉴스와 만화―경일문화영화극장(京日文化映畵劇場)」, 『매일신보』, 1940. 2. 9.

• 「골동열(骨董熱)」, 『매일신보』, 1940. 2. 15.

• 「장안(長安) 신사 가정 명부-쇼와(昭和) 14년 12월 1일 현재」, 『삼천리』, 1940. 3.

• 「귀의(歸依)와 자각(自覺)」, 『매일신보』, 1940. 3. 29.

• 「이출문학(移出文學)」, 『매일신보』, 1940. 4. 27.

• 「유료시사회(有料試寫會)」, 『매일신보』, 1940. 4. 30.

• 「시정담의(市井談議)」, 『매일신보』, 1940. 6. 1-6. 4.

• 「일상성」, 『매일신보』, 1940. 9. 20.

• 「사치론」, 『매일신보』, 1940. 10. 29-11. 1.
• 「독서론」, 『신시대』, 1941. 9.
• 「학생론」, 『조광』, 1941. 10.
• 「조어비의(釣魚秘義)」, 『춘추』, 1941. 10.
• 「결혼론」, 『신시대』, 1942. 1.

[부록]

안석주, 「조선 발렌티노 청로(靑爐) 임화 씨」, 『조선일보』, 1933. 1. 21.
_____, 「조선 문인 인상기(속)」, 『백광』, 1937. 6.
_____, 「조선 문단 30년 측면사」, 『조광』, 1939. 6.
일기자, 「자유결혼의 신가정 방문기」, 『조선일보』, 1932. 1. 7.
_____, 「시인 임화의 부부는 그 뒤에 어찌 되었나」, 『조선문단』, 1935. 7.
_____, 「문인 임화 씨와의 잡담집」, 『신인문학』, 1936. 10.
김남천, 「임화에 관하여─그에 대한 수감(隨感)의 이 토막 저 토막」, 『조선일보』, 1933. 7.
        22-7. 25.
윤곤강, 「임화론」, 『풍림』, 1937. 4.
이동규, 「임화론」, 『풍림』, 1937. 5.
민병휘, 「젊은 문화인 임화 군」, 『청색지』, 1938. 11.
지하련, 「일기」, 『여성』, 1940. 10.

선집 수록 자료 출처

참고 자료

강만길·성대경 엮음, 『한국사회주의운동인명사전』, 창작과비평사, 1996.

고려대학교 민족문화연구원, 『한국어대사전』, 고려대학교민족문화연구원, 2009.

고재석 편, 『일본문학·사상명저사전』, 깊은샘, 1993.

국립국어원 엮음, 『표준국어대사전』, 두산동아, 2000.

권영민, 『한국 계급문학 운동사』, 문예출판사, 1998.

박정선, 『임화 문학과 식민지 근대』, 경북대학교출판부, 2010.

유영아, 「러시아 구성주의의 관점에서 바라본 뉴미디어 아트」, 『한국영상학회 논문집』 8
　　　　권 4호, 한국영상학회, 2010.

이장렬, 「지하련의 가계와 마산 산호리」, 『지역문학연구』 5호, 경남지역문학회, 1999.

임화문학예술전집 편찬위원회 편, 『임화문학예술전집(1-5)』, 소명출판, 2009.

조영복, 『월북예술가, 오래 잊혀진 그들』, 돌베개, 2002.

한글학회, 『우리말 큰사전』, 어문각, 1992.

한정호 엮음, 『포백 김대봉 전집』, 세종출판사, 2005.

한정호, 『지역문학의 이랑과 고랑』, 경진, 2011.

김억 역, 『오뇌의 무도』, 광익서관, 1921.

레닌, 이길주 역, 『레닌의 문학예술론』, 논장, 1988.

편자 박 정 선(朴 正 善)

1970년 경남 합천에서 출생했다. 경북대학교 국어국문학과를 졸업하고 동 대학원에서 석사학위와 박사학위를 받았다. 경북대학교 기초교육원 초빙교수를 거쳐 현재는 창원대학교 국어국문학과 교수로 재직하고 있다. 논저로는 『임화 문학과 식민지 근대』, 『파시즘 미학의 본질』(공저), 「식민지 매체와 프로문학의 매체 전략」, 「최근 프로시 연구의 쟁점과 전망」, 「해방기 조선문학가동맹의 문화대중화 담론과 조직적 실천」 등이 있다. 임화를 중심으로 하여 일제강점기 프로문학과 해방기 민족문학의 실체와 의미를 밝히는 데 관심을 두고 공부하고 있다.

식민주의와 문화 총서 19

언제나 지상은 아름답다—임화 산문선집

초판 인쇄 2012년 7월 10일
초판 발행 2012년 7월 20일

엮은이 박정선
펴낸이 이대현
편 집 이소희
펴낸곳 도서출판 역락
　　　　서울 서초구 반포4동 577-25 문창빌딩 2층
　　　　전화 02-3409-2058(영업부), 2060(편집부)
　　　　팩시밀리 02-3409-2059
　　　　이메일 youkrack@hanmail.net
　　　　등록 1999년 4월 19일 제303-2002-000014호
ISBN 978-89-5556-501-0 93810
정 가 24,000원

* 잘못된 책은 교환해 드립니다.